2018 제9회

젊은작가상 수상작품집

2018 제9회

젊은작가상 수상작품집

문학동네

| 차례 |

대상

—

박민정

세실, 주희

작가노트

나 역시 고작 포카리스웨트
걸을 꿈꿨지만

해설 이은지

무지한 반역의
크로노토프(chronotope)

박민정

2009년 『작가세계』 신인상에 단편소설 「생시몽 백작의 사생활」이 당선되어 등단. 소설집 『유령이 신체를 얻을 때』 『아내들의 학교』 『바비의 분위기』, 장편소설 『미스 플라이트』, 중편소설 『서독 이모』, 산문집 『잊지 않음』이 있다. 김준성문학상, 문지문학상, 현대문학상을 수상했다.

세실, 주희

공교롭게도 오늘이 바로 화요일이었다. 주희는 '참회의 화요일'이란 말은 오늘 같은 날에 딱 어울린다고 생각했다. 참회의 화요일이 지나면 '재의 수요일'이 온다고 했다. 그날이 사순절이 시작되는 때라고도. 주희는 예수교를 믿지 않았고 사순절이라는 말을 들어본 적도 없었다. 사순절은 예수교, 구교의 신자들이 이마에 재를 바르고 예수그리스도의 고난을 돌아보며 사십 일간 금식과 묵상을 하는 교회력의 절기라고 했다. 참회와 금욕의 절기라는 설명을 들었을 때 주희는 언젠가 잡지에서 본 트라피스트 수녀원의 사진을 떠올렸다. 한여름에 밀짚모자를 쓰고 논일을 하는 수녀들의 모습이 담긴 사진이었다. 자급자족 공동체에서 묵묵히 땅을 일구는 수녀원의 노동자들, 극기의 수도생활을 감수하는 수녀들의 이미지.

마르디 그라(Mardi Gras), 참회의 화요일. 그날, 뉴올리언스의 펍에서 처음 들은 말이었다. 참회의 화요일은 '기름진 화요일'이라고도 불렸다. 단식을 해야 하는 사순절이 시작되기 전 마음껏 먹고 즐기는 날이라는 뜻에서라고 했다. 오늘이 바로 그 축제의 정점이라며 둘러앉은 사람들이 떠들었다. 듣고만 있던 주희가 그들에게 트라피스트 수녀원에 대한 이야기를 하자 다들 웃음을 터뜨렸다. 역시, 역시 동양 여자. 그 말을 지껄였던 녀석의 이름도 얼굴도 기억나지 않았다. 그 자리에 같이 있던 사람들 중 누구도 친구가 아니었다. 주희는 미국 여행 내내 아무에게나 다가가 말을 걸고 눈인사를 하며 아무렇지 않게 '친구'라는 호칭을 쓰는 J가 불편했다. 하지만 그녀가 아니었다면 미국 여행은 꿈꿔볼 수도 없었으므로 주희는 불만을 털어놓을 수 없었다.

어디서부터 문제였던 걸까. 주희는 생각했다. 그날 너무 취했기 때문에? 잘 마시지도 못하는 술을 즐겨본다고 펍에 들렀기 때문에? 외국 여행을 하면 펍에 한번 들러보고 싶었기 때문에? 그러나 사태의 원인이 자기 탓만은 아닌 것 같다는 생각도 들었다. 주희는 줄곧 J를 따라다녔다. 그렇기에 다른 방식으로 질문을 던져볼 수도 있었다. J가 가보자고 했기 때문에?

주희는 J를 따라다니기만 하면 되었다. 뉴올리언스는 그녀가 어릴 때 살았던 곳이었다. 행선지를 전부 그녀가 정했고 숙소 역시 그녀의 친척집이었다. 저렴한 경비에 숙소를 얻어 주희는 J에게 그저 감사했다. 그 일이 있기 전까지는. 그날 주희를 펍에 데려간 사람도 그녀였다. 가볼래? 펍에 가기 전에도, 마르디 그라 축제 한가운데 뛰어들기 전에도 그녀는 주희의 의사를 존중하듯 그렇게 물었다.

주희는 평소처럼 고개를 끄덕였던 그때의 자신을 깊이 저주했다.

싸구려 자개와 구슬을 잔뜩 엮은 목걸이를 목에 걸고, 사방에서 터지는 핸드폰 카메라 플래시에 눈이 동그래져 어리둥절하게 서 있는 자기 모습이 머릿속에서 지워지지 않았다. 끝내 몰랐다면, 동영상의 존재를 알지 못했다면, 이렇게까지 끔찍한 기억으로 남지는 않을 것이었다. 여권에 찍힌 미국 입국 기록을 보며 흐뭇해할 수도 있었다. 한낮의 버번 스트리트와 로열 스트리트 쇼핑몰은 주희에게 천국이었다. 주희는 그곳에서 수많은 화장품을 눈에 담았다.

그 일은 팔 일의 여행 기간 중 단 하루, 그것도 아주 잠시 동안 벌어졌을 뿐이다. 펍에서 나와 십 분 정도 걸었을 때였다. 군중에 휩쓸려 물에 떠내려가듯 걷던 그때를 주희는 생생하게 기억했다. 그들이 버번 스트리트에 도착했을 때는 새벽이었고 화려한 퍼레이드는 이미 끝나 있었지만 술과 마약에 취해 비틀거리는 사람들이 태반이었다. 흥분한 사람들이 거리에서 술을 마시고 고함을 지르는 풍경은 클럽을 출입하는 젊은이들로 가득한 홍대나 이태원 거리의 모습과 다를 게 없었다. 분명 쌀쌀한 늦겨울이었으나 국가 대항 축구 경기에서 승리감을 맛본 사람들의 폭발적인 함성이 흘러넘치는 뜨거운 여름밤 같다고도 주희는 생각했다. 문득 자신을 둘러싼 남자들이 같은 구호를 외치고 있다는 것을 깨닫기 전까지는. 주희는 왜 남자들이 자신을 둘러싸고 있는지 알지 못했다. 그날 처음 펍에서 만난 녀석들도 J도 보이지 않았다. 분명 다 같이 걷고 있다고 생각했는데…… 주희는 겁에 질려 들고 있던 플라스틱 맥주컵을 꽉 쥐었다. 남자들이 주희를 가운데 세운 채 원을 그리며 빙글빙글 돌았다. 주희를 에워싼 행렬의 밀도가 높아지며 그들이 외치는 구호가 더욱 또렷하게 주희의 귀에 박혔다. 순간 어떤 손이 주희의 목덜미를 스쳤다. 주희는 자신의 목을 내려다봤다. 자개와 구슬이 섞인 비즈 목걸이가 걸려 있었다. 주희의 바로 옆에서 남자들이 외치는 구호와 골목에 면해 다닥다닥 붙은 맨션과 클럽의 베란다에서 이쪽을 내려다보며 외치는 사람들의 구호는 같았다. show your tits! show your tits!

그 순간이 동영상에 박제되어 있었다. 주희의 한 대학 친구가 여기에서 널 봤어, 어서 들어가봐, 하고 다급하게 문자를 보내왔다. 'yeslut'이라는 사이트 이름을 본 주희는 소스라치게 놀랐다. 친구가 보내준 주소를 클릭하자 사이트의 'Mardi Gras' 카테고리에 게시된 주희의 영상이 떴다. 'Mardi Gras, nice asian slut 43%'라는 제목을 달고 있었다. 동그래진 눈으로 멈춰 서서 사방을 둘러보는 주희의 모습이 십팔 초 동안 이어졌다. 비즈 목걸이를 걸던 남자가 주희의 어깨에 바짝 붙어 있었다. 어서 입고 있는 니트를 들어올려! 네 벗은 가슴을 보여달라고!

그 골목에서 남자들은 아무에게나 가슴을 보여달라고 외쳤고, 술에 취한 어떤 여자들은 목걸이를 받고 정말로 가슴을 보여줬다. 뒷골목에서는 더한 일도 벌어지는 것 같았다. 주희는 그날 봤던 풍경을 떠올리며 골목 안으로 빨려들어가듯 마르디 그라 게시판에 있는 또다른 여자의 영상을 재생했다. 'slut 97%'. 영상 속 그녀는 자신을 찍는 카메라에 브이를 그려 보이며 옷을 전부 벗어 들고 흔들었다. 목걸이를 어찌나 많이 걸쳤는지 목이 툭 꺾어질 것 같았다.

주희가 용기를 내서 다시 자기 영상을 재생했을 때, 끝내 옷을 벗지 않은 자신의 얼굴이 클로즈업되며 그 위로 영어 자막이 지나갔다. '우린 네 얼굴을 알고 있어, 썅년아.'

그것이 사순절을 맞이하는 마르디 그라였다. 동영상을 보게 된 날은 하필 화요일이었고 주희는 오늘 같은 날이야말로 참회의 화요일이란 말에 적합하다고 생각했다.

*

명동에서도 번화가 한가운데에 있는 쥬쥬하우스에는 외국인 고객이 압도적으로 많았다. 주희는 뉴올리언스에 다녀온 직후 쥬쥬하우스에 취직했다. 쥬쥬하우스는 국내 최대의 뷰티 편집숍으로 전국에 수많은 체인을 갖고 있었다. 그중에서도 명동 쥬쥬하우스는 가장 규모가 컸다. 주희는 쥬쥬하우스에서 매니저로 일하고 있다는 것에 자부심을 느꼈다. 쥬쥬하우스의 제품은 서울에 여행 온 외국인이 가장 선호하는 기념품이었다. '한국 화장품은 가격이 저렴한데다 품질이 우수합니다.' '역시 한국 화장품은 세계 최고입니다.' SNS에 쥬쥬하우스를 검색하면 그런 품평들이 쏟아졌다. 주희는 수시로 'JUJUHOUSE'와 'JUJUHOUSE, Myeongdong'이라는 태그를 넣어 검색했다. 'Koreanbeauty'라는 태그를 함께 달고 있는 경우가 많았다. 주로 외국인을 상대하다보니 주희는 그들이 떠올리는 한국의 이미지가 대체로 어떤 것인지 알 수 있었다. 한국 드라마와 K-pop의 높은 인기는 이제 'Korean beauty'에 집약되어 있었다.

드라마에 출연하는 여배우들과 무대에 서는 걸그룹 멤버의 이미지 덕택이었다. 명동 화장품 거리는 성형외과가 밀집되어 있는 신사동과 함께 코리안 뷰티의 상징이었다. 전 세계 여성을 잠재 고객으로. 신사동과 명동만큼 여성을 환대하는 공간이 서울에 또 있을까? 주희는 그런 생각을 해보기도 했다. 코리안 뷰티의 상징 중에서도 상징인 명동 쥬쥬하우스의 매니저라는 자부심 끝에는 그 여행의 기억이 불쑥 떠올라 괴롭기도 했다.

"역시 한국 여자는 예쁘고 스타일이 좋은 것 같아요."

주희는 뉴올리언스의 어느 골목에서 그런 말을 들었었다. 그리고 얼마 전, 세실에게서도.

나카소네 세실(仲宗根セシル)은 주희보다 반년 늦게 입사한 일본인 직원이었다. 명동점의 주요 고객이 외국인인 터라 매니저도 대부분 외국인이었다. 그들 상당수가 중국인과 일본인이었고, 한국어는 그다지 잘하지 못했다. 세실은 명동점에서 일하는 외국인 직원 중 가장 한국말을 잘했다. 한국인 고등학생 무리가 왁자지껄 떠들어대며 물어봐도 당황하지 않고 응대하는 세실을 보며 주희는 감탄했다. 한국인 고객이 질문할 때마다 자신의 팔을 잡아끌던 다른 직원들과는 확실히 달랐다.

주희는 언젠가 세실에게 물어본 적이 있었다.

"세실은 왜 한국에 왔어요?"

"유노윤호 때문에요."

세실은 들떠 있었다. '유노 때문에'라고 세실은 거듭 말했다. 유노윤호가 소속된 그룹 동방신기는 오랫동안 일본에서 활동했다. 일본 사람들에게 '유노'가 얼마나 편안한 발음이었을지 주희는 생각했다.

"윤호는 일본에서도 볼 수 있지 않아요?"

"주희씨는 연예인을 좋아해본 적 없죠?"

세실은 미소 지으며 말했다. 광주에 가본 적 있어요? 서울에서 기차를 타고도 한참 가야 한다면서요? 광주가 유노의 고향이에요. 휴가를 받으면 남부 지방 광주에 꼭 가보려고요. 유노가 살던 동네랑, 그가 다닌 고등학교에도.

주희는 세실이 말한 '광주'를 곱씹었다. 세실이 발음하기에는 어려운 단어인 것 같았다. 수원에서 태어나 자란 주희 역시 전라도 광주에 가본 적은 없었다.

"그래도 윤호 때문만은 아니죠?"

"아니, 유노 때문이에요."

그 말을 끝으로 그날의 대화는 끝났다. 주희로서는 결코 이해할 수 없는 삶이었다. 좋아하는 연예인 하나 때문에 타국에서 외국인 노동자로 살아가는 삶. 주희에게도 한국이 아닌 다른 나라에서 살고 싶다는 욕망이 있기는 했다. 어렸을 때부터 열심히 영어를 공부한 것도 그 때문이었고 틈만 나면 워킹홀리데이나 청년 레지던시 프로그램을 검색해보기도 했다. 그런데 고작 유노윤호 하나 때문이라니.

입사한 지 두어 달이 지났을 즈음 세실은 주희에게 갑작스러운 제안을 했다.

"주말에 부업하지 않을래요? 단 하루만 내게 시간을 내주면 돼요."

*

주희는 동영상을 보게 된 후 자주 악몽에 시달렸다. 그 꿈에서 겁에 질려 서 있는 자신을 남자들이 에워쌌다. 당시에는 자신이 겪은 일이 얼마나 끔찍한 종류의 것인지 알지 못했다. 한국에 돌아올 때 비즈 목걸이를 챙겨오기까지 했었다. 주희의 옆에 바짝 붙어 그 니트를 들어올려, 라고 낮은 목소리로 재촉하던 남자가 건 목걸이를. J가 축제에서 비즈 목걸이를 열 개나 받았다고 즐겁게 이야기했기 때문이었다. 그러면 너도 가슴을 보여주고 받았어? 주희는 그렇게 묻지 않았다. 알아서 잘했겠지. 바보 같은 선택은 절대 하지 않는 너니까. 주희는 J를 물끄러미 바라보며 그렇게 생각했을 뿐이다.

언젠가 런던의 펍에서 8개국 친구들과 모여 앉아 각자의 모국어로 〈인터내셔널가〉를 합창했다는 J의 이야기를 들으며 주희는 거리감을 느꼈다. 나는 한국 버전으로 한 소절, 북한 버전으로 한 소절, 그렇게 불렀잖아. 친구들이 환호성을 질렀어. 주희는 〈인터내셔널가〉를 들어본 적도 없었다. 그날 뉴올리언스의 펍에서도 J는 유창한 영어로 사람들과 방담을 즐겼다. 그녀는 어디로 여행을 가든 현지인과 대화하는 것이 가장 큰 즐거움이라고 했다. 멍청한 한국 애들이랑은 말도 섞기 싫다는 게 J의 말버릇이었다. 토론 같은 건 할 줄 모르고 그저 언성만 높일 줄 아는 멍청이들. 그런 말을 들을 때마다 나도 그랬었나, 주희는 곱씹어봤다. 그날 펍에서도 J는 처음 만난 사람들에게 서슴없이 친구라고 하며 진지한 이야기를 나눴다. 주희는 대화에 거의 끼지 못했다. 영어 문제가 아니었다. 뉴올리언스에 오기 전에 나름대로 검색해본다고 해봤지만 주희는 마르디 그라에 대해서도, 2005년 뉴올리언스 전체를 비극에 빠뜨린 허리케인 카트리나에 대해서도 알지 못했다. 겨우 한마디 하면 곧바로 대화의 맥이 끊겨버리곤 해서 차라리 입다물고 앉아 있는 게 편했다. 이쪽을 쳐다봐주지 않는 J만 애타게 바라보면서.

인터넷에는 뉴올리언스 여행 후기와 더불어 마르디 그라에 대한 찬사가 넘쳐났다. 비즈 목걸이만 건네주면 여자들이 가슴을 보여주기도 한다니, 남자들에게는 최고의 축제 아닌가요? 마르디 그라는 자유와 해방의 축제입니다. 주희는 쌍욕을 뱉으며 마우스를 집어던졌다. 왜 내가 포르노 사이트에 올라 있어야 하지? 나는 옷을 벗지도 않았는데? 거기 가만히 서 있기만 했는데. 그런 걸 보고 좋아하는 그들의 고객이 존재한단 말이야? 포르노 사이트 링크를 보내준 친구에게 말하고 싶었으나 주희는 곧 마음을 돌렸다. 애초에 너는 왜 거기서 나를 발견했던 거였니. 왜 그 사이트에 접속했던 거였니. 그에게 물어볼 수 없었다. 97퍼센트의 그 여자는 자기 모습이 포르노 사이트에 전시되어 있다는 걸 알고 있을까. 당신은 대체 어떤 좆같은 해방감에 취해 옷을 다 벗었던 건가요?

주희는 문득 세실에게 털어놓고 싶었다.

세실이 없는 방에서 그녀를 기다리며 주희는 이런 이야기를 하면 세실이 어떻게 반응할까 생각했다. 자신의 얼굴이 포르노 사이트에 걸려 있다는 이야기를 세실에게 털어놓는다면. 하지만 세실에게는 결코 이야기할 수 없을 것이었다. 주희는 세실의 방에 처음 오던 날을 생각했다.

일요일 오후 두 사람은 명동 입구에서 만났다. 세실의 제안은 일요일 오후를 자신에게 써달라는 것이었다. 세실은 그 말을 한국어로 했다. 나 한국어 공부해야 돼요. 더 잘해야 돼요. 세실은 돈을 줄 테니 일요일 오후에 자신의 고시원에서 한국어 능력 시험 준비를 도와달라고, 한국말로 대화하며 시간을 보내달라고 했다. 자신도 유노의 모국어인 한국어를 유창하게 구사하고 싶은데 쥬쥬하우스에서 일하는 것으로는 도통 한국말을 배울 수가 없다고 했다. 세실이 주로 상대하는 고객은 일본인들이었다.

세실이 살고 있는 곳은 신당동 뒷골목의 고시원이었다. 수업하기로 한 첫날 명동 입구에서 만나 함께 지하철을 타러 가는데 세실이 환전소 앞에서 발걸음을 멈췄다. 잠시 들렀다 오겠다던 세실이 긴 머리를 묶은 뚱뚱한 남자와 웃으며 나왔다. 하이파이브를 하며 헤어지는 두 사람은 퍽 친근한 관계로 보였다. 주희는 저도 모르게 인상을 찌푸렸다. 초겨울에 늘어진 러닝셔츠를 입은 남자의 행색이 꼴사납다고 생각했다. 세실은 주희의 눈치를 살피며 말했다.

"아, 마모루 상, 다카키 마모루 상. 내 친구예요. 주희씨 예쁘다던데요."

주희는 그 말에 기분이 상했지만 내색하지 않으려 애쓰며 세실과 함께 역으로 향했다. 하지만 지하철 안에서도 주희는 내내 그 남자를 생각했다. 왠지 좋아 보이지 않았다. 남자의 험상궂은 얼굴이 자꾸 떠올랐다. 세실은 지하철에서 내려 고시원까지 가는 길에도 몇 사람과 더 인사를 했다. 주희의 눈에는 하나같이 가난하고 초라해 보이는 남자들이었다. 주희는 이런 생각이 자신을 더욱 초라한 사람으로 만든다는 것을 알았다. 그래서 더욱 불쾌했다.

주희로서는 대학을 졸업하고 처음 가보는 고시원이었다. 대학 친구들은 고시원에 많이 살았었다. 주희도 본가가 수도권에 있지 않았다면 고시원에 살았을 거였다. 아무리 좋아졌다고 해도 고시원이라는 곳은 여전히 사람을 우울하게 만들었다. 세실이 사는 곳은 '소호텔'이라는 이름을 달고 있었다. 손바닥만한 창문과 화장실이 딸렸다는 이유로 터무니없이 비싼 돈을 월세로 받을 것이 분명했다. 세실은 환하게 웃으며 발랄하게 말했다.

"내 방 괜찮죠? 방음도 무척 잘돼요. 그렇지 않았다면 여기서 한국어 공부를 할 수 있을 리가 없죠!"

세실은 공동주방에서 간식거리를 만들어 오겠다고 했다. 그후에도 세실은 주희가 찾아갈 때마다 공동주방에서 간식거리를 만들어 왔다. 세실이 자리를 비운 방에서 매번 주희는 그녀의 흔적을 둘러보며 심란해졌다. 일인용 침대와 작은 책상 하나, 안이 훤히 들여다보이는 투명한 화장실 문, 옷장 옆 커다란 캐리어…… 그럴 때면 침대맡에 걸린 커다란 유노윤호의 사진을 가만히 노려보기도 했다.

첫날 주희와 세실은 다퉜다. 그날 바로 화해하지 않았다면 일요일 오후의 한국어 과외는 없던 일이 되었을 것이었다. 세실은 그날, 환전소 직원부터 신당동 떡볶이집의 아르바이트생까지 고시원으로 오는 길에 만난 일본 남자들 대부분이 주희의 외모를 칭찬했다고 말했다. 주희는 그런 말을 좋아하지 않았다. 동영상을 본 이후에는 더욱 그랬다. 세실은 그런 말을 칭찬이라고 여기는 모양인지 계속 떠들어댔다. 마모루 상 역시 예쁘다고 잘 하지 않는 사람인데, 나도 놀라버렸어요. 하지만 주희씨는 특히 일본 남자들이 좋아할 얼굴이니까. 귀여운 느낌이니까. 다음 말을 들으며 주희는 순간 귀를 의심했다.

"주희씨도 성형을 좀 했겠죠? 한국 여자분들은 성형을 많이 하니까요. 보편적으로."

주희는 그녀가 '보편적으로'라는 단어를 안다는 사실과, 그렇게 무례한 말을 웃는 얼굴로 한다는 사실에 모두 놀랐다. 주희는 인상을 찌푸리며 대꾸했다.

"세실 상, 그런 말은 하는 거 아니에요. 일본에선 그런 말을 아무렇지도 않게 하나요?"

"왜요? 미인이라서 그런 건데요. 또 한국 여자는 성형을 많이 하기도 하고요."

"한국 여자가 성형을 많이 한다고요? 그러면 일본 여자 대부분은 AV를 찍나요?"

세실의 얼굴이 굳어졌다. 주희는 자기 말에 놀랐지만 계속 말을 이어갔다.

"그런 말이나 다름없는 거예요. 알겠어요?"

입을 꾹 다물고 있던 세실이 울기 시작했다. 주희는 한 시간 동안이나 세실을 달래야만 했다. 미안하다는 말을 거듭하면서. 그날은 그걸로 끝이었다. 헤어지며 세실은 주희에게 돈을 챙겨주려 했다. 받지 않으려 하는 주희에게 세실은 기어코 돈을 건네주었다.

"내가 바라는 게 그냥 이런 거예요. 대단한 공부 이런 게 아니고, 나와 대화해주는 거요. 아무튼 다시는 주희씨를 화나게 하는 말은 하지 않을게요."

다음날 쥬쥬하우스에서 마주친 세실은 주희의 앞치마 주머니에 뭔가를 집어넣더니 빠른 걸음으로 자리를 떴다. 한국인들에게 인기가 높은 일본 가네보사의 폼 클렌저였다. 장미꽃 모양으로 거품이 나오는 것으로 유명했다. 폼 클렌저에 포스트잇이 붙어 있었다. 주희씨, 미안해요. 실수하지 않을 거예요. Cecil. 주희는 퇴근하기 직전 답례로 파우치에 있던 새 립스틱을 부랴부랴 세실에게 건넸다.

그런 세실에게 포르노 비슷한 어떤 단어도 운운할 수 없었다.

세실이 준 폼 클렌저를 다섯 번 정도 사용했을 때, 주희는 가네보사의 리콜 사태를 보도한 인터넷 기사를 봤다. 가네보 화장품을 사용한 사람들에게 피부에 하얀 반점이 생기는 백반증이 일어났다는 것이었다. 인터넷을 검색해보니 면도칼로 피부를 한 꺼풀 벗긴 것 같은 끔찍한 사진들이 쏟아졌다. 주희는 머릿속이 새하얘졌다. 문제가 된 상품은 다행히 세실이 선물한 폼 클렌저 '에비타'는 아니었다. 전량 리콜하기로 결정했다는 또다른 기사의 제목 아래로 검은 양복을 입은 가네보의 임원들이 머리를 숙인 사진이 있었다. 검버섯이 핀 노인들이었다. 기사 아래에는 '가네가후치 방적의 후손들이지. 전범기업 꼴좋다!' '자민당에 뒷돈 대주는 늙은 여우들 이제 그만 망해버려라!' 등 알 수 없는 내용의 댓글들이 가득했다. 주희에게 '가네보'라는 이름이야 여느 유명 화장품 브랜드만큼이나 익숙했지만 '가네가후치 방적'이란 말은 난생처음 듣는 것이었다. 주희는 가네보 리콜 사태를 다룬 기사를 몇 개 더 읽어봤다. 가네보는 몇 년간 일본 화장품 중에서도 가장 높은 인기를 끈 브랜드였다. 돌연 수입이 중단된 이후에도 웃돈을 주고 구입하려는 사람들이 적지 않았다. 주희가 관리자로 활동했던 뷰티 커뮤니티인 파우더룸에도 값비싼 가격에 중고 매물이 올라오곤 했다. 주희도 면세점이나 직구를 통해 구입했던 적이 있었다. 값싸고 품질이 우수한 것은 물론 무엇보다 패키지가 예뻤다. 가끔 파우더룸에 '나는 절대 일본 전범기업의 제품은 쓰지 않을 것입니다'라는 제목으로 비장하게 올라오는 글들이 있었다. 주희는 파우더룸에 접속해 '전범기업'이나 '우익단체 지원'과 같은 단어로 검색해 나오는 글들을 읽어봤다. 게시글 작성자가 정리해놓은바 화장품 및 세제 기업만 해도 셀 수가 없었다. 시세이도, 가네보, 오르비스, DHC, 안나수이, 도브, 맨소래담, 슈 우에무라, CJ라이온, 이세이미야케, 겐조, 마일드, 마죠리카…… 전부 한국에서도 유명한 브랜드였다. 이 제품들은 앞으로 절대 구매하지 않겠다는 댓글도 있었지만, 일본의 오래된 기업 대부분이 식민 통치나 전쟁에 협력했을 텐데 이 수많은 브랜드를 어떻게 다 피할 수 있겠느냐는 댓글도 있었다.

나는 왜 한 번도 이런 문제에 대해 고민해보지 않았을까, 주희는 생각했다. 주희는 더이상 파우더룸의 관리자가 아니었다. 쥬쥬하우스에 입사할 때 파우더룸에서의 활동 경력으로 가산점을 받았지만, 입사한 직후 임원의 권고에 따라 활동을 그만두었다. 고등학생 시절부터 주희는 파우더룸에 붙어살았다. 주희의 색조 화장품 발색 리뷰는 매번 높은 조회수를 기록했고, 그러다보니 개인 협찬도 많이 받아 어느덧 협찬 화장품 홍보 게시물을 올리는 게시판

관리자가 되었다. 파우더룸은 최대 규모의 온라인 화장품 커뮤니티였기에 협찬이 끊임없이 들어왔다. 수없이 많은 화장품 회사와 연락을 했지만 그중 어느 곳이 '전범기업'인지에 대해서는 한 번도 고민해본 적 없었다. 절친한 친구가 너는 어떻게 동물실험을 하는 화장품 회사까지도 홍보해줄 수 있느냐며 따져 물었을 때도 그저 화들짝 놀라고 말았을 뿐이었다. 주희에게 제품의 퀄리티 외에 다른 것은 고려 사항이 아니었다. 그러나 지금은 쥬쥬하우스의 매니저였다. 만약 쥬쥬하우스가 어떤 심각한 범죄를 저지른 단체나 사람과 연루되어 있다면 그건 자신뿐 아니라 세실에게도 매우 곤란한 문제일 것 같았다.

이런 생각을 하다가도 주희는 자신의 멍청한 얼굴이 담긴 동영상이 떠올랐다. 동영상을 본 이후 주희에게는 모든 화요일이 참회의 화요일이 되었다. 주희는 자신을 그곳으로 데려간 J에게 한 번도 따져 묻지 않았다. 왜 버번 스트리트의 한가운데, 가슴을 까라고 요구하는 남자들이 우글거리는 골목에 자기를 버려두고 떠났냐고. 뉴올리언스에서 어린 시절을 보냈다면 축제가 끝난 새벽의 버번 스트리트에서 어떤 일이 벌어지는지 당연히 알고 있지 않았냐고. 어린 아이처럼 줄곧 널 따라다니던 나를 왜 거기 그냥 두고 떠난 거냐고. 뉴올리언스 여행에 다녀온 후 주희는 J와 자연스레 소원해졌다. 하지만 주희는 버번 스트리트에서의 그 일이 J의 악랄한 의도 때문에 벌어진 건 아니라고 믿고 싶었다.

주희가 'yeslut' 운영자의 이메일 주소를 알아내 메일을 쓰기로 마음먹었을 때, 세실에게는 네번째 작문 숙제가 주어졌다. 주희는 평소처럼 일요일 오후에 세실을 만나러 갔다. 기본 교재 외에 뉴스와 칼럼 등을 복사한 자료를 가지고서였다. 처음 과외 제안을 받았을 때, 자신은 한국어 능력이 뛰어나지도, 글쓰기와 책 읽기를 좋아하지도 않아서 시험 준비에 도움이 되지 않을 것이라고 주희는 세실에게 말했었다. 세실은 어차피 시험 준비를 하는 건 한국어 공부를 더욱 열심히 하기 위한 계기를 마련하려는 것이지 점수에 큰 욕심은 없다고 했다. 자신이 바라는 건 그저 한국어로 많은 대화를 하는 거라고 세실은 몇 번이나 말했다. 그래도 그녀에게 돈을 받고 하는 일인데 시간을 때우며 놀기만 할 수는 없었다. 주희는 세실에게 작문 숙제를 내줬다. 나의 고향, 나의 가족, 나의 어린 시절, 나의 취미, 나의 꿈…… 주희가 생각하기에 가장 쉬운 글쓰기 주제였다. 세실과 헤어져 돌아오는 길에는 핸드폰 메모장에 작문을 해보기도 했다. 정해진 주제로 글쓰는 일은 주희로서도 오랜만이었다.

세실과 주희는 언제나 고시원 방에서 한 시간쯤 한국어 교재로 공부를 하고 잡담을 나누다 나가서 밥을 사먹고 근처 카페에서 작문을 검토했다. 밥값이나 커피값은 항상 세실이 계산했다. 헤어질 때 세실은 지갑에서 현금을 꺼내 주희 앞에서 차분히 세어본 후 건네줬다. 세실이 준 돈은 교통비와 커피값으로 쓰였다. 주희는 나쁘지 않은 벌이라고 생각했다.

나는 1995년 도쿄 시부야에서 태어났습니다. 어머니는 1970년생, 나카소네 모리오입니다. 내가 어릴 적에 부모가 이혼했습니다. 우리집은 가난했습니다. 나는 대학을 가지 못했습니다. 어차피 공부도 잘하지 못했습니다. 나는 유노윤호를 좋아합니다. 그래서 한국에 깊은 관심을 갖게 되었습니다. 매일같이 한국 팝스타의 무대를 감상하고 한국 드라마를 보고 한국 패션잡지를 읽었습니다. 그러다 한국어를 공부하게 되었습니다. 내게는 영어보다 한국어를 배우는 것이 더 쉽게 느껴집니다.

주희는 세실과 비슷한 주제로 이렇게 썼다.

나는 1993년 수원 영통에서 태어났다…… 아…… 할말이 없다…… 생각보다 어렵구나…… 아버지는 엄하고 어머니는 자상…… 아 너무 진부하잖아…… 나는 코덕이다. 코즈메틱 덕후. 명동 쥬쥬하우스에서 일하고 있으니 나름 성공한 덕후다.

주희는 세실의 작문을 보며, 맞춤법과 띄어쓰기를 신경쓰지 않고 문장을 대충 만들어낼 수 있다는 것 자체가 모국어 사용자로서 자신이 가진 권력이라는 것을 깨달았다. 뉴올리언스에서 J도 그랬다. 모국어는 아니었지만 J는 영어에 능통했다. 주희는 문법에 맞지 않게 말할까봐 매번 신경을 곤두세웠고, 짧은 메모를 쓸 때도 스펠링 하나하나 꼼꼼히 따져봐야 했으나 J는 그러지 않았다. 주문서에 'pork lib'이라고 쓰는 J에게 스펠링이 틀렸다고 조심스럽게 알려주자 J는 대수롭지 않게 아 그러네, 하고 고쳐 썼다. 주희였다면 대번 얼굴이 빨개졌을 것이었다. 주희는 맞춤법에 틀리지 않으려고 꼼꼼하게 적어낸 세실의 작문을 보며, 한국어를 배우는 외국인이 보통의 한국인들보다 오히려 더 정확한 문장을 구사하지 않을까 생각했다.

'부탁드립니다. 제 얼굴이 찍힌 영상을 지워주세요. 저는 평범한 시민입니다. slut이 아닙니다.'

영작을 하던 순간에도 주희는 그 생각을 했다.

*

나의 할머니(외할머니), 어머니의 어머니인 와타나베 세이젠은 내가 아주 어릴 적부터 할머니의 어머니(曾祖母) 이야기를 많이 들려주었습니다. 1945년에 돌아가신 할머니의 성함은 이마이 사쿠라코예요. 어머니는 싱글맘이었고 우리집은 가난했어요. 소학교 시절에 친구들은 우리집에 욕조가 없다고 놀렸어요. 어머니는 시내의 빵집에서 점원으로 일했고, 나는 여벌의 교복도 체육복도 마련하기 어려울 정도로 매우 힘들었습니다. 그래도 내게는 자부심이 있었어요. 나는 이마이 사쿠라코 할머니의 후손이라는 자부심. 비록 4대손인 나에게까지 후생성 유족연금이 지원되진 않았지만, 세이젠 할머니는 사쿠라코 할머니의 남겨진 딸로서 국가의 배려를 받고 살아가고 있죠. 세이젠 할머니는 내게 아무리 삶이 어렵고 힘들어도 사쿠라코 할머니의 후손이라는 걸 잊지 말아야 한다고 언제나 말해주었습니다. 세일러문은 네 엄마의 할머니, 이마이 사쿠라코 할머니야. 이마이 사쿠라코 할머니와 동료들과 학생들을 기억하려고 만든 것이 바로 세일러문이란다. 나는 할머니의 가르침을 잊지 않으려고 합니다.

1945년에 돌아가신 이마이 사쿠라코 할머니는 히메유리 학도대의 인솔 교사였습니다. 소학교 3학년 때 오키나와에 평화학습 수학여행을 가서 '히메유리의 탑'을 처음 보았어요. 그게 우리 曾祖母를 기억하는 탑이었습니다. 1945년 오키나와 전투에서 미군의 공격을 받기 전에 여학생들을 인솔해서 명예롭게 자결하신 우리 할머니, 사쿠라코 할머니의 군대 '히메유리 학도대'를 기억하는 탑 말입니다. 매년 총리대신을 포함한 주요 관료들이 그곳을 찾아가서 참배합니다. 사쿠라코 할머니는 지금 야스쿠니 신사에 있습니다.

주희는 세실을 슬쩍 봤다. 세실은 커피를 마시며 핸드폰을 들여다보고 있었다. 주희가 내준 작문 주제는 '나와 우리 가족'이었다. 세실의 핸드폰 케이스에는 세일러문 스티커가 붙어 있었다. 주희는 세실의 글과, 핸드폰을 보며 킬킬거리는 세실을 번갈아 봤다. 할머니는 지금 야스쿠니 신사에 있습니다. 주희는 그 문장을 곱씹었다. 야스쿠니 신사…… 주희는 얼마 전에 읽은 가네보 리콜 사태 기사를 떠올렸다. 주희는 자기도 모르게 빨간 펜으로 야스쿠니 신사라는 단어에 밑줄을 쳤다. 세실이 주희를 쳐다봤다.

"아, 세실 상, 잘 썼네요. 여기 엄마의 할머니는 증조외할머니라고 쓰면 돼요. 외증조할머니라거나."

"그래요? 잘 썼나요? 내게는 중요한 내용이라서요."

"저보다 나은데요."

주희는 세실의 핸드폰 케이스에 붙어 있는 세일러문 스티커를 보며 말했다.

"세일러문은 한국에서도 유행했었는데 저는 못 봤어요."

"그런가요? 제게 아니메 전편이 있는데 보내드릴까요? 놀랍죠? 세일러문이 우리 할머니 이야기라는 거요."

주희로서는 작문에 나오는 내용 중 제대로 아는 것이 없었다. 주희는 화제를 돌렸다. 쥬쥬하우스에 입고된 신상품 이야기, 요즘 유행하는 메이크업 튜토리얼 이야기만으로 세실과 몇 시간이나 대화할 수 있었다. 주희와 세실에게는 곧 업무 이야기이기도 했다. 세실은 자신이 말하고자 하는 의미에 맞는 한국어 단어를 찾아내지 못하면 얼굴을 찌푸리며 울상을 지었고, 그럴 때마다 주희는 천천히 설명해주었다. 늘 그랬듯 돈을 건네준 세실은 주희의 손을 붙들며 고맙다고 인사했다. 나는 날마다 일요일만 기다려요, 세실은 단어 하나하나 힘주며 말했다. 주희는 세실의 배웅을 받으며 그녀와 헤어졌다.

귀가한 주희는 '히메유리의 탑'과 '히메유리 학도대'를 검색해보았다. 검색 결과가 쏟아졌다.

1945년 아시아태평양전쟁 말기에 오키나와에 상륙한 미군과 일본군 사이에서 벌어진 오키나와 전투에서 종군간호부 역할을 하다 죽어간 여고생 부대가 '히메유리 학도대'다. '히메유리'는 오키나와 현립 제일고등여학교의 학교 홍보지 '오토히메(乙姬)'와 오키나와 사범학교 여자부의 학교 홍보지 '시라유리(白百合)'를 합쳐 만든 명칭이다. 오키나와에 있는 '히메유리의 탑'은 일본 학생들이 '평화학습'의 일환으로 가장 많이 찾는 장소 중 하나이며, 이들을 주인공으로 한 영화는 끊임없이 제작되고 있다. 군복을 입은 소녀의 이미지를 떠올리게 하는 발상은 대부분 히메유리 학도대에서 비롯된 것이며, 애니메이션 〈세일러문〉 역시 이 영향 아래 있다는 주장이 제기된다……

주희는 위키백과와 블로그에 나온 설명을 대강 읽었다. 세실의 말대로 '세일러문'이 히메유리 학도대와 연관이 있다는 이야기가 가장 먼저 눈에 띄었다. 일부 연구자들의 주장이기는 하지만 전후 일본에서 소녀 군대의 이미지는 전부 히메유리 학도대의 영향 아래 있다고 보아도 무방할 것이다…… 주희는 아시아태평양전쟁이나 오키나와 전투에 대해서는 별다른 관심이 생기지 않았다. 하지만 소녀 군대라는 설정에는 호기심이 들었다. 무엇보다 세실의 외증조모가 일본에서 그렇게나 잘 알려진 군대 출신이라는 사실이 놀라웠다.

주희는 다운로드 사이트에서 '히메유리'를 검색해 화질이 가장 좋은 영상을 내려받았다. 2010년작 영화로 러닝타임은 구십 분이었다. 〈戦火で消え失せた無垢な百合よ、最後のナイチンゲールよ!〉(Star Lily Corps, 1945), 한국어 번역 제목은 '전화에 스러져간 순결한 백합이여, 최후의 나이팅게일이여!'였다. 주희는 제목을 보고 웃음을 터뜨리며 침대에 앉아 노트북으로 영화를 감상했다. 지루한 장면이 끝없이 이어졌다. 전통춤을 추거나 합창을 하는 학생들과 교사들의 모습이 아열대의 배경과 함께 한참 등장했고, 그러는 중간에 뜬금없이 하얀 백합꽃이 나오기도 했다. 시종일관 배경으로 깔

리는 전통음악, 현악기가 연주하는 낮은 멜로디에 주희는 졸음이 쏟아졌다.

핸드폰 진동에 놀란 주희가 눈을 떴을 때, 노트북에서는 끔찍한 장면이 펼쳐지고 있었다. 폭탄이 떨어지자마자 군인들의 팔과 다리가 나무에 튀어올라 주렁주렁 걸렸고, 뒤이어 학도대원 여학생들이 울며 그것들을 수습했다. 미군 전투기가 하늘에서 폭격하고 일본군은 속수무책 쓰러졌다. 다른 부분과 다르게 이 장면만 흑백 화면이었다. 마치 1945년 당시의 실제 모습을 찍은 듯 아무런 연출도 느껴지지 않았다. 주희는 더이상 보기 힘들어 빨리 감기로 넘겼다. 곧 아무 일도 없었다는 듯 즐겁게 떠들며 웃고 있는 여학생들이 등장했다. 제각각 하얀 강보를 들고 있는 여학생들이 우르르 개울가로 몰려가 제복을 벗었다. 새하얀 캐미솔과 거들만을 남기고 전부 벗은 소녀들이 일제히 개울로 입수했고, 카메라는 그 장면에서 멀어지더니 뜬금없이 한 송이 하얀 백합에 초점을 맞췄다. 물장구를 치며 목욕하는 소녀들의 모습이 한참 동안 흐릿하게 이어졌다.

"이제 우리 이별하는 거야. 희생 없는 승리는 없어. 우리는 저 흉악한 미군에게 결코 투항하지 않고 오키나와를 지킨다. 여기서 지키지 않으면 본토가 투항하게 될 거야."

머리에 띠를 두른 학도대원이 힘주어 말했다. 러닝타임을 십 분 남겨둔 상황이었다. 학도대원들은 모여 앉아 서로 머리를 빗겨주고 옷매무새를 정리해주었다. 이건 이별 의식이야, 그러나 우리는 함께 가는 거야, 결의에 찬 소녀들이 다짐을 나누었다. 눈빛이 형형한 한 학도대원이 일어나 입으로 수류탄의 안전핀을 뽑으려고 할 때, 갑자기 벌떡 일어선 교사가 그만둬! 하고 외치며 그것을 빼앗았다. 주희는 그 장면에서 눈을 크게 떴다. 둘러앉은 학생들이 교사에게 소리를 질렀다. 비겁자 사유리 선생, 당장 물러나지 못해요! 다른 교사도 벌떡 일어서며 소리쳤다. 사유리 선생, 함께하지 않으려거든 썩 꺼져요! 당신은 영원히 후손에게 부끄러워하며 생존하시오. 비장하게 외친 선생은 학생들의 한가운데 섰다. 사유리 교사는 방공호 밖으로 나가 손을 들어 투항했고, 뒤이어 폭발음이 들리며 전멸하는 학도대의 최후가 그려졌다.

주희는 엔딩 크레디트를 물끄러미 보며, 세실의 증조외할머니는 아마 '함께하지 않으려거든 썩 꺼져요!'라고 외치며 전원 자결을 이끈 그 교사이리라고 생각했다. 그러자 문득 소름이 끼쳤다. 죽지 말고 살아남자고 말하는 사람을 비겁자라고 꾸짖으며 학생들을 독려해 자살하는 선생이라니. 세실이 아주 어릴 적부터 그녀에게 증조외할머니의 이야기를 들려줬다는 세이젠 할머니는 자신을 남겨두고 죽음을 택한 어머니를 전쟁 영웅으로 기억하며 살아가고 있다고 했다. 그게 어떻게 가능하지? 하긴…… 전쟁 영웅의 후손들은 전부 그런 식이겠지…… 주희는 그런 생각을 하다 다시 잠에 들었다.

*

크리스마스를 한 달 앞두고 쥬쥬하우스는 관련 프로모션으로 매일 바빴다. 할인 패키지 구성은 어느 시기보다 다양했고 수많은 기업과 단체와 연계하여 컬래버레이션 상품을 내놓았다. 주희는 거의 날마다 쥬쥬하우스의 외국인 직원들을 대상으로 프로모션 상품에 대한 설명을 했다. 매장에서 세실과 마주치면 다정한 눈인사를 주고받았다. 바쁜 시기였지만 세실과의 주말 만남은 계속되었다.

포르노 사이트 운영자에게서는 여전히 답장이 오지 않았고, 주희는 동영상이 아직도 걸려 있는지 확인할 엄두를 내지 못했다. 그럴 용기가 나지 않았다. 주희는 그저 잊는 방법밖에 없다고 생각했다. 가끔 술에 취하거나 늦은 새벽까지 잠이 오지 않을 때면 J에게 연락해서 욕하며 따지고 싶은 충동에 시달렸지만 실행하지 않았다.

크리스마스가 이 주 정도 남았을 때 본사에서 특정 상품의 수익금 전부를 일본군 성노예제 피해자를 후원하는 기금으로 전달한다는 소식을 전해왔다. 더불어 크리스마스이브에 명동에서 열리는 대규모 집회에도 직원들의 참여를 독려하고 필요한 물품을 후원하겠다고 했다. 명동에서는 오래전부터 매주 일본군 성노예제 피해자를 위한 집회가 열리고 있었고, 몇 달 전에는 사람들이 많이 찾는 백화점 근처에 소녀상이 세워지기도 했다. 쥬쥬하우스의 수익에 큰 영향을 미치는 일본인 관광객 대부분은 그런 사실에 관심이 없을 듯했다. 주희는 가네보와 가네가후치를 생각했다.

"세실 상, 크리스마스이브에 유노의 콘서트에 가나요?"

"아뇨. 못 가게 됐어요. 예매에 실패해버려서."

세실은 풀죽은 얼굴로 대답했다. 그러곤 광주에는 언제쯤 가볼 수 있으려나요, 생각보다 여유가 없어요, 라고 덧붙였다. 주희는 차차 가면 되죠, 차차, 알죠? 하며 세실을 위로했다. 세실은 주희에게 크리스마스이브에 계획이 있느냐고 물었다. 주희에게는 별다른 일정이 없었다.

"그럼 우리 같이 놀까요?"

세실의 말에 주희는 난감했다. 휴일에도 만나서 놀 만큼 절친한 사이라는 생각은 들지 않았다. 주희는 몇 년간 성탄 연휴에는 집에서 그저 쉬면서 지냈다. 주희가 얼른 대답하지 않자 세실은 실망한 표정을 지었다. 함께 팬케이크를 먹으러 가고 싶었는데, 하고 우물거리는 세실을 보자 주희는 미안해졌다.

"그래요. 팬케이크 먹으러 가요. 가게는 어디예요?"

"쥬쥬하우스랑 가까워요. 멀지 않아요."

"쉬는 날까지 명동에서요? 그날 사람도 미어터질 텐데."

또다시 실망스러운 표정을 짓는 세실에게 주희는 그럼 가봐요, 하고 웃어 보였다. 작문을 검토하던 주희는 문득 궁금해져 세실에게 물었다.

"그런데 세실 상, 사쿠라코 할머님께서는 결혼하고 나서도 교사 생활을 계속하셨나봐요."

"아뇨. 그럴 리가 없죠, 주희씨. 히메유리 학도대는 전원이 순결한 미혼녀였다고 했어요."

"그래요?"

"분명 그렇게 들었어요."

"세실 상, 그런데 사쿠라코 할머니가 어떻게 세이젠 할머니를 낳으신 거예요?"

세실의 얼굴이 서서히 굳어졌고, 주희가 느끼기엔 AV 운운한 말을 들었을 때보다 훨씬 당황한 것 같았다. 주희는 나쁜 뜻이 아니라며 말을 이어갔다.

"아니 아니, 그때 돌아가셨다고 하셔서…… 그럼 언제 세이젠 할머니께서 태어나셨는지 궁금해서요."

세실과 주희는 모두 할말을 잃고 어색하게 테이블만 바라봤다. 주희는 고개를 숙인 채로 살짝 세실의 얼굴을 살폈다. 세실은 표정 없는 얼굴로 앉아 있었다. 주희의 머릿속에 수류탄 안전핀을 뽑으려는 학생을 붙들며 그만두라고 소리치는 사유리 선생의 모습이 떠올랐다. 방공호 밖으로 나가 손을 들고 투항한 사유리 선생은 생존했을 것이었다. 쏟아지는 햇살에 눈을 찡그리며 미군에게 걸어가던 사유리 선생. 세실, 당신 할머니가 혹시 사유리 선생 아닌가요? 주희가 찾아본 자료에는 히메유리 학도대는 전원 자결하지 않았고 꽤 많은 수가 생존했다고 나와 있었다. 그 이후에 사쿠라코 할머니는 세이젠 할머니를 낳고, 세이젠이 모리오를 낳고 모리오가 세실을 낳고, 그래서 우리가 이렇게 마주앉아 있는 거 아닌가요?

너무 당연하잖아요? 당신 외증조모는 살아남았다는 게.

그러나 주희는 세실에게 그런 말을 할 수 없었고, 머릿속으로 끊임없이 여러 가능성을 굴려보고 있었다. 결혼해서 아이가 있는 상태로 종군간호부로 참전한 사쿠라코 할머니. 최후의 순간에 아이를 떠올리며 방공호 밖으로 나온 사쿠라코 할머니. 그날 다른 곳에 있어 이별 의식에 참여하지 못한 사쿠라코 할머니. 그날이 아닌 다른 날 미군에게 포위되어 투항한 사쿠라코 할머니…… 가난하고 주눅들어 있는 어린 세실을 위로해주기 위해 세일러문을 보여주며 네 할머니의 이야기야, 옛날 옛적에…… 하고 그날 만든 이야기를 들려주는 세이젠 할머니……

주희는 세실을 물끄러미 바라보며 그런 장면들을 떠올렸다.

*

세실과 주희는 약속대로 크리스마스이브에 명동에서 만났다. 세실은 주희에게 선물 꾸러미를 내밀었다. 엄마가 보내주신 나베 냄비예요, 나는 요리를 잘 해 먹지 않으니 주희씨가 가져요. 주희는 얼떨떨하게 그것을 받아들며 생각했다. '나도 마찬가지예요, 세실.' 주희는 미처 선물을 마련하지 못했으니 자신이 팬케이크를 사겠다고 했다.

팬케이크 가게는 쥬쥬하우스에서 이십 분 정도 걸어야 나오는 백화점 근처에 있었다. 지하철역에서 꽤 멀리 떨어진 곳이었다. 주희는 이거 생각보다 멀잖아요, 장난스럽게 구시렁댔다. 세실은 가만히 주희의 팔짱을 꼈다. 처음 있는 일이었다.

걸으면 걸을수록 행렬의 밀도가 높아졌다. 마스크를 쓴 사람들을 보며 주희는 크리스마스이브 나들이 인파에서 벗어나, 집회의 행렬에 동참하게 되었다는 것을 깨달았다. 주희는 주변을 둘러봤다. '이 역사 부정의 수렁에서 벗어나 진실한 화해와 치유의 길로!' '피해 당사자에게, 그리고 그 가족에게, 피해자들과 동시대를 살고 있는 우리 모두에게 필요한 해결의 길' 등 빼곡하게 문구를 적어넣은 피켓이 눈에 띄었다. 그때 세실이 주희의 팔짱을 조금 더 힘주어 꼈다. 지금 무슨 시위중인가요? 나는 시위대의 주변에 있으면 안 되는

데…… 외국인은 좀 민감해서요…… 세실은 주희의 어깨에 얼굴을 갖다 댔다. 주희는 세실을 토닥이며 말했다.

"괜찮아요, 세실 상. 이건 평화로운 집회예요. 전쟁 피해자들을 위한 집회예요."

세실은 눈을 빛내며 대답했다.

"아, 그래요? 나도 중학교 때부터 반전 집회에 참여했어요, 일본에서. 우리 할머니도 전화에 돌아가셨으니까요."

주희는 기분이 이상해져 세실을 돌아봤다. 세실은 멀리 있는 것을 보려는 듯 발돋움을 했다. 주변을 둘러보며 눈시울을 붉히기도 했다. 주희는 세실을 속인 것 같은 기분이 들었다. 세실, 당신의 할머니와 여기서 말하는 피해자 할머니들은 조금 달라요…… 세실의 할머니는 야스쿠니 신사에 있다면서요……

그런 말을 세실에게는 결코 할 수 없었고 주희는 조금 참담해졌다. 세실 상, 다른 길로 갈까요? 주희는 세실에게 진지하게 물었고, 세실은 고개를 저었다. 괜찮아요. 그냥 가요. 주희는 순간 뉴올리언스의 펍에 앉아 있던 자신이 떠올랐다.

나도 너처럼, 주희가 여행 내내 가장 많이 했던 생각이었다. J처럼 무람없이 외국 사람들과 어울려보고 싶었고, 그들의 문화를 자연스럽게 체험해보고 싶었다. 그 끝이 고작 포르노 영상이 되리라고는 주희는 예상하지 못했다. J는 미국인 남자애들과 우르르 일어서며 주희에게 피곤하면 안 가도 돼, 여기서 좀더 마시고 있어, 라고 말했고, 주희는 아니, 따라가고 싶어, 대답했다. 따라가고 싶어. 그 말을 했던 자신을 생각해내자 비참해진 주희는 눈을 질끈 감았다.

마르디 그라, 참회의 화요일이 육박해오는 순간이었다. 행렬은 어느덧 소녀상 근처에 도착했고 세실은 동상의 의미를 몰랐다.

| 작가노트 |

나 역시 고작 포카리스웨트 걸을 꿈꿨지만

1

'세실, 주희'라는 제목을 두고 오랫동안 고민했다. 이런 제목이 좋지 않다는 걸 나 말고도 다들 잘 알고 있는 것 같았다. 원래 생각했던 제목은 '나 역시 고작 포카리스웨트 걸을 꿈꿨지만'이다. '포카리스웨트 걸'은 일본에서 가장 큰 미인 대회 중 하나다. 이 제목을 두고 사람들은 더더욱 기겁하며 만류했다. 누구에게 부끄러운 초고를 그렇게 보여주느냐 묻는다면, 내게는 그럴 만한 친구들이 있고, 특별히 이 원고를 교정보면서는 편집자와도 대화를 많이 나눴다. 이 소설은 아직 내게 숙제작이다. 여느 작품보다 구성을 많이 바꿨고, 인물의 위치와 인물 간의 관계도 수없이 뒤집었다. 일본을 여행하면서 인상 깊게 본 이름을 메모했다. 쥬리, 나나, 리나, 세실…… 대부분 한자로 쓰이지 않는 유럽풍의 이름들. 그중에서도 세실. 내게는 1990년대생 4대손이, "우리 할머니는 야스쿠니 신사에 있습니다"라고 말하는 장면이 중요했다. 그런 말을 자랑스럽게 할 수 있는 젊은이들이 아직도 있다는 걸 알고 있다. 소설 속 대사로 만들 생각을 하니 상상만으로도 짜릿했다. 그 장면을 쓰기 위해 수없이 프레임을 바꿨다.

2

한편으로는 십여 년 전, 노동절 집회에서 내게 다가와 정중하게, "동지, 가위를 빌려줄 수 있습니까?" 묻다가 몇 발자국 물러서지도 않고 친구와 내 외모에 대해 큰 소리로 평가하던 남학생을 기억하고 있다. 두 이야기가 하나가 되는 것은 어려운 일이 아니었다. 개별적인 에피소드만을 떠올릴 때면 상상할 수 없는 이야기일지도 모르지만. 그러나 얼마나 성공적이었는가에 대해서 나는 끊임없이 고민할 것이다.

3

그렇게 시간의 빈틈에서 미치지 않기 위해 스스로에게 부과한 미션 임파서블 같은 것들이 있었다. 이 소설을 쓰던 2017년 여름에는 오랜만에 에어컨이 없는 집에서, 더위를 만만하게 생각하고 잠을 자다 울었다. 창가에 면한 왼쪽 몸이 그대로 햇볕에 녹아내리는 듯했다. 두번째 소설집 교정을 보는 중이었고, 지금에서야 알 수 있는(혹은 진단 내릴 수 있는) 일종의 임상적 징후가 발현되는 중이어서, 오랫동안 그랬지만 날마다 항히스타민제를 먹으며 겨우 잠들었고, 어떤 불안감 때문에 숨이 가빠질 때면 수영장에 달려가서 숨을 참곤 했다. 소설을 쓴다는 이유로 때론 누군가에게 상처를 준다는 사실을 끊임없이 의식해왔지만 그 여름만큼 견딜 수 없었던 적은 또 없었던 것 같다.

그래도, '나 역시 고작 포카리스웨트 걸을 꿈꿨지만' 같은 이상한 말을 해서 사람들을 깜짝 놀라게 하고 싶고, 행간에 숨겨진 내용을 설득력 있게 설명하고 싶다. 만약 이런 욕망이 다한다면 나로선 더 이상 그릴 수 있는 그림은 없을 것이다.

무지한 반역의 크로노토프(chronotope)

이은지

주인공의 이름이 곧 제목이 되었던 근대소설들의 목록을 떠올려 보면 이 소설의 제목이 '세실, 주희'인 것은 흥미로울 뿐 아니라 소설에 접근하기 위한 중요한 실마리로 여겨진다. 주인공이자 화자인 주희는 결코 주희만으로는 설명될 수 없다. 세실은 주희를 때로는 낯설 만큼 다르게, 때로는 섬뜩할 정도로 동일하게 반복함으로써 주희에 대한 의미화를 수행하는 일종의 짝패(double)다. 그랬을 때 이 소설의 제목이 '주희, 세실'이 아니라 '세실, 주희'인 것 또한 예사롭지 않게 여겨진다. 주희에 선행하여 호명되는 세실은 주희에 대한 인식을 대리 보충하는 존재이자, 세실을 경유하여 주희가 인식되기까지의 경험 및 사유의 경로를 가리킨다. 그렇다면 '세실, 주희'는 단순히 '세실과 주희'를 의미하지는 않을 것이다. '세실 또는(sive) 주희' '(세실) 주희' '세실-주희'로 번역되어야 마땅할 이 소설은 두 인물 간의 동일성과 차이를 동시에 사유함으로써 주체라는 것이 얼마나 모순적인 구성물인지를 노련하게 드러낸다.

세실이 주희의 짝패이기에 앞서 주희 또한 J의 짝패라는 사실을 간과해서는 안 된다. 미국에서 성장하여 유창한 영어 실력과 풍부한 배경지식을 뽐내며 서구 문화에 서슴없이 동화되는 J, "토론 같은 건 할 줄 모르고 그저 언성만 높일 줄 아는" "멍청한 한국 애들이랑은 말도 섞기 싫다"(16쪽)고 말하는 데 주저함이 없는 J. 그런 J를 따라다니는 것으로 충분했던 미국 여행의 끝에 주희는 마르디그라 축제에 참가하게 되고, 난데없이 몰려와 가슴을 내보이라는 남자들의 요구에 응하지 않았던 자신의 모습이 '썅년'이라는 꼬리표와 함께 포르노 사이트에 올라와 있다는 사실을 우연히 알게 된다. 주희는 자신이 그날 그 자리에 있었다는 사실을 참회하는 한편으로 어째서 J가 자신을 그곳으로 이끌었는지를 끊임없이 생각한다.

그날 일의 원인으로 J를 지목하는 주희의 심리를 어떻게 보아야 할까. 이야기의 표면상 지배적인 심리는 축제의 현장에서 어떤 일이 벌어질지 누구보다 잘 알고 있을 J가 자신을 방조한 데 대한 원망이다. 그러나 우리는 그 이면에 J에 대한 시기 섞인 선망이 그림자처럼 달라붙어 있음을 부인할 수 없을 것이다. 서양인보다 더 서양인처럼 구는 J의 식민적 정체성을 겉으로는 불편하게 여기는 주희이지만, 이 불편함은 J가 더는 그러지 말았으면 하는 불편함이기보다는 자신은 결코 J와 같을 수 없다는 데서 기인하는 불편함으로 보인다.

'서구'로 요약되는 제국의 문화적 상징 질서에 세련되게 밀착하는 J의 서양인 흉내내기(mimicry)는 세실이 한국의 문화 산업을 소비하는 방식이기도 하다. 유노윤호의 팬인 세실에게 아이돌 산업의 생산 주체인 한국은 그 자체로 서구/제국에 방불하는 상징 권력으로 작동한다. 세실은 스스로를 한국에 완전히 일치시키는 방식, 즉 유노윤호의 출생 국가인 한국에 살면서 유노윤호의 모국어인 한국어를 한국인만큼이나 유창하게 구사하는 방식으로 유노윤호를 소비한다. 그러고도 성에 차지 않아 주희에게 개인 과외까지 받을 만큼 세실은 너무나 자발적으로 한국인 흉내내기에 열을 올린다. 그러나 단지 유노윤호가 태어난 곳이라는 이유만으로 광주에 가고 싶다고 말하는 세실의 텅 빈 눈을 한국인의 그것이라고 할 수 있을까.

그런 세실만큼이나 주희 또한 문화 산업을 자발적으로 소비함으로써 재생산한다. 국내 최대 규모의 온라인 화장품 커뮤니티인 파우더룸의 관리자로 활발히 활동한 끝에 국내 최대의 뷰티 편집숍인 쥬쥬하우스의 매니저로 발탁된 이력은 주희가 자평하듯이 '성공한 코덕'의 그것이라고 할 만하다. 자발적으로 꾸밈 노동에 참여하며 미적으로 대상화된 여성상에 자신을 고정시키고, 이를 통해 운위되는 외모 자본주의에 적극 동참한다는 점에서 주희는 그 자체로 이데올로기적 장치의 일부라고 할 수 있다. 특별히 강제되거나 호명되지 않고도 언제나 이미(always already) 그렇게 되어 있는 상태로서의 주체, 코리안 뷰티로 상징되는 문화 산업이 물적으로 지탱하는 한국사회에서 나고 자라며 '구성되는' 주체가 주희인 것이다.

그런데 주체가 이데올로기를 통해 구성되는 것이라면 이데올로기 또한 그만큼 주체와의 관계 속에서 구성된다. 이데올로기와 주체의 관계는 절대적이지도 객관적이지도 않을 뿐만 아니라 허구적이거나 상상적으로 공모하는 관계인 것이다. 일례로 주희가 자발적으로 동일시하는 코리안 뷰티라는 이상은 어느 순간 주희를 할퀴는 폭력으로 되돌아오곤 한다. "역시 한국 여자는 예쁘고 스타일이 좋은 것 같"(14쪽)다는 말을 듣기도 했던 뉴올리언스의 마르디 그라 축제에서 주희는 'nice asian slut'으로 규정당할 따름이다. 한국 여자들은 '보편적으로' 성형을 많이 하니 미인에 속하는 주희도 성형을 하지 않았느냐는 세실의 천진한 물음 또한 마찬가지다. 특정한 국가적 문화적 이데올로기로부터 파생되는 스테레오타입에 주체를 일괄적으로 고정했을 때 발생하는 균열의 자리에 주희는 수시로 내몰린다. 주희 자신이 이데올로기적 주체라는 바로 그 이유로 인해서 말이다.

그러나 이 소설의 진정한 미덕은 구성된 주체인 주희가 이데올로기로부터 탈구되었던 경험을 거듭 사유함으로써 부지중에 이데올로기를 반역하고 전복하는 지점으로까지 나아가는 데 있다. 마르디 그라 축제에서 겪은 일에 대한 의문, 즉 "옷을 벗지도 않았"고 "거기 가만히 서 있기만 했는데"(17쪽)도 자신이 무려 43%의 'slut'으로서 포르노 사이트에 올라 있는 이유에 대해 끊임없이 성찰하는 주희의 태도는 세실과 관계 맺는 태도에도 시종일관 관여하며, 세실을 지탱하고 구성하는 정체성의 모순을 들춰내기에 이른다. 자신의 증조외할머니가 이차대전 당시 미군에 투항하지 않고 자결한 히메유리 학도대의 일원이었다는 이야기에 대한 세실의 굳은 믿음은, 이 이야기가 모순을 내포하지 않고는 성립 불가능하지 않으냐는 주희의 지적으로 그 허위성이 폭로된다.

대를 이은 세실 자신이 버젓이 살아 있으면서도 증조외할머니를 비롯한 학도대 전원이 "순결한 미혼녀"(33쪽)였다는 허구적 믿음, 이를 바탕으로 제작된 애니메이션 〈세일러문〉을 필두로 소녀 전대물이 양산하는 "소녀 군대의 이미지"(29쪽)와 "방공호 밖으로 나가 손을 들고 투항한 사유리 선생"(34쪽)의 이미지 간의 간극은 '참회의 화요일'과 마르디 그라 축제 사이에 가로놓인 간극이기도 하며 이는 주희가 잘 아는 것이다. 그것을 안다는 것은 무엇인가. "끝내 몰랐다면"(11쪽) 좋았을, 현실과 이데올로기 사이의 결코 극복될 수 없는 간극에 자신을 기꺼이 밀어넣음으로써 그것과 참담하게, 원치 않는 방식으로 마주치는 것이다.

반면 세실은 한류 문화를 향유하는 소비자-주체로서의 자신과 한국을 식민 지배했던 제국주의 역사의 후예로서의 자신 사이에 놓인 간극을 끝내 모르는 인물이다. 주희와의 크리스마스이브 나들이 날 벌어진 위안부 집회에 그 의미를 모르는 채로 흔쾌히 섞여드는 세실의 모습은 최근 발표된 한국소설을 통틀어 가장 기괴하고 섬뜩한 장면일 것이다. 철저히 자기 의지로 자기 정체성을 파열하는 지점을 향해 걸어들어가는 세실의 모습은, 오로지 J처럼 되고 싶다는 열망만으로 마르디 그라 축제에 순진하게 따라나선 주희의 모습이기도 한 것이다.

그러나 이 장면이 기괴한 것이 단지 그 때문만은 아닐 것이다. 위 장면을 성립시키는 결정적인 요인은 자신이 어디로 향하고 있는지 모르는 세실의 무지보다는, 이를 알면서도 사실상 방조하고 침묵하는 주희의 태도에 있기 때문이다. 주희의 태도가 일차적으로 보여주는 것은 세실에 겹쳐 보이는 자신의 모습에 대한 경악이자 참회이지만, 그 이면에는 탈식민적 무의식이 함께 작동하고 있다. 세실의 작문 숙제를 검토하며 '야스쿠니 신사'라는 단어에 자기도 모르게 밑줄을 치고, 대상화된 여성의 이미지를 동원하여 전범국가의 파렴치함을 미화하는 히메유리 학도대의 서사에 물음표를 던지고, 세실이 일본 전쟁 영웅의 후손이라는 사실을 알면서도 위안부 집회와 소녀상의 의미를 알려주지 않는 일련의 행동들에서 읽어낼 수 있듯이 말이다.

위안부 집회에 전쟁 영웅의 후손인 세실을 밀어넣음으로써 식민-피식민의 구도를 일그러뜨리는 이 구조적 전복은 결국 세실이 한류 문화의 소비자-주체로서의 욕망을 극단적으로 추구하도록 철저히 방조함으로써 수행되는 셈이다. '무저항의 저항성'이라 할 만한 이 지극히 정적인 수행성은 주체로 하여금 이데올로기와 완전히 동일시되라는, 이데올로기의 결코 성공할 수 없는 요구를 주체가 극단적으로 추구하였을 때, 즉 주체가 완전히 이데올로기적으로 작동했을 때 역설적으로 촉발된다. 이데올로기의 내부에서 이데올로기의 전복 가능성을 발견하는 낯설고도 이질적인 순간에 세실과 주희는 당도해 있는 것이다.

그러나 세실이 소녀상의 의미를 모르듯이 그 순간의 의미를 주희는 '모른다'. 이 무지한 투사의 이미지에 우리는 열광하는 동시에 곤혹스러워해야만 할 것이다. 주희와 마찬가지로 우리 역시 우리가 이데올로기에 대적하는 순간을 영원히 모를 것이기 때문이다. 「세실,

주희」는 언제 어떻게 무엇을 향해 투쟁해야 하는지 안다고 착각하는 이 시대의 주체들이 처한 곤경을 가리켜 보이는 서사로서 값한다. 이를 들여다보는 것은 분명 우리를 비참하게 하지만 그럴수록 우리는 이를 더욱 직면해야 할 것이다. 주희가 그러했듯이.

이은지
2014년 창비신인평론상에 「징후적 소설과 그 너머—이기호의 『김 박사는 누구인가?』가 맴도는 것들」이 당선되어 등단.

임성순

회랑을 배회하는 양떼와 그 포식자들

작가노트

하여, 광고를 하겠습니다

해설 한설

양떼, 에서, 포식자들

임성순

2010년 장편소설 『컨설턴트』로 세계문학상을 수상하며 등단. 소설집 『회랑을 배회하는 양떼와 그 포식자들』 『환영의 방주』, 장편소설 『문근영은 위험해』 『오히려 다정한 사람들이 살고 있다』 『극해』 『자기 개발의 정석』 『우로보로스』, 산문집 『잉여롭게, 쓸데없게』가 있다. 2019년 SF어워드 대상을 수상했다.

회랑을 배회하는 양떼와 그 포식자들

운명은 뜻밖의 형태로 찾아온다. 적어도 내 경우엔 그랬다.

영원히 계속될 것 같았던 황금기가 갑자기 끝나버린 것은 어느 재벌의 비자금 수사 때문이었다. 특검이 출범하고, 일가의 상속 문제가 세간의 관심을 끌더니, 끝내 안주인의 미술 창고가 하나 열렸다. 기자들이 몰려갔고, 카메라 플래시가 번쩍였으며, 검은 양복을 입은 사내들이 우르르 박스를 들고 나왔다. 덕분에 우리나라에서 가장 많은 그림을 소유했다는 그녀의 걸작 컬렉션이 일부나마 빛을 보았다. 그리고 팝아트 거장의 걸작 소유권을 놓고 서로 자신들의 것이 아니라고 주장하는 진풍경이 펼쳐졌다.

거창하게 출발해 유야무야된 이 소동의 마지막은 미술계를 긴급 진단하는 기획 기사로 장식되었는데, '이대로 좋은가'로 시작되는 기획 기사는 온갖 미학과 정치학, 팝아트의 역사 등등의 썰을 풀었지만, 결국 핵심은 웃으며 눈물 흘리는 여자의 그림 가격이었고, 지금은 얼마나 뛰었을지 가격조차 알 수 없는 그 그림의 진짜 소유주가 누구인가에 대한 추측으로 마무리되었다. 아무리 읽어봐도 이대로 좋다는 것인지 아닌지 알 수 없었다.

미술계 말석에서나마 이름을 팔아먹고 살았던 내 돈줄도 그렇게 갑자기 막혔다. 예년 같았으면 갤러리가 문 닫을 시간에 비서와 함께 나타나 트럭째 그림을 싣고 가던 큰손들이 일제히 내 전화를 피하기 시작했던 것이다. 하는 말은 비슷했다.

"알잖아. 요즘 분위기."

"이 사람아, 비 오는데 괜히 비 맞을 일 있나."

"내가 바빠서. 요즘 그림 볼 시간이 없어."

"창고가 꽉 차서…… 알잖아. 김교수."

그렇다고 쉽게 포기할 순 없었다.

"제 후배라서가 아니라 진짜 물건이라니까요. 아시잖아요. 제가 이사님한테 아무나 소개 안 하는 거."

"보장한다니까요. 딱 오 년, 오 년만 가지고 계시면 저한테 고맙다고 절하실걸요."

"이럴 때가 기회라니까요. 다들 이렇게 엎드려 있을 때, 과감하게 들어오셔야 나중에 재미 보시지."

하지만 아무 소용 없었다. 전에는 개관 전날 밤 미리 가서 볼 수 없느냐, 도록만 보내주면 살 그림들 번호를 찍어주겠다고 하던 이들이었다. 그들 모두 거짓말처럼 연락을 끊었고 사 개월을 준비했던 후배의 첫 개인전은 그림 석 점도 채 팔지 못한 채 끝났다. 내가 나

서서 기획하면 늘 완판을 해왔고 그것이 내 은밀한 자부심이었다. 그 모든 것이 고작 미술 창고가 한 번 열린 일로 처참하게 박살나버렸다.

그렇다고 그 일가의 여주인에게 불만이나 원한이 있는 것은 아니다. 오히려 반대였다. 사실 내가 누리고 있는 것들 상당수는 어떤 형태로든 그녀가 만들어준 것이기 때문이다. 고미술품에 대한 강렬한 수집욕을 자랑했던 그 일가의 창업주를 따라 미술계에 뛰어든 그녀는 현대미술에 대한 높은 안목과 그보다 더 대단한 지갑을 가지고 있었다. 덕분에 그녀가 관장으로 있는 미술관은 좋은 작품들을 진공청소기처럼 빨아들였고 명실상부 국내 최고의 컬렉션을 자랑했다. 물론 소문에는 회사가 소유한 미술관은 표면적인 간판일 뿐이고 진짜는 일가, 특히나 그녀의 개인 컬렉션이 어마어마하다고 했다. 그녀가 한 작가의 개인전에 나타나 몇 점을 찍고 지나가면 화가의 이름값은 폭등했고, 그의 작품세계는 재조명됐다. 그러면 그림값은 천정부지로 뛰어올랐다. 그녀의 이름이 품질보증이었으며 가치 증명이었다. 그녀가 샀다는 이유만으로 그림값이 올라갔으니, 이만큼 꿀 빠는 장사도 없었으리라.

그녀의 성공이 다른 재벌들에게 끼친 영향은 이루 말할 수 없었다. 그림은 양도세 상속세도 없었고, 보유세가 부과되는 것도 아니었다. 거래 과정이 공개되지 않으니 자금 출처도 묻지 않았고, 아무리 많이 쌓아두어도 예술에 대한 조예가 깊은 것으로 칭송받았다. 판로만 확보해두면 기록이 남지 않는 현금을 마련할 수 있었고, 적당한 가격에 괜찮은 컬렉션을 확보하면 가격이 내려가는 일도 없었다. 공식적인 가치는 경매장에 등장할 때 한 번 매겨지고 많은 경우 보이지 않는 시장에서 은밀히 거래되기 때문이다. 뿐만 아니라 장래성 있는 젊은 작가의 그림을 미리 확보해두면 몇 년 사이 두세 배로 가격이 훌쩍 뛰는 일은 우스웠다. 아주 드문 일이지만, 운이 좋다면 수십 배의 수익을 거두는 일도 불가능하지는 않았다.

무엇보다 이 모든 것은 메디치[1]를 운운하며 예술을 사랑하고 후원하는 고상한 일로 칭송받을 수 있었다. 말 그대로 도랑 치고 가재 잡고, 꿩 먹고 알 먹는, 지극히 고상하고 우아한 노블레스 오블리주 재테크인 것이다.

젊은 시절 나는 수도권의 한 미대에서 시간강사로 일하고 있었다. 이름만 그럴듯한 모 협회 총무 명함이 있었고, 관련 잡지 한두 곳에 칼럼이나 평론을 기재해 평론가로 이름 줄이나 알려진 정도였다. 원래 그림을 그렸지만 대학 1학년 때 내 재능의 한계를 깨달았다. 졸업했지만 먹고살 길이 막막했으므로 뭐라도 되겠지 하는 심정으로 대학원에 진학했다. 박사학위를 남겨두고 있었지만 딴다고 정교수가 되긴 힘들어 보였고, 평론가로 사는 일 역시 요원했다. 나보다 글을 잘 쓰는 인간들은 이 바닥에 정말이지 발길에 차일 만큼 널려 있었으니까. 학교 친구들은 몰랐겠지만, 몇 번 미술 관련 매체

1) 메디치가. 피렌체에서 르네상스를 이끌었던 가문. 예술가들에 대한 후원으로 명망이 높았다.

의 기자 시험도 봤었다. 하지만 국문과나 신방과 출신들을 이길 수 없었다. 모두 물을 먹었고 어찌저찌 인맥을 동원해 들어간 곳이 협회였다. 구성원과 활동이 모호한 협회는 별 의미 없는 보고서 몇 개를 올려 정부 지원금을 따먹는 곳이었다. 협회장이 귀찮은 일을 맡기기 위해 앉힌 총무였고, 덕분에 협회장의 사적인 잡일들이 거꾸로 떨어지곤 했다. 하지만 그마저 매달 나오는 푼돈과 명함에 박을 이름이 아쉬워 싫은 소리 한 번 못하고 절절맸다.

한마디로 여기저기 걸어둔 줄은 많았지만 어디 하나 딱히 출구가 보이지 않았다. 그나마 미술 명문으로 유명한 대학을 졸업하고 학위도 땄다는 학벌이 있었지만, 그 학벌로 미술학원을 하고 있는 선배를 찾는 것은 어렵지 않았다. 동창 모임에 나오지 않는 이들은 더 막막한 삶을 살아가고 있을 터였고 내가 그 길을 가지 말라는 보장은 없었다.

그때, 한 후배의 개인전 뒤풀이 자리에서 선배를 소개받았다. 나보다 스무 살이 많았고, '한국'으로 시작해서 '협회'로 끝나는 단체 이름이 명함에 빼곡히 박혀 있었다.

"정확히 무슨 일을 하시는데요?"

"음, 우리 학교 유망한 후배들을 에이전시에 소개해주고, 적당한 구매자가 있으면 중개도 해주고, 한마디로 유망주들이 먹고사는 걱정 안 할 수 있게 와꾸 짜주는 일 하지. 요새 건설사들하고도 일 많이 해."

"아! 좋은 일 하시네요."

나는 미소를 지었다. 그의 긴 설명을 한 단어로 요약하자면 브로

커란 소리였다. 당시는 건물 신축시 조형물 설치를 의무화하는 법안이 막 생겨난 직후였다. 아름다운 도시경관을 위한 공공 이익 환원이라는 훌륭한 입법 취지와는 달리 조형물은 객관적인 가격을 책정하기 힘든 품목이었다. 조각상이 백만원이라면 백만원일 수 있었지만, 천만원이라 해도 아무 소리 할 수 없었다. 바꿔 말하자면 리베이트를 받아 비자금을 조성하기에 이보다 좋은 방법이 없었다. 가격 부풀리기부터 가짜 바꿔치기, 이중 계약까지, 이 조형물법은 온갖 복마전의 온상이었다. 생활비 한푼이 아쉬운 젊은 작가들이 이 브로커의 밥이었다. 작품을 사겠다고 하고, 가격을 부풀려 이중 계약을 해도 싫은 소리 한마디 할 수 없었으니까.

그러니 나와는 엮일 일이 없는 사람이었다. 붓을 마지막으로 잡아본 지는 오 년이 넘었고, 설사 그린다 해도 가격표를 붙일 수준은 아니었다. 그런데 그가 먼저 다가와 눈앞의 후배의 그림이 어떤지 물었다.

"어떤 버전을 원하시는데요?"

"버전에 따라 답이 다른 거야?"

"일단 추상화지만 구도 좋고, 눈에 들어오는 색감이고, 뭘 그린 건지 모르겠지만 눈길을 끄는 면이 있죠. 꽤나 꼼꼼하게 그려서 대충 그린 것 같은 느낌과는 달리 디테일한 면들이 살아 있어요. 나쁘지 않아요. 너무 손이 가는 대로 그렸다는 것만 빼면. 저 자식도 자기가 뭘 그렸는지 모를걸요. 그러니까 이렇게 떨어져서 봤을 때는 통일감이 없고, 눈에는 들어오지만 감흥은 없어요. 그냥 그림이죠. 흔한 추상화, 유화. 이게 솔직한 버전."

선배가 피식 웃었다.

"다른 건? 더 해봐."

"무채색 계열의 색으로 고독한 현대인의 절망을 밝은색으로 그가 품고 있는 꿈과 대비해 그린 작품으로 역동적인 꿈과 정적인 고독을 대비해 현대인의 실존적 고뇌를 보여주는 작품입니다. 색의 대비가 깨어져 만드는 불균형이 이러한 은밀한 내면적 불안을 보여주는데, 심리적 불완전성을 강렬한 이미지로 화했죠. 이게 뭐, 적당히 이빨까는 버전이죠."

"재밌네. 그런 식으로 이빨 터는 게 통하기는 하는 거야?"

"대중은 물론 이걸 사는 사람도 아무것도 모르거든요. 뭐가 아름다운지, 뭐가 좋은지 모르는 바보들이라고요."

내 말에 선배는 크게 웃었다.

"나도 몰라. 뭐, 이런 거 팔아먹고 살지만, 실은 좆도 모르겠다고."

멋쩍어진 나는 뭐라 말해야 할지 몰라 어물거렸다. 그러자 그는 별일 아니라는 듯 되물었다.

"얼마나 오를까?"

"첫 개인전치고 그림도 많고, 그림 내에서도 비교해보면 성장한 게 보여요. 작업실은 안 가봤지만 아마 엄청 열심히 작업하는 친굴 겁니다. 근데 그게 전부가 아닌 건 선배가 더 잘 아시지 않아요?"

"그래서 나 같은 사람이 필요하지."

선배는 악수를 청했다. 나는 이유도 모르면서 그의 손을 잡았다.

"일할 만한 아이템이 있는데, 관심 있으면 연락하라고. 길게 이야기하고 싶은데 내가 너무 바빠서."

악수를 하는 선배의 손목에는 파텍 필립[2]이 있었다.

명함을 책상 위에 놓고 고민을 하긴 했지만, 답은 뻔했다. 건축회사에 머리를 조아리는 일이 협회 총무 이름을 달고 세차하는 것보다 굴욕적일까? 파텍 필립까진 불가능해도 롤렉스는 찰 수 있지 않을까? 아니, 세이코만 찰 수 있어도 충분히 머리를 수그릴 만하지. 그렇게 약속을 잡았다.

막상 선배가 권한 것은 뜻밖의 영국 유학이었다. 자신이 돈을 댈 테니 영국에서 박사를 따고 오라는 것이었다.

"영국에서 학위를 딴다고 교수가 될 수 있는 건 아니에요. 티오가 있는 학교들이 몇 없고, 그런 자리 교수는 아시다시피……"

"무슨 소릴 하는 거야? 그깟 선생질이나 하라고 영국까지 보내는 줄 알아?"

"그럼 왜……?"

"학교는 강사라도 좋으니 지금처럼 이름만 걸어놓고, 영국에서 박사 따오는 게 중요해. 그런 게 그림 사는 놈이나 그리는 놈들한테 모두 먹히거든. 다녀오면 에이전시를 하나 차려줄게."

"차려서 뭘 하는데요?"

"뭘 하긴. 에이전시를 운영해야지. 유학 갔다 와서 우리 학교 3,

---

2) 고급 시계 브랜드의 정점. 현대 손목시계의 원형을 제시한 회사로 가장 싼 모델조차 중형차 한 대 가격이다.

4학년 애들 중에 그림 괜찮은 애들 골라서 졸업하면 계약하고 개인전 열어줘. 내가 너한테 그랬잖아. 애들 먹고살 수 있게 와꾸 짜줄 거라고."

너무 좋은 제안이어서 오히려 믿을 수 없었다. 내가 어떤 이유에서 미적거리는지 눈치챈 선배는 웃으며 그가 그리고 있는 큰 그림을 좀더 자세히 설명해주었다.

"니가 젊은 유망주를 발굴해오면 난 자산 관리 포트폴리오 차원에서 그림이 필요한 분들을 소개해줄 거야. 넌 평단 선배들에게 부탁해서 애들 좀 띄워주라고. 술도 사고, 인사도 시키고. 그렇다고 무슨 수를 쓰거나 너무 노골적으로 부탁하진 말고. 자연스럽게 친해지게 하라고."

아직 무슨 이야기를 하는지 이해하지 못했던 나는 인상을 찌푸렸다.

"이상한 제안 하는 거 아니야. 아예 약을 칠 거면 널 영국에 보낼 필요도 없지. 큰 장사 하려면 순리대로 돌아가는 게 좋아."

"그럼 뭐로 돈을 버시려고요?"

"졸업생들 첫 개인전 하고 평단 호평받으면 몸값 올리는 건 금방이잖아. 일단은 그렇게 시작하는 거야. 안 팔리면 나도 좀 사고. 넌 애들 설득해서 아트 페어에 내보내라고. 일단 나오면 내가 부풀려서 적당히 질러줄 테니까. 그럼 그게 공식적인 몸값이 되는 거지. 팔 곳은 걱정 마. 이 바닥에 들어오고 싶은데 그림 볼 줄 몰라서 헤매는 인간들이 줄을 서서 기다리고 있으니까. 우리는 그분들 창고를 채워드리는 거지."

선배의 비전은 탁월했다. 영국에서 돌아온 이후, 그에게 소개받은 건설사 이사님이자 사주의 아들이 내가 기획한 첫 개인전에서 그림의 절반을 싹쓸이해 갔고, 얼마 뒤 사장이 된 그 도련님은 마음에 들지 않는 그림들을 정리해 두 배의 수익으로 보답받았다. 부지 개발 인허가를 놓고 예술을 사랑하는 시장에게 그림도 선물하고, 회사 비자금으로 산 그림을 그가 파는 식으로 양도세도 피했다.

좋은 소문이 퍼지는 건 금방이었다. 우리 에이전시에서 개최하는 신인 작가들의 개인전은 늘 매진 행렬을 기록했다. 나는 젊은 작가를 발굴하는 데 탁월한 눈을 지닌 에이전시 대표가 되어 이름을 날렸다. 다행히 그림은 좀 볼 줄 알았으므로 유망주를 찾아내는 것은 어렵지 않았다. 덕분에 중견 작가 몇과 계약할 수 있었고, 그다음부터는 땅 짚고 헤엄치기나 다름없었다. 그렇게 큰손들의 자산 세탁을 위한 풀패키지가 만들어졌다. 선배가 예측하지 못한 단 한 가지가 있다면 자신의 건강이었다. 빛나는 성공이 이어지던 황금기가 끝나갈 무렵 선배는 뇌졸중으로 쓰러져 오른쪽 반신이 마비되었다. 그때까지 우리는 아주 좋은 콤비였다.

글쎄. 누군가는 우리를 비난할지도 모르겠다. 하지만 나는 떳떳하다. 선배의 말처럼 평론가에게 우리 애들 호평을 써달라고 청탁한 적도 없었고, 뒷돈을 건넨 적도 없었다. 그저 4학년쯤 된 싹수가 보이는 후배들의 작업실에 술자리를 핑계로 몇 번 평론하는 친구들을 부르긴 했다. 정말 그림을 잘 그리는 재능 있는 친구들이고, 선배, 선배 하며 이제는 외로운 아저씨들을 잘 따르니 관계가 나쁠

리 없었다. 내가 하는 일은 그저 일이 년쯤 뒤 그 친구들의 개인전을 열어주고 초청장을 보내 그들의 관계를 서로에게 상기시켜주는 것이면 족했다. 나머지는 인지상정이란 단어로 알아서 굴러갔다. 가난한 무명 시절을 보내야 할지 모를 신인 작가에겐 나름의 화려한 데뷔였으며, 평론가는 자신의 영향력을 과시할 기회였고, 구매자는 돈을 벌었다. 누가 봐도 재능이 있고, 열심히 작품활동을 하며, 구매욕을 자극하는 그림을 그리는 친구들만 골랐으므로 중간에 굳이 야로를 부릴 필요도 없었다. 어차피 대부분의 사람은 어떤 그림이 좋은 그림이고 어떤 그림이 나쁜 그림인지 알지 못했다. 설사 안다고 해도 가격을 매기는 일은 또다른 차원의 문제였다. 미술은 감히 돈이 끼어들 여지가 없는 예술이니까.

적당한 그림만 찾는다면 나머지는 저절로 굴러갔다. 신인의 리스크가 싫다면 중견 작가들이 있었다. 그들의 그림 몇 점을 옥션에 풀어 펌프질하면 나머지는 알아서 올랐다. 선배는 그저 모두가 성공하는 필승 공식을 만들었고, 나는 그 공식의 성실한 이행자였을 뿐이다. 그 과정에서 불행해지는 사람은 없었다. 그렇게 벤츠를 몰고, 파텍 필립을 찰 수 있었다. 그러니까 한 재벌의 미술 창고가 열리기 전까지는 그렇게 모든 것이 알아서 돌아갔다.

그리고 창고가 열렸다. 더는 선배도 없었고, 배운 도둑질도 통하지 않았다. 지금 돌이켜보면 잠시 패닉에 빠졌던 것도 같다. 당시 나는 가장 빠르게 성장하던 신생 에이전시의 대표였으며 나름 영향력 있는 평론가였다. 하지만 그게 얼마나 허울뿐인 것인지는 나 자신이 가장 잘 알고 있었다. 그렇기에 반대로 내게 엄청난 능력이 있다고 스스로를 기만했다. 완판 신화가 깨진 것에 당황한 나는 인터뷰에서 이렇게 지껄였다.

"국내에서 신인 발굴하는 건 이제 충분합니다. 제가 영국 유학을 갔던 건, 단순히 신인 발굴에 목적이 있던 게 아닙니다. 제 꿈은 상하이, 홍콩, 베를린, 런던, 뉴욕으로 가서 그들에게 우리의 젊은 신인들을 소개하는 것입니다. 그래서 한국의 현대미술이 세계 어디에 내놓아도 빠지지 않는다는 걸 보여줄 생각입니다."

그건 누구에게 했던 것이 아닌, 나 자신을 속이기 위한 거짓말이었다. 모두의 기대와 우려를 한몸에 받으며 출국 게이트를 나섰다. 그리고 이 바닥에서 빠르게 잊혔다.

그렇게 망했다.

엄밀히 말하면 한 번에 망했던 것은 아니다. 거의 팔 년에 걸쳐 서서히 말라죽어갔다. 매년 각 도시에서 열리는 옥션에 몇 점의 그림을 헐값에 팔고, 에이전시나 갤러리, 스튜디오 파티에 초청받아 그곳의 사람들과 면을 트는 동안에는 그래도 인맥을 넓히는 중이라고 스스로에게 거짓말할 수 있었다. 유찰이 된 작품을 가지고 한국에 돌아가면 작가들을 만나 잘되고 있다고, 이번 옥션에서 반응이 있었다고 열렬하게 떠들어댔다. 얼마나 열정적이었는지 나 자신이 속을 정도였다. 이 바닥이 어떻게 돌아가는지 알고 있으므로 그들의 이너 서클 안에만 들어가면 나도 할 수 있다고 큰소리쳤다. 고작 인맥 따위. 나는 그저 어떤 계기가, 선배를 만났던 것처럼 불이 붙을 어떤 사소한 계기가 필요할 뿐이라 믿어 의심치 않았다.

그사이 계약 기간이 만료된 후배들은 하나둘 회사를 떠났고, 그림을 맡겼던 중견 작가들 역시 실망스러운 판매 실적에 등을 돌렸다. 그림을 모아뒀던 창고의 임대료가 버거워지고, 회사가 이름뿐인 유령 에이전시로 전락하는 동안 나는 이 모든 게 월급 사장의 무능한 경영 탓이라 확신했다.

미술계의 세계적인 흐름을 읽는다는 이유로 이 시기의 대부분을 뉴욕에서 보냈다. 소호 인근의 렌털 아파트에서 시작했던 집도 미드타운을 거쳐 브롱크스에 있는 원 베드 아파트, 퀸스의 한 인도인이 운영하던 건물 스튜디오, 마지막에는 사우스 자메이카 인근 차고를 개조한 집까지 차근차근 밀려났다. 소금기에 들뜬 페인트가 바람이 불 때마다 바스러지던 마지막 방은 하루종일 들리는 비행기 소음 탓에 귀마개 없이는 잘 수조차 없었다.

그곳에서 아내가 보낸 이혼 서류를 받았다. 나는 서류를 천천히 읽어본 후 가장 좋은 옷을 골라 입었다. 이곳 에이전시로부터 첫 초대를 받았을 때 메이시스에서 무리해서 구매한 정장이었다. 섯핀대로를 따라 삼십 분을 걸어 자메이카역까지 가 전철을 타고 파티가 있는 블리커 스트리트로 갔다. 그곳에서는 새로 브랜드를 만드는 운동화 회사에서 그라피티 스프레이 업체와 제휴해 뉴욕에서 가장 잘나가는 그라피티 작가들과 미술계 인사들을 초청한 론칭 파티를 하고 있었다. 지난 팔 년간, 인맥을 다진다며 이곳에서 거둔 성과는 초대장 검사도 하지 않는 론칭 파티에서 초대장을 받는 정도였다.

창고를 리모델링한 매장은 사방에 그라피티가 그려져 있었고, 매장 안쪽에는 누군가의 그라피티를 벽째 잘라서 전시해놓았다. 초대장 검사를 하지 않았으므로, 뉴욕에서 할 일 없는 사람들은 모두 모일 기세였고 이른 시간이었지만 사람들은 제법 많았다. 정장을 입은 사람들도 있었지만, 어깨까지 타투를 하고 농구화에 반바지, 그래픽 티셔츠 차림에 스냅백을 눌러쓴 꼬맹이들이 대부분이었다. 물론 그들이 그날의 주인공인 대단하신 작가님들이었다. 파티장은 디제이들이 돌아가며 디제잉을 하는 탓에 대화를 하려면 소리를 질러야 할 판이었다. 그나마 브루클린 브루어리 맥주가 공짜였으므로 나는 맥주를 들고 이제는 한두 번쯤 인사한 적 있는 사람들과 의미 없는 잡담을 주고받았다. 한때는 이 모든 것이 인맥을 쌓는 일이라고 믿었지만, 이곳 사람들은 파티에서 나누는 이야기에 큰 의미를 부여하지 않는다는 걸 이제는 알고 있었다. 미국인들은 만난 지 오 분 만에 십 년 지기처럼 웃고 떠들어대지만, 돌아서면 오 분 후엔 잊는 사람들이었다. 기억도 안 나는 누군가와 반갑게 인사하고 마지막에 포옹까지 했던 나는 맥주잔을 든 채 멍하니 서서 지금 무얼 하고 있는 건지 스스로에게 되물었다.

아니야. 괜찮아. 애써 지난 몇 년간 이곳을 광풍처럼 휩쓸었던 중국 열풍을 떠올렸다. 우리 화가들도 불가능하지 않아. 실력만 있으면 통하는 무대라고, 여기는.

나는 이 절망감과 우울함이 모두 맥주 때문이라고 생각했다. 이 순간 취한 탓에 그 기회를 놓치고 있는지도 몰랐다. 술에서 깨야 했다.

노력이 부족한 탓이야. 내 노력이.

찬바람이라도 쐬기 위해 뒷문으로 나왔다. 턱시도를 입은 백발의 노신사가 먼저 자릴 잡고 있었다. 노신사는 벽에 기댄 채 직접 만 마리화나를 피우고 있다가 날 보자 미소를 지었다. 나는 그가 누구인지 기억해냈다. 어퍼이스트사이드 어딘가에서 사십 년간 화랑을 운영하고 있다는 노신사였다. 나는 그에게 가볍게 목례를 했고, 그는 대답 대신 피우던 마리화나를 내밀었다. 나는 그 물건을 잠시 바라보았다. 한국에 돌아가면 아마도 아내와 이혼을 해야 할 것이다. 한 모금쯤은 빨아도 나쁘지 않을 것 같았다. 나는 마리화나 연기를 깊숙이 들이마셨다. 기침이 나왔다. 다시 그에게 마리화나를 되돌려주었다.

"이제는 모르겠어."

"네?"

"바스키아나 키스 해링까지는 그래도 뭐 따라갈 수 있었어. 매튜 바니나 로버트 고버부터는 이게 뭔가 싶더니 이제는 뭐가 뭔지 모르겠더라고."

실없는 웃음이 나왔다. 바스키아나 키스 해링이라면 이십 년 전에 죽은 사람들이었다. 그래도 그는 이십 년이나 화랑을 더 해올 수 있었다. 어떤 그림이 좋은지도 모르며 내게 일을 맡겼던 선배가 떠올랐다. 이곳도 우리나라와 다를 바 없었다.

"안다고 뭘 할 수 있는 것도 아닌데요."

"그래. 자네는 여전히 그림 팔려고 기웃거리는 건가?"

웃음이 또 나왔다. 그가 나를 기억하리라 기대하지 않았었으니까.

"네."

"돌아가. 런던에서 학위를 딴 동양인 정도는 이 바닥에선 발길에 차이는 돌만도 못하니까."

나는 실없이 나오는 웃음을 참으며 말을 이었다.

"아니, 아시아 미술 붐이라고요. 중국 그림들 보세요. 저도……"

"그거야 중국인들이 옥션에서 가장 큰손들이니까. 크리스티나 소더비에서 요즘 가장 많이 돈을 쓰는 게 중국인들이야. 그러니 그들에게 장사하려는 사람들이 팔 그림값을 올리려고 앞으로의 기대주들을 사는 거라고. 자네 그림을 팔고 싶어? 아트 페어에서 팔 그림의 열 배쯤 질러. 그러고 나면 다들 자네가 파는 그림에 주목할 테니까. 이딴 말도 안 되는 파티를 수천 번 기웃거려보라고. 자네가 파는 그림 따위에는 아무도 신경 안 쓸 테니까. 예술학교에서 매해 찍어내는 애새끼들이 온갖 이상한 걸 작품이라고 들고 오는 판인데. 내 비서는 우편으로 받는 도록은 보지도 않고 반송해. 편지 양식이 컴퓨터에 저장되어 있어. 보내주신 그림은 잘 봤습니다. 유감스럽게도 어쩌고저쩌고."

그는 손가락을 구부려 따옴표 제스처를 했다. 웃음이 나왔다. 결국 돈의 문제였다. 어떤 이야기를 하는지 너무나 잘 이해할 수 있었다. 내가 하던 일 역시 크게 다르지 않았으니까. 서울에서 같은 방식으로 그림을 팔아놓고서 이곳에선 그토록 순진하게 실력이 있으면 될 거라고, 정치를 잘해 인맥을 만들고, 그들의 이너 서클에 들어갈 수 있으리라고 믿었던 걸까.

우리나라 사람들도 좋은 작품으로 승부할 수 있는 기회가 이곳에 열려 있긴 했다. 여긴 기회의 땅이니까. 이곳으로 유학을 와서 이곳 예술학교에서 공부하고, 이곳 교수와 평론가 눈에 들어 이곳의 작가로 데뷔하는 것이다. 실력과 운만 있다면 누구나 성공할 수 있었다. 슬프게도 그런 작가가 나와 일할 이유가 없을 뿐이었다. 나는 지금까지 내게 운이 없다고 생각했었다. 하지만 그것은 운 이전의 문제였다. 이곳은 기회의 땅이었다. 그러나 나 같은 이에게까지 자리를 허용할 정도로 그 기회라는 것이 넓지 않았다. 내 위치는 그저 일회성 기획으로 한국 관련 기획전을 할 때 그림을 빌려줄 사람 정도로 족했던 것이다. 그리고 나는 그것이 무슨 대단한 정치인 양 착각하고 있었다. 그게 싫다면 이 세계의 영원한 승리자인 자본으로 기회의 문을 강제로 열어젖히면 되는 것이었다. 어리석게도 나는 어설픈 돈으로 어설프게 비비며 허송세월을 하고 있었던 것이다.

그는 마리화나를 다시 내게 내밀었다. 한번 더 한 모금 깊이 빨았다. 머리가 띵했다. 이번에는 기침이 나오지 않았다. 갑자기 모든 것이 분명하고 또렷해졌다. 지금까지 나 자신의 어리석음에 웃음이 나왔다. 나는 웃었다. 배가 아플 정도로 깔깔거렸다. 그런 나를 초점 없는 눈으로 바라보던 노신사는 툭 던지듯 물었다.

"미술 좋아하나?"

미대 교수가 사반세기 전 입시 면접에서 내게 물었던 질문이었다. 나는 그때처럼 고개를 끄덕였다. 그는 팸플릿을 한 장 내밀었다. 거기엔 이렇게 적혀 있었다.

'회랑을 배회하는 양떼와 그 포식자들.'

"가봐. 안목이 트일 테니까."

노신사의 말에 흥미가 동했지만, 이내 제목 아래 적힌 광고 문구가 의욕을 꺾었다.

'금세기 최고의 공포 퍼포먼스.'

세상에! '금세기 최고'라니. 제대로 생각이 박힌 마케팅 담당자라면 절대로 쓰지 않을 문구였다. 이딴 팸플릿을 만드는 자들이 무언가 그럴듯한 걸 할 수 있을 리 없었다.

"가봐. 뭐가 진짜 두려운지 알게 될 테니까."

나는 가겠다고 답하고 그에게 미소 지었다. 하지만 가지 않으리라. 퍼포먼스 따위, 팔아먹기도 힘든걸.

집에서는 여전히 이혼 서류가 기다리고 있었다. 마리화나 탓인지, 현실에 눈을 뜬 탓인지 처음으로 머리가 차갑게 식었다. 한국에 돌아가야 했다. 아마 이 화살을 피할 수 없을 테지. 미뤄온 빚을 청산해야 할 시간이었다. 고통스럽지 않을 리 없었다. 나는 짐을 꾸렸다. 몇 가지 물건을 포기하고 나자 지난 팔 년은 슈트 케이스 하나로 압축되었다. 아니, 실은 남은 물건들도 수화물 요금을 내며 항공편에 실어야 할 만큼의 가치가 없었다.

다음날, 나는 뉴욕 현대미술관으로 향했다. 이 도시에 다시 돌아올 수 없을지 몰랐으므로 가장 좋아하는 그림을 눈에 담아둘 생각이었다.

네 시간쯤, 잭슨 폴록의 〈one: number 31〉 앞에서 멍하니 그림과 그 그림을 보는 관객들을 봤다. 워낙 거대한 대작인데다 관광객으로 북적이는 미술관이니만큼 결코 그림만 볼 수는 없었다. 어쩐지 관객들조차 이 거대한 그림의 일부 같았다.

이곳에 와서 이 그림을 직접 보기 전까지 잭슨 폴록은 좋아하는 작가가 아니었다. 그저 이름뿐인, 명성 자체가 위대함의 전부가 아닐까 의심했던 적도 있었다. 클레멘트 그린버그[3]가 만들어낸, 그저 허울뿐인 모더니티의 얼굴마담이라 생각했었다. 하지만 직접 그린 그의 그림을 보자 얼마나 정교하고 세심하게 만들어낸 걸작인지 알 수 있었다. 마치 프랙털[4]처럼 부분들은 아무리 작게 나눠도 전체와 유사성을 지녔고, 전체는 부분의 총합보다 컸다. 동시에 어디에도 같은 부분은 없었다. 그것이 혼돈에 부여된 기묘한 질서였다. 그리고 그 질서가 보인다고 생각한 순간 다시 시야에서 빠져나가 선과 점으로 흩어졌다. 삶이 지닌 모호함처럼 말이다. 흩뿌려 우연히 그린다는 그의 이미지는 우연성을 강조하기 위해 그야말로 만들어진 이미지일 뿐이었다. 가까이 다가가 흩뿌려진 물감들이 이루고 있는 층을 바라보면 이 우연이야말로 섬세한 계산에 의해 이뤄진 필연적인 결과물이라는 걸 깨닫게 된다. 31은 잭슨 폴록이 유일하게 술을 끊었던 해 만들어진 작품이었다. 그럴 수밖에 없었다. 이런 정교함

---

3) 미국의 저술가이자 평론가. 전후 유럽에 독립적인 미국 미술의 사상적 기초를 마련한 사람으로 모더니즘 회화론을 정립했다. 아방가르드와 키치의 개념을 규정하고, 큐비즘을 적극적으로 옹호했다.

4) 기하학적으로 자기 유사성을 가지는 구조. 도형의 일부를 확대했을 때, 일부가 전체와 유사성을 가지는 형태를 말한다.

은 무언가에 의지해 만들어낼 수 있는 종류의 것이 아니었다. 이것은 불꽃이었다. 뉴욕에서 쏘아올린 비트 세대의 축포였다.

나락으로 떨어지더라도 이런 불꽃을 쏘아올릴 수 있다면 삶은 의미가 있는 게 아닐까. 나도 이곳에 내가 발굴한 작가의 그림을 걸고 싶었다. 불꽃은 되지 못하겠지만, 불꽃을 쏘아올리는 발사대 같은 것이라도 되고 싶었다. 나는 그림 앞 벤치에 앉아 끝내 울음을 터뜨렸다. 나는 도대체 뭘 하고 있던 걸까?

미술관 밖으로 나오자 부슬비가 내리기 시작했다. 코트 주머니에 손을 넣었을 때, 팸플릿이 손에 닿았다. 노신사가 준 바로 그 팸플릿이었다.

'회랑을 배회하는 양떼와 그 포식자들.'

'금세기'를 강조하는 광고 문구 밑에는 장소와 시간이 적혀 있었는데 위치는 첼시와 헬스키친 사이 어딘가의 포구 쪽 창고 건물 같았다. 집에 돌아가면 슈트 케이스와 내일자 비행기표가 이륙하는 제트기 소음과 함께 기다리고 있을 터였다. 바닷바람에 불어터진 쥐구멍 같은 그곳으로 돌아가고 싶지 않았다. 나는 거리를 가늠해보았다. 이곳에서 천천히 걸어가면 퍼포먼스가 시작되는 시간에 딱 맞게 도착할 수 있을 것 같았다. 걷기엔 다소 멀었지만 달리 할 일도 없었다. 설사 형편없다 해도 이곳에서의 형편없는 내 실패만 할까? 아니, 엉망이라면 차라리 좋을 것 같았다. 그러면 이 비참함에 어떤 완결성을 부여할 수 있을 테니까.

관광객들과 뉴요커 사이에 뒤섞인 채 8번가를 내려오는 동안 소음과 그레이비소스 냄새가 그림자처럼 따라왔다. 신호등에 멈춘 이층 관광버스에서는 우비를 입은 사내 하나가 내 모습이 무슨 대단한 광경이라도 되는 양 연신 사진을 찍어댔다. 부슬비는 쉴새없이 흩뿌렸고 양말은 젖어 구두 안이 눅눅했다.

그렇게 도착한 곳은 강바람이 마구 몰아치는 한 창고 건물 앞이었다. 첼시의 부동산값 폭등과 맞물려 한창 리모델링이 진행되는 거리였다. 옆의 낡은 빌딩은 다시 페인트가 칠해지고 있었고, 그 옆의 창고는 이미 새 단장을 해 디자이너 부티크로 변해 있었다. 허드슨강에 면한 붉은 창고는 이 주변에서는 유일하게 낡은 건물이었다. 건물 앞에는 그 흔한 광고판이나 공연을 알리는 걸개 하나 없었다. 리모델링 공사 직전 잠깐 임대 기한이 남은 건물에서 단기 임대로 치고 빠지는 공연 같았다. 일종의 아트워싱[5]인 걸까? 기대는 더욱더 바닥으로 내려앉았다. '금세기 최고'는 제대로 된 장소조차 빌릴 여력이 되질 않는다는 소리였으니까.

그래도 모퉁이를 돌아서자 제법 긴 줄이 있었다. 대부분 정장을 입은 사람들이었기에 드레스 코드가 있었나 싶어 팸플릿을 다시 확인했다. 다행히 그런 건 없었지만, 옷차림으로 보아 제법 사는 사람들 같았다. 인사를 나눈 적은 없지만 어느 파티에선가 스쳐지나갔던 낯익은 얼굴도 보였고, 한 번도 소개받은 적이 없는 탓에 인사조차 못해본 유럽 무슨 귀족 혈통의 컬렉터가 심각한 얼굴로 주

5) 빈민가의 부동산업자들이 예술가들에게 스튜디오나 갤러리를 싼값에 임대해 원주민을 쫓아내고 젠트리피케이션을 유도하는 일. 가난한 원주민을 예술가로 청소한다는 의미에서 아트워싱이라고 한다.

요 신문사에 평론을 연재중인 대머리와 이야기를 나누고 있었다. 어느 모로 보나 이 행렬과 어울리지 않는 몇몇 젊은 작가와 허술한 후드를 걸친 미대생 무리를 제외하곤 다들 거물들이 틀림없었다. 쓴웃음이 나왔다. 떠나기로 결정한 순간에 와서야 그토록 가보고 싶었던 큰손들의 비공개 퍼포먼스에 초청받은 셈이었으니까.

줄 서 있는 동안 부슬비는 그쳤다. 해가 넘어가고 젖은 옷으로 강바람을 맞자 추웠다. 가로등이 켜지기 시작하자 적벽돌로 만들어진 낡은 창고 건물의 녹슨 셔터 문이 올라갔다. 우리는 일제히 창고 안으로 들어갔다. 창고 안에는 트럭을 댈 수 있는 주차 공간이 있었고, 그 앞에는 화물을 쉽게 부릴 수 있도록 단차가 있었다. 그 위에 턱시도를 입은 사내가 플라스틱 늑대 가면을 쓴 채 나타났다. 턱이 없는 그 가면은 늑대의 이목구비가 묘하게 어긋난 탓에 기이해 보였다. 그의 등장과 동시에 셔터 문이 닫혔다. 그 소리에 여대생으로 보이는 내 앞의 아가씨가 흠칫 놀랐다. 주차장 안에는 서른 명 남짓의 사람들이 있었는데, 오늘 퍼포먼스를 볼 사람들은 이게 전부인 것 같았다.

"이렇게 보러 와주셔서 감사합니다."

늑대 가면이 입을 열었다. 사람들이 조용해졌다.

"한 가지 주의 사항을 말씀드리겠습니다. 저희 퍼포먼스는 전문적인 실현자들에 의해 진행되는 공연입니다. 다소 무섭거나 불쾌해 보이는 상황이 일어나더라도 어디까지나 공연의 일부임을 명심해주시기 바랍니다. 무엇보다 여러분이 이 상황을 오인해 겁을 먹고 패닉에 빠질 경우, 공연 전반의 안전은 물론 여러분의 안전에도 문제가 생길 수 있다는 사실을 명심해주시고 침착한 대처 부탁드립니다."

나는 후회하기 시작했다. 이 정도면 공연장이 아니라 테마파크에 있는 셈이었다. '금세기 최고'라는 광고 문구가 눈앞에서 반짝이는 기분이었다. 늑대 가면은 회랑으로 들어가는 문을 열었다. 열린 문 안은 깜깜했다. 다소 느슨한 분위기에서 사람들은 차례로 그 안으로 들어갔다. 떠드는 사람들의 목소리로 창고 안은 소란스러웠다. 여자 관객 몇은 복도 안으로 들어서다 비명을 질렀다. 내 차례가 되어 들어서자 이유를 알 수 있었다. 복도 안은 어둡기도 했지만, 그보다는 검었다. 거의 완벽히 검었다.

검다는 건 단지 무채색의 어두운 색을 의미하는 것만은 아니다. 검은색은 본질적으로 빛을 흡수한다는 뜻이다. 반타 블랙[6]이나 블랙 2.0[7]처럼 빛의 흡수율이 99퍼센트를 넘어서면 그것은 색이 아니라 그저 무(無)로 보인다. 복도 전체를 그런 색으로 칠했으니 안으로 들어서는 순간 암흑 공간에 던져지는 느낌이었다. 광장공포증이 있는 사람이라면 겁을 먹을 정도로 복도는 사람을 압도하는 검은색이었다.

조금 놀랍고 기발하다는 생각을 했지만 경고처럼 두려울 정도는

6) 세상에서 가장 검은색. 탄소 구조체를 이용해 빛의 흡수율이 99.96퍼센트에 이른다. 인도 출신 건축가 애니시 커푸어가 반타 블랙의 예술적 사용권을 독점하고 있다.

7) 애니시 커푸어가 반타 블랙의 예술적 사용을 독점하자 예술가들과 과학자들이 모여 만든 '최고는 아니지만 충분히 검은 색'. 애니시 커푸어를 제외한 누구에게라도 사용권이 열려 있으며, 가격도 상대적으로 매우 저렴한 편이다.

아니었다. 그보다는 오히려 얼마가 들었을까 하는 생각이 먼저 떠올랐다. 블랙 2.0이라면 그렇게 부담되는 가격은 아니었을 거란 생각이 들자, 서울에서 비슷한 시도를 해볼 수 있겠다는 계산이 섰다. 요즘은 인터넷과 SNS 탓에 외국에서 무언가를 빨리 수입해 와 돈을 벌 기회가 없었다. 하지만 이건 은밀한 모임 같으니 빨리 퍼질 가능성은 없어 보였다. 그러니 여기서 본 것들을 가져가 뭔가를 기획해볼 수 있을 것 같았다.

그사이 사람들은 검은 복도 안쪽으로 들어섰다. 검은 벨벳으로 뒤덮인 홀이 나왔고 그 가운데에는 해체된 양이 조명을 받으며 걸려 있었다. 마치 걸개처럼 얇게 슬라이스되어 허공에 걸린 박제된 양은 데이미언 허스트의 작품을 연상시켰다. 〈양떼로부터 저멀리〉와 한때 우리나라에서 열광했던 〈인체의 신비전(展)〉의 슬라이스 표본을 합쳐놓은 것 같은 작품이었다. 역시나 관객들 몇에게서 비명과 탄식이 나오긴 했지만 실상 놀라운 작품은 아니었다. 이런 식의 해체 쇼가 나온 것도 이미 이십 년 전이었고, 국내에 소개된 것도 십 년 전이었다. 데이미언 허스트 이후 비슷한 시도는 예술적으로 동어반복일 뿐이었고, 〈인체의 신비전〉은 과학의 이름을 가장했지만 본질적으로 대중의 가학성과 관음증을 충족시켜주는 일종의 고어 쇼였다. 금세기 최고 운운하더니 일종의 복고인 건가? 나도 모르게 혀를 찼다. 옆에는 홀린 듯 양의 장기를 구경하는 십대 아이가 있었다. 주근깨 가득한 얼굴에 헤드폰을 눌러쓴 그 아이에게는 제법 신기한 구경거리이리라. 나는 아이를 앞질러 다음 홀로 향했다.

홀과 홀 사이의 꺾어지는 검은 복도를 지나자 홀 입구에는 중국집을 연상시키는 붉은 발이 드리워져 있었다. 발을 헤치고 들어서자 검은 돌로 된 긴 테이블이 모습을 드러냈다. 검은 테이블에는 붉은 새틴으로 된 식탁보가 비스듬히 씌워져 있었고, 그 테이블 위에는 양으로 보이는 짐승이 반쯤 해체된 채 갈비뼈를 드러내고 있었다. 그 앞에서는 역시나 턱이 없는 플라스틱으로 된 하이에나와 독수리 가면을 쓴 턱시도들이 생고기를 게걸스럽게 먹고 있었다. 피비린내가 확 밀려왔다. 확실히 충격적인 광경이었다. 몇몇 여성 관객들은 차마 보지 못하고 고개를 돌려 헛구역질을 했다. 양고기 육회가 있다는 이야기를 들어보긴 했다. 진짜 양고기일까? 퍼포먼스가 행해지는 무대와 관객들이 지나가는 위치에 구분이 없었으므로 나는 가까이 다가가 양을 살폈다. 탁한 눈을 하고 허공을 보고 있는 양의 얼굴은 아무리 봐도 진짜 같았다. 양의 콧잔등에는 철사로 만든 안경이 씌워져 있었고, 다리에는 양말과 신발이 신겨져 있었다. 배는 갈려 갈비뼈가 드러난 채 양쪽으로 피에 젖은 양털과 가죽이 말려 있었고, 장기도 생생했다. 어딜 봐도 늑대가 먹다 남긴 양을 두 턱시도가 뒤처리하고 있는 것만 같았다. 진짜라면 충격받아도 이상하지 않을 모습이었다. 이것도 죽음에 대한 일종의 숭고미라고 부를 수 있는 걸까? 겁에 질린 관객들이 먼저 지나간 탓에 남아 있는 관객은 몇 명 되지 않았다. 사람들은 혐오감을 감추지 않았지만 나는 그래도 명색이 에이전시 사장이었던 만큼 이 퍼포먼스의 제반 내용이 더 궁금했다.

이 시연자들은 도대체 얼마를 받고 이 일을 하는 걸까? 노동법에 걸리는 건 아닌가? 아니, 이들이 행위 예술가인가? 그럼 이 퍼포먼스에 대한 저작권이 있는 건가? 이 양이 진짜라면 식품 관련 위생법 위반은 아닐까? 관련 법규가 있을 테고 누가 신고할지 모르니 걸리지 않으려면 당연히 정교한 모형이어야겠지. 아마 영화 특수 효과 팀을 쓴 걸 거야. 그런데 왜 이렇게 실감나지? 냄새 탓인가? 피비린내가 나게 해서 진짜같이 보이게 한 건 정말 탁월한 선택이네.

나는 비슷한 퍼포먼스를 국내에서 보여줄 수 있을지 머릿속으로 계산하기 시작했다. 적당한 행위 예술가를 섭외해 도축장 같은 장소에서 하면 이 고상한 뉴욕의 퍼포먼스보다 더 쇼킹할 터였다. 벽에 어울릴 만한 기괴한 그림을 그릴 젊은 작가 몇을 섭외해 기획전처럼 꾸미면 돈이 될 것 같았다. 관련법을 알아봐야 하겠지만 화려한 복귀가 될 수 있으리라. 언론에선 찬반 논쟁이 뜨거울 테지만 그 덕에 참여한 작가들은 이름값이 오를 터였다. 운이 좋다면 떠나간 고객들이 돌아올지도 몰랐다.

여기까지 생각하자 가슴이 두근거렸다. 눈앞에선 턱시도들이 우적우적 정체를 알 수 없는 고기를 씹고 있었지만 그것은 이미 개선장군을 위한 찬가처럼 들렸다. 사람들은 어느새 다음 홀로 건너가고 있었지만, 나는 이 퍼포먼스의 디테일을 최대한 눈에 담기 위해 꼼꼼하게 두 사람을 살폈다.

양복이 좋을까? 백정 옷은 어떨까? 아니야. 도살장용 앞치마에 하늘색이나 노란색 장화를 신기는 거야. 그게 피랑 대비가 될 테지. 검은 돌 테이블이라면 도살장과 어울리지 않으니까 스테인리스 테이블로 하는 거야. 맞춤 제작을 하면 돈이 많이 들 테니 장소를 정하고 중고를 구해야겠군. 양을 한 마리만 할 게 아니라 직장인처럼 양복을 입히거나, 드레스를 입혀서 암수 두 마리로 하는 게 좋겠어. 아니야. 꼭 양으로 할 이유가 있을까? 넥타이 같은 걸 매면 돼지도 그림 좋잖아.

이런 생각을 하는 사이 홀에 홀로 남았다. 문득 걱정이 됐다. 소수 인원으로 하는 퍼포먼스였다. 늦게 가면 다른 걸 놓칠지도 몰랐다. 한국에서 팔아먹기 더 좋은 공연이 있지 않을까?

초조한 마음에 다음 홀로 이어진 검은 복도를 따라 달렸다. 너무 검은 탓에 복도는 끝나지 않을 것처럼 느껴졌다. 앞에서 미대생으로 보이는 학생이 모퉁이를 돌고 있었다. 왜 이렇게 통로를 미로처럼 빙빙 돌게 만든 걸까. 공연장의 동선은 관람의 효율성을 위해 가능하면 짧게 잡는 게 상식이었다. 이해할 수 없는 구성에 짜증이 났지만 다 보면 의미를 알 수 있을지 모른다고 스스로를 다독였다. 하긴 이 긴 탄광 같은 통로가 관객의 폐소감을 증폭시켜주는 효과가 있는 것 같았다. 덕분에 다음 공연이 더 충격적으로 다가오는 것이리라.

막 모퉁이를 돌아서는 순간 벽 쪽에서 끼익하는 소리가 들렸다. 반사적으로 발걸음을 늦췄다. 복도가 검은 탓에 무엇이 나타날지 몰라 겁이 덜컥 났던 것이다. 모퉁이를 완전히 돌자 앞서가던 미대생의 모습이 반으로 보였다. 순간적으로 당황했지만, 이내 무슨 일이 일어난 것인지 깨달았다. 복도에 숨겨져 있던 검은 문이 열린 것이었다. 열린 문에 미대생 몸의 절반이 가려 마치 사라진 것처럼 보였다. 전시회장의 가벽 사이에 여러 이유로 감춰진 문을 만드는 경우가 종종 있었다. 그런데 관람객이 있는데 문이 열리다니, 무언가 문제가 있는 건가 싶었다. 그때 눈앞의 검은 공간이 움직였다. 나는 멈춰 서서 그 공간을 응시했다. 분명 검은색이 움직이고 있었다. 문득 그것이 머리부터 발끝까지 타이트한 검은색 옷을 뒤집어쓴 사람이라는 것을 깨달았다. 거의 반사적으로 나는 열린 문 뒤에 숨었다. 그 검은 사람은 둔기처럼 보이는 검은 몽둥이를 손에 들고 있었다. 그는 미대생 뒤로 다가가 그것을 뒤통수에 휘둘렀다. 퍽 하는 소리와 함께 미대생은 무너지듯 쓰러졌다.

내가 뭘 보고 있는 거지?

심장이 미친듯 뛰었다. 무언가 목소리를 내고 싶었지만 나오지 않았다.

이것도 퍼포먼스의 일부인가?

생각보다 몸이 먼저 움직였다. 나는 열린 문 뒤에 바짝 붙어 숨을 죽였다. 무언가 질질 끌리는 소리가 들렸다. 보지 않아도 쓰러진 미대생이 끌려가고 있다는 걸 알 수 있었다.

별일 아닐 거야. 그래, 이것도 퍼포먼스인 거지. 정말 훌륭한 퍼포먼스네. 공포라더니. 정말 쫄았잖아. 이런 건 생각도 못했는데.

하지만 생각과 달리 손은 어느새 주머니 안의 휴대폰을 꽉 쥐고 있었다. 911에 전화를 걸고 싶었지만 그저 이게 퍼포먼스의 일부일지 모른다는 생각이 머리를 떠나지 않았다. 아니, 실은 휴대폰을 켜면 내가 숨어 있는 곳이 들키리라는 걱정 때문에 꼼짝할 수 없었다. 그러는 동안 끌리는 소리는 점점 커져 바로 문 너머 반대쪽까지 가까워졌다. 검은 문을 사이에 두고 피비린내가 훅 밀려왔다. 몸이 떨렸다. 스스로에게 말했다.

아까 있던 홀에서 나던 냄새일지도 몰라.

끌리는 소리가 멈췄다. 문을 사이에 두고 누군가의 호흡소리가 들렸다. 나는 숨을 멈췄다. 숨이 막혔고 침묵은 끝나지 않을 것 같았다. 산소를 달라고 뛰는 맥이 빨라지며 그렇게 끝나지 않을 것 같았던 찰나의 순간이 흘렀다.

잠시 멈췄던 검은 옷이 움직였다. 이윽고 문이 닫혔다. 참았던 숨이 터져나왔다. 다시, 나는 검은 공간에 홀로 있었다. 앞사람이 쓰러졌던 바닥을 노려보았다. 아무것도 없었다. 핏자국이 있더라도 검은 도료를 칠하면 보이지 않을 테지. 나는 내가 본 게 맞는지 확신할 수 없었다. 휴대폰을 꺼냈다. 안테나는 뜨지 않았다. 이 모든 게 마치 끝나지 않을 악몽 같았다.

다음 홀에는 어떤 관람객도 보이지 않았다. 그저 빈 홀의 중앙에 유리관이 하나 놓여 있었다. 유리관 안에는 피부가 모두 벗겨져 근육이 드러난, 시신인지 모형인지 알 수 없는 존재가 서 있었다. 그 앞에는 제목이 적혀 있었다.

'양털 깎이.'

나는 구역질을 간신히 참았다. 그 근육뿐인 무언가는 헤드폰을 쓰고 있었는데, 첫번째 홀에서 마지막까지 남아 양을 유심히 보던 주근깨 가득한 십대 아이의 그것과 같았다.

설마, 시간이 너무 짧잖아. 아니야. 니 착각이야. 우연이라고. 흔한 헤드폰일 뿐이잖아.

흥분한 심장이 마구 박동하는 동안 스쳐지났던 순간들이 조각처럼 맞춰졌다.

왜 다른 관람객들은 보이지 않는 걸까? 왜 이곳의 복도들은 길고 빙빙 돌게 만들어졌을까? 왜 이 돈도 되지 않는 퍼포먼스를 무료로 보여주는 것일까? 왜 휴대폰은 터지지 않는 것일까? 왜 이 공연의 제목은 회랑을 배회하는 양떼와 그 포식자들일까?

유리관 너머로 풍겨나오는 독한 포르말린 냄새 역시 예사롭지 않았다. 하지만 동시에 이 공포감조차 기획된 것은 아닐까, 이것은 착각이고 이 착각도 잘 계산된 퍼포먼스의 일부는 아닐까 하는 의구심이 머릿속을 떠나지 않았다. 하지만 휴대폰은 터지지 않았고 돌아갈 용기가 없었으므로 최대한 빨리 앞으로 나가는 수밖에 없었다. 다른 관람객들과 만나면 괜찮을 거야. 스스로에게 또다른 거짓말을 하며 통로로 향하는 순간 인간의 벗겨진 피부와 마주쳤다. 출구 바로 앞에 트로피처럼 걸려 있는 그 거죽뿐인 피부의 얼굴에는 분명 주근깨가 있었다. 나는 비명을 억지로 삼켰다. 기절할 것처럼 어지러웠지만 이곳에서 쓰러지면 끝이라는 생각에 이를 악물고 앞으로 나갔다.

다음 복도는 더 길었다. 끝나지 않을 것 같은 긴 검은 복도를 달리며 나는 매 순간 어디서 벽이 열릴지 모른다는 두려움에 떨었다. 나 역시 도축될 또다른 양일까?

넘어질 듯 비틀거리며 나는 다음 홀로 튀어나왔다. 다음 홀에는 긴 테이블이 있었다. 테이블에는 턱시도를 입은 늑대 가면과 열두 명의 비둘기 가면이 앉아 있었다. 모두 다른 옷을 입고 있는 열두 명의 비둘기 가면들이 일제히 날 노려보았다. 비둘기들의 형형한 붉은 눈동자와 눈이 마주치자 피가 차갑게 식는 것 같았다. 그들 앞에는 접시가 놓여 있었고, 접시에는 블루 레어로 구운 피가 떨어지는 스테이크가 있었다. 테이블 끝에는 스크린이 있었고, 스크린에서는 팔 밀리 필름으로 찍은 도축장 영상이 흘러나오고 있었다. 노이즈가 가득한 영상에서 컨베이어 벨트에 양들이 실려가는 동안 도살자로 보이는 남자가 인터뷰를 했다.

"죽음의 순간까지 양들은 아무것도 모릅니다."

그리고 그 짧은 인터뷰에 루프를 걸어 남자의 목소리는 계속 반복되었다.

"양들은 아무것도 모릅니다." "양들은 아무것도 모릅니다." "양들은 아무것도 모릅니다." "양들은 아무것도 모릅니다."……

늑대 가면이 내게 곧장 다가왔다. 나는 몸을 곧추세우며 애써 태연한 표정을 지었다.

"괜찮으십니까?"

그가 처음 말했던 주의 사항을 떠올렸다. 결코 겁에 질리지 말 것. 본능적으로 나는 그 규칙이 가장 중요하다는 걸 깨달았다.

"네. 제가 늦은 줄 알았습니다."

"아니요. 다행히 아직 늦지는 않았습니다."

그의 안내에 따라 긴 테이블의 빈자리로 향했다. 내 걸음을 쫓아 비둘기 가면들이 움직였다. 나는 그들의 복장을 보고서야 그들이 다른 관람객들이었음을 깨달았다. 열두 명이 남은 거라면 다른 십여 명은 어디로 사라진 것일까? 문득 테이블 앞을 가로지르고 있을 때, 나는 그들이 레오나르도 다빈치의 〈최후의 만찬〉과 같은 구도로 앉아 있음을 깨달았다. 사도에게 열네번째 자리는 없었다.

“이렇게 모시게 된 걸 유감으로 생각합니다. 아시다시피 현대미술에 무지한 사람들은 이 예술적인 모임을 오해할 수도 있습니다. 때문에 이렇게 은밀한 자리를 만들었습니다. 아시다시피 대중들은 아무것도 모르니까요.”

그랬다. 내가 했던 말이었다. 현대 미학은 개념적이고 관념적이며 통시적인 맥락이 중요한 탓에 그것을 즐기려면 학습이 필요했다. 그리고 그렇기에 부자들이 사랑했다. 잉여의 돈과 시간이 없는 이들에게는 결코 들어올 수 없는 장벽 너머의 세계였으니까. 미학적 감수성이 새로운 계층을 만들어냈다. 늑대는 내게 가면을 내밀었다. 비둘기 가면이었다. 고무로 된 그 가면의 부리와 눈이 살아 있는 것처럼 생생했다.

“굉장히 떠시네요.”

“비를 맞았더니 추워서요.”

프로젝터의 영상은 바뀌어 있었다. 프리크 쇼라 부르는 과거의 기묘한 쇼들의 이미지가 차례로 나타났다 사라졌다. 흑백사진 속에는 꼽추, 난쟁이, 샴쌍둥이와 언청이, 그리고 수염이 난 여자와 종양이 몸을 덮은 아이가 나왔다. 초기자본주의, 제국주의 시대의 망령들이 하나둘 되살아나는 기분이었다. 나는 깨달았다. 현대미술이 말하는 초월적인 카타르시스야말로 프리크 쇼의 또다른 재현이었다. 세계가 깨어지는 충격에서 오는 미학적 쾌감은 이 세계에 속하지 않는 기형을 보는 것과 크게 다르지 않았던 것이다. 나는 노신사의 말을 떠올렸다. 비로소 퍼포먼스란 이름의 이 쇼가 진정 두려운 이유를 깨달았다. 금세기 최고라는 광고 문구조차 이전 세기의 프리크 쇼에 대한 일종의 오마주였던 것이다.

"그런데 제 자리는 없는 거 같은데요."

"알고 계셨군요. 쇼는 계속되어야 하니까요."

비둘기들이 일제히 자리에서 일어나 손가락으로 날 지목했다. 어디까지가 쇼이고 어디까지가 현실일까? 저들은 관람객일까? 공범일까? 아니면 또다른 양일까? 비둘기들은 나를 향해 다가왔다. 늑대의 울음소리가 들렸다. 나는 뒷걸음을 쳤다.

추상이 회화의 경계를 지웠던 것처럼 공포와 퍼포먼스가 뒤섞이며 현실과 꿈의 경계가 지워지고 있었다. 포스트모던이 구조를 해체했던 것처럼 나 또한 제단 위에서 해체될 터였다.

비둘기들의 붉은 눈이 날 향해 다가오는 동안 등뒤로 발소리가 들렸다. 한 걸음, 한 걸음, 발소리가 어둠 속으로 녹아들 때마다 소름이 몸을 따라 역병처럼 퍼졌다. 보이지 않았지만 알 수 있었다. 암흑이 머리 위로 떠올랐다. 미뤄온 운명이 비로소 날 따라잡을 차례였다. 늑대는 미소 지었다.

"괜찮아요. 아픈 것도 모를 겁니다."

경고. 결코 겁에 질리지 말 것.

그리고 나는 노신사의 말을 잊지 않았다. 이것이 쇼든 현실이든 답은 늘 같았다. 모든 건 결국 돈의 문제였으니까. 어둠이 정수리 위로 떨어지기 직전 나는 눈을 질끈 감았다. 그리고 입을 열었다.

"이걸 라이선스 할 수 있을까요?"

칠흑 같은 침묵이 파르르 떨렸다.

팸플릿이 도착했다.
'회랑을 배회하는 양떼와 그 포식자들.'
제목 옆에는 이렇게 인쇄되어 있었다.
'서울展.'

하여, 광고를 하겠습니다

돌이켜보면 좋은 독자는 아니었습니다.

독자이기만 했던 시절, 작가의 말이나 작가노트 같은 것들은 전혀 읽지 않았으니까요. 당시엔 나름 실용적으로 생각했습니다.

'아아, 글 읽을 시간도 부족해 죽겠는데, 일면식도 없는, 앞으로도 없을 작가의 사정이야 내 알 바 아니지.'

그래요. 엄청난 실수였습니다. 덕분에 지금 뭘 써야 할지 알 수 없으니까요. 그때는 그런 생각도 했었죠.

'작가가 하고 싶은 말이 있다면 작품에 적었겠지.'

그치만 작품에 모든 걸 적을 수는 없습니다. 그럼 작품이 망가지거든요. 하지만 한번 더 생각해보면 작가가 떠드는 이야기를 독자가 꼭 전부 들을 필요는 없는 겁니다. 네. 정말 그래요.

어쨌거나 작가노트를 적는 지금, 뭐라 써야 할지 전혀 모르겠습니다. 한마디로 망했어요. 그럼에도 완전 망한 것만은 아닐지도 모르겠습니다. 덕분에 이렇게 청탁받은 원고의 한 단락을 난감하다 떠들며 적당히 때웠잖아요.

뉴욕에 가게 된 건 다다음 장편소설의 취재를 위해서였습니다. 한국인도 전혀 나오지 않고, 뉴욕이 주무대인 소설을 쓰려면 현지 답사가 필요할 것 같았거든요. 영어는 고작 "헤, 헬로" 정도만 웅얼거리는 주제에 덜컥 뉴욕행 비행기에 몸을 실었습니다.

'잠깐, 다다음 장편이라고?'

네. 곧 나온다고 여기저기에서 경솔하게 떠들었던 SF 장편이 유난히 안 풀렸습니다. 섬유질을 폭식하는 변비 환자의 심경으로 새 소설을 밀어내기 위해 말도 안 통하는 나라로 훌쩍 떠난 겁니다. 그래요. 정말 무식하죠. 다음 소설을 준비하면 마지못해 지금 쓰는 소설을 마무리할 수 있겠지. 이런 단순한 생각을 하는 작가가 세상엔 정말 있습니다. 그리고 그 덕인지 아닌지는 알 수 없지만 돌아와서 여러 우여곡절 끝에 SF 장편의 원고는 마무리했습니다. 잘 썼는지 아닌지, 좋은 작품인지 아닌지는 저도 잘 모르겠지만 일단 쾌변에는 성공한 셈입니다. 그러니까 글 변비가 없었다면 뉴욕에 가지 않았을 테고, 이 소설은 쓰지 못했을 겁니다.

뉴욕에선 이틀 연속 비가 왔습니다. 비싼 숙박비와 항공권 가격을 생각하면 가만히 있을 수 없는 노릇이죠. 비를 피해 팔자에도 없던 미술관 순례를 했습니다. 글로 배웠던 미술을 직접 보는 호사스러운 경험이었습니다. 세기의 걸작이라는 작품들이 벽마다 빼곡하게 걸려 있더군요. 그럼에도 마냥 기뻐할 수는 없었습니다. 소설의 자료 취재를 위해선 꼭 들러야 하는 곳들이 있었고, 이 이틀간의 유람 덕에 다음날부터 발바닥에 물집이 잡힐 정도로 강행군을 해야 했거든요. 그럼에도 그 순간 비가 오지 않았다면 이 단편은 쓰지 못했을 겁니다. 그러고 보니 MoMA에서 나와 비를 맞는 주인공의 모습은 실제 경험이었던 셈이네요.

마지막으로 작년 여름, 형이 다니던 회사를 그만두고 일인 출판사를 차리겠다며 에세이 원고를 내놓으라고 절 괴롭혔습니다. 공장에서 찍어내듯 쉬지 않고 글을 쓰는 놈이니까, 어린 시절부터 우리가 좋아하고 열광했던 것들에 대한 산문을 생산해내라며 덜컥 주문을 집어넣은 거죠.

그래요. 쓰는 만큼 작품이 안 나와서 그렇지, 세가 일 년 내내 계속 무언가를 쓰면서 지내고 있거든요. 마른 수건을 쥐어짜내는 심정으로 썰을 풀 만한 소재를 찾아 기억을 더듬어가다 어린 시절 좋아했던 소설들을 떠올렸습니다. 국민학교 다니던 무렵엔 에드거 앨런 포의 「적사병 가면」이나 「아몬틸라도의 술통」 같은 공포 단편을 정말 좋아했었거든요. 읽고 나면 꼭 악몽을 꾸면서도 자기 전에 이불을 뒤집어쓰고 그런 단편들을 읽곤 했습니다. 생각해보면 단편소설이라는 형식도, 소설의 원형이라는 고전들도 기담이나 괴담류에 뿌리를 두고 있습니다. 그런데 어째서인지 최근엔 그런 소설을 좀처럼 보기 힘들더군요.

'언젠가 기회가 닿으면 공포소설도 한 번쯤 써야겠다.'

물론 제 대부분의 결심이 그렇듯이 이 생각 역시 시간과 망각에 휩쓸려갈 예정이었습니다. 제가 단편을 주로 쓰는 작가도 아니고, 써야 할 글은 늘 밀려 있고, 누가 엉덩이를 걷어차지 않으면 미리 작품을 써놓는 부지런한 인간도 아니니까요. 그런데 때마침 문장웹진에서 단편소설을 청탁해주신 겁니다. 편집위원님이 어떤 단편을 읽고, 어떤 기대를 가지고 청탁하셨는지 미뤄 짐작하는 바 없지 않았지만 누군가의 기대를 배신하며 살아온 사십삼 년, 남을 실망시키는 건 새삼스러울 것도 없는 일 아니지 않겠습니까. 결과적으로 형과 문장웹진이 없었다면 쓰지 못했을 수도 있는 소설인 셈입니다. 이 글을 읽는 독자분들은 모를 수도 있겠지만, 문장웹진은 한국문화예술위원회에서 운영합니다. 그 말은 방금 읽은 이 소설이 여러분들의 세금으로 쓰였다는 말이죠.

'와! 세금을 받아 공포소설을 쓰다니, 이거 새로운 세금 도둑질인데!'

당시에 이런 콧노래를 부르며 즐거운 마음으로 썼을 뿐인데 덜컥 『2018 제9회 젊은작가상 수상작품집』에 실린다니 뭐가 어떻게 돌아가는지 모르겠습니다.

여러 우연들이 우연하게 일어났습니다. 제가 한 일이라곤 악몽 같은 상황에 악몽 같은 현실을 더하고, 지극히 속물적이고 현실적인 캐릭터를 집어넣은 후, 대상들의 경계를 적당히 지워가며 매끄럽게 만들려 노력한 것뿐입니다. 이 그럴듯한 말을 날티 나게 풀어보자면 '그저 한 명의 글 노동자가 청탁을 받아서 썼을 뿐'이라는 이야기입니다. 작가노트라니 정말 가당치도 않죠.

그런데 왜 계속 쓰냐고요?

이 작가노트에도 원고료가 지급되기 때문입니다. 저는 원고료가 지급되는 글에 '제가 하고 싶은 말은 여기까지입니다'라 말하며 분량을 줄이는 대범한 인간은 못 되거든요. 받은 돈만큼 최대한 쓰는 게 작가가 노동자라 믿고 있는 나름의 프라이드입니다. 그리고 눈치 빠른 분들은 이미 아셨겠지만 이 글은 올해 제 신간들이 나온다는 광고이기도 하니까요.

그러니까 미리 말했죠. 작가노트 같은 건 꼭 읽을 필요는 없다니까요.

양떼, 에셔, 포식자들[1)]

한설

에셔의 〈손을 그리는 손(Drawing Hands)〉(1948)은 당혹스러운 그림이다. 왼쪽 손은 오른쪽 손을 그리고 있고, 오른쪽 손은 왼쪽 손을 그리고 있다. 양손은 서로의 영역을 무한히 침투하며 되돌아온다. 입구도 출구도 없고 기원도 종말도 없다. 그야말로 재귀적이다.

왼손을 '미술'이라 부르고, 오른손을 '자본'이라 부르자. 반대로 불러도 상관은 없다. 결국은 순환하는 이야기니까. 미술은 자본을 그린다. "장래성 있는 젊은 작가의 그림을 미리 확보해두면 몇 년 사이 두세 배로 가격이 훌쩍 뛰는 일은 우스웠다."(54쪽) 자본도 미

1) 『괴델, 에셔, 바흐』(더글러스 호프스태터, 박여성·안병서 옮김, 까치, 2017)에서 제목을 빌려왔다.

술을 그린다. 재벌가의 안주인이 "한 작가의 개인전에 나타나 몇 점을 찍고 지나가면 화가의 이름값은 폭등했고, 그의 작품세계는 재조명됐다"(53쪽). 이렇듯 미술과 자본은 서로의 영역을 무한히 침투하며 되돌아온다. 미술가는 주목을 받고, 자본가는 돈을 번다. "모두가 성공하는 필승 공식"(61쪽)과도 같다. "그 과정에서 불행해지는 사람은 없었다."(같은 쪽)

「회랑을 배회하는 양떼와 그 포식자들」에서 '나'는 미술과 자본의 기이한 고리 안에 위치해 있다. 정확히는, 자본 쪽에 가까이 있다. 브로커. "유망한 후배들을 에이전시에 소개해주고, 적당한 구매자가 있으면 중개도 해주고, 한마디로 유망주들이 먹고사는 걱정 안 할 수 있게 와꾸 짜주는"(55쪽) 사람. 처음부터 '나'가 브로커였던 건 아니다. 시간강사로 일하기도 했고, 이름만 그럴듯한 협회에 총무로 있기도 했으며, 평론가란 직함으로 글을 쓰기도 했다. 그러나 사는 건 여전히 요원한 일이었고, 선배의 브로커 제의를 거절하기란 어려운 노릇이었다. 선배는 미술을 볼 줄은 몰라도 미술이 자본과 어떻게 결탁하는지는 아는 사람이었다. 덕분에 미술과 자본의 고리에서 방황하던 '나'는 자본 쪽으로 이동한다. 성공 가도도 열린다. 영원할 줄 알았다. 재벌가의 미술 창고가 열리기 전까진.

미술 창고가 열리자마자 미술 시장은 얼어붙는다. 자본이 흐르지 않는데 미술이 흐를 리 없다. '나'는 몰락한다. 도피하는 마음으로 해외 진출을 선언해보지만, 형편은 전혀 나아지지 않는다. 거주지는 변방으로 밀려났고, 새로 쌓인 인맥은 사실상 없었으며, 아내에게서는 이혼 서류가 날아왔다. 실패의 끄트머리에서 '나'는 어떤 노신사를 만난다. 그도 선배처럼 미술을 볼 줄은 몰라도 미술이 자본과 어떻게 결탁하는지는 아는 사람이었다. 그는 '나'에게 팸플릿을 내민다. '회랑을 배회하는 양떼와 그 포식자들.' 미술과 자본의 기이한 고리에서 '나'의 위치가 자본에서 미술 쪽으로 서서히 옮겨진다.

〈손을 그리는 손〉에서 왼손과 오른손이었던 것이 에셔의 또다른 그림 〈물고기와 비늘(Fishes and Scales)〉(1959)에선 전경과 후경이 된다. 검은 물고기는 흰 물고기를 구성하고, 흰 물고기는 검은 물고기를 구성한다. 검은 물고기와 흰 물고기가 서로를 향해 계속해서 침투하는 사이 전경과 후경의 경계는 점점 흐릿해진다. 무한히 반복될 것 같던 배열이 어느샌가 일그러진다. 전경 속에서 후경이 보이고, 후경 속에서 전경이 보인다. 프랙털. 자기 유사성을 지닌 기하학적 구조.[2)]

'회랑을 배회하는 양떼와 그 포식자들'은 현대미술의 카타르시스를 공포의 형식으로 구현한 퍼포먼스였다. 양떼가 잔혹하게 살해당할 때 발생하는 미학적 충격을 극한으로 밀어붙이는 데 이 퍼포먼스의 목적이 있었다. 무(無)를 연상시키는 검은 복도, 얇게 저미어 박제된 양, 하이에나와 독수리 가면을 쓰고 양고기를 생으로 먹는 사람들······ 그러나 '나'는 두려움에 떨지 않는다. 감명도 받지

---

2) 프랙털의 표준적인 정의는 하우스도르프 차원을 이용한 것으로, 엄밀하게 따졌을 때 프랙털이라고 해서 무조건 자기 유사성을 가지는 것은 아니다. 다만, 수학자 망델브로가 자기 유사성을 고려해서 프랙털이라는 용어를 제시한 바 있으므로 여기서는 보다 대중적인 맥락에서 느슨하게 프랙털이라는 표현을 사용하도록 하겠다.

않는다. 오히려 미술에서 자본을 보기 바쁘다. "얼마가 들었을까 하는 생각이 먼저 떠올랐다. 블랙 2.0이라면 그렇게 부담되는 가격은 아니었을 거란 생각이 들자, 서울에서 비슷한 시도를 해볼 수 있겠다는 계산이 섰다."(74쪽) 퍼포먼스를 개선시킬 방법이 자꾸 떠오른다. 미술 속 자본에서 미술이 보인다. "꼭 양으로 할 이유가 있을까? 넥타이 같은 걸 매면 돼지도 그림 좋잖아."(77쪽) 이제 미술 속 자본 속 미술에서 자본이 보인다. "한국에서 팔아먹기 더 좋은 공연이 있지 않을까?"(같은 쪽)

'회랑을 배회하는 양떼와 그 포식자들'을 보러 가기 전 '나'는 잭슨 폴록이 그린 〈one: number 31〉을 한참 동안 봤었다. 프랙털처럼 자기 유사성을 지닌 그림. 그래서 확대하든 축소하든 어떤 질서가 나타나는 그림. 필연의 그림. 그건 '나'의 운명을 예지하고 있었다.

'나'는 미술과 자본의 고리를 끝없이 순환하는 사람이다. 자본 쪽에 가깝게 위치하고 있을 땐 미술을 봤었다. "누가 봐도 재능이 있고, 열심히 작품활동을 하"(61쪽)는 신인을 발굴했었다. 그리고 거기서 자본을 봤었다. "구매욕을 자극하는 그림을 그리는 친구들만 골랐"(같은 쪽)었다. 미술 쪽에 가깝게 위치하게 되자 '나'는 당연하다는 듯 자본을 본다. 퍼포먼스의 상업성을 따진다. 그러면서 미술도 본다. 퍼포먼스의 예술성을 고민한다. '나'는 미술과 자본이 복잡하게 얽혀 있는 프랙털이다.

〈물고기와 비늘〉에서 맞물려 있던 전경과 후경은 에셔의 〈나비(Butterflies)〉(1950)에서 분리된다. 맞물려 있던 도형들은 나비가 되어 날아간다. 프랙털이 산산조각난다. 관점을 바꿔 그림을 거꾸로 읽을 수도 있겠다. 이를테면 나비가 서로 맞물리며 단순한 도형으로 머무른다고. 결국에는 프랙털로 수렴한다고.

〈one: number 31〉은 사실 프랙털이 아니다. "어디에도 같은 부분은 없었다. (……) 질서가 보인다고 생각한 순간 다시 시야에서 빠져나가 선과 점으로 흩어졌다."(69쪽) 이것은 혼돈의 그림이며 우연의 그림이다. 동시에 '나'의 운명을 예지하고 있는 그림이기도 하다.

복도의 벽에서 무언가 튀어나와 앞에서 걸어가던 미대생을 쓰러뜨린다. 그제야 '나'에게 공포가 찾아온다. 미술과 자본의 고리가 끊어졌다. 퍼포먼스 어디서도 자본이 보이지 않는다. 오직 미술만 보인다. "그래, 이것도 퍼포먼스인 거지. 정말 훌륭한 퍼포먼스네."(78쪽) 애써 마음을 추슬러보지만 불안감은 쉽사리 가시지 않는다. 프랙털로 살아온 '나'로선 도저히 견디기 어려운 상황이다.

더구나 복도를 간신히 지난 '나'를 기다리고 있는 것은 순수한 미술의 시공간이었다. 저멀리 스크린에서는 도축장 영상이 흘러나오고, '양들은 아무것도 모른다'는 음성이 반복해서 울려퍼진다. 늑대 가면과 비둘기 가면을 쓴 사람들은 레오나르도 다빈치의 〈최후의 만찬〉을 흉내내며 테이블에 앉아 있다. 사방이 온통 미술이다. 비로소 고리의 절단면이 선명하게 드러난다.

'회랑을 배회하는 양떼와 그 포식자들'은 관람자를 미술의 시공간 깊숙이 초대하는 공포 퍼포먼스이다. 미술의 완성을 위해서라면 무엇이든 허용될 수 있다. 오직 미술밖에 없기 때문이다. 이제 '나'는 죽어야 한다. 퍼포먼스에서 '나'가 맡은 역할이 양이기 때문이고, 〈최후의 만찬〉에서 '나'를 위한 열네번째 자리는 없기 때문이다. 늑대 가면은 아예 이렇게 말한다. "쇼는 계속되어야 하니까요."(83쪽) 미술로 뒤덮인 이곳에서 빠져나갈 길은 없어 보인다.

최후를 앞둔 순간, 불현듯 무언가 떠오른다. 현대미술이 부자들에게 사랑받는 이유는 학습이 필요하기 때문이었다. "미학적 감수성이 새로운 계층을 만들어냈다."(82쪽) 순간 순수한 미술의 시공간에서 자본이 발견된다. 저 옛날 프리크 쇼가 유행했던 것처럼 공포에서 발현된 미학적 쾌감을 소비하는 사람도 분명 있을 것이다. 겁에 질려서는 안 된다. "이것이 쇼든 현실이든 답은 늘 같았다. 모든 건 결국 돈의 문제였으니까."(83쪽) '나'는 힘겹게 입을 연다. "이걸 라이선스 할 수 있을까요?"(같은 쪽) 순수한 미술의 시공간으로 자본이 재빠르게 유입된다. 미술과 자본의 끊어진 고리가 다시 연결된다. 원래부터 이랬어야 됐다는 듯이 '나'는 고리를 타고 미술을 빠져나와 자본으로 돌아간다. 그러고 보니 〈one: number 31〉에 우연은 없었다. "흩뿌려 우연히 그린다는 그의 이미지는 (……) 섬세한 계산에 의해 이뤄진 필연적인 결과물"(69쪽)이었다. 혼돈에 질서가 찾아온다. 프랙털이 형성된다. 새로운 팸플릿. '회랑을 배회하는 양떼와 그 포식자들. 서울展.'

한설
2016년 대산대학문학상 평론 부문에 「석양이…… 진다—맥크리의 시론, 또는 김승일의 시론」이 당선되어 등단.

임현

그들의 이해관계

작가노트

일인칭들

해설 김녕

우리에게 필요한 것은

임현

2014년 『현대문학』 신인추천에 단편소설 「그 개와 같은 말」이 당선되어 등단. 소설집 『그 개와 같은 말』 『그들의 이해관계』, 중편소설 『당신과 다른 나』가 있다. 2017년 젊은작가상 대상을 수상했다.

그들의 이해관계

1

한번은 해주가 무얼 보았다고 해서 화를 낸 적이 있었다. 왜 자꾸 그런 말을 하느냐. 보이긴 뭐가 보인다는 거냐. 봐라, 나도 지금 같이 보는데 아무것도 없지 않느냐. 생각해보면 그렇게까지 화를 낼 필요는 없었는데 나름대로 나도 지쳤던 게 아닐까, 모르는 사이에 내가 해주를 많이 견디고 있었구나 싶었다. 그러니까 그게 다 뭐였나 되짚어가다보면 별의별 게 다 떠오르고, 서운한 것들, 아쉽고 섭섭한 것들, 뭔지 모르게 해주가 마구 우기던 것들만 기억나서 더 화가 났다. 그러다가도 나중에는 좋았던 것, 괜찮았던 것, 해주가 내 뒤통수를 부드럽게 쓸어주던 장면 같은 게 함께 떠올랐으므로 괜히 별것도 아닌 일에 화를 낸 내 잘못이 더 크다는 쪽으로 매번 결론을 내렸다.

또 하루는 어디서 도라지가 좋다는 말을 들었던 게 기억나 분말로 된 것을 구입한 적이 있었다. 보름쯤 전부터 해주의 증세가 심해지기 시작하더니 밤에는 잔기침이 그치지 않았다. 병원에 좀 가보는 게 어떻겠냐 해도 바쁘다고만 해서 뭐가 그렇게 바쁘냐, 바쁜 것도 건강할 때 바쁠 수 있는 거 아니냐, 잔소리했다. 그런데도 해주는 알았다거나 걱정 말라거나 하는 말 없이 줄곧 해야 할 일이 있다고만 해서, 옆에서 자꾸 그러면 자다가 내가 깬다고, 오늘도 여러 번 그랬다고, 왜 이렇게 이기적이야, 같이 사는 사람 생각도 하고 그래야 하는 거 아니냐는 말도 해버렸다. 그럴 의도가 아니었으나 너무 모질게 대했다는 생각에 종일 신경이 쓰였다. 서운해하던 표정이 떠올라 낮에 잠깐 전화했는데 내가 하려는 말은 다 듣지도 않고 해주는 "간다고, 가. 지금 가고 있잖아" 하더니 바로 끊어버렸다.

가루로 된 도라지라 물에 타 먹기도 좋고, 국이나 찌개에 넣어도 좋을 것 같았다. 그러나 정작 해주만은 좋아 보이지 않았는데 기운도 없어 보이고 후두가 많이 부었다고만 했다. 병원에서 그런 말을 듣고 와서인지, 아니면 좀처럼 서운한 감정이 줄지 않아서인지, 사온 것에는 하나도 관심을 보이지 않았다. 대신 뜨거운 유자차만 여러 번 우려 마셨다. 무안한 마음에 우리집에 이런 게 있었느냐고 물었으나 아무 대답도 하지 않았다.

그로부터 사나흘이 지난 뒤에 나는 해주와 함께 병원에 갔다. 그러지 말라는 걸 억지로 내가 따라나섰는데 거기 의사가 부기가 조금도 가라앉지 않았다며 내시경 화면을 보여주었다. 드물긴 한데 심각한 것은 아니라고 했다. 그러니까 모르고 보면 부은 것 같지만, 본래부터 그런 모양이더라는 설명이었다. 그래도 염증이 있는 건 맞으니까 약은 계속 복용해야 한다고도 했다. 지금에 와서 생각해보면, 나는 그때 내가 제대로 들은 게 맞는지 되묻고 확인했어야 했다. 그러니까 그 의사의 말을 우리가 똑같이 들었는데도 해주는 어딘가 나랑 다르게 이해한 것 같았다. 아무래도 그래서였다고 생각한다. 이후로 해주는 계단을 오르거나 무거운 걸 들어야 할 때 평소보다 더 힘들어했다. 자주 입맛이 없다고도 하고 공기 좋은 곳에서 사는 게 어떻겠느냐, 그런 곳이라면 건강에도 좋고 여유로울 것 같지 않느냐 계속 물어서 사람을 귀찮게 했다. 한번은 술 약속이 있어서 밤늦게 들어간 적이 있는데 미리 전화를 해두었음에도 불구하고 불 꺼진 거실에 해주는 우두커니 앉아 있었다. 그러고는 왜 자꾸 자기를 혼자 두는 거냐며 전에 없이 큰소리를 내기도 했다. 그리고 나는 그때마다 해주가 지금 무얼 떠올리는지 알 것 같았다. 그게 나를 더 당혹스럽게 만들었다. 그러니까 내 경우, 선천적으로 그런 후두를 가졌다는 게 무슨 질병은 아니고, 다만 일반적인 사례와 다른 것일 뿐 나쁠 건 별로 없다는 의미로 여겼던 것에 반해, 해주는 보다 무겁고 심각한 의미로 받아들였다. 그걸 장애나 기형처럼 어딘가 비슷한 듯 전혀 다른 의미로 곡해해서 들었던 게 아닐까. 그래서 저러는 게 아닌가.

그러나 그런 말들은 해주에게 전혀 할 수 없었다. 병원을 빠져나오던 그날 나는, 불안해하는 해주의 등을 두드리며 괜찮을 거라고 위로했는데 해주는 그런 나를 가만 바라보기만 했다. 그 순간에는 그게 너무 슬퍼 보일 뿐 다른 무얼 뜻하는 줄은 몰랐다. 그랬으므로 빠른 보폭으로 저멀리 나를 앞장서 걸어가는 해주를 가만 내버려두었던 것이다. 그런데도 나는 왠지 무언가를 하고 있다는 기분이 들었다. 무슨 이유 때문인지는 잘 모르겠으나 그게 다 해주를 위하는 거라고, 그걸 지금 내가 하고 있다고 믿었던 것 같다.

해주에게 크게 화를 내던 날도 그랬다. 나는 그런 대처가 우리의 상황을 나아지게 하는 데 도움이 될 거라 생각했다. 그날 우리는 카페에 있었다. 손님들이 많아 복잡했고 주문을 하는 줄도 길어서 오래 기다려야 했다. 음악소리도 크고 웃음소리, 말하는 소리도 컸다. 옆에 앉아 통화하던 여자도 "뭐라고? 좀더 크게 말해봐. 잘 안 들려. 방금 그거, 그거 다시 말해보라고" 하더니 밖으로 나가버렸다. 대로 가까운 데 있어서 이따금 경적 소리도 크게 들렸다. 그런데도 해주만큼은 조용했다. 간혹 무언가를 말하긴 했으나 그때마다 제대로 알아듣지 못해서 뭐라고? 되물으면 아니라거나, 됐다거나, 별거 아니었다는 식의 대답만 돌아왔다. 모처럼 함께 외식도 하고 여기저기 구경도 할 생각이었다. 무엇이라도 해서 해주의 기분을 나아지게 하고 싶었으나 정작 해주는 아무 노력도 하지 않았다. 그때 내가 제대로 들었더라면 어땠을까. 아니면 다시 말해보라고, 그 별거 아닌 게 도대체 뭐였느냐고 집요하게 물었다면 달랐을까 생각한다. 어쩌면 그랬어야 했는데 그러지 못했던 게 아닌가. 정말 아무것도 아닐 수는 있어도 그랬다면 당시 해주가 진짜 말하고 싶은 게 무엇인지는 알게 되었을 거라고. 사소한 것에서 시작된 대화가 그 순간 우리에게 가장 필요한 것들로 이어지지 않았을까. 우리도 다른 사람들처럼 시끄럽게 떠들고 웃고 그랬어야 했는데 그러지 못했다.

대신 전화를 받으러 나간 여자가 돌아왔고 어딘가 산만하게 주변을 살피기 시작하더니 급히 해주에게 물어왔다. 테이블에 지갑을 두고 갔는데 못 봤냐는 것이었다. 같이 있던 남자가 챙겨 가더라고 해주가 대답했을 때 여자는 몹시 당황해했다.

"누가요? 그게 누구예요? 나는 처음부터 여기 혼자 왔는데 누굴 말하는 거예요? 왜 그런 걸 보고도 가만있었어요? 남의 물건을 가져가는데 왜 가만뒀어요?"

그 일에 대해서라면 나는 여전히 여자의 부주의가 더 잘못이라고 생각한다. 우리가 책임질 일이 아니지 않느냐고 반박할 수도 있었다. 가만 듣고만 있을 게 아니라 왜 애먼 사람에게 그러느냐고 따지고 화를 냈어야 했다. 아니라면 무시할 수도 있었다. 바쁘다거나 미안하다거나 그런 말로 끝낼 수 있었다. 그러나 상황이 더욱 애매하게 된 것은 해주의 태도 때문이었다. 카페의 매니저를 호출해 매장 내에 설치된 시시티브이를 확인해달라고 먼저 요구한 것도 해주였다. 내내 여자 혼자 앉아 있다가, 누군가와 통화를 하다가, 급하게 빠져나가는 것을 화면으로 다 보았는데도 해주는 그렇지 않다고 주장했다. 명백하게 확인 가능한 것이 있는데도 그런 것은 하나도 믿지 않은 채 지갑을 들고 가는 남자만을 가리켰다. 그러고는 아까 이 사람과 분명 같이 들어오지 않았느냐고, 그걸 자기가 보았다고 우긴 것도 모두 해주 혼자뿐이었다. 어느 순간에 이르러 나는 참지 못하고 화를 냈다. 그만 좀 하라며 해주의 팔을 끌어당겼다. 중요하지도 않은 일로 소란 좀 피우지 말라고 소리쳤다.

"보긴 도대체 뭘 봤다는 거야."

해주와 달리 내게는 실제로 그 남자와 여자가 동행했는지 여부는 하나도 중요하지 않았다. 오히려 다른 것들, 해주가 자꾸 그렇게 말함으로써 생기게 될 문제들, 그러니까 지갑을 잃어버린 여자가 의심할 수도 있을 만한 것, 도리어 우리를 지목하고 그것 때문에 하게 될지 모르는 불필요한 해명들이 나는 더 염려됐던 것이다. 그런 일들에 대해서라면 미리부터 대비하고 준비하고 차단해야 했다.

그랬는데도 상황은 왜 더 나쁘게만 흘러갔나.

왜 하나도 좋아지지 않고 이렇게 될 수밖에 없었나.

무얼 하긴 했는데 그건 해주가 아니라 다 나를 위해서 그랬던 걸지도 모른다. 해주가 분명 보았다고 했을 때, 아무도 보지 못한 걸 왜 혼자만 봤느냐고 따질 일이 아니었다. 왜 너만 계속 다르게 듣냐고, 괜한 일에 제발 걱정 좀 하지 말라고 안심시키려고 애쓸 게 아니었다. 무엇보다 화를 내던 해주를 말릴 게 아니라, 뭐가 그렇게 너를 암담하게 만들었느냐고 물었어야 했다. 말해보라고, 그게 뭐든 같이 견디자고. 아니면 그냥 옆에서 가만 듣다가, 듣고 싶어할 말을 해주는 것도 나쁘지 않았을 텐데, 너무 내 말만 해버렸다는 생각에 외로워졌다. 그걸 해주 혼자 견디게 했다는 생각에 미안했다.

이제 와서 나는 우리가 더 오래 같이 살았더라면 어떻게 됐을까, 자주 상상한다. 그랬다면 좋은 것과 나쁜 것, 얻을 수 있는 것과 잃게 될 것 들을 구분하다가 결국에는 크게 싸웠을 거라고, 그런 날들이 지루하게 반복되다가 집히는 게 무엇이든 던지고 부수고 그랬을 거라고. 살면서 우리가 진짜 그랬던 적은 한 번도 없었지만 아마 결국에는 그렇게 되지 않았을까. 붙잡거나 매달리는 일 없이 서로에게 할 수 있는 가장 매정한 말로 상처를 줬을지 모른다. 가능한 최악의 경우로 흘러가다가, 매일매일을 후회하고 지난날에 좋았던 것도 실은 하나도 좋지 않았었다고 고백하는 그런 사이가 되어버리지 않았을까. 그럼에도 그게 무엇이든 더 괜찮아 보였다. 아무리 나쁜 상상을 해도 지금보다는 더 나은 결말 같아서 나를 몹시 슬프게 만들었다.

그런 뒤에는 늘 미안한 것들만 남았다. 내가 하거나 하지 않았던 일들이 떠올라서 괴로웠다. 그러니까 그로부터 며칠이 지나 혼자 좀 쉬고 오겠다는 해주를 말리지 않았던 것, 어디든 한적한 곳이 좋겠다는 말에 그러라고 되레 반색했던 것, 다음날 일찍 버스터미널까지 해주를 배웅했는데 예약도 없이 도착한 시간이 어중간했다. 그랬으므로 다음 배차시간을 기다리며 뭐라도 먹거나 마시거나 할 수도 있었을 텐데 급하게 남는 차편을 구해 해주를 태웠던 것, 얼마 지나지 않아 비가 내리기 시작했고 그런 풍경이 맑은 날보다 더 좋을 거라는 통화나 잠깐 했을 뿐, 무엇도 대비하지 못했던 것 등등.

사고가 있었다. 해안을 따라 이어진 도로였고 한가운데 전복된 차량이 있었는데 그것을 확인할 수 없을 만큼 안개가 짙었다고 했다. 다중 추돌 사고로 이어진 탓에 여러 명이 크게 다치거나 사망했다. 뉴스 속보를 통해 신원이 확인된 명단이 방송되었고 거기에는 해주의 이름도 들어 있었다.

2

해주를 잃고 해주가 없다는 사실만으로도 납득하기 힘든데 보다 현실적인 문제들이 산재해 있었다. 관공서에 들러 신고서를 작성하고 통신사나 각종 계약 건들을 해약했다. 그때마다 사유를 물어서 그간의 정황을 설명하고 어색한 위로를 들어야 하고 다시 실무적인 절차와 과정을 숙지해야 했다.

나로서는 도무지 원인을 알 수 없는 것들이 남들에겐 당연하게 보이는 것도 견디기 어려웠다. 예를 들어 종종 다리가 저려서 밤에 잠들기 어려웠는데 진찰 결과 특별한 이상은 발견되지 않았다. 뜨거운 물에 반신욕을 하면 좋다거나 우유나 멸치가 수면을 촉진하는 효과가 있다는 말은 많이 들었으나 누군가는 그것 말고 육류를 먹어야 한다고 했다. 단순히 불면증이 심하다고만 했을 뿐인데 내 손을 붙잡으며 햇빛을 자주 쐬고 특히 고기를 먹으라고, 이럴 때일수록 잘 먹고 잘 버텨야 한다고 조언했다.

그러다 기어코 참지 못하고 은행에서 화를 내버렸다. 도장이 어디 있는지 모른다며 고함을 질렀다. 다시 말해요? 그게 어디 있는

지 진짜 모른다니까. 그거 모두 그 사람이 보관하고 관리했는데 내가 그걸 어떻게 압니까. 몇 번을 말해야 알아듣겠어요? 그런 사람이 사고를 당했다고. 어디 있는지 나한테 말하지도 않고 갑자기 죽어버렸다니까. 그런데도 왜 나를 배려하지 않나. 나를 왜 좀더 성의있게 대하지 못하느냐고 창구 앞에서 목놓아 울었다.

지하철에서 누군가 내 무릎을 두드린 적도 있었다. 중년의 여자였고 무거워 보이는 가방을 껴안고 있었는데 옆에 앉은 내게 주의를 주었던 것이다.

"그런 거 하지 마요."

나는 여자를 빤히 쳐다보았다.

"사람 많은 데서 왜 자꾸 혼잣말해요. 무섭게 왜 그래요. 그러지 마요. 그런데 아까부터 뭐라는 거예요?"

여자의 물음에 그러나 나는 아무 대답도 하지 못했다. 방금까지 내가 무슨 말을 했는지, 정말 하긴 했는지, 그게 어떤 종류였는지 전혀 몰랐기 때문이었다. 대신 나는 여자를 자세히 바라보았다. 어떤 표정으로 나를 쳐다보고 있는지, 내가 어떻게 보이는지, 그것으로 지금의 내 상황이 얼마나 나빠져버렸는지 등은 알 것 같았다. 여자는 잠깐 가방을 뒤적이더니 무언가를 꺼내 내밀었다.

"읽어봐요, 도움이 될 거예요."

그리고 나는 오랜 시간 그것을 쥐고 있었다. 내려야 할 곳은 이미 지나친 뒤였으나 여자가 내린 뒤에도, 그 자리에 다른 사람이 앉았다가 다시 자리가 비워진 뒤에도, 그것으로 정말 무슨 도움을 받겠다는 심정으로, 종교 단체에서 나눠주는 손바닥만한 크기의 그 홍보 책자를 오래 붙잡고 놓지 못했다.

한동안 나는 해주가 그렇게 될 수밖에 없었던 이유가 무엇인지에 대해 알고 싶었다. 사고와 관련된 기사들을 검색하고 혹시나 누락된 정황은 없는지 살피고 원인을 규명하고자 했다. 왜 이런 일이 우리에게 벌어졌나. 우리가 대체 뭘 잘못했다고. 그럴수록 분명해지는 것이 생겼다. 그런 일들은 너무 쉽게 일어나버린다. 그냥 그렇게 되어버린 많은 일들 중의 하나였을 뿐이다. 상황은 자꾸 나쁘게 돌아가는데도 내가 할 수 있는 건 별로 없었다. 그러니까 나의 어떤 행동도 사고의 직접적인 원인은 될 수 없었다. 함부로 미안해하기도 어려웠다. 뭘? 내가? 내가 무슨 잘못을 했지? 찾을 수 있을 만한 게 별로 없었다. 나와 상관없는 일에 가까웠고 책임질 만한 어떤 것도 발견되지 않았다.

대신 이런 제목의 기사를 읽을 수는 있었다.

'참사를 피한 기적의 버스 운전사, 부당 해고당해.'

사고 당일 해당 노선을 운행중이던 고속버스가 예정에 없이 경로를 벗어났고 그 덕분에 탑승해 있던 열두 명의 승객이 모두 무사했다는 것이었다. 그런데도 사측에서는 운전사에게 문책성 징계를 내렸다. 규정 위반에 따른 조치라고는 하지만 상황을 고려하지 않은 무리한 처분이라고 기사는 지적하고 있었다. 그리고 당시 승객의 인터뷰가 이어졌다.

"지나친 결정이라고 생각해요. 아니면 우리더러 그냥 사고를 당하라는 말인가요? 사고를 피했다는 이유로 해고를 한다는 게 말이

나 되는 일이냐고요."

좀처럼 그 기사가 내 머릿속에서 떠나지 않았다. 왠인지 모르게 화가 난 탓에 밤새 뒤척이기도 했다.

지나치다고?

너무하다고?

이불을 박차고 일어나 거실을 서성거리고, 집안의 문 달린 것들은 모조리 열어 환기를 하기도 하고, 찬물을 뒤집어쓰기도 했는데 도무지 참을 수가 없어서 포털 사이트에서 그 기사를 다시 검색하기도 했다. 일인 시위중이라는 운전사의 사진이 가장 먼저 눈에 들어왔다. 그러고는 어김없이 그 제목, '기적'이라는 그 단어 앞에서 시선이 또 한번 멈춰버렸던 것이다. 기적? 기적이라니. 사고를 피한 게 기적이라면 그러지 못한 쪽은 무엇인가. 기적의 반대말이 뭐야. 상식적으로 이해할 수 없는 일, 그게 기적 아닌가? 그러면 뭐, 해주는 그래도 된다는 말인가? 그게 다 상식적이고 일반적인 일이었다는 건가? 그냥 그럴 수 있는 사고였다는 거야 뭐야.

전체적으로 보자면 일종의 절대량 같은 게 있어서 그게 늘 유지되고 있는 건 아닐까. 확률상으로는 이상할 게 하나도 없는, 다만 엄청나게 큰 분모와 상대적으로 매우 작은 분자 값의 문제일지도 모른다. 그럼에도 항상 누군가는 복권에 당첨되는 것처럼 사고를 당할 누군가가 반드시 필요했던 건 아닐까.

그런데

왜?

왜 하필 그게 해주였나.

나는 아무나 붙잡고 따지고 싶었다. 이래도 되는 거냐고 고함을 지르고 행패도 부리고 아주 이해할 수 없는 행동을 하면서 그런데도 내가 지금 상식적으로 보이느냐고 묻고 싶었다. 누가 더 몰상식한 거냐고. 엄연히 죽거나 다친 사람들이 있는 사고인데도 기적 운운하는 당신들이 더 너무한 거 아니냐고. 그래서 내가 이런다고.

버스 운전사의 사정에 대해서라면 어렵지 않게 알아낼 수 있었다. 인터넷 커뮤니티 사이트마다 그의 복직을 위한 서명을 받고 있었는데 이와 관련해서 그의 조카라는 사람이 올려둔 게시글이 있었다.

"저희 삼촌이 억울한 일을 당했습니다. 도와주세요."

그러나 내가 알고 싶은 점은 오로지 한 가지뿐이었다. 해주와 무엇이 달라서 그는 사고를 피할 수 있었나. 그런데도 그런 내용은 하나도 없이, 회사측의 주장과 다르게 ○○운수는 최근 경영난에 시달리고 있었다라든지, 배차 시간이 빠듯해서 다른 업체에 비해 근무 여건이 좋지 않았다느니, 노사 간의 협의가 원만하게 진행되지 못했는데 그 때문에 이전에도 사소한 실수를 핑계삼아 직원들을 가차없이 해고했다, 삼촌도 유사한 케이스였는데 그래서 억울하다, 같은 호소로만 가득했다.

지하철역에서 십 분가량 걸었을 뿐인데 주변에 보이는 것들이 많이 달라졌다. 공터가 넓었고 대체로 낮고 노후한 건축물들뿐이었다. 운수회사까지 아주 먼 거리는 아니었으나 그곳까지 가는 내내 나는 마음이 무거웠다. 만나서 무얼 해야 하나, 무얼 내가 할 수 있나, 소리를 지를까, 멱살은 잡아도 되는 건가, 그런데 무엇 때문에? 무슨 이유로 이러는 거냐고 물으면 뭐라 대답해야 하지? 나를 왜 화나게 하냐고? 아니면 왜 함부로 살아남았느냐고? 해야 할 게 무엇인지도 모르면서 나는 무작정 그곳으로 향했던 것이다. 그리고 차고지 앞에 이르러 입구에서 홀로 시위중인 그 남자를 발견할 수 있었다.

나는 그가 더 건장한 사내이기를 바랐다. 회사 로고가 박힌 낡은 외투가 아니라 보다 점잖은 차림을 하고 있었다면 달랐을 것이다. 내가 있는 쪽으로 성큼 걸어올 때는 뒤돌아 도망치고 싶었다. 건네는 전단지를 뿌리치고 공공장소에서 사람들 불편하게 이게 다 뭐하는 짓이냐고 매몰차게 대하고 싶었다. 그러나 남자의 왜소한 체구는 어딘가 절실해 보이는 데가 있었다. 원하지 않는데 저절로 전단지를 두 손으로 받게 하고 고개가 숙여지고 고생이 많다고, 힘내라는 말도 함께 하게 만들었다. 남자가 필요 이상으로 내게 고마워했다. 진심이라고는 조금도 없는 가벼운 말에 기운을 얻은 것 같았다. 그게 나를 부끄럽게 했다. 그게 아니었다면, 나는 그대로 집으로 돌아갈 수도 있었다. 제법 바람이 차갑긴 했으나 가까운 편의점에 들러 따뜻한 음료를 고르지 않았을 거고, 굳이 돌아가 그걸 남자에게 내밀지도 않았을 거고, 이것은 진짜 나의 호의에서 비롯된 행동이라는 점을 들키고 싶어하지도 않았을 것이다. 그리고 무엇보다 이미 다 알고 있으면서도 모르는 척, 혹시 기사에서 봤던 그분이 아니냐고 묻지 않았을 것이다.

남자는 원래도 그렇게 말이 많은 사람인가 싶을 정도로 말이 많았다. 전단지에 적힌 것을 아주 외워버린 것처럼 고생한 것도 많고 억울한 것도 많고 그런 사람이 부당하게 해고당했으니, 해야 할 말은 더더욱 많은데 좀처럼 아무도 들어주지 않는다고 했다. 취재를 나온 기자가 몇 있긴 했으나 달라진 건 전혀 없다고도 했다.

"신생 인터넷 매체라 구독률이 떨어진다고 하더군요."

보도 경계석에 남자와 나란히 앉은 나는 조용히 고개를 끄덕였다. 해주의 일이 아니었더라면 나 역시 있는 줄도 몰랐을 낯선 명칭의 언론사였다. 더욱이 커뮤니티 사이트마다 올라왔던 호소문은 흔하게 볼 수 있는 종류의 것이었다. 사람을 금세 정의롭게 만들었다가 비슷한 게시글에 묻혀 빠르게 잊힐 사연이었다.

"대부분은 듣고 싶은 말을 들으려 하는 것 아니겠습니까."

나는 남자의 옆모습을 힐끗 훔쳐보았다. 음료를 마시느라 목울대가 울렁거렸다. 그게 내심 서운하다는 뜻인지, 그런 기사를 기억하고 있는 내가 자신과 비슷한 부류의 사람처럼 보인다는 건지, 모르는 사람이 지금 우리를 보면 해고를 당한 쪽이 나라고 잘못 오해할 수도 있겠네, 하고 생각했다. 그리고 내가 진짜 듣고 싶었던 말이 무엇인지 떠올렸다.

"그런데 어떻게 그렇게 된 겁니까?"

어떻게 당신은 사고를 피하고 살아남았나. 그것은 줄곧 내가 가장 묻고 싶었던 말이었으나 의도를 들키고 싶지는 않았다. 나는 무심한 척 멀쩡한 직원을 함부로 해고하는 회사측의 부당함을 함께 지적하는 중에 지나듯 물었다. 옆 사람이 아니라 오가는 것도 없는 빈 도로 쪽으로 고개를 돌렸다. 그런데도 이번에는 남자가 나를 바라보고 있다는 것을 느낄 수 있었다.

남자는 잠깐 무언가를 생각하다가 여전히 나를 보는 줄 알았는데 실은 내가 보는 것을 함께 보고 있었고 그러다 지나가는 사람에게 들고 있던 것을 서둘러 쥐여주고 다시 돌아와서는 "선생님은 기적을 믿는 편입니까?" 하고 물었다. 그러자 멈춰 있던 무언가가 다시 내 가슴을 빠르게 두드리기 시작했다. 들키지 않기 위해 나는 빈 캔을 움켜쥐었다. 바닥에든, 남자에게든 그대로 던져버리고 싶었으나 아직 들어야 할 말이 내게는 남아 있었다. 대신 아니라고, 나는 보다 상식적인 쪽이라고만 대답했을 뿐이다.

3

왜, 그런 날이 있지 않습니까. 좋은 쪽이든 나쁜 쪽이든 자꾸 그렇게 되어버리는 거. 기가 막히게 신호에 한 번도 걸리지 않는다거나, 듣고 싶은 노래가 때마침 라디오에서 나온다거나, 기다린 것도 아닌데 시계가 정확히 4시 44분을 가리키기도 하고 뭐 그런 거. 그럴 때 나는 기분이 이상합니다. 지금 뭔가 잘못되었구나 싶거든요. 뭔지 모르게 벗어난 느낌이 듭니다.

버스라는 게 그렇습니다. 정해진 노선이 있고 그걸 따라야 하거든요. 우체국 지나서 시청, 은행 다음에 주공 아파트, 그래야 하는 거거든요. 우체국에서 주공 아파트로 가는 더 빠른 길을 내가 알고 있어도 그냥 돌아가야 합니다. 택시와 달리 손님이 어디에서 내릴지, 또 어디에서 기다리고 있을지 이미 정해져 있는 일 아닙니까.

한번은 시내버스 모는 오경남이가 나를 찾아온 적이 있었습니다. 센터를 통해 민원이 자주 들어왔는데 그 때문에 사내 평가가 좋지 않았습니다. 몇 차례의 경고에도 불구하고 개선될 기미는 조금도 없이 정차해야 할 곳을 자꾸 지나쳤습니다. 태워야 할 사람을 태우지 않는 게 무슨 대중교통이냐고 항의가 심했습니다. 내려야 할 곳에서 내려주지 않아서 중요한 시험을 놓칠 뻔했다는 수험생도 있었습니다. 시청에 정식으로 신고하겠다는 걸 적지 않은 위자료로 겨우 달랬다는 말도 들렸습니다. 그 위자료만큼 감봉을 당했는데도 도무지 나아지지 않던 그 오경남이가 나를 붙잡고 그래요. 귀에서 자꾸 뭐가 들린다고. 지난번에는 중학생들 서넛이 뒷자리에 앉아 크게 노래를 불러대서 혼을 낸 적이 있다고 했습니다. 몇 정거장 지나지 않아 도로 그러길래 괘씸한 마음에 정류장도 아닌 곳에 버스를 세웠다고도 했습니다. 다른 손님은 더 없었으므로 그냥 참을 만도 했을 텐데 그게 너무 가깝게 들리더라는 겁니다. 그러니까 마치 일부러 더 들으라는 듯이요.

"그런데, 형님. 내가 딱 이렇게 돌아보는데 말입니다. 뒤에 아무도 없는 거예요. 전에 이미 다 내려버린 거지. 그럼 이건 다 뭔가 싶어서 순간 뒷골이 다 쭈뼛해집디다. 그런데도 노랫소리는 계속 들리고 둘러봐도 아무도 없고……"

그런 말을 하는 오경남이 나는 걱정되었습니다. 그래서 그의 손을 붙잡고 나도 그렇다고 나도 요통이 심해서 밤새 종아리가 저릿저릿하다고, 인천 노선 장씨가 전립선염으로 고생하는 거 너도 알지 않느냐고, 다들 그렇다고, 그런 거 한둘 앓지 않는 버스 기사가 어디 있느냐고, 달랬습니다. 그러고는 중요한 건 그런 게 아니라 앞으로의 일이라고 조언했습니다. 자꾸 그렇게 규칙을 준수하지 않으면 노조 쪽에서도 뭘 어떻게 도울 수가 없지 않느냐. 조심해야 할 것들, 그러지 않을 경우 생길 문제들, 그럼에도 괜찮아질 가능성들, 지금부터라도 잘하면 된다, 해고라는 게 또 그렇게 쉬운 일이 아니다, 잘해라, 더 잘해야 한다, 같은 말을 하는데도 오경남의 굳은 표정은 풀리지 않았습니다.

"문제는요, 내가 지금은 그걸 좋아하게 됐다는 겁니다. 계속 듣다보니까 그게 또 나쁘지가 않아요. 집중하게 되고 더 듣게 되고 그러다보니까 자꾸 놓쳐요. 멈춰야 할 곳에서 멈추지 못하고 지나치게 되잖아요."

오경남이 해고를 당한 것은 그로부터 한 달이 채 지나기도 전이었습니다. 정차지를 놓치는 것은 그에 비하면 큰 문제가 아니었습니다. 태우지 못한 승객이 생길 수는 있겠지만, 뒤에 오는 버스가 있었고 그걸 타면 될 일이었습니다. 그러나 노선을 벗어나는 건 전혀 다른 문제였습니다. 누구도 기다리지 않고 내릴 사람도 없는 곳으로 오경남은 버스를 운행했습니다. 내부순환로를 타고 동부간선로 쪽으로, 자동차 전용 도로를 달리는 유일한 시내버스가 되었습니다.

나는 그렇습니다. 사람이 좋은 쪽이든 나쁜 쪽이든 어느 한쪽으로 너무 치우치게 되면 결국엔 경로를 벗어나버리게 된다고 생각합니다. 어느 한쪽이 자꾸 좋아진다라는 것은 누군가 나쁜 쪽을 떠안게 된다는 것 아니겠습니까. 본래는 공평하게 나눠서 나쁜 일을 상쇄시킬 수 있는 문제인데도 누군가 한쪽만 너무 갖게 되는 것 아니겠습니까. 그런데 사람들은 좋은 것만 생각하고, 좋은 것을 더 가지려고 하고, 웬일인지 신호에 한 번도 걸리지 않았다는 것은 반대로 뒤따르는 누군가가 줄곧 신호에 걸리고 있다는 말인데, 그 사람이 나보다 더 급한 사정이 있을 수도 있고, 그것으로 상황이 나빠지는 경우가 있을지도 모를 일인데 그냥 좋은 일을 좋아하더라, 이 말입니다.

오경남이 경로에서 벗어났을 때 나머지 사람들이 느낀 그 기분이 무엇이었겠습니까. 회사에서 점진적으로 인원 감축을 하겠다고 공표한 지 이틀 만에 오경남의 버스가 예정에도 없는 먼 곳으로 가버렸다는 말을 들었을 때 느낀 그 묘한 안도감이 다 무엇 때문이었겠습니까. 그게 왜 우리에게는 좋은 일이라고 생각했을까요. 누구도 그런 말을 하지는 않았으나 그 덕분에 당분간 우리가 괜찮을 거라고 믿었던 것 아니겠습니까.

이후, 오경남을 찾아간 적이 한 번 있었습니다. 일자리를 알아보는 중이라고 했습니다만 그러나 내 편에서 할 수 있는 말은 별로 없었습니다. 고작 도울 게 있다면 돕겠다고 했더니 그러더군요.

"요즘엔 말이오, 형님. 그게 더 선명하게 들려요. 그런데도 그걸 따라 부르기는 어렵단 말이지. 며칠 안 들려서 종일 기다린 적도 있습니다. 하루는 심심하고 적적해서 그 노래라도 너무 듣고 싶은 거지. 혼자서 좀 불러볼까 했는데 도무지 기억이 안 나. 그게 뭐였나, 뭐였더라, 하는데 어느 순간 다시 들리는 겁니다. 들을 때는 이게 참 분명한데 나중에는 하나도 안 떠오르고. 전에는 들리는 것만 해도 무서웠는데 지금은 듣기에 참 좋습디다."

그러고는 괜찮다고 했습니다. 아주 다 나쁜 것만은 아니라며, "그러니까 너무 미안해하지 마요, 형님" 하고 나를 다독였습니다. 그 말이 나를 휘청거리게 했습니다. 나는 말입니다, 그런 말이나 듣자고 오경남을 찾아간 게 아니었습니다. 어떻게 그랬겠습니까. 사람이 그래서는 안 되잖아요.

그런데 선생님, 살면서 그런 것을 필요로 할 때가 있지 않습니까. 알맞게 불행하고 적당하게 행운을 누리다가 누군가를 위해 휘청거려주는 것, 그렇게 함으로써 필요한 사람에게 필요한 것을 전해주는 그런 거. 오경남의 해고로 내가 어떤 행운을 누렸다는 말을 하려는 게 아닙니다. 그런 상황에서도 오경남이 스스로를 지나치게 한쪽으로 기울였다는 것, 그것으로 무언가 내게 몰아주려 했다는 것, 전혀 기대하지 않았던 곳에서 받은 그 위로가 내게는 여전히 이해할 수 없을 만큼 낯설더라는 겁니다.

사고가 있던 그날은 오전부터 서해안 방면으로 고속버스 운행이 예정되어 있었습니다. 안개가 짙다는 예보를 듣긴 했으나 그런 날씨야 흔했으므로 그렇게 큰 사고로 이어질 줄은 전혀 몰랐습니다. 무엇보다 터미널을 막 빠져나왔을 때, 들리기 시작한 그것이 무슨 종류의 것인지 나는 정확히 몰랐습니다. 다만 오디오의 볼륨을 키워

둔 줄로만 알고 서둘러 줄였는데도 조금도 달라지지 않았습니다. 그러니까 그 노랫소리 말입니다. 오경남이 들었다는 그것. 승객 중에 누가 부르고 있는 건 아닐까, 괜한 것에 신경을 쓰고 있는 것 아닌가 싶어서 나는 룸 미러를 통해 뒷좌석을 살폈습니다. 그러나 너무 이른 시간이라 대부분은 잠들어 있었고, 깨어 있는 사람들도 특별히 소란스러울 것 없이 조용했습니다. 그게 나를 몹시 당혹스럽게 만들었습니다. 내가 무얼 듣는 거지? 지금 듣고 있는 게 다 뭐야? 라디오를 켜고 아무 채널에나 맞춘 뒤 볼륨을 키웠습니다. 그랬는데도 그 노랫소리는 여전히 줄어들지 않고, 시끄럽게 무슨 짓이냐는 항의만 들었습니다.

"손님, 그런데 무슨 소리 안 들려요?"

"뭐가요? 무슨 소리요? 자는 사람 깨우지 말고 조용히 좀 갑시다."

내게는 분명하게 들리는 이것이 누구에게도 들리지 않는지 이후로는 아무도 깨지 않았습니다. 나는 무서워졌습니다. 버스 안에 승객들과 함께 있는데도 어디론가 외따로이 나만 떨어져 있는 것만 같고 남들은 다 저기 있는데 나만 왜 여기 있나, 왜 이렇게 되어버렸나. 그래요, 어딘가 치우쳤다는 그 기분. 뭔가 잘못 돌아가고 있었습니다. 오경남이 그랬던 것처럼 이대로 나도 경로를 벗어나게 되는 건 아닐까. 정신을 똑바로 차리자. 함부로 사로잡히지 말고 안 들리는 척하자. 다른 것을 듣자. 휴게소에 예정보다 이른 시간에 도착해서 커피를 두 잔 마시고 자양강장제도 마시고 세수를 했습니다. 신경써서 귀도 꼼꼼히 씻고 이제는 들리지 않는지 여러 번 확인했습니다만 나아진 게 전혀 없었습니다. 몸 어딘가에서 울려오듯 귀를 막아도 들렸습니다. 어딜 가든 그것이 나를 따라다녔습니다.

운전대를 다시 잡기가 겁이 났습니다. 이대로 다른 곳으로 가게 되면 어떡하나. 목적지가 아니라 전혀 다른 곳에 도착하게 될지 모른다고 상상하니 아찔했습니다. 억지로 보이는 것을 더욱 집중해서 보았습니다. 전면을 주시하고 이정표를 확인하고 놓치지 않기 위해 모든 신경을 곤두세웠습니다. 들리는 그 소리를 애써 외면한 채 보이는 것만을 보려고 했습니다. 저기요, 기사님, 누가 나를 부르는 것도 모르고 가야 할 방향만을 바라보았습니다. 그 사람이 내 어깨를 두드렸을 때 나는 화들짝 놀랐습니다.

"부르는데 왜 대답을 안 해요. 여기 한 명 덜 탔다니까요."

상황은 자꾸 나쁘게만 흘러갔습니다. 다른 것에 정신을 놓고 있는 사이, 승차 인원을 점검하지 못한 탓이었습니다. 어쩌면 더러 있는 사소한 실수일지도 모릅니다. 그러나 남들에겐 들리지 않는 것을 듣는 사람에게는 그런 작은 실수조차 얼마든 치명적인 것이 될 수 있었습니다. 가까운 분기점으로 빠져나가 휴게소로 되돌아가야 했습니다. 챙기지 못한 승객을 서둘러 태우고 사과를 하고 원한다면 적당한 보상금을 주며 무마할 수도 있었습니다. 그런 갖가지의 대책을 세우며 나는 급하게 차를 돌렸습니다. 그러나 내가 두고 온 승객을 찾을 수 없었습니다. 여러 차례 경내 방송이 이어졌으나 누구 하나 나타나지 않았습니다. 대신 잠깐 자리를 비웠던 관계자가 돌아와 좀 전에 어떤 여자분이 찾아왔었다고, 타고 온 버스를 찾지 못해서 한참을 헤매더라고 일러주었습니다.

"뒤따라오던 다른 버스에 다행히 자리가 남아서 그걸 태워 보냈어요."

다행이라니. 누구에게 다행이라는 뜻이었을까요. 분명 가장 나쁘게 된 건 내가 아니었습니다. 들리던 그것이 어느 순간 들리지 않았습니다. 어지러운 생각들을 차분하게 정리할 수 있었습니다. 어쨌든 목적지까지 승객을 태워간 다른 수단이 있었으니까요. 필요하다면 왜 정해진 시간에 돌아오지 않았느냐며 승객에게 책임을 떠넘길 수도 있었습니다. 다른 사람들로부터 왜 이렇게 오래 버스를 세워두냐고 항의를 받는다면 양해를 구할 것이고 지금까지의 정황을 설명할 생각이었습니다. 괜한 한 사람 때문에 여러분의 소중한 시간을 낭비하게 해서 죄송하다고요. 그러나 아무도 그런 불만을 제기하지 않았습니다. 대신 내가 버스로 돌아왔을 때, 상기된 목소리의 승객이 다급하게 외쳤습니다.

"저기요, 어서 뉴스 좀 틀어봐요."

버스에 다시 시동을 걸고 비치된 텔레비전의 채널을 조정하는 동안에도 나는 무슨 영문인지 몰랐습니다. 항공촬영된 도로의 사정은 엉망이었습니다. 여전히 다 걷히지 않은 안개 때문에 구조 작업이 더뎌지고 있다는 앵커의 설명에도 무엇이 어떻게 돌아가고 있는지 전혀 알 수 없었습니다. 전복된 버스와 차들에서 검은 연기가 치솟는 게 보였습니다. 예정대로였다면 우리도 거기 있어야 했습니다. 누군가 조용히 전화기에 대고 말하는 소리가 들렸습니다.

"아니야, 아빠. 괜찮아. 울지 마. 난 괜찮다니까. 지금 그거 나 아니라니까."

그런 말로 상대방을 안심시켰습니다.

버스 안은 적막했습니다. 통화하는 소리, 설명하고 달래고 안심시키는 소리가 이어지다가 어느 순간 무척 고요해졌습니다. 가만히 자기 자리에 앉아 뜻밖의 행운을 이해해보려고 하는 듯했습니다. 너무 무거운 정적 탓에 나는 차라리 그 노랫소리가 다시 들리길 바랄 정도였습니다. 무언가 다른 데 정신을 쏟을 만한 게 필요할 만큼 그 승객의 안부만 걱정되었습니다. 앞서간 그 버스는 어떻게 된 걸까. 괜찮겠지? 괜찮을 거야, 괜찮지 않을 가능성이 더 커 보이는데도 자꾸 그렇게만 믿고 싶었습니다. 무엇보다 그 여자가 아니었다면 우리는 어떻게 됐을까. 그러나 아무도 그 여자 덕분이라고 말하지 못했습니다. 우리가 누린 그 다행스러운 순간을요, 함부로 무엇이라고 결정할 수 없었습니다. 어떻게 그래요. 혹시라도 그 사고로 나쁜 일을 당했을 수도 있는데, 그 사람에 대해 책임을 지게 될지도 모르는 말을 어떻게 할 수 있었겠습니까. 다만, 놀라운 일이라고만 믿었습니다. 상식적으로는 도무지 이해가 가지 않는 일이 우리에게 일어나버렸다고.

4

만약 쥐고 있던 것이 빈 캔이 아니라 빈병이었다고 하더라도 나는 지금처럼 잔뜩 구겨버렸을 것이다. 그러고도 아무것도 모르고 쥔 것을 더 세게 쥐려 했을 것이다. 나는 그 여자가 해주였다는 말을 하려는 게 아니다. 남자가 태우지 못한 그 유일한 승객이 해주였고, 거기에 대해 남자가 책임질 만한 소지가 있다는 주장을 하려는 게 아니다. 그것은 아직은 알 수 없고 앞으로 내가 알아가야 할 문제였다. 다만 지금 내가 알고 있는 건, 사고를 피한 그 버스 안에 해주가 없다는 사실이었다. 해주는 왜 거기에 없었나.

그 여자가 진짜 누구인지 모르기는 남자도 마찬가지였을 것이다. 그런데도 내게 미안해했다. 해주도 모르고 내가 누구인지도 모르는 사람이 무릎을 꿇고 고개를 숙이며 미안하다고 말했다.

"그런데 아무도 내게 그걸 묻지 않았거든요. 그때 왜 그랬냐고, 왜 왔던 길을 되돌아갔냐고 묻지 않고 다행이라고만 했습니다. 대신 나는 이해할 수 없는 일이 있었다고, 무언가 들리는 것이 있어서 가야 할 곳으로 가지 못했다는 말만 하는데도 사람들이 그걸 다 알아들어요. 그냥 안다고, 그럴 때가 있다고, 어떤 큰 힘이 기적처럼 도울 때가 있다고. 그런 사람들에게 내가 무얼 더 설명할 수 있었겠습니까. 대개는 믿고 싶은 것을 믿으려 하는 것 아니겠습니까. 아니라면 비난당할 게 두려웠는지 모릅니다. 그게 무서워서 나는 다 말할 수 없었습니다. 그 여자의 사정에 대해서라면 그냥 괜찮을 거라고 믿기로 했습니다. 그런데…… 선생님은 아니잖아요. 그게 궁금한 거잖아요. 내 말이 듣고 싶은 거잖습니까. 왜요? 그게 왜 궁금해요? 무슨 말이 듣고 싶은데요? 그러면 그 여자는 어떻게 된 겁니까. 선생님은 알고 있지 않습니까. 그런데 나는 정말 몰랐거든요.

일이 그렇게 될 줄은 전혀 몰랐습니다. 알았다면 달랐을까요? 내가요, 지금 하는 일이 어떻게 될 줄 미리 알았더라면 어떻게 됐겠습니까? 다 알면서도 그 사고 지점을 향해, 정해진 노선대로 그냥 운행해야 하는 겁니까? 그걸 내가 어떻게 선택할 수 있었겠습니까? 그러니까…… 그런 것들이 나는 다 미안해지더란 말입니다."

울먹이는 남자를 일으켜세우는 대신 나는 그와 마주앉았다. 마주앉아 그의 등을 두드렸다. 그런 말 하지 말라고, 그런다고 내가 괜찮아지는 것도 아닌데 너무 미안해하지 말라고 다독여주었다. 여전히 해주는 보고 싶고, 그립고 아픈 것들은 조금도 줄지 않았으나 그때는 그런 것들이 몹시 필요해 보였다.

해주를 떠올리면 그때 우리에게 가장 필요했던 것은 또 무엇이었나, 후회하게 된다. 왜 그러지 못했나. 한번은 새벽에 내 머리를 자꾸 쓰다듬어서 잠을 설친 적이 있었다. 뒤통수가 납작해서 만지면 기분이 이상하다고 해주가 그랬는데 이렇게까지 반듯한 걸 왜 여태 말해주지 않았느냐며 신기해했다. 별것 아닌 걸로 또 유난이라고 핀잔했으나 그때는 그냥 가만 내버려두었다. 내 손을 끌어간 해주가 자기 뒷머리를 쓰다듬게 해서 정말 나랑 다르네, 대꾸만 하고 어느 순간 다시 잠이 들어버렸다. 그랬다가도 또 얼마 안 있어 옆에서 자꾸 건드는 바람에 도로 깨기를 반복했으나 천장을 보며 바로 눕지 않고 엎드린 채 더 많은 뒤통수를 내어주었다. 누가 나를 만지는 감촉이 나쁘지 않았다.

그날 저녁, 해주가 혼자서 좀 쉬고 오겠다는 말을 했을 때도 그런 기분은 여전했다. 그랬으므로 거길 왜 가려는 거냐고 묻지 않았다. 거기가 어디냐고, 누가 거기 있는 거냐고, 무얼 준비하는 사람처럼 새벽부터 서두르는 이유가 대체 다 뭐냐고. 그런 것들을 전혀 알지 못했으므로 해주의 장례식 내내 모르는 남자가 나타나 나보다 더 슬퍼할 것이 두려웠다. 그러는 순간에도 누군가는 내 손을 붙잡았고, 등을 두드려주고 함께 울고 그랬으나 이런 의심들에 대해서는 누구에게도 터놓고 이야기할 수 없었다. 그랬다면 더 많은 위로를 받았을 것이다. 무언가를 더 이해하려 들었을 테고, 그것으로 우리를, 해주와 나를 더 안타깝게 만들었을 거라고 생각한다.

일인칭들

부끄러웠던 일이 떠오르면 도무지 잠이 오지 않는다. 한편으로는 이런 게 나름 도움이 되는 날도 있지 않겠나 기대하는데 예를 들어 낯선 곳에 고립되어 구조를 기다려야 할 때, 여기서 잠들면 다 끝장일 것 같은 그런 순간에, 살아남는 방법 하나를 내가 알고 있는 셈이다.

지나고 나면 자꾸 후회하는 것들이 생겨서 그때 다른 선택을 했더라면 어땠을까, 결국에는 돌고 돌아 지금의 내가 다시 되어버리지 않았을까, 아주 똑같지는 않더라도 전혀 다른 사람은 아닐 거라는 생각이 들고는 한다. 아마 그때도 여전히 비슷하게 후회하고 다른 쪽을 상상하며 아쉽고 아까운 것들, 놓치고 멀어진 것들에 대해 그리워하고 있지 않을까.

어쩌면 나는 예상보다 훨씬 더 많은 경우의 수로 존재했다가 그

중 가장 낮은 확률의 나로 살아가고 있는지도 모른다. 그러니까 내가 되지 못한 무수한 또다른 나를 떠올리다보면 그들도 어딘가에서 지금의 나를 생각하고 있는 건 아닌지 궁금해지는 것이다. 이미 다른 사람이 되어 나로부터 한참 떨어진 뒤에도 내가 되지 못한 것을 두고 후회하고 그것으로 소설도 쓰고 그러는 걸까. 진짜 그렇다면 거기도 뭐, 별거 없네. 그 별것 아닌 것으로 나를 너무 낭비했다.

그럼에도 만약, 내가 나를 미리 알고 다른 가능성을 선택할 수 있었다면 그때도 나는 여전히 내가 될 수 있었을까. 그런 생각을 하다보면, 지금의 나에게 조금 미안해진다.

대신 미래의 나는 평범하고 성실하게 늙어가면서 앓는 질병과 처방받은 약품의 성분으로 나의 많은 부분을 설명하려 할 것이다. 주의를 기울여 수도꼭지의 온도를 조절하느라 오랜 시간을 허비할 것이고, 매번 왼쪽부터 먼저 닳는 신발이라든지, 길 한가운데 버려진 양말 같은 것을 발견하며 이건 또 어째서 이렇게 되어버렸나 궁금해할 것이다. 어딘가 서로 닮은 것들을 바라보며 '너무 나 같네' 하고 적적해하겠지. 아니더라도 내게 없던 장면들을 상상하고 나랑 비슷한 누군가를 등장시키며 무언가를 써보려고 할 것이다. 그러니까 내가 쓴 거의 대부분의 것들도 이미 그렇게 쓰인 셈이다.

매번 그렇듯, 「그들의 이해관계」를 쓰는 동안에도 누군가 내 글을 읽어주기를 바랐다. 그러고는 평소처럼 혼자 텔레비전을 보거나 양치질을 하거나 현관의 흐트러진 신발들을 정리하다가 가까운 빈

벽에 대고 가만히 "너무 나 같다……" 중얼거려주기를 기대했다. 어쩌면 누구 한 사람 정도에게는 그런 순간이 몹시 필요하지 않을까. 그게 별다른 이유 없이 지금을 조금 견디게 해줄 수도 있지 않을까 싶었다.

| 해설 |

우리에게 필요한 것은

김녕

1

우리 곁에 재앙이 너무도 빈번하다. 죽음도 흔하다. 그럼에도 불구하고 그 숱한 비극이 나의 일이 아니었다는 이유로, 나는 살아서 이 글을 쓰고 있다. 나는 그 사실에 감사해야 할까? 그래도 좋은 걸까?

몇 해 전, 수많은 사람이 희생된 참사 앞에서 '자신의 살아 있음'에 감사하고 안도하는 사람들을 보았다. 그들을 보면서 사람이 어떻게 그러나 싶었다. 다른 이들의 불행을 앞에 두고 웃음 짓는 것. 그건 몹시 면목 없고 부끄러운 일이 아닌가. 정말 어떻게 그럴 수가 있나. 그런 의문 때문에 한동안 괴로웠다.

시간이 많이 흐른 지금, 조금은 이해하게 된 것 같다. 사람이니까 그렇다는 걸. 그리고 사실 나 역시 그런 마음으로부터 자유롭지 않아서, 그들을 비난할 자격이 없다는 걸. 짙은 안개 속에서 일어난 사고를 둘러싸고 억울해하거나 안도하면서 다른 이를 탓하려는 사람들, 그러면서도 스스로 미안해하고 또 부끄러워하는 사람들이 「그들의 이해관계」에도 있었다. 그게 나는 위로가 되고 또 부끄러웠다.

2

해주를 잃고 나서 '나'가 "일종의 절대량 같은 게 있어서" 정녕 "항상 누군가는 복권에 당첨되는 것처럼 사고를 당할 누군가가 반드시 필요했던 건"(109쪽) 아닌지 한탄하는 것처럼, 때로 우리는 어디엔가 행운이 있다면 다른 어딘가에는 그만큼의 불운이 있으리라고 믿곤 한다. 우주의 에너지는 새로 생겨나거나 소멸되지 않고 일정하게 보존된다는 물리학의 가장 기본적인 법칙처럼, 행운이든 재화든 심지어 삶까지도 총량이 한정되어 있다고 여기는 것 같다. 그리하여 확신하는 것은 아닌가. 다른 이가 무언가를 얻으면 자신의 몫이 줄어든다고, 그러니 얻고 싶다면 다른 곳에서 빼앗아와야 한다고, 그것이야말로 생존을 위한 가장 기본적인 법칙이라고. 그게 아니라면 타인의 죽음 앞에서 자신이 살아 있음을 감사히 여기고, "왜 하필 그게 해주였"(110쪽)느냐고 한탄하고, 버스 사고 소식에 놀란 아버지를 "지금 그거 나 아니"(120~121쪽)라는 무신경한 말로 안심시킬 리가 없지 않나.

하나의 사태가 불행과 다행으로 갈라지는 지점은 바로 그러한 '이해관계'에 다름 아니다. 그러나 그게 틀렸다고 쉽게 말할 수 있나. 이해관계에 입각해서 이러저러한 마음을 먹는 당신은 완전히 틀렸다고, 바람직하지 않다고 함부로 말해도 좋은 것일까. '나'가 해주의 돌연한 죽음에 분노하는 것은 당연하다. 나쁜 일을 당했으니까. 그걸 피해간 승객들이 "뜻밖의 행운"(121쪽)에 안도하는 것도 당연하다. 운수회사에서 인원 감축을 공표한 뒤 오경남이 또 노선을 벗어나자 남자가 "묘한 안도감"과 함께 자신에게는 "좋은 일"(116쪽)이라고 생각해버렸던 것도, 현실적으로 당연하다. 오경남에게는 나쁜 일이겠지만, 그것으로 남자는 당분간 괜찮을 테니까.

우리가 어떻게 왜 하필 해주였어야 했느냐고 절규하는 '나'의 면전에 대고 해주가 아닌 다른 사람이었으면 속이 시원했겠느냐고 비꼴 수 있겠는가? 가까스로 사고를 피하고서 놀란 가슴을 쓸어내리는 이들에게 엄연히 사고를 당한 사람이 있는데 그러면 안 된다고 훈계할 수 있겠는가? 우리는 흔히 누군가에 대해 혹은 어떤 일에 대해 선불리 말하곤 하지만, 막상 그의 입장 혹은 그 상황에 직접 서보게 되면 더는 쉬이 그럴 수 없게 된다.

'나'도 억울함과 울분에 차서 버스 기사였던 남자를 만나러 간다. 그는 남자가 "해주와 무엇이 달라서"(110쪽) 살아남을 수 있었는지를 알고 싶다고 말하지만, "그가 더 건장한 사내이기를 바랐다"(111쪽)는 고백을 고려하면 어쩌면 그저 탓할 사람이 필요했는지도 모른다. 그래서일까, 운수회사까지 가는 내내 '나'의 마음은 무겁다.

'나'는 남자의 멱살을 잡고 왜 당신은 살아남고 해주는 사고를 당했느냐고 소리를 지르고 화를 내고 싶은 한편, 그것이 정당한 질문인지 정녕 그래도 되는 것인지 자신에게 그럴 자격이 있는 것인지 확신할 수 없는 것이다. 남자가 해주의 불운을 전혀 헤아리지 않고 뜻밖의 행운을 그저 기쁘게 누리고 있었다면 '나'는 바람대로 그의 멱살을 쥐고 소리를 쳤을 게 틀림없다. 하나 직접 확인한 실상은 그렇지 않았다. 남자는 나름대로 괴로워하고 부끄러워하고 있었다. 그리하여 '나'는 저절로 남자를 위로하고, 따뜻한 음료까지 건네게 되는 것이다. 그 순간, '나'를 사로잡은 감정은 무엇이었나. '부끄러움'. 그것은 자기의 입장에서 벗어나 타인의 처지를 목도하게 되었을 때 찾아온 자성에서 비롯된 감정이 아닌가.

이 부끄러움은 소설 전체에 드리워진 색채이기도 하다. 이것은 해주에게 이렇게 해주었다면 달랐을까, 저랬으면 어땠을까 하는 '나'의 씁쓸한 복기에서도 발견된다. 오경남으로부터 "전혀 기대하지 않았던"(117쪽) 위로를 받고 남자를 휘청거리게 한 것도, 바라서는 안 될 위로를 받았다는 데서 온 부끄러움이었을 테다. 그것은 '나'와 남자로 하여금 각자의 입장을 위해 대립각을 세우는 대신, 마주앉아 잠시나마 위로를 주고받게끔 했던 단 하나의 끈이다.

3

여기까지만 읽는다면, 우리는 이 소설을 이기(利己)에서 벗어나 연대와 화해에 도달하는 석연찮고 순진한 휴머니즘으로 귀결시키게 된다. 그러나 임현은 사태를 그리 단순히 바라보는 소설가가 아니다. 우리는 하나의 겹을 더 읽어내야만 한다. 거기에 임현이 이런 질문을 묻어놓았기 때문에…… 자성하는 인간이란 어떤 존재인가, 그는 과연 올바른가? 인간의 자성이란 무엇인가, 그것으로 충분한가?

냉정한 말이지만, 우리가 자신의 삶보다 소중하게 여기는 것은 많지 않다. 어쩌면 윤리니 도덕이니 하는 것들은 우리가 본디 윤리적인 존재라서가 아니라, 이기적인 존재이기 때문에, 그 이기를 넘어서기 위해 요구되는 것뿐일는지도 모른다. 바로 그 이기는 임현이 의식적으로 묘사하고자 하는 인간의 한 얼굴이다. 언제나 자기 자신을 위한 방향으로 움직여버리고 마는 존재로서의 인간. 그러나 부끄러움을 모르고 반성할 줄 모르는 인면수심의 존재가 아니라, 오히려 기꺼이 머리를 조아릴[叩頭] 줄 아는 자를 임현은 쓴다. 어쩌면, 그에게 자성은 그것마저도 이기에서 자유롭지 않은 것이 아닌가.

그렇다. 이미 「고두」(『그 개와 같은 말』)에서도 "모든 이타적인 행동에는 이기적인 의도가 숨어 있"다고 쓰며, 화자의 '고두'까지도 이기적인 자기방어의 수단이었음을 꼬집었듯, 이 소설에서도 임현은 누군가를 옹호하거나 동정의 여지를 주기 위해 인물들에게 자성의 목소리를 부여하는 것이 아니다. 해주를 잃고 괴로워하며 후회하는 '나'의 모습이 그려져 있기는 하지만, 그렇다고 임현이 그의 생각과 태도를 그저 옹호하려 드는 것은 아니다. 그러므로 우리는 그가 무엇을 후회스럽게 반추하고 있고, 그것은 얼마나 유효한가까지 살펴야 한다.

해주와 달리 내게는 실제로 그 남자와 여자가 동행했는지 여부는 하나도 중요하지 않았다. 오히려 다른 것들, 해주가 자꾸 그렇게 말함으로써 생기게 될 문제들, 그러니까 지갑을 잃어버린 여자가 의심할 수도 있을 만한 것, 도리어 우리를 지목하고 그것 때문에 하게 될지 모르는 불필요한 해명들이 나는 더 염려됐던 것이다.(104쪽)

혼자 좀 쉬고 오겠다는 해주를 말리지 않았던 것, 어디든 한적한 곳이 좋겠다는 말에 그러라고 되레 반색했던 것, 다음날 일찍 버스 터미널까지 해주를 배웅했는데 예약도 없이 도착한 시간이 어중간했다. 그랬으므로 다음 배차시간을 기다리며 뭐라도 먹거나 마시거나 할 수도 있었을 텐데 급하게 남는 차편을 구해 해주를 태웠던 것, 얼마 지나지 않아 비가 내리기 시작했고 그런 풍경이 맑은 날보다 더 좋을 거라는 통화나 잠깐 했을 뿐(……) (105쪽)

무얼 했거나 하지 않았다는 점이 중요한 게 아니다. 했건 하지 않았건, 해주가 아니라 해주로 인해 생기게 될 문제들을 더 염려했다는 것. 해주 등을 떠밀며 서둘러 보내고 건성으로 대했던 것. 그러니까, 해주가 아니라 '나' 자신에게 "좋은 것과 나쁜 것, 얻을 수 있는 것과 잃게 될 것 들을 구분"(같은 쪽)하는 데 여념이 없었던 자신이 후회스러운 것이다. 그래서 '나'는 끝내 "무얼 하긴 했는데 그건 해주가 아니라 다 나를 위해서 그랬던 걸지도 모른다"(104쪽)고 부끄러움을 무릅쓰고 고백하게 되는 것이다. 해주가 아니라 자기박에 몰렸다고.

그것은 분명 돌이킬 수 없어서 가슴 아픈 자성이다. 그는 이제 과거는 바꿀 수가 없고, 내일만을 바꿀 수 있다. 그러자면 그는 오늘 바뀌어야만 한다. 그러나 여전히 그는 은행 창구 앞에서 "왜 나를 배려하지 않나. 나를 왜 좀더 성의 있게 대하지 못하느냐"(107쪽)고 목놓아 울지 않나. 해주를 죽음으로 떠밀었다는 죄책감을 덜기 위해 "뭘? 내가? 내가 무슨 잘못을 했지? 찾을 수 있을 만한 게 별로 없었다"(108쪽)며, '대신' 버스 운전사에 대한 기사를 찾아내고 있지 않나. 여전히 좋은 것과 나쁜 것을 구분해 단것은 삼키고 쓴 것은 뱉으려 하지 않나. 그는 후회스러운 과거의 모습으로부터 벗어나지 못한 채 같은 우를 반복하고 있는 것이다. 임현은 그러한 이중성을 분명히 묘사하고 있다.

그렇다면 '나'가 대표하는 것은 특별히 비도덕적이거나 위선적인 인간상인가? 아니, 그는 그저 이해득실에서 도저히 자유롭기 어려운 인간일 뿐이다. 머리를 조아리며 용서를 구하거나 슬픔에 잠길 때조차도 이해득실에서 벗어나지 못하는 것은 인정하지 않을 수 없는 인간의 조건이고 또한 우리 자신의 모습이다.

4

우주의 에너지처럼, 사람들 사이에도 무언가 절대량 같은 게 유지되고 있는 것일까? 그렇다면 세계에 고통이 없기 위해선, 그 어떤 기쁨도 없어야만 하는 것일까? 누구도 무언가를 잃어버리는 일이 없으려면, 누구도 무언가를 얻는 일이 없어야만 하는 것일까?

어쩌면 이런 물음 자체가 함정일지도. 불운·부조리·비극·고통…… 그것들은 우리가 막아야 할 일이지, 내가 아닌 누군가가 떠안길 희망할 일이 아니다. 그런 의미에서 오경남이 벗어난 것은 단순히 버스 노선만이 아니다. 그는 직장을 잃었지만 그래도 괜찮다고, 아주 다 나쁜 것만은 아니라며 동료를 위로하지 않았던가. 그 순간 그가 이탈한 것은 한쪽이 득을 보면 한쪽은 손해를 본다는 식의 냉혹한 제로섬적 믿음이고, 이기의 늪이다.

윤리·올바름·자성…… 그 이전에 기꺼이 "더 많은 뒤통수를 내어주"(123쪽)는 마음이 중요한 게 아닐까. 다른 이들의 불행 앞에서 자신의 삶에 감사해하던 이들을 바라보던 그때, 나 역시 나와 당신이 살아 있어 감사하다고 다독였다면 어땠을까. 그런 후에 나쁜 일을 당한 사람들을 함께 걱정하고 애도했다면 어땠을까. 그것이야말로 우리 자신에게 몹시 필요한 일이 아니었을까. 그랬을 것이다. 그리고 여전히 절실하게 필요하다고 생각한다.

김녕
2017년 동아일보 신춘문예에 평론 「경계에 대한 감수성, '지금-여기'와 '바깥'의 관계론—이장욱 소설 읽기」가 당선되어 등단.

정영수

더 인간적인 말

작가노트

그래도 하게 되는 말들

해설 안지영

부단히 인간적이고자

정영수
2014년 창비신인소설상에 단편소설 「레바논의 밤」이 당선되어 등단. 소설집 『애호가들』 『내일의 연인들』이 있다. 2019년 젊은작가상을 수상했다.

더 인간적인 말

저장되지 않은 번호로 걸려온 전화에서 어떤 남자가 자신을 변호사라고 소개했을 때, 나는 이 여자가 이번에는 정말로 해볼 생각인가보군, 하고 생각했다. 여기서 이 여자란 내 아내인 해원을 말하는 것인데, 나는 전화 속 남자가 그녀가 고용한 이혼 전문 변호사일 거라고 생각했던 것이다.

나와 해원은 어느 순간부터 악화일로만 걸어오던 우리 관계를 어떻게든 더 나은 방향으로 변화시키기 위해 많은 사람들을 끌어들였다. 때로는 내 친구들이거나 그녀의 친구들이었고, 때로는 양쪽의 부모님이었으며, 때로는 심리상담사였다. 우리는 윤리적 가치관 차이로 인해 대립했고 서로 다른 정치적 견해 때문에 충돌했으며 종교적 문제(우리 둘 모두 신앙이 없었음에도 불구하고)에 대해 목소리를 높였다. 우리는 말이 너무 많다는 게 문제였고 그것은 둘 중

하나가 영원히 입을 닫지 않는 한 해결되지 않는 것이었다. 그러다 어느 순간 합의점에 이르게 되었는데(우리에게는 아주 드문 일이었다), 그건 우리 관계를 개선하기 위해 도움을 요청할 수 있는 마지막 남은 사람은 이제 이혼 전문 변호사뿐이라는 것이었다.

그러나 곧장 변호사에게 달려간 것은 아니었고, 그렇게 결론지은 이후로는 일종의 냉전이 시작되었다. 우리는 그 방법이 불러올 파괴적인 결과를 어느 정도는 두려워했으며 그 일이 시작되면, 일단 열차의 바퀴가 굴러가기 시작하면 누구 한 사람의 의지만으로는(어쩌면 둘 모두 원한다고 해도) 절대 멈추지 못할 것임을 알고 있었다. 그렇기 때문에 우리는 우리에게 남은 유일한 선택지를 실행으로 옮기는 대신 주저하며 시간을 끌어오고 있었다. 차라리 입을 닫는 것이 좋겠어, 일절 대화를 하지 않으면 문제가 일어날 일도 없잖아, 이런 무언의 합의가 이루어진 뒤 우리는 꼭 필요할 때를 제외하고는 서로에게 말을 건네지 않았다. 그러나 그럼으로써 우리 부부가 지닌 거의 유일한 미덕(그것은 또한 재앙의 씨앗이기도 했지만)이라고 할 만한 것은 완전히 사라지고 말았다. 그러니까 우리에게 말이란 모든 문제의 원인임과 동시에 해법이었고, 우리 관계에 있어 시작과 끝이었고, 사실상 모든 것이었고, 그것이 사라진다면 그녀와 나 둘로 이루어진 공동체는 존재의 의미를 상실하는 거나 마찬가지였다. 우리는 우리라는 공동체의 의의를 잃는 방식으로 공존하느냐, 우리의 구성 요소를 유지하면서 이 공동체가 회복 불가능한 형태로 부서져가는 것을 끝까지 지켜보느냐 하는 기로에 서 있었던 셈이다. 나는 변호사가 다음 말을 꺼내기 전까지 아주 짧은 순간, 그녀가 드디어 방아쇠를 당겼다고, 루비콘강에 무릎을 담갔다고 생각했다. 그러나 변호사는 김해원이라는 이름 대신에 내가 예상치 못한, 전혀 뜻밖의 이름을 언급했다. 그가 꺼낸 이름은 이연자였고, 그건 내 이모의 이름이었다.

변호사가 내게 전한 사실은 그의 입에서 나온 이름 그 자체보다도 나를 더 놀라게 했다. 그가 전한 내용은 이모가 내 앞으로 유산을 남겼다는 것이었다. 나는 당연히 그의 말을 믿을 수 없었는데 그것은 이모가 (심지어 어머니가 멀쩡하게 살아 있는) 조카에게 유산을 남겼다는 흔치 않은 상황 때문만이 아니라, 적어도 내가 알기로 이모는 아직 죽지 않았기 때문이었다. 이모는 죽지 않았고, 큰 병에 걸리거나 사고를 당하지도 않았다. 이모가 이 세 가지 중 한 가지 상황에라도 처했더라면 변호사가 연락해오기 전에 엄마에게서든, 병원에서든, 그게 아니면 다른 어디에서든 그 일에 대한 소식이 먼저 들려왔을 것이었다. 그래서 나는 그에게 되물을 수밖에 없었다. "유산은 죽은 사람이 남기는 것 아닌가요?" 전화기 너머에서 그가 대답했다. "그렇죠." "그럼 제 이모가 죽었다는 말씀인가요?" "그건 아닙니다." "그럼 살아 있는 이모가 무슨 이유로 저한테 유산을 남겼다는 건가요?" "아직은 아니라는 뜻이에요." "아직은?" "예, 아직은요."

변호사는 이모의 돈이 일반적인 증여가 아니라 유산 상속 개념으로 내게 전달될 거라고 했다. '아직은' 살아 있으니 서류상에는 증여라고 명시가 될 테지만, 이모는 자신이 남긴 돈이 다른 형태가 아닌 '유산'이라는 사실을 명확히 하고 싶어했다는 것이었다. 이모가 남겼다는 돈은 결코 적지 않은 금액이었다. 인생을 바꿀 만큼 어마어마한 액수는 아니었지만 그 돈을 받는다면 어떻게 운용해야 할지 적어도 몇 주간은 진지하게 고심해야 할 만한 금액이었다.

나는 이틀 후 해원과 함께 이모를 찾아갔다. 원래는 다음날 바로 가려고 했으나 그날은 해원이 절대 취소할 수 없는 학회 발표가 있는 날이어서 그다음날로 미룰 수밖에 없었다("이모가 내일 당장 돌아가실 것 같아?" "그런 건 아닌 것 같아." "그럼 딱 하루만 기다려."). 나는 혼자 가겠다고 했지만 해원은 아무래도 자신이 함께 가야 하는 일 같다고 고집을 피웠다. 나는 어차피 이혼하면 내 이모는 남이나 다름없지 않나, 하고 생각했는데 그녀는 나와 생각이 달랐다. 해원은 동료 교수들 사이에서는 진보적이고 리버럴한 사람으로 통했지만 실제 생활에서는 의외로 전통적인 관점의 '도리'라는 걸 우선하곤 했다. 아직은 완전히 갈라선 게 아니며 우리가 갈라설 거라는 사실을 엄마나 이모가 알고 있는 것도 아닌데다가, 설사 이미 우리가 완전히 갈라섰고 더이상 법적으로 서로에게 어떤 구속력도 갖지 않는다고 해도 이모에게 무언가 큰일이 벌어졌다면 팔 년 동안 가족으로 지낸 사람으로서 무시할 수는 없다는 것이었다. 그러나 나는 아무리 우리가 결혼이라는 제도적 결합을 택했다고 해도 서로의 가족을 선택한 것은 아니며, 최소한의 예의를 지키는 선에서 관계만 유지하면 되지 그들의 삶에는 관여할 일이 아니라고 생각했다. 하물며 (아직은 아니지만) 법적으로까지 깔끔히 갈라섰다(고 한다)면 그 이후로는 서로의 어떠한 일에도 연관될 필요가 없고 나는 당연히 해원의 가족을 그렇게 대할 생각이었다. 나는 그녀의 아버지와 어머니에게 아무런 책임도 없으며, 아직까지는 내게 처남인 해원의 동생 또한 나와 아무런 관계가 없는 사이가 될 것이었다. 물론 나는 그를 좋아했고 비교적 친밀한 관계를 유지해왔지만 모든 관계는 유기적이며 시간이나 상황에 따라 달라질 수 있고 마땅히 그래야 하는 것이기도 하니까 말이다.

해원은 오래전부터 내가 그 근본을 헤아리기 어려운 자신만의 조금은 난해한 (하지만 단단한) 윤리관을 갖고 있었는데 그녀의 그러한 점은 우리 둘이 함께 사학과 대학원에서 공부하며 조금씩 가까워지던 시절에는 서로를 끌어당기는 인력으로 작용하기도 했다. 서로를 알게 된 지 얼마 지나지 않았을 때부터 우리는 일단 이야기를 시작하면 끝내는 방법을 몰랐다. 맥주를 한 캔 사서 편의점 야외 테이블에 앉으면 칠흑 같던 하늘이 파랗게 밝아올 때까지 대화를 멈추지 못했다. 우리가 그 무렵 마치 세상에서 가장 중요한 문제라도 되는 것처럼 몇 시간이고 물고 늘어졌던 주제는 대략 이런 것들이었다. 식물을 해치는 일은 비윤리적인가—만약 그러한 행위가 비윤리적이라면 우리는 생존이라는 근본적인 행위에 죄책감을 느낄 수밖에 없다, 그럼 왜 우리는 길가에 피어 있는 민들레를 아무렇지 않게 짓밟는 사람을 야만적이라고 여기는가, 또한 옥수수밭에서 옥수수를 수확하는 것과 수천 년 된 삼나무숲을 벌목하는 것은 윤리적 관점에서 과연 어떤 차이가 있는가—? 또는, 지적재산권 침해 행위와 표절의 경계는 무엇인가—인터넷에 산포된 글이나 지인이 무심코 내뱉은 말에서 발상을 얻어 예술 행위를 했을 때 저작권은 어떻게 배분해야 되는가, 수천 년 된 그리스비극을 인용 변주하는 것과 저작권 보호 기간이 끝난 백 년 전 소설을 베끼는 것은 어떻게 다른가—? 도덕적 행위는 이타적인 행위인가? 인간은 왜 사는가…… 등등. 언제나 서로의 견해는 대화가 지속될 수 있을 만큼은 달랐고, 대화를 포기하지 않을 만큼은 비슷했다. 그래서 매일 격렬하면서도 다정한 논쟁을 이어갈 수 있었고, 그것은 우리에게 일종의 로맨틱한 놀이인 셈이었다.

그러나 꽤 긴 연애 기간을 거치고, 내가 대학원을 그만두고 지금의 직장에 자리를 잡은 뒤 이어진 결혼생활을 합해 십 년이 넘는 세월 동안 그런 일이 계속되다보니 그것을 더이상 다정한 놀이라고만 여길 수는 없게 되었다. 나는 조금씩 그녀가 말이 통하지 않는 상대라고 느꼈다. 어떨 때 해원은 내가 생각하는 것 이상으로 보수적이었으며, 어떤 사안에 대해서든 결론을 내리는 걸 끊임없이 유보했다. "그건 지금 당장 얘기할 수 없는 문제야." "일단 좀더 생각해봐야겠어." 그리고 그녀는 내 논조가 늘 과격하며 나의 태도가 필요 이상으로 고집스럽다고 나를 비난하곤 했다. 가끔은 내가 너무 비인간적으로 느껴진다고 말하기도 했다. "어떻게 사람이 매번 그렇게 이상적으로만 사니?" 우리는 서로를 답답하다고 여겼으며 결론이 나지 않는 대화가 영원히 이어지는 것을 고통스러워했지만 처음 만났을 때와 마찬가지로 여전히 그것을 끝내는 법을 몰랐다. 우리는 다음날 둘 모두 출근해야 하는 상황에서도 새벽이 될 때까지 말꼬리를 잡고 늘어졌다. 상대의 주장을 짓눌렀고, 주제와는 상관없는 말로 논쟁을 키웠으며, 서로에게 상처가 되는 차가운 말을 쏘아댔다. 그래도 해원과 내가 무언의 합의로 이끌어낸 방법(그러니까 집안을 엄중한 침묵의 공간으로 만드는)은 효과가 있었다. 우리는 처음에는 논쟁거리가 될 만한 이야기를 꺼내지 않으려 노력했고 그럴 기미가 조금이라도 보이면 급히 입을 닫았다. 그러나 의도치 않았던 상황에서, 전혀 특별하지 않은 일상적인 말들이 우리에게 논쟁의 불씨를 던졌고, 또 길고 아득한 말들의 미로 속으로 우리를 밀어넣었다. 그러면 또다시 입을 닫으면서, 결국 우리는 더이상 어떠한 대화도 나누지 말아야 한다는 결론 쪽으로 나아갔다. 그것이 익숙해지자 조금은 살 만해졌다. 집안에서 키보드 두드리는 소리나 그릇 달그락거리는 소리 정도만 들려오는 적막한 나날에는 답답함도 있었지만, 끝없이 이어지던 전투의 날들에 비하면 훨씬 편안했다. 그런데 그 침묵이 의외의 사건으로, 의외의 인물을 통해서 깨지게 된 것이다. 아무리 그런 상황이었다 해도 변호사를 통해 듣게 된 이모의 알 수 없는 신변 변화에 대해서 해원에게 말하지 않을 수는 없었다.

우리가 과천에 있는 이모의 아파트에 도착했을 때 그녀는 화분에 물을 주고 있었다. 이모는 젊은 시절의 대부분을 서아프리카의 카나리아제도에서 보냈기 때문인지 집에 잎이 큰 나무를 두는 것을 좋아했다. 이모의 집에는 수십 개의 크고 작은 화분이 있었는데, 다육식물도 꽤 많았지만 대부분은 관엽식물이었고 어떤 것은 천장에 닿을 정도로 키가 컸다. 이모는 여전히 스페인에서 가져온 오래된 선풍기나 전동 원두 그라인더 등을 사용했고, 커다란 벵골고무나무와 종려나무 화분들 옆으로는 이베리아풍 러그가 깔려 있었다. 그래서 이모의 집은 대기업 건설사가 지은 전형적인 한국형 아파트였음에도 불구하고 어딘지 이국적인 분위기를 풍겼다.

이모는 염색을 하지 않아 머리가 전체적으로 희었지만 머리숱은 여전히 풍성해서 도리어 실제 나이보다 젊어 보였다. 이모는 밝고 건강해 보였으며, 변호사가 내게 말한 것처럼 '아직 죽지 않은' 사람처럼은 보이지 않았다. 이모가 우리를 마치 아무 용건도 없이 인사차 방문한 손님처럼 대했기 때문에 한동안 우리는 이모가 내오는 수박이며 복숭아 등을 주는 대로 받아먹으며 시간을 보냈다. 내가 어떻게 말을 꺼내야 할지 고민하는 동안 이모는 벌써 날이 꽤 더워졌다느니, 잘 익은 수박을 고르려면 줄무늬와 배꼽을 봐야 한다느니("이 나이가 되어서야 수박 고르는 방법을 제대로 알게 되었지 뭐니?"), 이 앞에 들어서는 새 아파트 단지의 평당 분양가가 얼마나 나간다느니 하는 이야기들을 늘어놓았다. 그러다가 뜬금없이 우리에게 이렇게 물어보기도 했다. "너희 요즘 사이는 좋니?" 나와 해원은 거짓말에 서툰 사람들이었기 때문에 둘 다 잠시 머뭇거리느라 대답을 하지 못하다가, 나보다는 그나마 조금 나은 해원이 먼저 입을 열어 "그럼요. 좋아요, 이모"라고 대답했다. 나는 별다른 말을 보태지 않고 부채꼴 모양으로 잘린 수박 조각을 집어먹기만 했다.

그러고도 한 시간 정도 사소하고 일상적이며 무의미한 이야기들이 오갔는데, 갑자기 이모가 우리에게 백개먼 게임을 하자고 했다. 백개먼은 이모가 스페인에 있을 때 즐겨 했던 일종의 전통 보드게임인데, 나는 어린 시절부터 이모와 종종 그 게임을 했고 결혼 후에는 해원도 이모에게 하는 법을 배워서 종종 같이 하곤 했다. 물론 나는 백개먼을 좋아했지만 그날은 그런 거나 하자고 거길 찾아간 것이 아니었기 때문에 그러고 싶지 않다고 대답했다. 나는 이모에게 대답하는 내 목소리를 듣고서야 나의 기분이 조금 상해 있었다는 것을 깨닫게 되었다. 그것은 이모에 대한 걱정 때문이라기보다는 무언가 내가 알 수 없는 일이 벌어지고 있으며, 이모가 그것을 숨긴 채 나를 놀리고 있는 것 같다는 생각을 지울 수가 없었기 때문이었다.

"그런 건 나중에 해요, 이모. 백개먼이나 하려고 회사에 연차를 내고 여기까지 온 건 아니에요. 아시잖아요?"

그러자 이모는 하던 말을 멈추고 내 얼굴을 쳐다보았다. 이모는 희미하게 미소를 머금고 있었다. 그것은 정말 미소를 지은 것이 아니라 오랜 세월 사람들을 상대하며 살아와 자연스럽게 얼굴에 새겨진, 일종의 깊이 파인 주름살 같은 것이었다. 이모는 사실 굳은 얼굴을 하고 있었다. 그녀는 잠시 동안 그런 얼굴로 있다가, 다시 살가운 미소를 띠며 내게 말했다.

"돈을 걸고 해보면 어떨까? 원래 백개먼은 돈을 걸고 해야 제맛이거든."

"돈이라고요? 말씀 잘하셨네요. 그 돈은 대체 뭐예요? 변호사는 또 뭐고요."

"그 사람한테 얘기 못 들었니?"

"전 아무 얘기도 못 들었어요. 유산 어쩌고 하는 말도 안 되는 얘기 말고는요."

"말이 왜 안 돼. 다 알아본 거야."

"그게 어떻게 말이 돼요? 유산은 죽은 사람이 남기는 거잖아요.

이모가 죽었어요?"

"지금은 아니지."

"혹시 암이라도 걸렸어요? 말기래요?"

나는 거기까지 말하고 나서야 내가 이모를 지나치게 몰아붙이고 있다고 생각했다. 그렇게 말했는데 이모가 진짜 암이라면? 암세포에게 목숨을 위협받고 있는 상황이라면? 그러나 이모가 "그건 아니다"라고 말해서 나는 안심할 수 있었다. 그러자 흥분했던 마음이 조금 가라앉았다. 나는 우습게도 그 짧은 시간 동안 화를 내다가, 당황했다가, 그다음에 이모의 말을 들을 준비가 되었던 것이다. 이모는 그러고 나서 한동안 머뭇거렸는데 그 머뭇거림이 이상하게 느껴졌던 건 아무리 봐도 그것이 다름아닌 쑥스러움에서 나온 듯한 행동이었기 때문이다. 그녀가 다음에 이어서 한 말을 생각하면 전혀 이해가 안 되는 것은 아니면서도 역시나 그 상황에서 쑥스러움을 느낀다는 건 사실은 어딘지 굉장히 이상하고 비상식적이라는 생각이 들었다. 이모는 잠시 후에는 단호하게, 결의에 찬 사람처럼 말했지만 그렇게 하기 전에 아주 잠시 동안 분명히 머쓱해했고, 도리어 그 머뭇거림이 이모의 말을 거짓이나 장난이라고 치부할 수 없게 만들었다.

"얘들아, 이모는 스위스에 갈 거란다. 그리고 거기서 죽을 거고."

어쩌면 이모는 조금 완곡한 표현, 이를테면 '그리고 다시는 돌아오지 않을 거고' 같은 식으로 말할 수도 있었을 테지만 구태여 '죽을 거고'라고 말함으로써 혹시라도 우리가 할지 모르는 오해 같은 것을 차단하려고 했던 것 같다. 그녀는 한 번의 말로 우리에게 오해의 여지 없이 자신의 의사를 확실하게 전달했다. 이모는 스위스에 갈 것인데, 한국으로 돌아오지 않고 거기서 스스로의 의지로 죽을 것이다. '스위스'와 '죽음'이라는 두 단어가 암시하는 것은 하나밖에 없었다. 그것은 나와 해원이 그동안 수도 없이 해왔던 윤리 논쟁의 주제로 이미 다뤄진 적이 있는 것이었다. 우리 또한 그것을 아주 먼 훗날, 합리적인 사유는 할 수 있지만 더이상 육체를 완벽히 통제하지 못하는 절망적인 상황이 된다면 선택할 수 있는 하나의 옵션으로 두고 있었다. 그러니까 스위스에 가서 존엄성을 지킨 채로 안락하게 죽는 것, 그 일을 이모는 지금 하려고 하는 것이었다.

집으로 돌아오는 차 안에서 우리는 이모의 계획에 대해 이야기를 나누었다. 보통때와는 달리 우리의 견해는 어느 정도 일치했다. "그래도 너무 일러." "맞아, 아직 건강하신데." "얼마 전에 환갑이셨잖아." "삼 년 전이었어. 우리가 침대를 사드렸잖아." "그래, 아직 새거나 다름없겠네." 이런 식의 대화를 나누다가 나는 문득 그렇다면 우리가 새 물건을 그만 사게 되는 순간은 언제인가, 라는 생각으로 빠져들었다. 내가 지금 사는 물건이 헌것이 되는 걸 내 눈으로 보지 못할 것이라는 확신이 드는 순간은 얼마나 나이가 들었을 때일까, 그때가 되면 더이상 새 물건을 사지 않고, 내가 가진 헌 물건들이 모두 나만큼 낡을 때까지 기다리는 일밖에 없는 것인가, 그럼 내 낡은 몸이 온통 낡은 물건들에 둘러싸인 채 삶의 마지막 순간을 맞이하게 되는 것인가, 하는 생각들을 했다. 그러고 보니 얼마 전에 기르던 고양이가 죽은 후 더욱 외로워졌을 것이 분명함에도 이모가 다른 고양이를 들이지 않았다는 사실이 떠올랐다. 이모는 결혼한 적이 없었고 당연히 자식도 없었기 때문에 혼자 살고 있었다. 그래서 일을 그만둔 후로는 집에서 고양이와 함께 시간을 보내는 게 일과였다. 가끔 엄마와 함께 동해안으로 짧은 여행을 다녀오거나 교외의 호숫가에 가서 한정식을 먹기도 했지만 주로 집에 머물고 외출은 거의 하지 않았다.

엄마의 말에 따르면 젊었을 적의 이모는 누구보다 활동적이고 에너지가 넘치는 사람이었다고 했다. 그녀가 대학에 들어갔을 때만 해도 우리나라의 건설사들이 중동으로 진출해 있었고 많은 노동자들이 마치 골드러시 시대처럼 그곳으로 향하고 있었다. 그들이 사우디아라비아나 이란으로 향하고 있을 때 이모는 오일러시의 시대를 맞이해 한국외대 아랍어과에 입학했다. 그러나 이모가 직장을 구할 때는 중동의 열기가 어느 정도 식어갈 무렵이어서 이모는 새로운 활로를 개척했다. 사실 자의로 새로운 활로를 찾았다기보다는 우연찮게 일하게 된 조그만 무역회사에서 해외 지사로 발령을 내는 바람에 떠난 것이긴 했지만, 어쨌든 이모는 열정을 품고 카나리아제도로 향했다. 그녀는 그곳에서 해산물의 수입을 관리하는 일을 했다. 대서양 먼바다에서 잡혀 급속 냉동된 오징어나 다랑어 같은 것을 한국으로 유통시키는 일이었다. 이모는 처음 몇 년간은 회사에 소속된 채 일했는데 나중에는 사표를 내고 직접 무역업에 뛰어들었고, 그때 사업으로 돈을 꽤 벌었다고 했다. 큰 부자가 되지는 못했지만 낭비하지 않으면 평생 일하지 않고 살 수 있을 만큼의 돈을 모았고, 그렇게 되었을 때 미련 없이 사업을 접고 귀국해 지금까지 조용하고 안온한 삶을 살아오고 있었던 것이다.

엄마는 이모의 계획에 대해서 이미 알고 있었다. 내가 전화로 그 이야기를 꺼내자 엄마는 이제 자신도 지쳤다는 목소리로 이렇게 말했다. "너한테도 변호사인지 뭔지가 찾아갔니? 네 이모가 자꾸 말도 안 되는 소리를 해. 유산은 무슨 유산이라니? 맘대로 하라 그래라." "이모가 언제부터 저랬어?" "한 달쯤 전에 나한테 뭐 스위스에 가겠다고 그러질 않니? 원래 그러려고 했대. 옛날부터 그러려고 했다는 거야." "그래서 뭐라고 했어?" "내가 울면서 싹싹 빌고 눈앞에서 죽겠다고 해도 꼭 그래야겠단다. 내가 더 무슨 말을 하겠니."

엄마는 처음에는 장난인 줄 알고 적당히 맞장구를 쳤다고 했다. 그래 언니, 가려면 나도 같이 가자, 사는 게 왜 이렇게 힘이 든다니? 그런데 이모가 진심이라는 걸 알고는 이모에게 우울증 치료를 권하고, 하루가 멀다 하고 집으로 찾아가서 자고 오기도 했다는 것이었다. 그러나 이모는 자신이 그런 결정을 내린 것은 우울증 때문도 아니고 외로워서도 아니며 그저 자신이 그걸 원하기 때문이라는 말로 엄마를 설득하려 들었다. 물론 엄마에게 그것은 전혀 설득력이 없는 말이었고, 엄마는 이모가 큰 병에라도 걸렸는지, 아니면 자신도 모르는 사이에 빚이라도 진 것인지 재차 캐물었지만 이모는 그런 이유가 아니라고 했다는 것이었다. 그것은 나의 첫 반응과 다르지 않았다. 나는 이모가 내게 그 계획에 대해 말했을 때, 생각할 수 있는 모든 가능성을 놓고 질의응답을 진행했다. 혹시 향정신성 약물을 복용중입니까? 자주 우울감을 느낍니까? 환각을 봅니까? 최근에 실연을 당한 적이 있습니까? 누군가에게 협박을 당하고 있지는 않습니까? 종교적 체험을 한 적이 있습니까? 세상에 대해 혐오감을 느낍니까? 이모의 대답은 모두 '아니오'였다.

"그렇다면 대체 왜요? 그리고 왜 지금이냐고요."

"왜냐하면 내가 그러고 싶기 때문이다. 지금 그렇게 하고 싶기 때문이야."

이모는 한 달 후에 떠날 예정이라고 했다. 이모의 생각으로는 이별을 준비하기에 너무 길지도 않고 짧지도 않은, 가장 적당한 기간이 한 달이었던 것이다. 너무 짧아서 충분히 설득할 시간이 없거나 아니면 너무 길어서 서로가 지치지 않을 만큼의 기간.

집으로 돌아온 해원과 나는 이모에 대해서 쉽게 말을 꺼내지 못했다. 그것은 우리가 그동안 수없이 논쟁의 주제로 삼아왔던 그 어떤 것보다도 실재적이고 가까운 것이었다. 우리는 실재적인 것, 우리와 직접적인 연관이 있는 것을 대화 주제로 삼는 일에 익숙지 않았다. 나와 해원은 오히려 관념적인 것, 우리와 먼 것에 대해 이야기하는 쪽이 더 편했다. 우리는 우주의 존재 이유에 대해서는 며칠이고 떠들 수 있었지만 이모의 죽음에 대해서는 그렇지 않았다. 우리는 사형제도에 대해서는 며칠이고 논쟁을 이어갈 수 있었지만 이모가 자신을 죽이는 일에 대해서는 입을 열지 못했다. 나는 어떻게 해야 이모의 마음을 돌릴 수 있을지 고민했지만 방법이 떠오르지 않았다. 이모는 이미 변호사를 통해 재산을 정리해두었으며, 안락사를 도와주는 스위스 단체에 신청을 마쳤고 취리히행 항공편은 물론 죽음을 맞을 아파트까지 예약해둔 상태였다. 이모는 이미 모든 준비를 마친 것이다. 동생이 울고불고 떼를 써봤지만 꿈쩍도 하지 않은 사람을 조카인 내가 설득할 수 있을 것 같지 않았다. 그래서 나는 아침으로 먹을 토스트를 굽다가 혼잣말처럼 "우리가 이모를 말릴 수 있을까?" 하고 중얼거렸다. 그러자 해원이 "그렇다고 알겠습니다, 편한 대로 하세요, 하고 보내드릴 수는 없잖아"라고 말했고 나는 "끝까지 생각을 굽히지 않는다면? 이모가 기어이 뜻대로 하겠다고 한다면?" 하고 말했는데 여기까지 말했을 때 머릿속으로 이모가 남긴 유산에 대한 생각이 스쳐갔다. 이모에게 다녀온 이후로 그동안 완전히 잊고 있던 것이었다. 우리는 돈이 궁하지 않았다. 나는 대형 신문사의 인사팀에서 일하고 있었는데 곧 있으면 차장으로 승진할 가능성이 높았다. 회사에서 나는 잘해내고 있었고 그에 걸맞은 월급을 받고 있었다. 해원은 얼마 전 모교에서 조교수로 임용되었고 별다른 일이 없다면 정교수까지 가는 일은 어렵지 않을 것이었다. 우리가 살고 있는 아파트의 대출은 진작 모두 상환했으며 그 어느 때보다도 경제적으로 안정된 상태였다. 만약에 우리가 갈라선다면? 그래도 문제될 건 아무것도 없었다. 지금 사는 집을 처분하면 서울에 혼자 살기 적당한 집을 각자 하나씩 마련할 정도의 돈은 손에 쥘 수 있을 것이었다. 우리에게든, 나에게든 이모가 남긴 돈은 큰 의미가 없었다. 그러나 내가 만에 하나 이모의 선택을 지지한다고 했을 때, 적어도 이모의 생각을 돌리는 일을 포기한다고 했을 때 그 돈에서 완전히 자유로울 수 없다는 생각은 지울 수 없었다. 그것은 방해물이었다. 이 문제를 놓고 합리적인 판단을 하고 행동하는 데에는 오히려 걸림돌이 되었다. 나는 이모가 왜 굳이 그 돈을 내게 '먼저' 남겼는지 알 수가 없었다. 이렇게 생각하는 와중에 해원이 대답했다. "끝까지 말려야지. 그게 우리 할 일 아니야?"

그러나 그녀는 나중에 가서는 전혀 다른 소리를 했다. 이 주 만에 다시 이모를 만나고 온 다음날 아침에 침대 머리에 등을 기대고 앉은 채 난데없이 이렇게 말한 것이다. "아무래도 이모의 결정을 지지해드리는 게 좋을 것 같아." 그녀는 새벽부터 잠을 이루지 못했는지 아니면 아예 잠을 자지 않은 건지 이른 아침임에도 정신이 도렷해 보였다. "왜 갑자기?" "어떻게 죽을지는 삶에서 가장 중요한 문제고, 누구든 그걸 선택할 권리가 있어." "네 말이 맞아. 그리고 그걸 사람들은 자살이라고 하지." "신중히 생각하고 말하는 거야. 꼭 그렇게 비꼬아야겠어?" "우리는 신중히 생각할 필요가 없어. 지금 신중해야 할 사람은 이모뿐이야." "이모가 신중하지 않았을 거라고 생각해?" "그럼 이모한테 이렇게 말할까? 알았어요 이모, 뜻은 잘 알겠어요. 유산은 고맙게 잘 쓸게요. 그럼 스위스까지 편안한 여행 되세요." 해원은 대답하지 않았다.

한동안 나와 해원은 각자의 일로 바빠 이모를 찾아갈 시간이 없었다. 사실 찾아갈 시간이 없다기보다는 잠시 그 일을 미뤄놓기에 좋은 핑계를 찾았다는 쪽에 가까웠다. 그리고 우리는 그 일에 대해서 대화를 나누는 것을 (의식적으로든 아니든) 피했는데 그 이유는 앞으로 이모에게 일어날 일에 대한 판단—윤리적 판단과 현실적 판단을 동시에 내려야 하고 그것이 옳은지 스스로도 확신하지 못한 상황에서 빠른 시간 내에 그것을 공개한 뒤 행동에 나서야 했기 때문이었던 것 같다. 이모에게 몇 번 전화를 하긴 했지만 나는 무슨 말을 해야 할지 몰랐다. 이모에게 안부를 묻고, 이모가 내 안부를 묻고, 내가 "여전히 생각은 변함이 없으세요?"라고 묻고 이모가

"그래, 그리고 아마 변할 일은 없을 거다"라고 대답하는 식의 통화를 몇 번 한 후로는 그 일에 대해서는 입을 열기가 쉽지 않았다. 그렇다고 아무 일도 없었던 것처럼 지낼 수는 없어서 생각날 때마다 전화를 하긴 했지만 그저 밥은 드셨냐 건강은 괜찮냐 같은, 지금 상황에서는 무의미해 보이는 질문들을 했을 뿐이었다.

나는 해원에게는 물론, 스스로에게 납득이 될 만한 결론을 내리지 못하고 있었다. 나는 나 자신을 설득하지 못하고 있었다. 아니, 그게 아니라 스스로를 설득할 '내용'을 가지고 있지 않았다. 나는 오랜 기간 지속해온 해원과의 논쟁에서는 매 주제에 대해서 직관적으로 결론을 내린 뒤 그것을 연역적으로 증명하는 식의 대화를 해왔다. 그런 방식으로 한다면 이렇게 말해야 했다. "모든 인간은 스스로의 생존 여부를 결정할 권리가 있어. 그리고 이모는 인간이야. 그러므로 이모는 자신의 생존 여부를 스스로 결정할 권리가 있어." 하지만 귀납적으로 생각해본다면? "누구도 신체 건강한 가족이 죽겠다고 할 때 그냥 두고만 있지 않아. 아마 내게 전화를 건 그 변호사도 막상 자기 일이 되면 그러고만 있지 않을 거야. 심지어 이모도 내가 그러겠다고 하면 온 힘을 다해서 말릴 거야. 그러니 나는 역시 이모를 스위스로 보낼 수 없어."

나와 해원은 이모의 계획을 들은 이후로, 놀랍게도 어떤 일로도 말다툼을 벌이지 않았다. 생각해보면 우리에게는 우리가 나누는 말 외에는 아무 문제도 없었는데, 부부 상담사는 이렇게 말하기도 했다. "두 분에게는 아무런 문제가 없어요. 두 분은 논리에 대한 강박을 갖고 있을 뿐이에요. 관념적인 대화를 줄이세요. 구체적인 대화를 하세요. 현실에 대해 이야기하세요." 그때, 아마도 우리 둘 중 하나가 이렇게 대답했던 것 같다. "선생님, 우리는 늘 현실에 대해서만 이야기해요. 우리 주변을 둘러싸고 있는 일들은 모두 현실이라고요."

우리는 이모에게 새 화분을 사가지고 갔다. 나는 거의 내 어깨까지 오는 율마 화분을 힘겹게 거실로 옮겼다. 이모에게 살아 있는 무언가가 필요한 것 같아서였다. 그러나 이모는 화분에 대해 아무 말도 하지 않았고 나도 무슨 말을 보태지 못했다. 나는 이모에게 물은 얼마나 줘야 하는지, 햇볕은 얼마나 쬐여줘야 하는지 화원에서 들은 대로 이야기해주었지만 이모도 말하는 나도 그 말을 귀담아듣지 않았다.

그리고 에멘탈치즈와 함께 코냑을 마시며 백개먼을 했다. 우리는 이모의 계획에 대해 들은 적이 없는 것처럼 평범한 대화를 나누며 게임을 했다. 이모도 그 이야기는 더이상 하고 싶지 않은 듯했다. 나와 해원은 백개먼을 하는 게 너무 오랜만이라 자꾸 규칙을 헷갈려했다. 백개먼은 주사위 두 개를 굴려 자신의 말을 탈출시키는 게임인데, 그날따라 이모는 자꾸 가장 높은 눈인 쌍륙이 나왔고 우리는 속수무책으로 당했다. 나중에는 내가 빠지고 이모와 해원 둘이서 몇 판 승부를 벌였지만 마치 신이 돕는 것처럼 주사위 눈은 이모에게 유리하게 나왔고 해원은 한 판도 이기지 못했다. 이모는 쌍륙이 나올 때마다 세상에서 가장 행복한 사람처럼 웃음을 터뜨렸다. "내가 이맛에 이걸 하지." 이모가 기어이 '백개먼'을 달성하며 압도적인 승리를 거뒀을 때 해원은 더이상은 못하겠다고 두 손을 치켜들었고 그때는 이미 자정이 넘은 시간이었다. 이모는 코냑을 꽤나 많이 마셨는데, 내가 그만 마시는 게 좋겠다고 하자 나른한 몸짓으로 손을 휘휘 저었다. 나는 그래서 말리는 것을 그만두었다. 그래 어차피, 하는 생각을 하다가 나는 그런 생각을 하는 나 자신에 대해서 놀랐고, 그래서 어차피, 까지만 생각하고 그다음에 생각하려 했던 것에 대해서는 생각하지 않았다. 내가 이모에게 무언가 말을(무슨 말을 하려던 건지는 나도 모르지만) 하려고 했을 때 이모는 주사위를 들어올리더니 그것을 만지작거리며 이야기를 시작했는데, 이런 내용이었다.

"처음 스페인에 갔을 때는 특별히 할 일이 없었어. 그때는 지금처럼 인터넷 같은 게 있지도 않았거든. 아는 사람도 없었고. 저녁 일곱시만 되면 거의 모든 가게가 문을 닫았어. 그래서 백개먼을 배웠지. 밤늦게까지 할 만한 거라고는 그것밖에 없었어. 그곳 사람들은 모이기만 하면 백개먼을 했어. 나는 그 민속놀이 같은 게 뭐가 재미있나 했지. 나한테 그걸 알려준 사람은 호세라는 남자였는데 우리 회사에서 고용한 선장이었어. 그 사람은 못생겼지만 나쁜 사람은 아니었어. 거기에는 나쁜 사람도 많았지. 늘 조심해야 했어. 추행을 당하는 것은 일상이었지. 그래서 나는 거기서 남자처럼 행동했어. 목소리를 높이고, 사람들을 거칠게 대했지. 술을 많이 마셨고, 종종 마리화나를 피웠어. 그리고 백개먼을 했지. 처음에는 푼돈을 걸고 했지만 나중에는 판돈이 점점 커졌어. 딸 때도 있고 잃을 때도 있었지. 몇 년간은 재미있었어. 한국에 있을 때에 비하면 벌이가 아주 좋았고, 일도 어려울 게 없었어. 그저 그곳에서 시간을 보내는 방법만 알면 됐어. 선장들은 한국에서 온 무역업자들에게 잘 보이려고 노력했어. 한국 회사에 수산물을 대면 안정적으로 돈을 벌 수 있었거든. 그런데 어느 날 호세가 나를 찾아와서 한 번만 도와달라는 거야. 자기를 구해달라고 했어. 듣고 보니 며칠 후에 아주 큰 판을 벌이기로 했다는 거였어. 배를 걸고 백개먼을 하기로 했다는 거였지. 호세는 자신이 연달아 돈을 잃었고, 배를 따지 않으면 살아갈 방도가 없다고 했어. 나는 아주 살짝만 거들면 된다고 하면서. 게임에 꼈다가 물러나서 중요한 순간에 주의를 끌어주기만 하면 된다고 했어. 아마도 내가 동양인이고 여자이기 때문에 부탁을 한 거겠지. 나는 거절했지만 그는 끈질기게 부탁했어. 은근히 협박도 했지. 내가 이미 이 계획을 알아버렸으니 자신을 도와줄 수밖에 없다는 거야. 그리고 자신에게 무슨 일이 생기면 그곳에서 계속 일하는 데 곤란함을 겪을 거라고도 했지. 그는 흥분했는지 겁을 먹었는지 떨리는 목소리였지만 물러설 것 같지 않았어. 그의 계획은 너무 간단해서 웃음이 나올 정도였어. 주사위를 교묘하게 깎아서 쌍륙이 잘 나오게 만든 거였지. 겉보기에는 정육면체의 평범한 주사위일 뿐이었지만 시험 삼아 굴려봤더니 정말 자주 쌍륙이 나왔어. 그게 다였어. 아주 단순했어. 손으로 깎아낸 조악한 주사위로 배 한 척을 얻으려고 했던 거지. 나는 그가 신호를 보내면—주사위를 바꿔치기할 때 말야—어떻게든 상대의 주의를 끌면 됐어. 위험한 일이긴 했지만 어려운 일은 아니었지. 나는 사실 그가 말한 성공 보수나 어설픈 협박 때문이 아니라 그저 무료했기 때문에 그 일에 가담하기로 했어. 들통이 나더라도 다른 나라에서 온 무역업자를 어떻게 하지는 못할 거라는 순진한 생각도 있었지. 나는 역할을 제대로 해냈어. 호세도 잘했지. 처음이 아닌 것처럼 능숙했어. 내가 상대의 주의를 끌 때 그는 주사위를 잽싸게 바꿔치기했어. 아무도 눈치채지 못했지. 호세의 주사위 눈은 확실히 좋았어. 효과가 있었던 거지. 그런데 이상한 일이 일어났어. 상대는 호세보다 더 많이, 계속해서, 마치 기적처럼 계속해서 쌍륙이 나왔어. 마치 신이 장난을 치는 것 같았지. 호세는 더욱 필사적으로 주사위를 굴렸지만 결국 그날 그는 배를 잃었어. 그러고는 나한테 화를 냈지. 내가 역할을 제대로 못해냈다면서. 사실 내가 역할을 제대로 해냈다는 걸 그도 알고 있었어. 그래서인지 나중에는 여자와 팀을 짜서 부정을 탄 거라고 했지. 그러고는 주저앉아서 울었어. 아이처럼 큰 소리로 울었지. 나는 울고 있는 그를 남겨두고 집으로 돌아왔어. 그리고 새 동업자를 찾았지. 얼마 후에 나는 회사를 그만두고 사업을 시작했고, 너도 알고 있듯이 회사에 소속되어 있을 때보다 많은 돈을 벌었어. 그가 계속 성실히 일했더라면 내 삶도 바뀌었을지도 몰라. 그런데 재미있지 않니? 어쨌든 호세는 상대를 속이는 데 성공했지만 배를 잃었고, 상대는 호세에게 속았지만 배를 얻었잖아."

그 밤이 지나고 얼마 후 해원과 나는 이모와 함께 취리히행 비행기에 올랐다. 그 과정에서 엄마는 몇 번이고 이모를 어르고 달래고 사정했다. 이모는 오히려 침착하게 엄마를 설득했다. 엄마는 이모의 결심이 우리 모두의 예상보다 훨씬 굳건하다는 것을 깨달은 후에는 더이상 말을 하지 않았다. 엄마는 아마 나와 비슷한 생각을 했던 것 같다. 이모에게는 우리 외에는 가족이 없었고 몇 명의 친구들을 제외하면 작별을 고할 사람은 우리뿐이었다. 이모가 그대로 스위스로 떠난다면 그녀는 누구의 이해도 받지 못한 채로 세상을 떠나게 되는 것이었다. 그래서 엄마는 끝까지 이모를 말리지 못했던 것 같다. 그러나 공항에 나가지는 않았다. 차마 거기 나가서 배웅은 할 수 없을 것 같다고 했다. 그래서 엄마는 이모가 떠나기 전날 함께 한정식을 먹고 나서 헤어졌다. 스위스로 향하는 비행기에서 이모가 말하기로는 헤어질 때 엄마는 이모를 부둥켜안고는 이렇게 말했다고 한다. "그냥 유럽 여행이나 하다 돌아와. 정말로 죽으면 앞으로 언니 다시는 안 볼 거야." 그리고 이모는 이렇게 덧붙였다. "네 엄마는 꼭 내가 거기서 안락사라는 걸 한 다음에 다시 한국으로 돌아올 것처럼 말하더라니까."

우리는 취리히 공항에서 차를 빌린 뒤 이모가 아파트를 빌려두었다는 우스터시(市)로 향했다. 이모는 고급 호텔에 묵고 싶어하지도 않았고 마지막으로 알프스를 보고 싶어하지도 않았다. 나는 이모가 스위스로 올 때 퍼스트 클래스를 타지 않은 것이 이상하다고 생각했지만, 퍼스트 클래스를 탔다면 그것도 그것 나름대로 이상했을 거라는 생각도 들었다. 운전은 이모가 했다. 이모는 나와 해원이 함께 오겠다고 해서 오긴 했지만 누구의 도움도 받지 않고 준비된 곳까지 가고 싶다고 했다. 자동차 안에서는 이모가 기르던 고양이에 대해서 이야기했다.

"복순이(이모가 기르던 삼색고양이의 이름이다)는 신부전으로 고생했어. 나이가 들어서는 제대로 밥도 먹지 못했지. 당연히 오줌을 눌 때마다 고통스러워했어. 나중에는 합병증으로도 고생했지."

나와 해원은 뒷좌석에 앉아 듣기만 했다. "그래서 내가 병원에 데려갔어. 그리고 주사를 놓아줬지. 오래 걸리지도 않더라. 정말이지 잠든 것 같았어."

"이모, 이모는 고양이가 아니에요." 나는 나도 모르게 쏘아붙이듯 말했다.

"나는 복순이에게 완벽한 삶을 주고 싶었어. 고양이는 신피질이 없어서 과거도 미래도 모른다는 거 아니? 고양이에겐 현재밖에 없어. 나는 복순이가 매 순간 완벽한 시간을 보냈으면 했어. 어떤 고통도 없이. 아마 거의 그랬을 거야."

"이모, 아무래도 안 될 것 같아요. 더이상은 안 되겠어요. 이게 다 뭐하는 짓인지 저는 아무리 생각해도 모르겠다고요."

"얘야, 이건 용기가 필요한 일이야. 내가 하려는 건 지금까지 이모가 한 일 중에 가장 용기가 필요한 일이야. 복순이를 그렇게 보내주는 것도 용기가 필요한 일이었어."

"그럴 이유가 없어요. 용기를 낼 필요가 없는 일이라고요."

"두번째였어. 한 번 복순이를 병원에 데리고 갔다가 참지 못하고 도로 나왔거든. 그곳에 다시 가는 데에는 처음보다 더 큰 용기가 필요했지."

이모가 그렇게 말해서 나는 입을 다물었다. 정말로 스위스에 가게 된다면, 스위스에서는 이모와 다투지 않겠다고 다짐했기 때문이다. 이모는 내비게이션을 보고 찾아간 한 건물 앞에 차를 세웠다. 전체적으로 큐브 형태의, 나무로 만든 이층집이었다. 외벽이 푸른색으로 도장된 그 집은 겉으로 봐서는 뭐하는 곳인지 알 수가 없었다. 이모는 우리더러 잠시 기다리라고 한 뒤에 그곳에 들어가서 한 시간 정도 나오지 않았다. 이모가 우리를 안심시킨 뒤 벌써 일을 끝냈나 하는 걱정마저 들었을 무렵 그녀는 차로 돌아왔다. 그러고는 다시 차를 몰아 시내로 향했다. 시내에 들어서서는 한 아파트 앞에 차를 세웠다.

"다 왔다. 너희는 들어와도 되고 들어오지 않아도 돼."

나는 들어가지 않겠다고 했다. 해원은 아무 대답도 하지 않았다. 이모는 나와 해원을 한 번씩 안았다. 나는 혹시라도 마음이 바뀌면 곧장 때려치우라고 다시 한번 말해야 하는지, 아니면 정말로 마지막이 될지 모르니 그동안 고마웠다고, 잘 가시라고 인사말을 해야 하는지, 아니면 다른 어떤 말을 해야 하는지 알 수 없어서 그냥 이모를 쳐다보기만 했다. 해원은 이모에게 고개를 꾸벅 깊이 숙여 보였다.

이모가 안으로 들어간 뒤 우리는 길에 그대로 서서 어찌할 바를 모르고 있었다. 얼마 후에 의사 가운을 입은 나이든 여자가 아파트 안으로 들어갔다. 인터넷으로 알아본 바에 의하면 의사는 신청자가 자신의 의지로, 스스로의 힘으로 약을 먹도록 도와주는 일만 한다고 했다. 그리고 마지막에는 얼마든지 마음을 바꿀 시간을 준다고 했다. 신청자는 일 분 만에 그 약을 들이켜도 상관없고, 반나절을 고민하다가 포기해도 괜찮다고 했다. 초여름의 강한 햇빛이 쏟아지고 있어 나와 해원은 손차양을 만들어 이모가 올라간 아파트의 창문을 바라보고 서 있다가 처마 아래 그늘로 자리를 옮겨 앉았다. 멀지 않은 곳에 수탉 모양의 풍향계가 높이 솟아 있는 게 보였는데 그것이 바닥에 길쭉한 그림자를 만들고 있었다. 마치 물음표를 그리고 있는 듯한 그림자가 아주 서서히 움직여 이모가 있는 아파트까지 다다르는 동안 우리는 바닥에 앉아 말없이 무언가를 기다렸다. 그러나 나는 의사가 나오든 이모가 나오든 무슨 말을 해야 할지 알 수 없었고, 그래서 해원과 나는 말하는 법을 잃은 사람들처럼 그곳에서 침묵한 채 기다렸고, 그리고 아무것도 기다리지 않았다.

| 작가노트 |

그래도 하게 되는 말들

글이 안 써질 때마다 요리를 한다. 주로 무언가를 삶거나 온갖 것들을 집어넣고 육수를 끓인다. 나는 오래 익힌 음식을 좋아하는데, 잔잔한 불 위에 놓인 무쇠 냄비 안에서 무언가가 조용히 익어가고 있는 걸 보면 기분이 좋아진다. 작년 블랙프라이데이 세일 때 미국 직구로 스타우브 더치 오븐을 구입했더니 인생이 조금은 더 살만해진 것 같다.

요즘은 아무 생각 없이 살고 싶다는 생각을 하고 있다. 그러나 그건 너무 어려운 일인 게 생각을 하지 않으려면 일단 말을 하지 말아야 하는데 나는 너무 말이 많기 때문이다. 말을 하면 생각이 많아지고, 소설을 쓰면 더 그렇다. 처음엔 안 그랬는데 지금은 쓰기 시작할 때 무슨 이야기를 어떻게 쓸지 거의 생각하지 않게 되었다.

미리 생각한다고 그대로 흘러가지도 않을뿐더러 애초에 미리 생각하는 게 쉽지가 않다. 대개는 마음에 드는 문장을 먼저 쓰고 거기에 문장을 덧붙이는 방식으로 글을 쓴다. 그러다가 다시 쓰고 싶어지면(당연히 그런 상황은 매우 자주 발생하고) 처음부터 다시 쓰기 시작하는데, 소설 한 편을 쓸 때 최소 서른 번은 다시 시작하기 때문에 나중에는 도대체 어쩌다가 여기까지 왔는지 알 수가 없어져버린다. 「더 인간적인 말」에 변호사가 등장한 건 대략 열번째로 다시 썼을 때였고, 이모가 안락사를 결심한 건 스무번째쯤 되는 것 같다. 처음부터 누군가의 죽음에 대해 다룰 마음은 없었고, 애초에 젊은 부부에 대해 쓸 생각도 없었는데 어쩌다가 거기까지 갔는지 알 수 없는 노릇이다. 쓰기 시작해야 사람이 생겨나고 이야기가 흘러가고 의미가 떠오른다는 건, 어쨌든 재미있는 일이다.

언제부터인가 말이라는 건 의미보다는 질량을 지닌 물질 같다는 느낌이 든다. 그것들이 우리 주위를 가득 메우고 있는 것 같다. 때로는 무겁게 내려앉고, 둥둥 떠다니기도 하고, 잔향만 남기고 휘발되기도 하고…… 생각해보면 나는 거의 미친 사람처럼 같은 말만 반복해온 것 같은데, 그럴 때면 쓸데없이 그저 세상에 내 말만큼의 무게만 보태고 있는 것은 아닐까, 사실 나 하나 정도는 입을 열지 않아도 괜찮지 않을까, 하고 생각하면서도 또다시 떠들게 된다. 소설이라는 걸 쓰게 된다. 그걸 누군가가 읽어준다는 건 고마운 일이라는 생각을 하는 요즘이다.

| 해설 |

부단히 인간적이고자

안지영

그러니까 정영수의 「더 인간적인 말」에 나오는 이모의 죽음은 의사의 조력을 받아 행하는 자살에 해당한다. 이는 현재 이야기되고 있는 '죽음에 대한 자기결정권'에 관한 논의에서도 가장 극단적인 케이스에 해당한다. 이모의 죽음은 삶의 질(혹은 죽음의 질)과 무관하게 생존 기간만을 연장하는 '소극적 안락사'의 차원을 넘어서기 때문이다. 물론 안락사가 합법인 나라도 있고, 해서 세계 각국에서 '죽기 위해' 그 나라로 떠나는 이들이 있다는 것도 사실이다. 하지만 의사의 조력을 받는다고는 해도 이는 말 그대로 '자살'일 따름이다. 더구나 한국은 2018년 2월 연명의료결정법이 시행되기 이전까지 회생 가능성이 없는 환자에게 연명 시술을 하지 않았을 경우(당사자나 그의 가족이 합의했을지라도) 의사나 환자의 가족을 살인 방조죄나 살인죄로 처벌할 수 있는 나라 중 하나였다. OECD 회원국

중 자살률 1위의 불명예를 꽤 오랫동안 유지해온 한국에서 죽음에 대한 자기 결정권 문제에 대해 소극적 태도를 보여왔다는 것은 어쩌면 당연한 일이다. '생명은 존엄한 것'이라는 인류 보편의 명제가 심각하게 훼손된 사회이기에 더욱더 이를 강박적으로 강조해온 것이다.

그래서인지 「더 인간적인 말」은 이 논쟁적인 주제에 조금도 서두르는 기색 없이 차근차근 접근한다. 여러 가지 조건들을 세팅한 다음, '어디까지가 생명의 존엄성을 해치지 않는 죽음의 범위'인지에 대한 일종의 사고실험을 행한다. 우선 작가는 사고실험의 신뢰도를 높이기 위한 포석을 세심하게 깔아놓는다. 이 실험에 참여한 실험 대상인 '나'와 해원의 문제 해결 능력을 강조하기 위해 이들이 이미 대학원 시절부터 나누었던 토론의 주제를 초반부터 다음과 같이 자연스럽게 언급한다. "식물을 해치는 일은 비윤리적인가—만약 그러한 행위가 비윤리적이라면 우리는 생존이라는 근본적인 행위에 죄책감을 느낄 수밖에 없다."(143쪽, 강조는 인용자) 세상에 이런 문제를 가지고 "칠흑 같던 하늘이 파랗게 밝아올 때까지 대화를 멈추지"(같은 쪽) 못하는 이들이 있을 수 있을까. 아니, 있다! 바로 '나'와 해원이 그렇다. 이들은 '생명의 존엄성'보다 '죽음에 대한 자기결정권'을 우위에 두고 있다. 그리고 "우리 또한 그것을 아주 먼 훗날, 합리적인 사유는 할 수 있지만 더이상 육체를 완벽히 통제하지 못하는 절망적인 상황이 된다면 선택할 수 있는 하나의 옵션으로 두고 있었다"(149쪽)라는 이 사고실험의 전제 조건이 잇따라 드러난다.

당연히 이 조건들은 실험의 변수, 그러니까 이모 이연자를 위해 준비된 것이다. 이모는 이들이 합의하고 있던 '죽음에 대한 자기결정권'이란 문제를 극단적으로 밀어붙일 수 있는 모든 조건을 갖추고 있다. 그녀는 "우울증 때문도" "외로워서도" 아니고 "그저 자신이 그걸 원하기 때문"(151쪽)에 죽음을 선택한다고 말한다. 이모가 키우던 고양이 복순이를 안락사시킨 게 이번 결정의 원인인 것처럼 슬쩍 언급되기도 하지만, 이모는 복순이와 달리 어디가 심하게 아픈 것도 아니다. 그런데도 왜 이모는 그렇게도 죽으려는 것인가. 이모가 죽음을 선택한 이유는 끝까지 '충분히' 설명되지 않는다. 그 이유가 명확하게 밝혀지면 자칫 실험 결과에 영향을 미칠 수 있음이 우려되기 때문이리라. 정말이지 이모는 순수하게 그러고 싶어서 죽으려는 것일 뿐이다! 이와 같이 모든 변수들이 통제된 덕분에 '죽음에 대한 자기결정권'이라는 문제를 '다른 변수의 영향을 고려하지 않고' 사유할 수 있는 환경이 완벽하게 조성된다.

그런데 실험의 조건만큼이나 사고실험의 과정 역시 난감하기 이를 데 없다. 자살을 일종의 "선택할 수 있는 하나의 옵션"으로 인정해야 한다고 주장하던 두 사람이 정작 이모의 결정을 어설프게 반대 혹은 지지하다가 '죽으러 가는' 이모를 배웅해주는 것으로 끝난다. 무엇보다 조카인 서술자 '나'가 이 상황을 받아들이는 태도가 애매하다. 그는 "이모의 선택을 지지한다고 했을 때, 적어도 이모의 생각을 돌리는 일을 포기한다고 했을 때 그 돈에서 완전히 자유로울 수 없다는 생각"(153쪽)을 하며 자신이 이모의 유산을 받게 된다는 점 때문에 자신의 판단이 '객관성'을 확보하지 못하게 될 것을 염려한다. 그러니까 '나'는 '죽을 만한' 결정적인 이유가 없어 보이는 사람이 죽음을 선택한다고 했을 때, 더구나 그가 그리 멀지 않은 관계에 있는 사람일 때, 여기에 더해 그 사람의 죽음으로 자신이 적지 않은 이득을 얻게 된다고 했을 때, 그에 대해 어떻게 판단할 것인가'라는 생명윤리 교과서에나 나올 법한 윤리적 판단의 문제로 이를 받아들인다. 그러고 보면 어째서 해원이 '나'를 "너무 비인간적"(144쪽)이라고 비난하는지도 이해가 된다.

기이하기는 인간으로서의 '도리'를 따지는 해원 역시 마찬가지다. "어떻게 죽을지는 삶에서 가장 중요한 문제고, 누구든 그걸 선택할 권리가 있"(154쪽)다는 해원의 말은 '존엄하게 임종을 맞이할' 권리를 근거로 고심 끝에 내린 논리정연한 결론이지만 그만큼 '비인간적'이다. 정말이지 이들은 부부 상담사의 말처럼 "논리에 대한 강박"(155쪽)을 보여주는 것 그 이상도 이하도 아니다. 이들은 죽음 앞에서도 그저 기계적으로 움직인다(하지만 그들이 도대체 무얼 할 수 있었겠는가!). "윤리적 판단과 현실적 판단을 동시에 내려야 하고 그것이 옳은지 스스로도 확신하지 못한 상황에서 빠른 시간 내에 그것을 공개한 뒤 행동에 나서야"(154쪽) 한다는 생각은 얼마나 합리적이며 또 얼마나 비인간적인가. 과연 이것이 인간의 자유의지와 사회적 합의를 중시하는 이 사회에서 죽음에 대한 자기결정권에 대해 내릴 수 있는 가장 '합리적인' 결론일까?

이 소설을 읽은 당신이라면 어떻게 하겠는가. 만일 운명이라는 것조차 인간이 자신의 삶에 의미를 부여하기 위해 가까스로 붙잡은 지푸라기와 같은 것이라면…… 만일 그 사실을 깨닫게 된 누군가가 삶이란 것이 이기든 지든 별 의미가 없는 지겨운 게임처럼 느껴져서 죽음을 '선택'하겠다고 선언하고는, 아무리 말려도 당신의 말을 듣지 않는다면 말이다. 소설에 등장하는 백개먼 게임의 일화만 해도 그렇지 않은가. 아무리 수를 써서 조작을 해도 '이길 수 없는' 게임에는 이길 수 없다. 이는 정해진 운명은 바꿀 수 없다는 것이 아니다(문제가 그렇게 간단한 것이라면 얼마나 좋겠는가). 자기 운명에 대한 결정권을 상실한 것 같을 때, 그래서 자신이 그저 기계처럼 움직이는 것 같다는 무력감에 사로잡힐 때 사람들은 살 의미를 찾지 못한다. '나'와 해원은 이 물음 앞에 오래 망설였고 결국 이모의 선택을 막지 못한다. 죽음을 선택할 권리가 각자에게 있다는 대전제가 바뀌지 않는 이상, 동일한 조건 아래서 우리의 선택 역시 크게 달라지지 않을 것이다.

이모의 알 수 없는 고집 앞에 연역법도, 귀납법도 무릎을 꿇는다. 그렇게 말이 많던 이 부부조차 마침내 말과 논리의 무력함을 깨닫고 "아무래도 안 될 것 같아요. 더이상은 안 되겠어요"(161쪽)라며 백기 투항하거나 할말을 잃고 침묵해버린다. 이렇게 이모는 '나'와 해원의 논리정연한 삶에 도저히 설명할 수 없는 구멍을 남기고 떠난다. 애당초 죽음을 논리적으로 설명할 수 있다고 생각하는 것이야말로 '논리적이지 않은 것'인지 모른다. 논리로는 이해되지 않는 이 심연에는, 말로 설명하기 어려운 죽음에 대한 죄책감이 자리한다. 법적·도덕적 책임과 무관하게 다른 생명체의 죽음에 대해 느끼는 구체적인 책임 의식, 혹은 연대 의식이 바로 죄책감의 정체는 아닐까. 한 사람의 죽음은 '그의' 죽음인 것만은 아니다. 한 개인이 세계에서 고립되어 살아가는 것이 아닌 이상 죽음 역시 홀로 겪어야 하는 문제가 아닌 것이다. 그렇다면 죽음에 대해서만큼이나 나와 더불어 존재하는, 그리고 함께 죽어가는 다른 생명들과 어떻게 살아가야 할 것인가에 대해서도 이야기해야 하는 것이 아닐까.

해서 영영 이모가 돌아오지 않더라도 부디 '나'와 해원의 침묵이 지속되지 않기를 바란다. 말의 무력함을 알게 되었음에도, 아니 그렇기 때문에 더욱더 아직 이야기하지 못한 무수히 많은 것들에 대해 이야기해야 한다. 죽음에 대해, 삶에 대해, 그리고 이야기할 수 없음에 대해, 그리하여 우리가 어떠한 방식으로 부단히 '인간적이고자' 하는지에 대해 말이다.

안지영
2013년 문화일보 신춘문예에 평론 「이름 없는 부재를 향한 노래들—정한아, 심보선, 이이체의 시를 중심으로」가 당선되어 등단. 평론집 『틀어막혔던 입에서』가 있다.

김세희

가만한 나날

작가노트

새벽 네시

해설 이지은

코그니타리아트(cognitariat)의
블로그

김세희

2015년 『세계의문학』 신인상에 단편소설 「얕은 잠」이 당선되어 등단. 소설집 『가만한 나날』, 장편소설 『항구의 사랑』 『프리랜서의 자부심』이 있다. 신동엽문학상을 수상했다.

가만한 나날

1

첫 출근을 앞둔 일요일, 나는 대학로에서 우연히 재화 언니를 만났다. 구름 끼고 쌀쌀한 바람이 불던 오후였다. 그때 스물여섯이던 나는 출근을 앞두고 마음의 준비를 한답시고 종일 원룸에 혼자 있다가, 괜히 잡생각만 가득해지고 점점 압박감이 들어서 집밖으로 나갔다. 마로니에 공원 쪽으로 좀 걷다가 아이쇼핑을 할까 싶었다. 밤에는 엄마와 통화하고 일찍 잠자리에 들어야지.

지하철역 출구의 계단을 꽉 메운 사람들이 규칙적으로 밀려오는 파도처럼 일렁이며 끊임없이 지상으로 올라오고 있었다. 나는 그 앞을 지나다가 출구 한쪽에 서서 누군가를 기다리는 재화 언니를 보았다. 영어학원에 다닐 때 친하게 지낸 언니로, 그때 언니는 이미 회사원이었다. 길에 서서 서로 근황을 전하다가, 나는 내일부터 작은 마케팅 회사에 출근한다고 말했다. 언니는 활짝 웃으면서 축하해주었다. 그러더니 내가 몹시 긴장한 상태라는 걸 알아채고 깔깔 웃으며 놀려댔다.

"맞다! 너 인생 첫 출근이지! 완전 떨리겠네?"

나는 갑자기 매달리고 싶은 심정이 되어서, 언니의 팔을 붙잡고 사회생활 선배로서 조언해줄 게 없느냐고 물었다. 그러자 언니는 놀려대기를 멈추고 진지하게 고민하더니 말했다.

"음, 이렇게 생각하면 어떨까? 너 자신을 프로라고 생각하는 거야. 나도 어디서 들은 얘기인데, 난 도움이 됐거든. 신입이어도 난 아무것도 몰라, 난 초짜야, 라고 생각하는 것보다 나는 프로야, 나는 프로페셔널해, 마음가짐을 그렇게 갖는 거지. 난 이 일을 프로답게 해낸다. 그런 자세로다가."

언니가 계속해서 말했다.

"난 일할 땐 좀 까칠한 편이거든. 약간 완벽주의자 기질이 있어서. 그렇게 안 보일지 모르지만 내가 좀 그렇단다? 그래서 공과 사를 더 구분하려고 하는 편이야. 그런데 일할 때 말고 회식하거나 할 때는 일부러 좀 풀어. 바보 같은 소리도 하고. 그럼 사람들도 오히려 좋아해."

그때 언니가 무슨 말을 했어도 나는 황금처럼, 귀인의 귀띔처럼 받아들였을 것이다. 다음날 아침 출근하는 만원 지하철 안에서, 그리고 낯선 사무실 문을 열고 들어가는 순간까지도 나는 주문을 외듯 나는 프로다, 나는 프로다, 중얼거리고 있었다.

신입은 나를 포함해 세 명이었다. 회의 준비로 어수선한 사무실에서 우리는 서로 어색한 목례만 나눈 채 앉아 있다가 아홉시 정각에 복도 맞은편 회의실로 이동했다. 앳된 얼굴의 직원이 빠른 걸음으로 테이블을 빙 돌며 자료를 나누어주었다. 프린트 열기가 채 식지 않은 따끈따끈한 종이를 집어드는데, 어쩐지 쑥스러워서 입가가 실룩거렸다. 진짜 회사원이 되었구나, 실감이 났다. 나는 입가의 실룩거림을 억제하며 이런 회의라면 오십 번쯤은 참석해봤다는 얼굴로 종이를 팔락팔락 넘겼다.

자료는 영업팀, 홍보팀으로 나뉘어 있었고, 팀별로 지난주 주요 업무 내용과 이번주에 진행할 업무가 칸 안에 정리되어 있었다. 블로그 후기 마케팅이 주력인 광고대행사로, 신생이지만 규모가 아주 작은 건 아니었다. 영업팀장이 의자를 당겨 앉으며 업무 보고를 시작했다. 지난주 계약을 따낸 곳 중에 더진코리아가 있었다. 오랫동안 공을 들인 끝에, 이번에 더진코리아에서 론칭한 실내 포차 브랜드의 광고를 맡았다. n포털에 '실내 포차'를 키워드로 검색했을 때 블로그 검색 결과 1페이지 안에 더진포차 맛집 후기가 노출되는 것이 계약 조건이었다.

"신입도 세 명이나 뽑았으니, 걱정 없겠죠?"

영업팀장이 넌지시 어깨를 들먹이며, 배턴을 넘긴다는 듯 말했다. 홍보팀장—사십대 초반 남성—이 머쓱한 웃음을 지으며 말을 받았다.

"그렇게 만들어야죠."

그가 바로 나의 상사가 될 사람이었다. 신입들은 모두 홍보팀에

속했는데, 블로그를 관리하고 의뢰받은 후기를 작성하는 일을 전부 홍보팀에서 했다. 다른 두 사람은 어떨지 몰라도, 마케팅 쪽으로 경력을 시작하는 점이 내게는 중대한 의미가 있었다. 국문과 출신이지만 3학년 때 이미 전공을 살리지 않고 일반 기업에 취직하는 쪽으로 진로를 잡았다. 시간이 좀 걸리더라도 첫발을 제대로 디디는 게 중요하다는 얘기를 귀에 못이 박히도록 들었고, 맞는 말이라는 생각이 들었다. 그런데 정작 회사에 입사할 때는 전공 덕을 보았다. 구인 광고에 인문학 전공자를, 그것도 글솜씨가 있는 지원자를 우대한다고 적혀 있었던 것이다. 꽤 시간이 걸렸지만, 그래도 결국 원하는 분야로 취업했다는 사실에 나는 오랜만에 성취감을 맛보았다.

2

그렇게 사회생활의 긴 이력이 시작되었다. 회의의 감흥은 곧 사라졌다. 매일 회의의 연속이었다. 특히 월요일은 '본격적으로' 회의에 들어가다가 점심시간이 되곤 했다. 그중 가장 중요한 건 콘셉트 회의였다. 새로운 블로그를 열 때마다 콘셉트 회의를 했는데, 처음엔 그게 뭔지 몰랐다. 테이블에 팀원들이 둘러앉았고, 팀장이 선배들을 빙 둘러보며 말했다.

"자, 이번엔 어떤 인물을 만들어볼까?"

한 선배가 자료를 한 장씩 나눠주었다.

—익스트림 스포츠를 즐기는 삼십대 후반의 돌싱남.

큰 테마 아래 그가 구상한 인물의 라이프 스타일과 관심사가 정리되어 있었다. 친한 형을 모델로 만들어본 인물이라고 했다. 그는 평일 출근 전에 한강 변을 따라 자전거를 타고, 주말엔 암벽등반을 다니며, 여름엔 서핑을 한다. 그는 형제가 몇 명일까? 즐겨 방문하는 커뮤니티는, 챙겨 보는 예능 프로그램은 무엇일까?

팀장은 상상력을 강조했다. 그는 말하곤 했다. 사람들은 바보가 아니다. 블로그를 광고 글로 도배하는 방식으로는 살아남을 수 없다. 딱 보면 광고 느낌이 오는 리뷰는 더이상 통하지 않는다. 기계적인 문구 말고, 상상력을 발휘해서 진짜 살아 있는 사람의 목소리를 내야 한다. n포털은 블로그마다 등급을 매겼고, 일정한 점수에 도달해 '최적화 블로그'가 되면 그때부터 게시글이 검색 결과의 상위에 올라갔다. 그러면 광고에 투입할 수 있었다. 상당한 시간과 노력이 필요한 일이었다.

팀장은 우리 신입들에게도 각자 1호기를 준비하라고 했다.

"첫 블로그는 평생 기억에 남는 법이지. 잘 생각해서 준비해봐."

그날부터 고민이 시작되었다. 웬만한 이력을 가진 웬만한 캐릭터는 선배들이 만든 것 중에 이미 다 있었다. 내가 들어본 적도 없는 트렌디한 관심사를 가진 인물들도 많았다. 나는 나의 이력, 관심거리 중에 차별화될 만한 것이 뭐가 있을까 고민하다가 가장 좋아하는 고전소설의 주인공을 떠올렸다.

일주일 뒤, 우리 세 사람은 회의실 테이블에 둘러앉았다. 마지막으로 팀장이 들어왔다. 홍성식—나보다 다섯 살이 많았다—의 인물은 홍대와 합정에 이어 당시 새로이 핫 플레이스로 떠오르기 시작한 망원동에 거주하는 삼십대 초반 힙스터 남자였다. 예린씨—나와 동갑이었다—는 뮤지컬을 비롯해 고급문화 생활을 향유하고 배우의 출퇴근길까지 챙기는 등, 단순한 소비자가 아니라 스스로를 문화산업의 일원으로 여기는 삼십대 중반 전문직 여성을 내세웠다.

그리고 내 차례였다. 홍성식은 내 자료를 건네받는 순간, 피식, 또는 그와 거의 흡사하게 들리는 짧은 소리를 뱉었다. 그가 나를 세상 물정 모르는 문과 출신 애송이라고 여기고 있다는 게 느껴졌고, 얼굴이 확 달아올랐다. 그는 나를 거의 딱하다는 듯 바라보았다.

그러나 팀장은 의외의 반응을 보였다. 돌이켜보면 막 시작된 내 사회생활 이력에서 중대한 기점이 된 장면이었다.

"아, 채털리 부인이라는 말 오랜만에 듣네. 명작 중의 명작이지. 대학 때 이 소설을 원서로 읽었는데 말이야."

그는 내 1호기 구상이 담긴 종이를 한 손에 들고 훑어보았다. 원서를 끼고 캠퍼스를 거닐던 때를 회상하는 듯 입가에는 수줍은 미소를 띠고 있었다. 알고 보니 그는 지방 국립대학의 영문과 출신이었다. 그는 무척 작은 체구에, 오른쪽 광대뼈 위로는 찰흙 반죽을 납작하게 붙여놓은 것 같은 흉터가 있었다. 선천적인 것인지 후천적으로 생긴 것인지 짐작하기 어려운, 표면이 매끈매끈한 붉은 흉터였다. 그러나 아주 흉하지는 않았고, 얼굴에 난 큰 점처럼 가장 먼저 눈에 띄고 어쩌다 저런 흉터가 생겼을까 궁금해지는 정도였다.

그를 보면서, 처음에 난 조금 의아함을 느꼈다. 그는 내성적이고 유약해 보였으며 조용한 음성으로 차분하게 말을 했다. 팀장으로서 회의를 이끌어가면서도 사람들이 자신을 주목하는 상황에 조금은 부끄러워하는 것 같았다. 이런 회사, 이런 자리에 어울리는 사람처럼 보이지 않았다. 광고회사, 마케터라고 하면 유행에 맞게 꾸민 개성적인 외모에 적극적이면서도 쿨한 인물이 떠올랐다. 왠지 모르지만 그런 사람이 이런 일에 어울릴 거라고 생각했고, 나 역시 스스로를 거기 맞추려 했었다.

그날 그는 내 1호기 채털리 부인에 대해 말하기를, 남편과 멀리 떨어져 살며 홀로 아이와 개를 키우는 콘셉트도 좋고, 하루하루 능동적으로 행복을 추구하는 외유내강형의 성격도 좋지만, 세부적인 내용은 더 구체적으로 만들어보라고 조언했다. 이후 몇 차례 더 피드백을 거친 뒤 우리는 각자 계정을 하나씩 받았다. 작은 화분을 품에 안은 느낌이었다. 그날 오후, 나는 블로그를 시작하는 일반인들이 올릴 법한 짤막하지만 정성을 담은 자기소개 글을 작성하며 채털리 부인을 블로그계에 데뷔시켰다.

우리는 곧이어 리뷰 업무에도 투입되었다. 음식점의 비중이 높았다. 가게에서 매장 사진과 메뉴판, 맛깔스럽게 찍은 음식 사진을 보내주면 그걸 조합하고 배치해서 직접 가본 것처럼 후기를 작성했다. 광고주가 삽입해달라고 요청한 특정 문구를 자연스럽게 강조하는 요령도 생겼다.

내가 보기에 리뷰에서 가장 중요한 건 디테일이었다. 나는 그 사실을 곧 깨달았다. 구체성이 리뷰의 생생함을 좌우했다. 직접 먹어본 것처럼, 직접 사용해본 것처럼. 업체에서 보내준 정보가 만족스럽지 않으면 이메일을 보내 추가로 요청했다. 그렇게까지 하는 사람은 없는 것 같았지만 상관없었다. 나는 더 잘해내고 싶었다. 왜냐하면 나는 스스로 프로라고 여겼으니까.

—이 메뉴랑 이 메뉴의 차이가 뭔가요? 봉골레는 사진 다른 걸로 하나만 더 보내주세요.

이렇게 해도 괜찮나? 싶을 때도 있었다. 병원이 제시한 문구를 넣어 사각턱을 절제했다는 후기를 작성할 때였다. 치아 교정, 라식 수술 체험 후기를 쓸 때도 그랬다. 이래도 되는 건가? 그러나 곧 그 감각도 사라졌다.

게다가 내가 지금껏 뭔가를 사고 찾을 때마다 검색해 참고했던 블로그 후기들도 죄다 업체를 통해 작성된 것이라는 사실을 알게 되었다. 일반인이 운영하는 블로그 글이 검색 결과 상위에 노출되기란 거의 불가능했다. 맛집이나 병원처럼 사람들이 자주 검색하는 키워드일수록 그랬다. 많은 사람들이 자주 검색하고 참조하기 때문에 시장이 되는 것인데, 시장이 되면 사람들이 원하는 진짜 정보는 닿지 않는 곳으로 밀려난다.

이것이 경제구나.

나는 세상의 이치를 목도한 사람처럼 약간의 경이로움과 체념을 느끼며 고개를 끄덕였다.

3

나의 1호기 채털리 부인이 초고속으로 최적화에 성공한 뒤, 팀장은 내게 중요한 건들을 맡겼다. 채털리 부인은 '신생아부터 6세까지 사용 가능한' 3단계로 변형되는 프리미엄 토들러 침대에 아기를 재우고, 토요일 밤에는 일본에서 수입한 '개 샴푸계의 샤넬' 제품으로 개를 목욕시켰다.

돌이켜보면 이십대 중에서도 가장 열정적이던 시기였다. 내가 채털리 부인에게 얼마나 정성을 쏟았던가. 그보다 더 열심히 일할 수는 없었다. 그것도 완전히 자발적으로. 이십대 중반까지는 돈을 지불하고 뭔가를 학습하고 받아들이기만 했다. 그런데 이젠 돈을 내는 것이 아니라 받았고, 내 머리와 손끝을 써서 뭔가를 생산해냈다. 그 느낌이 너무 좋았다. 쓸모 있는 존재라는 느낌. 조금만 더 시간을 할애해 정성을 기울이면 결과물이 더 좋아지는 게 눈에 보였다.

리뷰 업무를 하느라 하루를 다 보낸 날에는 저녁을 먹고 사무실에 남아 일상 게시글을 작성했다. 개인 블로그로 보이기 위해 일상적인 내용을 담은 글을 올려야 했고, 직원들은 가족과 친척들, 그 반려동물들 사진까지 활용했다. 이웃 수를 유지하려면 이웃을 맺은 블로그를 방문해 댓글도 남겨야 했다. 업체들 간에도 쉽게 알아보지 못했다. 유령들끼리 서로 이웃을 맺고, 훈훈한 댓글을 달고, 안부 인사를 주고받았다.

이용자들을 의식해서만은 아니었다. 벌점을 피하기 위해서이기도 했다. 사람들이야 이거 광고 아냐? 하고 넘기는 게 끝이지만, n포털은 아예 블로그를 죽일 수 있었다. n포털의 입장에서는 양질의 콘텐츠를 보유하는 게 중요했다. 애초에 그것이 블로그 서비스를 시작한 목적이었다. 블로그 모니터링 팀이 과도하게 선정적인 글, 방문자 수를 늘리기 위해 실시간 검색어를 넣어 짜깁기한 낚시글,

광고성 쓰레기 글 등에 벌점을 매겼다. 그러나 실제로 벌점 제도가 어떻게 운영되는지는 아무도 몰랐다. n포털의 로직은 공개된 바가 없었기에, 업계에는 진위를 알 수 없는 추측과 속설만 무성했다.

내 경우엔 아기와 대형견을 함께 키우는 사촌언니가 채털리 부인의 실감을 높이는 데 도움이 되었다. 언니는 사진을 자주 보내주었다. 나는 아기의 옆모습이나 뒷모습, 그리고 개 사진을 가져다 썼다. 언니가 사진을 보내며 한 말까지 그대로 베끼기도 했다. 언니는 자신이 채털리 부인의 삶에 재료를 제공하고 있다는 사실을 꿈에도 몰랐을 것이고, 나는 이후로도 말하지 않았다. 그러나 내가 포스팅을 할 때 언니를 떠올렸던 건 아니었다. 언니의 삶은 그야말로 재료가 되었을 뿐, 채털리 부인은 어디까지나 내게 속한 인물이었으니까.

몸은 고되지만 의욕만은 최고로 가득한 나날이었다. 팀 안에서, 그리고 사무실 안에서, 내가 능력 있는 직원으로 여겨지고 있다는 걸 느꼈다. 고백하자면, 나는 적성에 맞는 일을 찾았다고 생각했다. 운이 좋게도 한 방에 말이다. 나는 전공 수업을 즐겁게 들었고, 1학년 때는 소모임에 가입해 초보적인 수준이지만 시와 소설, 소논문 형식의 글도 몇 편 썼다. 글을 완성하는 일은 재미있었다. 그러나 문학의 세계에 푹 잠기는 일은 내게 일어나지 않았다. 시의 아름다움을 감상할 수는 있었다. 어디가 어떻게 아름다운지도 설명할 수 있었다. 그러나 거기까지였다. 아마도 한편으로 실용적인 기질을 타고난 모양이었다. 한층 더 깊은 문학의 세계로 들어가려 할 때마다 번번이 그 실용적인 목소리가 나를 막아섰다. 그렇게까지 분석할 필요가 있어? 그게 그렇게 중요한 문제야?

어쩌면 그랬는지도 몰라. 나는 생각했다. 내 안의 실용적인 목소리가 무의식중에 예술적 욕망을 억눌렀던 건 아닐까? 이곳이야말로 돈을 벌면서 창작의 욕망까지 만족시킬 수 있는, 내게 '최적화'된 직장 아닐까? 나는—순진하게도—그런 생각을 했다.

한편 동기들은 일을 잘 못했다. 팀장은 홍성식의 의견을 높이 평가하지 않았다. 그래서 그는 팀장과 점점 사이가 벌어졌다. 자신을 인정해주어야 할 상사가 그러지 않자, 그는 상사의 자질을 의심했다. 팀장이 옛날 사람 같다고 했다. 퀄리티 높은 콘텐츠를 요구하는 것도 불만이었다.

"그렇게 해서 어느 세월에 일을 다 하냐고요. 오히려 길이도 짧고 대충대충 막 써야 더 진짜 같지. 대체 누가 그렇게 열심히 후기를 작성하겠어? 그거야말로 돈 받고 한다고 광고하는 거 아냐? 아니, 말해봐요. 솔직히 내 말이 맞지 않아요?"

그가 나와 예린씨에게 말했다. 팀장이 일하는 방식도 답답하고 성격도 답답하다고 했다.

"학교 다닐 때 많이 맞았을 것 같아요. 얼굴 한쪽을 반복적으로 처맞았나봐."

그가 주먹으로 가격하는 시늉을 하며 말했다.

그는 내게도 불만이 많았다. 그렇게까지 일할 게 뭐 있느냐고, 그러지 좀 말라고 못마땅해했다. 경진씨가 아직 어려서 모르는데, 그렇게 뼈를 갈아넣어봤자 미련한 짓이라며 비아냥거렸다.

그리고 예린씨는, 사무실에서 노골적으로 찬밥 취급을 받았다.

나는 그녀를 보면서 일을 잘 못한다고 평가되는 것, 그것도 첫 직장에서 일을 잘 못한다고 낙인찍히는 것이 한 사람의 인생에 얼마나 큰 영향을 미치는지 알게 되었다. 몇 가지 상황이 겹쳐 일단 상사가 그런 견해를 갖게 되자, 스스로에 대해 홍성식만큼 자신감이 없던 예린씨는 점점 더, 진짜로 일을 못하게 되었다. 반년 사이에 그녀의 얼굴은 놀랄 만큼 달라졌다. 내성적이지만 때로 굉장히 발랄하게 웃는 해맑은 사람이었는데, 자꾸 눈치만 살폈다. 회의에서도 의견 개진을 못했다. 팀장이 진행 상황을 물어보면 당황하며 대답조차 우물쭈물했다. 그녀는 업무뿐 아니라 모든 일에 대해 자신의 생각을 솔직하게 말할 자신감을 잃었다. 아주 작은 일이라도 견해를 말하지 못했다.

팀장은 홍성식에게는 감히 그러지 못하면서, 그녀에겐 짜증을 냈다.

"잘 모르겠으면 경진씨한테 좀 물어보고 배우라고."

잔인하게 느껴질 만큼 싸늘한 얼굴로, 팀장이 그녀에게 말했다.

나는 저러지 않아서, 그러니까 일을 잘해서 다행이다 싶었다. 처음부터 동기들과 거리를 두길 잘했다는 생각도 들었다. 나는 대학로 인파 속에서 재화 언니가 해주었던 말을 되새겼다. 굳이 회사 사람들과 사적인 친분을 맺을 필요는 없었다. 나는 내 일만 잘하면 된다.

예린씨는 결국 일 년을 채우지 못하고 퇴사했다. 홍성식은 영업팀장의 제안을 받아 영업팀으로 자리를 옮겼다. 고개를 들 때마다 낮은 파티션 너머로 보이던 그의 무테안경 낀 윗얼굴이 사라지자

속이 후련했다. 그는 밖으로 돌며 업주들과 미팅을 했다. 나를 볼 때마다 이 업계에는 미래가 없다고 아는 척하며 열심히 일하는 내 기운을 빼놓으면서도, 어찌된 일인지 정작 자신은 그만두지 않고 계속 회사를 다녔다.

4

채털리 부인이 무엇 때문인지 '저품질'을 먹었을 때는 충격이 컸다. 처음엔 믿을 수 없었고, 여파가 오래갔다. 블로거들은 저품질에 걸린 걸 '무기징역' '안드로메다행'이라고 불렀고, 업계에서는 '총 맞았다'고 표현했다. 그러면 그냥 죽을 수밖에 없었다.

한번 불량 블로그로 분류되면 벗어나기 어려웠다. 아예 불가능한 건 아니었지만, 새 계정을 만드는 편이 빠르다는 건 분명했다. 어떤 글을 올려도 검색 결과에 노출되지 않았다. 선고 이유를 알려주지 않았기 때문에, 뾰족한 해결책도 없었다. 추측은 가능했다. 그 주에 광고 글을 두 번 올렸는데, 그 두 건 모두 조회 수가 무척 높게 나왔다. 불법 프로그램을 쓴 어뷰징으로 간주됐을 가능성이 있었다. 나는 다른 업체를 의심했다. 일부 업체에서 검색 결과 상단에 있는 글을 끌어내리고 자리를 만들기 위해 매크로 공격을 하곤 했다. 끌어내리고 싶은 글의 조회 수를 일부러 폭발적으로 올려주어, 포털 모니터링 팀의 시야에 포착되길 노리는 수법이었다.

결국에는 채털리 부인의 죽음을 받아들여야만 했다. 그래도 계정은 삭제하지 않았다. 그러기엔 그동안 쌓은 포스팅이 너무 아까웠다. 그것들이 전부 사라져버린다고 생각하자 상실감이 밀려왔다. 채털리 부인이 의식 없이 누워 있을지라도, 그래도 가끔 방문해서 그녀를 볼 수 있는 가능성을 남겨두고 싶었다. 예전에는 어떻게 썼었지? 싶을 때마다 그녀를 방문해 기록을 훑어보았다. 그러면 그 글을 쓸 때의 열정이 되살아나는 듯했고, 거의 순수하게 느껴지는 밀도 높은 에너지가 다시 나를 데워주었다.

그러던 11월의 어느 날 밤이었다. 그날 나는 늦게까지 야근을 하고 있었다. 유독 힘든 날이었던 것을 기억하고 있다. 그날 나는 수십 개의 블로그에서 수십 명이 되어 리뷰를 썼다. 삼십 명이 넘어갈 즈음엔 의식이 몽롱했다. 그야말로 타자 치는 기계인데, 차라리 진짜 기계라면 편할 것 같았다. 재깍재깍 다음 사람이 될 수 있을 테니까. 나는 스스로 기계라고, 다이얼을 한 칸 돌리면 다른 채널로 바뀌는 머신이라고 중얼거렸다.

남아 있던 직원들이 하나둘 퇴근하고, 나도 슬슬 가야겠다고 생각했다. 하던 일을 정리하고 프로그램을 종료하기 전 오랜만에 채털리 부인을 방문했다. 그녀는 거기 그대로 있었다. 모든 기록을 간직한 채. 마지막 포스팅 날짜까지 그대로였다. 그녀의 삶은 얼음 속에 보존되어 멈춰 있었다.

별생각 없이 쪽지함을 열었다. 예전에 이웃들과 주고받은 쪽지들 맨 위로, 아직 읽지 않은 새로운 쪽지가 와 있었다. 최근에 받은 것이었다.

메시지를 클릭했다. 글씨가 빼곡했다. 광고인가, 싶었는데 광고는 아니었다. 블로그 이웃이라는 여자였는데, 그 여자는 자신을 B기업의 뿌리는 살균제 피해자라고 소개했다. 두 아이 중 갓난아기를 잃었고, 다섯 살 아이는 폐가 손상돼 평생 산소 호스를 끼고 살아야 한다는 진단을 받았다고 했다. 이것이 B기업의 뿌리는 살균제 '뽀송이' 때문이라는, 그 안에 포함된 독성 물질 때문이었다는 사실을 알게 되기까지 긴 시간이 걸렸다고 했다.

—채털리 부인님이 올린 후기를 보고 구매해서 쓰기 시작했거든요. 날마다 사용한다고 했는데 괜찮으신지…… 아무 일 없으시길 바라지만 혹시나 무슨 일이 있었다면 이쪽으로 연락 주세요.

이게 무슨 소리지.

메시지 끝에 적힌 링크를 클릭하자, 새 창이 뜨면서 신문 기사로 연결되었다. 큼직한 사진이 먼저 눈에 들어왔다. 로켓 모양의 산소통을 껴안고 휠체어에 앉아 있는 어린 남자아이의 사진이었다. 그리고 그 아래에는, 내게는 한층 더 충격적으로 보였는데, 턱 아래에 세탁기 호스 같은 굵은 인공호흡 장치를 연결한 한 중년 여성의 사진이 있었다. 싸한 전율이 뱃속에서부터 퍼져나가면서 양손이 싸늘하게 식었다. 인간의 몸이 호스 달린 기계와 결합된 이미지는 언젠가 SF 애니메이션에서 봤던 가상 미래 속 캐릭터를 연상시켰다. 그러나 물론 전혀 그런 게 아니었다.

몸을 돌려 뒤를 둘러보았다. 빈 의자들만 정적 속에 놓여 있었다. 나는 채털리 부인의 블로그 내 검색창에 '뽀송이'를 입력했다. 천 건이 넘는 포스팅 중에서 즉시 하나의 게시글이 검색되었다.

전혀 기억에 없지만, 내가 쓴 글이 맞았다. 침구며 패브릭 소파,

아기용품에 날마다 뿌리고 있다고, 간편한데다 마음까지 뽀송뽀송해지는 기분이라고 쓰여 있었다.

—특히 아기 있는 집이라면 무조건 추천이에요~~^^

심장이 세게 뛰고 있었다. B기업 살균제에 대해서는 들어본 적이 있었다. 뉴스에서 봤고, 사람들이 얘기하는 것도 들었다. 하지만 내가 사용 후기를 올린 적이 있을 거라고는 생각지 못했다.

내가 언제 이런 글을 썼지?

포스팅 날짜를 보니 벌써 이 년이 다 되어가는 일이었다. 여전히 어안이 벙벙했다. 내가 이 년 전에 쓴 뽀송이 리뷰, 그리고 지금 여자가 내게 보낸 메시지 사이에 무슨 상관이 있다는 것인지, 둘 사이가 연결되지 않았다. 이 사람은 왜 내게 메시지를 보낸 것인가.

나는 아이디를 클릭해 여자의 블로그에 들어갔다. 개설한 지 오 년째인 블로그였다. 메뉴별로 차곡차곡 게시글이 쌓여 있었고, 총 방문 누적수며 이웃 수를 보니 한때 활발하게 활동한 흔적이 보였다. 포스팅은 끊겼다가 최근에 다시 시작되었는데, 최근 글은 거의 B기업 뽀송이와 관련된 기사를 갈무리한 것이었다.

과거의 포스팅을 훑어보았다. 잔디밭을 배경으로 돗자리에 앉아 있는 아이들의 사진이 있었다. 아이들과 함께 찍은, 그 여자의 얼굴이 절반을 차지한 셀카도 있었다. 한때 활발하게 활동한 이웃이라면 내가 이 사진들을 보았을 수도 있었다. 그러나 기억은 나지 않았다. 나는 모든 블로그 이웃들에 대해, 진짜 이 사람이 아닐 수 있다는 전제를 깔아놓고 있었다. 이 여자에 대해서도 그렇게 생각했을 터였다.

화살표를 계속 눌러 과거로 거슬러올라갔다. 내가 뽀송이 후기를 올린 시점으로. 끝이 없는 집안일의 고달픔을 토로한 글, 로봇청소기와 가스 건조기 정보를 갈무리한 글이 눈에 띄었다. 몇 건의 글에서 그녀는 가사노동의 수고를 덜 방법을 찾고 있었다. 뽀송이 후기의 문구가 떠올랐다. 옷이며 패브릭 제품에 뿌리기만 하면 되니까 간편하다는.

이 사람이 나를 찾아오면 어떻게 하지? 갑자기 그런 생각이 들었다. 어느 순간, 나는 그녀와의 대면 상황을 상상하고 있었다. 나를 찾아와 물어보면 뭐라고 말하지? 나 때문에 뽀송이를 쓰게 됐다고 말해서 경찰이나 누가 찾아오기라도 하면. 한 번 쓰고 그뒤로는 쓴 적이 없다고 발뺌할까. 그런데 내가 주부가 아니라는 걸 알게 될 텐데. 아이도 개도 없고, 실은 뽀송이를 사용한 적도 없다는 게 밝혀지면, 문제가 될까? 그게 처벌감이 되나? 나 때문에 회사에 말썽이 일어나면 어떻게 하지.

시계를 보니 열시가 넘어가고 있었다. 컴퓨터 본체의 소음만 윙윙거리는 정적 속에서 나는 다시 쪽지함을 열어 그녀가 보낸 메시지를 처음부터 읽어 내려갔다. 한 줄 한 줄 읽으면서, 나는 상황을 완전히 오해하고 있다는 걸 깨달았다. 그녀는 혹시 나와 나의 가족도 피해를 입지 않았는지, 살균제 때문인데 모르고 있지는 않은지 묻고 있었다. 피해자들의 집단소송에 대해 알려주었다. 나를 탓하는 게 아니었다. 그녀는 나를 자기와 같은 피해자라고 여기고 있었다.

점차 심장박동이 안정되었다. 왜인지 모르지만, 반사적으로 그녀가 내게 화를 내고 있다고, 따져 물으려고 메시지를 보냈다고 생각했던 것이다. 다시 한번 메시지를 훑어보았다. 그녀가 내게 찾아올 가능성은 없어 보였다. 그런 일은 일어나지 않을 것이다.

그제야 나는 한숨을 내쉬었다. 정수기로 가서 물을 마시고, 다시 자리로 돌아왔다. 천을 꺼내 안경알을 닦았다. 그러면서도 마음 한켠에서 나는 가상의 답변을 계속하고 있었다. 아무도 찾아오지 않을 거라는 사실을 이해하면서도, 그러자 더 좋은 답변들이 떠올랐다. 그녀가 채털리 부인의 후기를 읽고 뽀송이를 샀다는 걸 어떻게 알아. 그게 증명이 가능한가. 그녀와 나는 블로그 이웃일 뿐 따로 친분이 있는 사이도 아니었다. 다른 곳에서 먼저 정보를 접해놓고 잊었을 수도 있는 일이었다.

집으로 돌아가는 길에, 캄캄한 창밖으로 눈발이 흩날렸다. 그해의 첫눈이었다. 바람을 따라 잠깐 흩날리다 흩어져버리는 가루 같은 눈이었지만, 첫눈이라고 버스 안 여기저기서 작게 탄성이 터졌다. 사람들은 창문을 열고 사진을 찍어 친구에게, 연인에게 전송했다. 버스 안으로 차가운 눈이 섞인 밤공기가 밀려들었다.

집에 들어오니 씻고 잠자리에 들어야 할 시각이었다. 불을 끄고 이불을 덮고 누웠다. 정말 끔찍한 일이야. 나는 생각했다. 그래도 뒤늦게나마 이유가 밝혀져 다행이었다. 소송이 진행되고 있으니 합당한 보상을 받겠지. 진심으로 그러길 빌었다. 기사에 실려 있던 사진들이 떠올랐다. 그 사람들은 살아 있고 숨을 쉬는 한 평생 산소통과 거기 연결된 호스, 호흡기에서 분리될 수 없었다.

나는 돌아누우며 생각했다.

그 사람들에게 합당한 보상이라는 게 뭘까. 그런 게 있을까.

5

다음날 나는 일찌감치 출근했다. 사무실은 어젯밤 불을 끄기 전 보았던 풍경 그대로, 지난밤 가두어진 정적 그대로였다. 나는 책상 뒤를 돌아다니며 창문을 열었다. 그리고 자리에 앉아 컴퓨터 전원을 켜고 채털리 부인 계정에 접속했다. 곧장 설정으로 들어간 다음 '계정 삭제' 버튼을 눌렀다. 그렇게 채털리 부인은 데이터베이스의 심해 속으로, 다시는 불러올 길 없는 장소 어딘가로 사라졌다. 이로써 메시지를 보내온 여자가 내게 닿을 방법도 없어졌다.

그날도 해치워야 할 긴 리스트가 기다리고 있었다. 고만고만한 식당들, 고양이 용품 쇼핑몰, 식품 브랜드에서 론칭한 즉석국 5종, 안구 세척제, 탈모 샴푸 등등등. 몇몇 후기를 작성할 때 전에 하지 않던 생각들이 스쳐갔다. 그러나 그때로 돌아간다 해도 나는 뽀송이를 정성껏 리뷰했을 것이었다. 불법 대부업 광고도 아니고, 그냥 가정용 살균제였다. 대기업에서 만들었고, 전국의 마트에서 팔린 제품. 거기에 치명적인 독성 물질이 들어 있다는 걸 알 방법은 없었다. 그건 해롭지 않은, 해로울 리가 없는 제품이었다. 그래야 마땅했다.

그후로 한 번씩 뽀송이를 검색해 새로운 뉴스가 있는지 살펴보았다. 사건의 전모를 보며, 나는 좀 충격을 받았다. 문제를 파악한 B기업은 선수를 쳐 국내 최고 권위의 연구소에 비용을 얹어주며 안전성 테스트를 의뢰했고, 자신들에게 불리한 결과를 최종 보고서에서 누락시킨 정황이 드러났다. 그들 뒤에는 법무법인이 있었다. 이 나라 최고의 사법 엘리트들이 일하는 법무법인이 이 과정에서 조언을 제공했다. 결국 그 보고서로 인해 뽀송이와 폐 손상 사이의 연관성을 입증하는 데 몇 년이 더 걸렸다. 그래도 기업은 사과조차 하지 않고 있었다. 사람들은 산소통을 매단 환자를 휠체어에, 의료용 침대에 싣고 나왔고, 기자회견장에서 바닥을 구르며 울었다.

나는 한숨을 쉬며 뉴스창을 닫았다.

얼마 뒤, 이번에는 살균제 치약 사건이 터졌다. 뽀송이에 함유된 독성 물질이 시중에 유통중인 치약에도 들어갔다는 발표가 나왔다. 그날 퇴근해서 세면대에 꽂힌 치약을 확인해보았다. 살균제 치약 목록에 올라 있는 제품이었다. 수납장을 열어보니, 새 튜브가 두 개나 있었다. 마트에서 구입한 치약은 환불해준다고 했지만, 언제 어디서 샀는지 기억도 나지 않았다. 나는 치약을 전부 쓰레기통에 버렸다.

동네 슈퍼 진열대에는 치약들이 그대로 쌓여 있었다. 이중에 목록에 없던 게 뭐더라. 스마트폰을 꺼내 검색하는데, 문득 피로가 몰려왔다. 검색된 것은 미백 기능성 치약 후기들이었다. 전부 광고였다.

이놈의 쓰레기 포스팅들 진짜 짜증나. 그렇게 생각하면서 나는 스스로도 어이가 없어 작게 웃었다.

다음날 점심을 먹고 사무실에 들어가보니 직원들이 치약 얘기를 하고 있었다.

"우리집엔 한 다스가 있더라니까."

"저희 집에도요. 추석에 선물 세트 받았던 건데 그것도 환불할 수가 있나?"

"지금까지 잘만 썼는데 뭐. 괜찮아! 안 죽어!"

나는 그들의 잡담을 들으면서 서랍에서 전날 새로 산 치약과 칫솔을 꺼냈다. 그때 팀장이 자기 자리에 앉은 채 고개를 들고 대화에 끼어들었다.

"계속 썼으면 어떻게 됐을지 누가 알아. 잇몸에 염증이 생겨도 치약 때문인지 몰랐겠지. 뽀송이도 그것 때문인 줄 알기까지 그렇게 오래 걸렸다는 거 아냐."

다른 직원들과 달리 심각하게 받아들이는 목소리였다. 그날 오후 그와 나란히 복도를 걷게 되었을 때, 나는 문득 그에게 말을 꺼냈다.

"팀장님, 그 뽀송이 말이에요. 뿌리는 살균제."

"응, 그거 정말 말도 안 되는 이야기더라."

점심시간에 주고받은 대화의 여운이 되살아나는지 그가 관심을 보였다.

"네. 그런데 생각해보니까 저희도 홍보한 적이 있더라고요. 제가 리뷰했던 기억이 나요."

잠시 말이 없었다.

"그랬어? 그거 진짜 나쁜 놈들이더만. 어떻게 그런 일이 있냐."

그는 걸음을 멈추지 않았다.

"그러게 말이에요. 앞으로 뭘 믿고 쓰겠어요."

나는 그를 따라 보조를 맞추며 말을 이어가려 했다. 그러나 그걸로 대화는 끝이었다. 그는 걸음을 빨리했고, 나는 점점 멀어지는 그의 작은 뒤통수와 목, 좁은 어깨를 보며 뒤에서 따라 걸었다. 별생각 없이 충동적으로 꺼낸 말이었는데, 막상 그가 그냥 걸어가버리자 순간 터무니없을 정도로 몹시 서운한 마음이 들었다. 복도에 혼자 버려진 것 같은 기분이었다.

왜 이래? 뭘 원했던 거야?

나는 당혹스러워 스스로 다그쳤다.

그때 나는 그가, 적어도, 대화를 더 이어주길 바랐던 것 같다. 내 기분을 알은척해주길 바랐다. 같은 일을 하는 사람과 얘기해보고 싶었고, 그것만으로도 숨통이 트일 것 같았다. 나보다 더 삶의 경험이 많은 이로부터 내가 미처 생각지 못한 관점의 말을 듣길 기대했다. 아마도 우호적이지만 균형 잡힌, 그런 말을. 내가 아직 나이가 어려 모르는, 그런 게 있을 것 같았다.

하지만 그는 빠르게 걸어 사무실로 들어가버렸다. 나중에라도 그가 한마디 해주지 않을까 싶었지만, 그는 그 화제를 다시 입에 올리지 않았다. 아마 너무 바쁘고 압박을 느끼고 있어서, 회사일 말고 다른 문제에 신경을 쓸 시간과 여유가 없었을 것이다. 까맣게 잊어버렸을 가능성도 있었다. 그 무렵 그는 정말로 옆에서 보면 어떻게 정신을 챙기나 싶을 정도로 궁지에 몰려 있었으니까.

돌이켜보면, 이미 업계의 상황은 혼란 속으로 빨려 들어가고 있었다. 3월 말 n포털이 예고한 기자회견을 앞두고 긴장감이 감돌았다. 하지만 그때까지도 나는 상황 파악을 못하고 있었다. n포털은 기자회견에서 신뢰도 있는 콘텐츠 생태계를 위해 검색 알고리즘을 대폭 바꾼다고 발표했다. 그러고는 그때까지 속설과 루머로만 전해졌던 알고리즘을 공개, 배포했다. 이후로 최적화 블로그의 게시글이 검색 결과 상단에 나오지 않았다. 최적화 블로그가 유일한 수익 모델이던 소규모 회사들은 속수무책이었다. 우리는 월가의 사무실 직원들처럼 종이상자에 소지품을 챙겼다. 영화 속 인물을 연기하는 것처럼 현실이라는 실감이 없었다. 이후로 업계가 통째로 망해버리는 걸 보면서, 나는 어안이 벙벙했다.

송별회도 없고, 공식적인 식사 자리도 없었다. 팀장이 내게 다가와 마지막으로 인사하며 말했다. 경진씨는 앞길이 창창하지. 아직 이십대잖아. 나이도 어린데다 워낙에 일머리가 좋으니까. 어디 가서든 잘할 거야.

그러고는 쑥스럽게 웃으며 말했다.

"나중에 내가 회사 차릴 때 연락하면 바로 온다고 약속해."

나는 애매하게 웃어넘겼지만 그런 일은 절대 없을 거라는 걸 알고 있었다. 따져보면 나를 높이 평가해주는 말인데도, 그때 내겐 그 말이 뻔뻔하게 여겨졌다. 곱씹을수록 불쾌했고, 화가 났다. 바로 온다고 약속해. 마치 그동안 자기가 내게 굉장히 잘해주었던 것처럼. 내가 굉장히 대우받으며 일했던 것처럼. 심지어 질문형도 아니었다. 물을 필요도 없다는 듯이, 나도 당연히 자신과 일하고 싶을 거라는 듯이 말이다. 나는 그에게 혐오감을 느꼈다.

6

그리고 지난 주말, 나는 예린씨를 우연히 마주쳤다. 명동 백화점 앞 넓은 길이었다. 오가는 사람도 많았는데, 모른 체할 수 없을 정도로 정면으로 마주쳐버렸다. 우리 두 사람은 사회의 예절대로, 정말로 반갑다는 듯 인사를 나눴다. 어머, 잘 지내시죠? 이게 얼마 만인가요. 우와, 벌써 그렇게 됐나요.

"백화점 가시는 거예요?" 내가 물었다.

"아, 아니에요. 저 이 근처에서 일해서요."

"그렇구나."

예린씨가 지금은 무슨 일을 하는지 궁금했지만 묻지는 못했다. 나는 예린씨에게 나도 그 회사를 오래전에 그만두었다고 말했다. 그녀는 고개를 끄덕였을 뿐, 별다른 말은 하지 않았다.

"그럼, 안녕히 가세요."

잠깐 동안이지만 나는 그녀에게서 어색함, 어쩐지 주눅든 것 같은 표정을 볼 수 있었다. 내가 기억하는 표정이었다. 일을 못한다고 낙인찍힌 사람의 얼굴. 완전히 배어버린 자신감 없는 태도.

예린씨와 인사를 나누고 돌아서서 몇 발짝 걷는데, 갑자기 그녀가 퇴사할 무렵 나누었던 대화가 떠올랐다. 그러자 얼굴이 확 달아올랐다. 그녀는 기운 없는 모습으로, 자기는 이 일이 적성에 맞지 않는 것 같다고 말했었다. 이 일이 좋아지지가 않아요. 그때 나는 입가에 떠오르는 우월감을 최대한 억제하며, 마음속으로 비아냥거렸다. 그게 아니라 일을 못하는 거겠지. 그래서 쫓겨나는 거잖아.

그러고 나서 그때 나는 그녀에게 말했다.

"정말요? 저는 이 일이 진짜 적성에 잘 맞는 거 같은데."

그녀는 진심으로 동조해주었다.

"네, 경진씨는 정말 그런 것 같아요."

그녀가 그 말을 기억하고 있을까? 나는 그녀를 쫓아가 정정하고 싶은 다급한 욕망에 휩싸였다. 그땐 몰랐는데, 저도 그렇게 적성에 맞았던 거 같진 않아요. 그렇게 말해야만 했다.

나는 몸을 돌려 그녀의 뒷모습을 찾았다. 하지만 이미 그녀는 인파 속으로 멀리 사라지고 있었고, 나는 잠시 그 자리에서 대로를 바삐 오가는 사람들과, 크로스백을 메고 손에 핫도그를 든 관광객들, 그리고 그들 사이로 여기저기서 푸드덕푸드덕 날아오르는 비둘기들에 넋을 빼앗긴 사람처럼 멍하니 서 있었다.

나의 첫 직장, 나는 그곳에서 이십육 개월간 일했다. 스물여섯 봄부터 스물여덟 여름 무렵까지다. 사무실 문을 열고 들어갈 때 얼굴에 확 와닿던 건조한 공기며 흰 책상들이 놓여 있던 모습이 선명하다. 하지만 그곳에서 있었던 일들은 입에 올리지 않게 되었다. 어쩌다 첫 회사가 화제에 오를 때면, 작은 광고대행사에 다녔다고만 대답한다.

하지 않는 말들은 그것 말고도 또 있다. 별것 아니지만, 이를테면 이런 것. 그곳을 나온 이후 나는 『채털리 부인의 연인』을 읽을 수 없게 되었다. 책장에 꽂혀 있으나 어쩐지 펼쳐볼 마음이 일지 않는 책. 나는 어디에서도 『채털리 부인의 연인』을 좋아한다고 말하지 않는다. 나는 그런 사람이 되었다.

| 작가노트 |

새벽 네시

이 소설은 오래전 한 친구가 들려준 이야기에서 시작되었다. 내 기억으로 그때 친구는 어느 기업의 마케팅 팀에서 방학마다 모집하는 대학생 인턴으로 일하고 있었다. 친구는 자신이 참석한 첫 회의에 대해 이야기하면서, 팀장이 "자, 이번엔 어떤 인물을 만들어볼까?"라고 말했다고 했다. 그때 내겐 그 대사가 인상 깊었다. 블로그 주인이 소정의 대가를 받고 홍보 글을 쓰는 경우가 많다는 건 알았어도, 작가가 소설의 주인공을 만들어내듯 업체에서 허구의 인물을 창조한다는 것, 그런 일을 담당하는 팀이 존재한다는 것이 놀랍게 여겨졌다. 벌써 오륙 년 전의 일이다.

시간이 흘러 재작년 말, '사칭'이라는 테마로 플래시픽션을 쓰게 되었다. 어떤 이야기를 쓸까 궁리하던 중에, 문득 오래전 친구가 들려주었던 팀장의 그 대사가 떠올랐다. 그사이 나도 사회생활을 경험했고, 친구들은 벌써 몇 군데 직장을 거치며 다양한 분야에서 일하고 있었다. 친구들은 자신이 하는 일에 대해 자부심을 드러내기도 했고, 불만을 토로하기도 했는데, 그중 어떤 말들은 내게 인상적으로 남았다. 그중에는 「가만한 나날」의 초고에 포함되었다가 나중에 삭제된 이런 장면도 있었다. 친구들과 지방에 놀러갔을 때, 여러 프랜차이즈 체인을 소유한 대기업에 다니는 친구가 중심가를 거닐며 이렇게 말했다. "상가만 봐서는 서울인지 지방인지 구별을 못하겠다. 프랜차이즈 별로야. 너무 많아. 앗, 그런데 내가 하는 일이네? 헤헷."

하지만 플래시픽션을 쓰기 전에는 이런 이야기가 될 줄 몰랐다. 이렇게 무거운 이야기가 될 줄은. 플래시픽션을 다 쓰고 난 뒤, 이렇게 짧게 끝낼 수는 없는 이야기가 담겨 있다는 생각이 들었다. 인물의 체험이 지금 내가 살고 있는 시대의 공통적인 체험이 될 수 있겠다는 생각이 들었고, 이 이야기에 대해 책임감을 느꼈다.

내 안에서 씌어지기를 기다리는 미지의 소설 중에는 쓰고 싶은 것이 있고 써야 하는 것이 있다. 하나의 이야기가 꼭 어느 한쪽에만 속하는 건 아니지만, 확실히 「가만한 나날」은 써야 하는 소설에 속해 있었다. 나는 더 긴 이야기를 쓰기 위해 화자를 내 쪽으로 가까이 끌어당겼고, 시점도 일인칭으로 바꾸었다. 사회 초년생이던 시절의 설렘과 조바심과 상처를 떠올렸다. 나는 이 소설을 쓰면서 이건 내 이야기야, 라고 생각했다.

임신한 뒤로 새벽에 꼭 한 번씩 깨어나 화장실에 다녀오게 된다.

창밖으로 텅 빈 거리가 보이고, 시계를 보면 어김없이 네시경이다. 그리고 어찌된 일인지, 몹시 낯선 감각이 나를 찾아온다. 무방비한 작은 짐승이 된 것만 같은 느낌이 들고, 산다는 것이 아주 두렵게 여겨진다. 어느 책에선가 읽었던, 새벽 네시는 인간이 가장 연약해지는 시간이라는 구절이 머릿속을 스친다. 다시 침대로 돌아와보지만 잠은 이미 달아나버린 뒤다. 어둠 속에서 눈을 뜨고 누워 있다 보면, 과거에 저지른 잘못들, 부끄러운 일들이 하나하나 견딜 수 없을 만큼 또렷하게 떠오른다. 그것들은 낮에 생각할 때보다 훨씬 치명적이고 끔찍한 일처럼 여겨진다.

하지만 그게 전부인 것도 아니다. 「가만한 나날」의 화자는 자기가 행한 일의 결과를 알게 된다. 기억조차 못하는 과거의 행동이 다른 사람에게 어떤 파괴적인 결과를 초래했는지. 하지만 대부분의 경우 우리는 알 수 없다. 그리고 대부분의 경우 그건 축복일 거라고 생각한다. 우리가 행한 일의 결과를 전부 알게 된다면 어떤 일이 벌어질까. 한편으로는, 생각해본다. 화자가 전혀 몰랐다고 할 수 있을까. 정말로, 전혀 몰랐다고 주장할 수 있을까. 아침에 눈을 뜰 때부터 잠 속으로 사라질 때까지, 따져보면 우리가 하는 많은 일들은 결과를 어렴풋이 짐작하지만 더이상 생각하기를 멈추는 영역에 속해 있다. 그 '어쩔 수 없음'이라는 완강한 벽 앞에서 난 여전히 아득해진다.

수상 소식을 듣고 오랜만에 이 소설을 다시 읽으면서, 새삼 화자에게 너무 가혹한 경험을 하게 만들었다는 생각이 들었다. 이렇게 가혹한 일을 겪게 만들어놓고 무책임하게 그녀를 잊고 지냈다는 생각도. 이상하다. 왜 여전히 그런 기분이 드는 걸까. 길 저쪽에서 걸어오는 그녀를 본다면, 난 도망칠 것 같다. 하지만 그렇게 도망치는데 성공하고, 마침내 그녀를 완전히 잊었다고 생각할지라도, 그녀가 어느 날 새벽 네시에 무방비 상태로 깨어 있는 내 앞에 나타나리라는 예감이 든다. 야, 너 이리 와…… 나는 이런 괴로움에 빠뜨려놓고, 너 혼자 빠져나갈 수 있을 것 같니……

코그니타리아트(cognitariat)의 블로그

이지은

김세희의 「가만한 나날」은 광고회사 블로그 마케터가 된 경진의 이야기다. 그녀는 가상 인물의 블로그에 광고를 싣는 일을 한다. 이때 중요한 것은 "진짜 살아 있는 사람의 목소리"(179쪽)를 만들어내는 일이다. 광고를 위한 블로그라는 것이 탄로나면 n포털의 검색 결과 상위에 노출될 수 없고, 1페이지에 노출되지 못하면 광고 효과를 거두지 못한다. 이에 경진은 자신의 경험과 사촌언니의 일상을 재료로 채털리 부인이라는 가상 인물의 블로그를 만들고, 블로그가 포털의 검색 '로직'에 '최적화'되자 그때부터 광고성 글을 올린다. 채털리 부인은 '프리미엄 토들러 침대'에 아기를 재우고, '마음까지 뽀송뽀송해지는 뽀송이'를 침구에 뿌리며, 토요일 밤에는 '개 샴푸계의 샤넬' 제품으로 개를 목욕시킨다. 그러던 어느 날 경진은 채털리 부인 앞으로 온 쪽지를 확인하게 된다.

—채털리 부인님이 올린 후기를 보고 구매해서 쓰기 시작했거든요. 날마다 사용한다고 했는데 괜찮으신지…… 아무 일 없으시길 바라지만 혹시나 무슨 일이 있었다면 이쪽으로 연락 주세요.(189쪽)

채털리 부인이 매일 쓴다는 B 기업의 뿌리는 살균제 '뽀송이'는 치명적인 독성 물질을 포함하고 있었다. "완전히 자발적으로" "뭔가를 생산해냈다"(183쪽)는 만족감으로 일해오던 경진은 쪽지를 계기로 자신의 일을 의심하기 시작한다. 그러나 경진은 회사를 그만두지는 않는다. 회사 입장에서 그녀는 수많은 직원 중 한 명일 뿐이었고, 그녀 입장에서 회사는 취업난에 운좋게 만난 '적성에 맞는' 회사였다. 그녀가 회사를 그만두게 된 건 n포털의 검색 결과 산출 방식이 달라져 블로그 마케팅이 불가능해졌기 때문이다. 결국 그녀를 고용한 것도 해고한 것도 'n포털의 로직'인 셈이다.

소설에서 고유명이 적시되진 않았으나 독자는 '네이버'와 '옥시'를 쉽게 떠올릴 수 있다. 네이버는 한국 내 검색 포털 중 가장 높은 점유율을 차지하고 있다. 포털은 의도하든 의도하지 않든 이용자들의 세계 인식과 가치관에 직접적인 영향을 끼친다. 메인 기사의 배치를 통해 여론을 형성할 수 있으며, 콘텐츠를 생산하지는 않되 그것을 보유·관리하면서 여기에서 파생하는 권력과 이익을 얻을 수 있다. 한편, 작품 속 '뿌리는 살균제' 사건은 옥시의 가습기 살균제 사건과 매우 유사하다. 업체의 안전성 실험에 문제가 있었던 점이나, 산소통을 메고 다니는 피해자들의 모습은 실제 사건을 직접적으로 지시하는 듯하다. 이처럼 소설의 재현을 통해 우리가 함몰되어 있던 삶의 조건을 반성적으로 살펴보는 일은 「가만한 나날」을 읽는 하나의 방법이다. 그러나 고유명에서 조금 물러나본다면 또다른 독법을 발견할 수 있다. 그것은 하나의 기업 'n포털'이 아니라 'n포털의 로직'이라는 세계의 알고리즘을 읽어내는 일이다.

경진은 첫 출근을 앞두고 우연히 만난 언니로부터 직장생활의 조언을 듣는다. '나는 프로다!' 이 간단한 주문은 경진이 동기들보다 성공적으로 회사에 적응하도록 돕는다. 그런데 '프로'라는 조건은 많은 경우 '임금'을 기준으로 판단된다. 그 개념적 정의야 어떻든간에 아마추어와 프로를 나누는 것은 '직업적' 성격이며, 현실적으로 '직업'은 임금을 조건으로 성립한다. 문제는 프로의 세계로 마련된 '블로그 마케터'라는 직업의 형태다. 이러한 노동의 형태는 '비물질 노동' '감정 노동' 등의 이름으로 이미 불리고 있지만, 이 노동에서 주로 사용되는 능력과 그것의 질을 중심으로 명명할 때 '인지 노동'이라 할 수 있다. 경진에게 부과된 일은 한 인간의 구체적인 삶을 만들고, 공감을 끌어내며, 그것을 토대 삼아 광고 효과를 발생시키는 것이다. 이때 '생산'의 원료가 되는 것은 개인적 기억, 글솜씨, 일상의 단상 등 경진의 '인지능력(cognition)'이다. 그러니까 노동하는 것은 '영혼'이며, 성공적인 직장생활을 위해 경진이 갖춰야 할 것은 '프로 영혼'인 것이다.

프롤레타리아트(Proletariat)가 생산수단을 갖고 있지 않아 신체의 노동을 통해 생활을 영위해가는 계급이라면, '코그니타리아트(cognitariat, 인지노동자)'는 영혼의 노동을 통해 생활을 영위하는 계급이다. 본래 이 말은 새로 등장할 지식 권력 계급을 지칭할 목적으로 생겨났으나, 현재의 인지 노동자는 소수를 제외하고 대부분 '프로'의 세계에 종속된 임금노동자의 지위를 가지고 있다. 주목해야 할 것은 「가만한 나날」이 인지 영토가 자본의 영역으로 포획되는 메커니즘을 보여주고 있다는 점이다.

경진이 속한 광고회사와 기업 간의 계약 조건은 포털에서 특정 키워드로 검색했을 때 "블로그 검색 결과 1페이지 안에"(177쪽) 후기가 노출되는 것이다. 즉, '1페이지'를 조건으로 경진의 말(=후기)은 '값'을 가지게 된다. 더 정확하게 말하면 '1페이지'라는 공간이 경진의 말에 값을 부여해주는 것이다. 토지 소유자에게 귀속되는 지대(地代, rent)가 토지에 대한 사적 소유로부터 발생하는 것이라면, 페이지랭크(PageRank)는 알고리즘 장치(=n포털 로직)와 그 장치의 독점으로부터 발생한다. 콘텐츠를 생산하지는 않으나 "양질의 콘텐츠를 보유하는 게 중요"(183쪽)한 n포털은 비옥한 인지 토지를 마련하고, 이를 구획함으로써 독점적 잉여가치를 만들어내는 것이다.

본래 블로그는 일지(日誌) 형식의 글로 개인의 관심사에 따라 일기, 칼럼 등을 자유롭게 올리는 용도로 등장했다. 소설 속의 '이웃' 기능에서 보듯이 사람들은 서로의 블로그를 방문해 삶을 공유하기도 한다. 한 개인은 다른 개인에게 열리고, 이때 개인들은 수평적 네트워크로 연결된다. 그런데 이 수평적 흐름이 포털을 통과하면서 수직적으로 배열된다. 검색어를 통해서 순차적으로 배열되는 순간 블로그는 순수 표현물로서 기능하지 않는다. 이는 '정보'가 되고, 나아가 '광고'가 된다. 블로그 마케팅은 이 메커니즘 위에서 발생한 직종이다. 때문에 'n포털 로직'에 따라 이들의 존폐가 결정된다.

n포털이 "신뢰도 있는 콘텐츠 생태계를 위해 검색 알고리즘을 대폭 바꾼다고 발표"(196쪽)함으로써 경진의 회사는 문을 닫게 된다. 그러나 위의 메커니즘에 비추어 볼 때, 알고리즘을 바꾸는 일로 '신뢰도 있는 콘텐츠 생태계'가 생성되지는 않을 것이다. 콘텐츠가 알고리즘을 통과하여 계층화되는 한, 언어의 의미는 경제적 가치로 환원되고 이 경제적 가치에 종속되는 '프로 영혼'들이 끊임없이 만들어질 것이기 때문이다. 작가는 문 닫는 회사의 풍경을 "월가의 사무실"(197쪽)에 비유한다. 둘의 풍경이 얼마나 비슷할지는 모르겠으나 그들이 '기호'에 의해 쫓겨나는 사람들이라는 점에서는 확실히 공통적이다. 경진과 그의 동료들이 '생산한' 글은 가치를 재현하는 주식시장의 숫자들처럼 값으로 환산되는 기호였기 때문이다.

소설은 경진이 첫 직장에서 나온 후 어떠한 삶을 살게 되었는지 더이상 말해주지 않는다. 다만 일찌감치 회사를 떠난 직장 동료와의 우연한 만남을 전해주며 끝맺는다. 동료는 직장을 떠나면서 이 일이 적성에 맞지 않는다고 고백했었고, 그때 경진은 우월감을 억누르며 자신에겐 아주 잘 맞는다고 대꾸했었다. 경진은 뒤늦게 자신의 말을 정정하고 싶은 욕구에 휩싸인다. 경진은 자기 역시 적성에 맞지 않았다고 말하고 싶었지만 동료는 이미 사라지고 없었다. 퇴사 이후 경진은 첫 직장에 관해 입에 올리지 않게 되었고, 『채털리 부인의 연인』을 읽을 수 없게 되었다. 경진은 그런 사람이 되었다.

「가만한 나날」은 단죄도 탈출도 혁명도 없이 끝난다. 경진은 '가

만한 나날'을 살아갈 테고, 그 고요함은 세계의 알고리즘을 모른 체하는 대가로 주어질 것이다. 그러나 한번 벌어진 마음으로는 이전과 같은 '프로 영혼'이 될 수도 없다. 이제 경진에게 '가만한 마음'은 없을 것이다. 벌어진 틈은 경진을 주춤거리게 만들 것이고, 멈추는 순간마다 무엇인가가 발견될 것이다. 어쩌면 '나는 프로다'라는 믿음으로 살았던 이전의 삶이 더 수월할지도 모른다. 그러나 경진의 이야기가 완전한 비극으로부터 유예된 것은 그녀의 상처 덕분이라는 점도 분명하다. 경진을 해고한 것은 'n포털의 로직'일지 몰라도 채털리 부인 계정을 삭제하게 한 것은 이웃의 쪽지였으니까. 더불어 영혼에 틈을 벌린 이 힘이 인터넷이라는 시스템 내부에서, 우리 마음의 가장 깊은 바닥에서, 언어의 가장 본질적 기능에서 발신되었다는 것을 잊지 말자. 그러면 소설의 마지막 문장을 완전한 절망으로부터 한 걸음 떨어져 읽을 수 있다. "나는 그런 사람이 되었다."(199쪽)

---

* 이 글을 쓰면서 아래의 책들을 참고했다.

조정환, 『인지자본주의』, 갈무리, 2011.
프랑코 베라르디 〔비포〕, 『봉기』, 유충현 옮김, 갈무리, 2012.
프랑코 베라르디 〔비포〕, 『노동하는 영혼』, 서창현 옮김, 갈무리, 2012.
마우리치오 랏자라또, 『사건의 정치』, 이성혁 옮김, 갈무리, 2017.

이지은
2015년 경향신문 신춘문예에 평론 「안전거리 없음: 원시적 성실성과 武將SIREN의 진화—김훈론」이 당선되어 등단.

최정나

한밤의 손님들

작가노트

우연한 만남

해설 이재경

닫힌 그림 앞에서

최정나

2016년 문화일보 신춘문예에 단편소설 「전에도 봐놓고 그래」가 당선되어 등단. 소설집 『말 좀 끊지 말아줄래?』, 장편소설 『월wall』이 있다.

한밤의 손님들

나는 아직까지 그들에게 잘못한 게 없었으므로 겁내지 않기로 하고 길을 걸었다. 그러자 길은 전에 없이 느리게 이어졌고, 사위는 빠르게 어두워졌다. 길을 따라 걷던 나는 사거리를 앞에 두고 멈춰 서야 했는데 어둠 속에 껴든 너무 환한 빛을 보았기 때문이었다. 처음에 하얀 빛은 안개처럼 피어오르더니 나중에는 연기처럼 일렁였다. 그러나 사거리에 다다랐을 때 나는 그것이 안개도 연기도 아니라는 것을 알게 되었다. 환영도 아니었다. 사거리 식당에서 발한 불빛이 거리의 어둠 속으로 쏟아져나온 것이었다. 나는 어둠에 불빛이 껴든 것인지, 불빛에 어둠이 껴든 것인지에 관해 생각해보다가 그만두었다. 분명한 건 어둠 속에 환한 빛이 섞여들었고, 그 때문에 밤거리가 대낮처럼 밝아졌으며, 그것은 오늘만의 일이 아니라는 것이었다.

그때 검은 그림자가 내 앞으로 길게 늘어지는 게 보였다. 그림자를 따라 시선을 옮겼을 때 커다란 개를 데리고 있는 사내의 모습을 볼 수 있었다. 목줄에 매여 있는 검은 개는 식당 불빛을 받아 하얗게 빛났다. 사내는 목줄을 잡아채며 앞으로 나아가려 했지만 개는 사내가 이끄는 방향으로 가지 않았다. 검은 개가 식당 앞에 멈춰 서서 으르렁거렸다. 사내가 목줄을 팽팽하게 당기자 검은 개는 앞발에 힘을 주고 식당 불빛을 향해 맹렬하게 짖어댔다. 사내가 한번 더 목줄을 잡아챘다. 검은 개가 꼬리를 늘어뜨리고 사내의 뒤를 쫓았다. 나는 개를 데리고 있는 사내가 거리의 어둠 속으로 들어가기를 기다렸다가 조금 전까지 사내와 개가 서 있던 곳으로 다가갔다. 조명등에 휩싸인 식당은 허공을 향해 밝은 빛을 내뿜고 있었다. 너무 환한 빛 때문에 건물의 외관은 잘 보이지 않았다. 나는 건물 앞으로 다가가 천천히 출입문을 열었다. 동시에 누군가 내 몸을 확 잡아채는 것 같았고, 어딘가로 쑥 빨려 들어가는 기분이 들었다. 몸에 힘을 주고 버텨보려고 했지만 정신을 차렸을 때는 이미 식당 안이었다.

창가에 오리와 돼지—엄마는 늘 꽥꽥댔고 동생은 늘 꿀꿀댔으므로 어쩐지 그렇게 부르고 싶어졌다—가 앉아 있었다. 나는 순간 자리를 피하고 싶은 생각이 들어 몸을 배배 꼬았는데 오리가 내게 손짓하는 바람에 하는 수 없이 창가로 다가갔다.

너는 매번 늦는구나.

돼지가 살짝 그러모은 손끝으로 테이블을 톡톡 쳤다. 나는 고개를 숙이고 생각하는 체했으나 생각은 하지 않았고 시간이 흐르기를 기다렸다. 그러나 내가 먼저 고개를 숙였다는 것을 깨닫고는 천천히 고개를 들었다. 돼지는 여전히 내 대답—혹은 사과—을 기다렸고, 오리는 돼지에게 눈으로 뭔가를 지시했다. 나와 눈이 마주치자 오리는 잘못하다 들킨 것처럼 멋쩍게 미소 짓더니 입을 열었다.

얘야, 언니가 늦은 게 아니란다. 우리가 일찍 왔잖니? 날도 더운데 쓸데없이 화를 돋울 필요는 없단다. 오리가 손목에 찬 시계를 내려다봤다. 긴바늘이 숫자 6을 가리키고 있었다. 그렇더라도 우리가 함께 이곳에 들어왔다면 모양새가 매우 좋았을 거다. 오리가 메뉴판을 내 쪽으로 밀어놓고는 억지로 웃었다.

나는 메뉴판을 보느라 다시 고개를 숙였는데 고개를 숙인 채 생각해보니 웃음이 나와 코웃음을 쳤다. 웃음소리는 내가 듣기에도 건방져서 대단히 흡족했다. 그러나 돼지는 나와 생각이 달랐는지 갑자기 콧김을 뿜어내며 씩씩대기 시작했다. 그 때문에 테이블 위로 콧물이 튀었다. 깜짝 놀란 오리가 양손을 휘저으며 퍼덕대다 손을 높이 들어 종업원을 불렀다.

여기 좀 닦아주세요.

오리에게 다가온 종업원이 콧물이 튄 테이블을 멀뚱멀뚱 바라보다가 고개를 가로저었다.

행주가 있습니다만, 손님의 테이블을 닦는 위생적인 행주로 손님의 콧물을 닦아내면 콧물 묻은 행주가 다시 손님의 테이블을 닦게 되는데 괜찮으신지요?

어머, 그럼 티슈를 가져다주세요.

돼지가 손바닥을 활짝 펼쳐 종업원에게 내보였다. 분홍색으로 칠한 손톱이 젤리 같았다. 돼지 발에 젤리라니.

별꼴이군. 나는 그 광경이 우스워서 말했다.

그런 너는 별꼴이 반쪽이군. 돼지가 빠르게 맞받아치고는 나를 째려봤다.

나는 무엇이 별꼴이고, 따라서 그것의 반쪽이 어떤 건지 궁금했지만 잠자코 있기로 했다. 내가 캐묻더라도 돼지는 왜 그런지 알려줄 수 없을 뿐 아니라 자기가 무슨 말을 했는지 기억도 못할 거였다. 다만 돼지의 불손한 태도에 기분이 상해 좀 억울하다는 생각이 들었다. 그래서 오만 가지 인상을 쓰려고 노력했는데 아무도 알아주지 않았다.

돼지가 내 앞에 있던 메뉴판을 낚아채 갔다. 나는 주위를 둘러봤다. 식당 벽면에는 유리 액자가 걸려 있었고 그 안에는 유화물감을 여러 번 덧칠해 그린 미술작품—캔버스에 프린트한 포스터—이 들어 있었다. 돼지가 음식을 고르는 동안 그림이나 감상하는 편이 감정 조절에 도움이 될 것 같아서 나는 그렇게 했다. 그림의 구도는 단순했다. 도시의 밤거리와 유리창으로 둘러싸인 간이식당이 사선으로 나뉘어 있었다. 유리창 너머로 식당 내부가 보였다. 몇 명의 손님이 스탠드에 앉아 술이나 음료를 마시는 중이었다. 머리색이 붉은 여자는 무료한 표정으로 자신의 손톱을 들여다보고 있었다. 그녀 옆에 앉은 신사는 이마까지 내려오는 중절모를 쓰고 있었기 때문에 얼굴의 반이 그림자에 잠겼다. 둘은 연인이나 부부 같아 보였지만 실제로는 모르는 사이일지도 몰랐다. 조명이 닿지 않는 식당 한쪽은 어두웠다. 그곳에는 남자 하나가 등을 보인 채 앉아 있었다.

몸이 틀어진 각도로 볼 때 남자의 시선은 중절모를 쓴 신사와 붉은 머리 여자에게 향해 있는 것 같았다.

캔버스 아래쪽에는 도시의 밤거리가 비스듬히 놓여 있었는데 식당 내부에서 발한 조명이 거리로 쏟아져나와 빛과 어둠의 경계는 모호했다. 거리에는 두 사내—한 사내는 재킷을 입었고, 다른 사내는 장갑을 꼈다—가 어둠에 묻혀 있었다. 나는 그 주변 어딘가에 작가가 숨어 있을 거라고 생각해 거리에 눈길을 주었지만 어둠 속에서 작가를 찾지는 못했다.

애야, 엄마가 병원에 가야 하는데 병원비가 들어오지 않았더구나. 그래서 일영에게 연락을 넣어놨다. 일영이 백팔십만원을 보내준다고 했는데 아직 소식이 없구나. 그런 적이 없었는데 말이다. 어서 주길 바란다. 오리는 걱정스러운 눈으로 천장 어딘가를 바라봤다.

나는 그 모습에 별다른 느낌이 들지 않았을뿐더러 이야기의 내용도 그리 놀랄 만한 것이 아니어서 다시 유리 액자를 올려다봤다. 그러자 그림이 조금 변했다는 생각이 들었는데 실제로 그림이 변했는지, 그림을 보는 내가 변했는지, 둘 다인지, 둘 다 아닌지는 확실하지 않았다. 다만 그림을 보는 동안 생각에 생각이 더해지고 새로운 생각이 덧붙여져서 어디까지가 그림이고 어디부터가 생각인지 알 수 없었다. 그런 생각은 어딘가에서 끊어지거나 어딘가에서 다시 이어지기도 했다. 아무튼 그림이 조금씩 움직이기 시작하더니 도시의 밤거리에서 남자 하나가 모습을 드러냈다. 남색 점퍼 밖으로 길게 빠져나온 체크무늬 셔츠가 언뜻 보면 빈티지해 보였는데 자세히 보니 허름한 것도 같았다. 남자는 일영을 닮았지만 일영은 아니었다. 남자가 휴대폰을 만지작거렸다. 조금 전 통화를 끝낸 그는 다시 통화 버튼을 눌렀다. 남자의 목소리는 아이를 어르는 듯 자상했다. 그러나 남자가 하는 말로 볼 때 휴대폰 저편의 상대는 아이가 아니었다. 여자였다. 남자는 붉은 건물 앞에 다다라서 전화를 끊었다. 식당을 등지고 남자가 마주하고 있는 오층 건물에는 집마다 같은 창문이 달려 있었다. 그의 집은 삼층 왼쪽 끝이었다. 남자가 건물 안으로 들어섰다. 어두운 조명이 남자의 이마를 비추자 그의 몸에서 흘러나온 긴 그림자가 복도 바닥에 늘어졌다. 그림자는 폭이 좁은 계단을 미끄러지듯 올라갔다. 남자가 현관문을 열었다. 집안에 고여 있던 어둠이 복도 밖으로 새어나왔다. 검은 그림자가 다시 남자의 몸을 움켜 집안으로 흘러들어갔다. 집에는 아무도 없었다. 남자는 곧바로 침실로 들어가 실내등 하나를 켜고, 그 아래서 옷을 갈아입으며 동시에 침대에 널려 있는 아내의 실내복을 바라봤다. 남자가 한숨을 내쉬며 손바닥으로 머리카락을 쓸어내렸다. 머리에 난 오래된 상처 하나가 머리카락의 방향에 따라 보이다 말다 했다. 한참 뒤에 귀가한 아내는 회식을 핑계 댔다. 남자는 아내의 뒷모습을 찬찬히 뜯어보다가 불쑥 말했다.

돈을 달라고 하셔.

욕실로 들어가려던 아내가 뒤를 돌아봤다.

무슨 이유래?

이유야 늘 다양하시잖아.

그래서 준다고 했어?

시달리지 않으려면 그래야지.

매번 왜 그래?

나도 모르지. 당신 어머니인데 내가 어떻게 알겠어?

아니, 당신 말이야.

그야 당신을 낳아준 어머니잖아. 당신을 사랑하니까 그게 당연한 거지.

그들이 서로를 물끄러미 바라보고 있을 때 내 눈앞에서 뭔가가 움직였다. 프랜차이즈 모던 다이닝 바에 웬 곤충이 날아다니나 싶어 주의를 기울였더니 오리가 내 코앞까지 얼굴을 들이밀고는 속눈썹을 파닥파닥 움직였다. 눈을 깜빡일 때마다 긴 속눈썹이—인조였는데 술 달린 부채 같았다—휘어졌다. 그 모습을 피해 시선을 돌리자 이번에는 돼지가 고개를 숙이고서 양손을 비벼댔다. 관리받은 손톱이 조명등 아래서 번쩍번쩍 빛났다.

이번에는 또 무슨 이유로 병원에 가는데요? 내가 물었다.

자세한 거까지는 알 것 없다. 오리가 말했다.

자세한 내용도 알려주지 않으면서 돈을 달라고 해요? 나는 오리의 속눈썹에서 시선을 떼지 않았다.

나도 너에 대해 아는 것이 없었지만 돈을 들여 키웠다.

엄마가 낳은 자식인데 그거하고는 다르죠. 게다가 제게 투자했다는 돈은 지금까지도 꾸준히 갚고 있어요. 예를 들면 제가 썼을 분윳값 같은 것 말이에요.

나는 내가 먹은 분유 따위는 기억하지도 못했고 내가 먹은 게 모유인지 분유인지도 몰랐다. 하지만 지금까지 죽지 않고 살아 있는 것은 무엇이라도 먹였거나 먹었기 때문인데 나는 그것이 모유가 아니기를 바랐다.

꾸준히 갚고 있다니, 어떻게 갚고 있다는 말이야? 돼지의 눈이 휘둥그레졌다.

직장에 다니기 시작하면 너도 엄마가 보낸 청구서를 받아들게 될 거야. 그렇지만 너는 만년 백수인데다 일을 하겠다는 생각도 없으니까 그런 걱정은 할 필요 없잖아. 나는 조금 과장해서 말했다.

어머, 엄마! 이게 다 무슨 말이에요? 돼지가 펄쩍펄쩍 뛰며 오리의 팔을 붙들고 늘어졌다.

목소리를 낮추어라. 남들이 듣겠구나.

남들이 뭐가 중요하다고 그러세요. 그러니까 내게 청구서를 들이밀 생각이에요?

오리는 식당 안에 있는 사람들을 힐끔거리며 상냥하게 웃었다.

별말을 다 하는구나. 당연히 너는 얘기가 다르지. 착한 딸인데. 엄마가 말하지 않아도 뭐든 알아서 착착 하니까 언니하고는 완전히 다르지. 언니 때문에 엄마 속은 까맣게 타들어갔어요. 그래, 그렇지. 병원비도 그래서 필요한 거란다.

엄마가 낸 줄 알았던 대학 등록금은 일영이 냈고요. 내가 말했다. 일영이 다달이 보내는 돈은 어디에 쓰는지 알지도 못해요. 제가 썼다는 대출금은 도대체 얼마인지, 정말로 대출을 받기는 한 건지 나는 아무것도 몰라요. 그런데 거기에다 병원비까지 달라는 건 사치라고요. 나는 일부러 사치라는 말을 골라 썼으나 오리는 별 반응이 없었다.

등록금은 일영이 내겠다고 자처했단다. 그렇게 착한 애를 두고 네가 대학교 다닐 때 무슨 짓을 했니?

바람을 피웠지! 그거 잡느라고 내가 없는 시간 쪼개서 언니 뒤를 미행했잖아. 아이, 억울해. 엄마도 그땐 너무하셨어요. 저를 너무 막 부려먹었다고요. 돼지가 합세했다.

오리가 불리하다 싶을 때 꺼내는 이야기는 종류가 많지 않은데다, 이미 예상한 것들이라 나는 당황하지 않았다.

그래서 그 사람하고 저를 떼어놓는 조건으로 일영에게 학비를 대라고 하셨나요? 그때는 결혼하기도 전이었는데 말이에요.

착하디착한 신랑감을 두고 네가 그런 짓을 하는 걸 어떻게 두고만 보겠니? 오리가 안 되겠다 싶었는지 갑자기 울먹이기 시작했다.

형부는 네가 뭐가 좋다고 그렇게까지 한 거야? 돼지가 오리를 힐끗 보고 거들었다.

그야 언니 복이 아니겠니? 너도 그런 사람 만날 거다. 조금 모자라도 심성이 고운 사람을 만나야 모두가 편안하단다. 꼬치꼬치 따지고 바락바락 대드는 사람은 아주 피곤하단다. 일영이야 집안은 그냥저냥 그래도 마음 하나는 기가 막히게 착하잖니? 학벌은 언니가 채워주면 될 일이고. 오리가 힘없이 말했다.

재가 학벌이 어디 있어? 겨우 사년제 대학 나온 걸 가지고.

일영이 집안에선 니네 언니가 최고 학벌일걸. 일영도 검정고시잖니? 오리가 돼지의 귀에 속삭이고는 나를 봤다. 너는 엄마에게 고마워해야 해. 아무렴, 사람은 고마워할 줄 알아야 한다. 오리가 주변을 의식했다. 이런 얘기는 그만하고 음식이나 시키자꾸나.

돼지는 한참 동안 메뉴판을 뒤적대다 슬그머니 옆 테이블에 놓인 음식을 훔쳐봤다.

테이블 건너 옆자리에서 저녁을 먹고 있는 사람들은 가족이었다. 젊은 부부 옆에는 부부의 아들이, 맞은편에는 부부의 부모가 앉아 있었다. 돼지의 시선을 의식한 젊은 여자의 목소리가 갑자기 커졌다.

엄마, 이것도 좀 드셔보세요. 이것도요. 많이 좀 드세요. 건강에는 좋은 음식을 드시는 게 가장 좋아요. 물론 지금도 건강하시지만 좋은 걸 많이 드시면 더 젊어지실 거예요. 아버지도요. 여자가 애플소스에 적신 저민 고기—나는 그것이 오리고기나 돼지고기이기를 바랐다—를 노부부의 접시에 올려놓았다.

정말 부족한 것이 없구나.

노부인이 행복에 겹다는 듯 입안의 음식이 다 보이도록 웃었다. 그러면서도 우리를 곁눈질했다. 이번에는 젊은 남자가 나섰다.

이건 샐러드 뷔페까지 이용할 수 있는 이만구천팔백원짜리 정식이에요. 이만이천팔백원짜리가 아니고요. 이게 그거랑 어떻게 다르냐 하면요, 첫째로 고기가 호주산이 아니라 한우고요. 둘째로 저기 있는 샐러드를 모두 드실 수 있는 거예요. 그러니 부족한 게 없을 수밖에요.

그럼 많이 먹는 게 남는 거구나. 노부인이 자랑스럽다는 듯 남자를 올려다봤다.

아이는 여자의 젓가락에 딸려오는 음식을 기다리느라 입을 벌린 채 휴대폰을 들고 게임을 했다. 여자는 아이에게 신경쓰지 않았다. 대신 노부인이 아이의 접시에 음식을 날라대며 말했다.

먹어라. 먹어. 어서 먹어라. 그렇지. 꼭꼭 씹어 먹어. 체하지 않게. 체하면 약값이 더 드니까. 옳지. 많이 먹어라. 뷔페에서 많이 먹지 않으면 돈을 남기는 거나 마찬가지야. 그러니까 게임은 나중에 하고 빨리 먹어라. 알아들었니? 노부인이 다정하게 말하며 아이의 입에 음식을 욱여넣었다. 아이는 캑캑대며 입안에 든 것을 씹었다. 그래, 잘도 먹는다. 우리 손주 새끼 입으로 들어가는 게 할미 입에 들어가는 것보다 배부르구나. 남기지 말고 싹싹 먹어라. 다 먹으면 할미가 또 가져다줄 거야. 노부인이 샐러드 바를 가리켰다. 이것도 먹어봐라. 파인애플이야. 입가심으로 좋겠지? 이거 먹고 할미랑 다른 것도 가지러 가보자꾸나.

아이는 노부인이 입에 넣어준 음식을 테이블에 뱉어내며 소리쳤다.

아이, 할머니! 이건 단무지예요.

노부인은 뱉어낸 단무지에 아랑곳하지 않고 수제 소시지를 아이의 입에 들이밀었다.

그나저나 너는 왜 자식을 낳지 않는 거니? 아이를 낳아야 부부관계가 좋아지는 법이야. 오리가 말했다.

엄마 같은 엄마가 되기 싫어서 그래요. 나는 옆 테이블에서 시선을 떼지 않고 중얼대듯 말했는데 평소 자식에 대해 생각해본 적이 없었으므로 말하고 나서는 조금 놀랐다.

어머, 어머! 재 봐라, 재. 지 같은 새끼 낳기 싫어서 자식을 안 낳는대요. 돼지가 오리에게 매달려 소리쳤다.

지도 지 같은 자식새끼 낳아보면 엄마 속을 좀 알겠지. 일영도 그렇고 다들 기다리는데 너 혼자 싫다는 이유가 궁금하구나. 네 나이가 서른여섯인데 지금 자식을 낳지 않으면 언제 낳겠다는 거니? 그러다가 일영이 딴생각이라도 품으면 어쩌려고? 오리는 돼지의 손을 떼어놓고는 차분하게 말했다.

일영은 저를 사랑해요.

네가 그걸 어떻게 장담해? 그렇다면 왜 병원비를 입금하지 않는 거냐. 이런 일은 한 번도 없었다. 정신 똑바로 차리고 아이를 낳아라. 오리가 이때라고 생각했는지 꽥꽥대며 떠들어댔다.

남자의 집은 고요했다. 남자는 아내가 들어간 욕실 문을 멀뚱멀뚱 바라보다가 어느 순간 물소리가 나지 않는 것을 알아차리고는 문에서 멀찌감치 떨어졌다. 곧이어 문이 열렸다. 욕실 안에 고여 있던 증기가 밖으로 몰려나왔다. 아내의 몸에서도 열은 김이 피어올랐다. 김은 바깥으로 빠져나오는 몸의 일부처럼 보였다. 남자의 시선을 의식한 아내가 허리를 살짝 수그렸다. 몸의 굴곡을 따라 그림자가 생겨났다. 검은 그늘이 진 아내의 몸에서 물방울이 뚝뚝 떨어졌다. 아내의 발바닥 옆에도 물이 흥건했다.

남자는 거실로 나와 텔레비전을 켰다. 켜기만 했을 뿐 보는 건 아니었다. 한참 후에 남자는 조용히 침실 문을 열었다. 잠든 아내가 뒤척였다. 남자는 아내의 어깨를, 그런 다음에는 아내의 손을, 그러고는 아내의 휴대폰을 바라봤다. 아내는 휴대폰을 움켜쥔 손을 자신의 가슴께에 두고 가볍게 코를 골았다. 남자가 실내등을 끄고 집 밖으로 빠져나왔다. 집 앞 모퉁이에 있는 식당은 아직 불이 환했다. 유리창을 통과한 식당 조명등이 도시의 어둠에 끼어들어 거리는 인공적인 빛을 발산했다. 그것은 마치 어둠을 뚫고 나온 여객열차의 식당칸이 남자의 코앞에 들이닥친 것 같았다. 남자는 곧장 식당으로 들어가 등받이 없는 의자에 앉았다.

남자의 건너편에 앉은 신사는 붉은 머리 여자에게 집중하지 않았다. 조금 전 메일이 도착했다는 알림을 받고 휴대폰을 확인하는 중이었다. 붉은 머리 여자는 뭔가에 기분이 상해 손톱을 들여다보는 체했다. 신사가 일을 핑계 대고 밖으로 나가 거리의 어둠 속으로 숨어들었다. 메일을 보내는 신사의 손이 바쁘게 움직였다. 휴대폰 저편의 상대는 메일을 보내자마자 바로 답장이 오는 것에 놀라워했다. 신사는 메일 도착 알림을 설정해놓았다는 이야기를 하지 않았다. 대신 이렇게 썼다. 희한한 일이야. 자다가도 눈이 번쩍 떠져서 확인해보면 네게서 메일이 와 있는 거야. 신사는 유리 안쪽에 있는 붉은 머리 여자를 힐끔대며 거짓말을 했다. 붉은 머리 여자는 자신의 어깨를, 그런 다음에는 자신의 손을, 그러고는 자신의 휴대폰을 어루만졌다. 신사는 휴대폰 저편의 상대에게 잠깐 통화할 수 있느냐고 물었다. 집안 분위기가 좋지 않은데다 남편이 거실에 있어서 지금은 곤란하다는 답장이 돌아왔다. 붉은 머리 여자가 유리 바깥쪽을 두리번거렸다. 신사는 조금 조급해졌다. 소울메이트를 믿어? 나는 그런 게 있다고 생각하지 않았지만 너를 보니 그런 게 있다는 확신이 들어. 신사는 필요한 말을 나열하듯 써서 메일을 전송한 후 답장을 기다리지 않았다. 신사가 어둠 속에서 빠져나와 조명등 아래 모습을 드러내자 유리 너머에서 붉은 머리 여자가 신사를 보고 미소 지었다. 동시에 어둠에 묻혀 있던 사내 둘이 신사를 향해 천천히 걸어갔다. 신사가 놀라 뒤를 돌아봤다. 사내들이 신사의 팔을 잡아챘다.

얘야, 우리는 네가 다른 남자를 만나는 것을 알고 있단다. 일영을 놔두고서 말이다. 오리의 목소리가 희미하게 들려왔다. 집안의 맏딸로서 네가 해야 할 의무 같은 것이 있는데 그게 할 짓이냐? 오리가 뜸들이다가 말을 이었는데 이번에는 다그치는 투였다. 일영도 알고 있단다.

일영이 안다고요? 나는 오리를 바라봤다.

그래. 알고 있단다. 너를 잃고 싶지 않다고 했어. 그래서 모른 체하고 있다고 말이야.

그럼 계속 모른 체하게 놔두세요. 나는 일부러 큰 소리로 말했다. 나는 지금이 좋아요. 집에 가면 일영이 있고, 회사에 가면 그 사람이 있어요. 둘 다 저를 사랑해줘요. 이상적이죠.

별꼴이 가지가지군. 돼지가 빠르게 맞받아쳤다.

일영은 생활의 동반자이지만, 그 사람은 영혼의 동반자예요. 나는 살짝 웃었다.

쟤는 만나는 사람마다 소울메이트래요. 형부만 빼고요.

나는 순간 화가 났지만 돼지의 말에 일일이 대꾸할 필요가 없다는 걸 깨닫고는 하려던 말을 계속했다.

그 사람은 나를 위해 존재해요. 내가 필요로 할 때면 연락이 오죠. 새벽에도 말이에요. 메일을 보내자마자 바로요. 어떤 때는 전송 버튼을 누르기도 전에요. 같은 시간에 서로에 대해 생각하고 있는 거죠. 소울메이트만 느낄 수 있는 텔레파시 같은 거요.

왜 같은 시간에 다른 공간에서 별꼴도 보고 달꼴도 보지. 돼지가 꿀꿀댔다.

그만두지 않으면 내가 다 말하겠다. 일영에게 다 말할 거야. 오리도 꽥꽥댔다.

일영이 알고 있다면서요?

그건 널 떠보느라 해본 말이다.

우리 엄마 파이팅! 돼지가 오리의 턱밑에서 주먹을 불끈 쥐었다.

늘 일영과 나를 사이에 두고 거래를 하는군요.

그야 엄마가 너 잘되라고 그런 거지.

난 그 사람을 사랑해요.

그럼 일영은?

일영도 사랑해요. 일영은 내가 원하는 걸 마련해주죠. 뭐든 알아서 척척 하니까 집이 더 근사해져요.

그럼 돈이겠지. 시종이거나. 돼지가 비아냥거렸다.

오리가 돼지를 흘겨봤다.

아차차, 형부랑 내연남이랑 헷갈려서 실수했네. 돼지는 혀를 쏙 내밀었다가 집어넣고는 시무룩해져서 입을 다물었다.

그렇지만 그 사람은 내 영혼을 봐요. 일영과는 다른 종류의 것을 주기도 하는데 그러니까 예를 들면 내가 원하는지 나도 모르고 있던 것들 말이에요. 밤길에 필요한 호신용 호루라기라든가 읽고는 싶었지만 사지는 않았던 베스트셀러라든가 가벼운 외출시 사용하는 사무실용 파우치 같은 것들이요.

그게 사랑이냐? 그건 사랑이 아니다. 오리가 엄한 목소리로 말했다.

맞아. 돈이거나 시종이겠지. 돼지가 기회를 엿보고 있다가 다시 껴들었다. 아니 이번엔 보아하니 돈도 없네. 거기다가 순 바람둥이 잖아.

그러니까 그렇게 착한 남편이 세상 어디에 있다고 다른 남자를, 그것도 유부남을, 그것도 유부녀가 만나는 거냐?

결혼했다고 제가 말했나요?

순진하기는, 말 안 해도 안다.

엄마, 재가 순진하기는 뭐가 순진해?

이제야 우위를 점했다는 듯 둘은 눈을 맞추고 미소를 주고받았다. 나는 화도 식히고 생각할 시간도 벌 겸 테이블 건너 옆자리를 바라봤다. 노부부는 어디로 갔는지 보이지 않았고 부부는 술에 취해 있었다. 남자의 술잔에 와인을 따르는 여자의 볼이 붉었다. 남자도 여자의 잔에 술을 따랐다. 둘은 잔을 부딪치며 건배하다가 나중에는 혼자서 잔을 채우고 알아서 술을 마셨다. 아이는 부모와 약간 떨어져 앉아 휴대폰으로 게임을 했다. 그러면서도 계속 중얼거렸는데 흥얼대는 소리인 것도 같았다.

술은 나빠요. 건강에 해로워요. 아빠가 술을 마시고 들어오면 엄마는 화가 나요. 그러면 화를 내요. 아빠는 늦게 들어오면 안 돼요. 아빠가 늦게 들어오면 엄마는 혼자 있게 돼요. 그러면 엄마는 화가 나요. 화가 나면 엄마는 내게 화를 내요. 아빠가 마시는 술 때문에요. 아빠는 술을 마시지 말아야 해요.

부부는 아이의 말에 신경쓰지 않았다.

아빠는 술을 마시면 안 돼요. 술은 건강에 해로워요. 친구들도 만나면 안 돼요. 엄마하고 있어야만 해요. 아빠가 밖에서 술을 마시면 엄마는 집에서 소리를 질러요. 소리를 지르면 배가 뒤틀리고, 배가 뒤틀리면 얼굴도 뒤틀려요. 눈알이 튀어나올 것 같다니까요. 그러면 나는 얼른 창문을 닫아요. 할머니는 누가 들을지도 모르니까 창문을 닫으라고 하지만 나는 눈알이 정말 튀어나갈까봐 걱정이에요. 술에 취한 아빠가 눈알을 어떻게 찾겠어요? 다 제가 해야 할 일이에요. 엄마한테 잘 보이면 조금 덜 맞기도 하니까요. 이게 다 아빠 때문이에요. 행복하게 살려면 술을 끊어야 해요. 엄마와 함께 오래오래 건강하게 살아야 하니까요. 그러니까 이제 술 좀 그만 마시고 집으로 돌아가요. 저도 이제 그만 제 방으로 들어가고 싶어요.

아이는 중얼대다 지쳤는지 식당 밖으로 뛰어나갔다. 부부는 오히려 잘됐다는 듯 아이의 뒷모습을 쳐다봤다.

그런데 있잖아. 우리는 사실 애가 없을 때가 더 좋았어. 여자가 콧소리를 냈다.

나는 결혼 전이 더 좋았는데 말이야.

맞아. 연애할 때 재미있었지.

아니, 너를 몰랐을 때 말이야. 그때로 돌아가고 싶다고. 남자가 말하고는 농담이라는 듯 껄껄 웃었다.

식당 유리창 너머로 아이가 나타났다. 아이는 휴대폰을 가지고 비행기 놀이를 했다. 플래시램프가 켜진 휴대폰이 밤하늘을 날았다. 아이는 휴대폰으로 어둠을 가로지르다가 유리창에 달라붙었다. 그리고 부부를 향해 플래시를 비췄다. 부부의 얼굴에 푸르스름한 불빛이 나타났다가 사라졌고, 사라졌다가 다시 나타났다. 부부는 뭔가에 놀라 몸을 부르르 떨었다. 오리와 돼지의 얼굴에도 푸르스름한 빛이 어른거렸다. 나는 괜히 한쪽 뺨을 어루만져보다가 고개를 숙였다.

음식은 왜 안 나오는 거지? 오리가 눈살을 찌푸리며 종업원을 쳐다봤다.

아직 시키지 않았으니까요. 돼지가 속눈썹을 깜빡대며 오리를 바라봤다.

꾸물거리지 말고 빨리 시키려무나.

뭘 골라야 할지 모르겠어요. 엄마가 좀 봐주세요. 돼지가 오리에게 메뉴판을 넘겼다.

남들 먹는 거로 시키자꾸나. 오리가 건네받은 메뉴판을 내 쪽으로 밀었다.

나는 메뉴판을 내려다봤지만 특별히 먹고 싶은 게 있는 것은 아니었다. 오리와 돼지는 두 눈을 깜빡거리며 나를 쳐다봤다.

눈은 왜들 그래요? 내가 물었다.

예뻐 보이려고 붙였다. 엄마랑 같이. 돼지가 속눈썹을 파닥파닥 움직이며 대꾸했다.

누구한테?

당연히 우리 엄마한테 잘 보여야지. 몰라서 묻냐? 그러니까 너도 엄마한테 좀 잘해라. 엄마가 싫어하는 일은 좀 그만하고 사람도 좀 가려서 만나라. 엄마가 다 너 잘되라고 하는 말씀 아니겠니?

너는 엄마한테 삐대고 엄마는 일영에게 삐대고 그림이 아주 예쁘구나. 나는 비웃는 투로 말했다.

아닌데, 아닌데, 내 생각은 다른데. 내 생각엔 네가 그런 것 같은데. 너는 엄마 핑계로 형부한테 뻐대고 유부남한테도 뻐대는데. 이것저것 다 하려고 여기저기 뻐대는 꼴이 아주 볼썽사나운데.

돼지의 입에서 너절한 말들이 끝없이 쏟아져나왔다. 항문이 입에 달린 걸까, 주위에 역겨운 냄새가 진동하는 것 같았다. 나는 그림으로 시선을 돌렸다. 중절모를 쓴 신사가 내가 있는 쪽을 힐끔거렸다. 나도 그를 바라봤다. 이제 신사가 일영인지 일영이 남자인지 내연남이 신사인지 남자가 내연남인지 알 수 없었다. 어쩌면 그들 모두 같은 사람일지도 몰랐다. 신사는 붉은 건물 앞에 다다라서 걸음이 느려졌다. 삼층 왼쪽 끝 집은 불이 켜져 있었다. 아내가 잠든 것을 확인하고 불을 끄고 나왔는데 이상한 일이군, 신사가 중얼거렸다. 신사는 붉은 건물을 그대로 지나쳐 골목 끝에서 다른 골목으로 방향을 틀었다. 신사는 두 사내에게 쫓기는 중이었다. 장갑을 낀 사내가 바짝 따라붙었고 재킷을 입은 사내는 그 뒤에 있었다.

신사가 막다른 골목에서 예배당으로 뛰어들었다. 거기엔 사람들이 많았다. 한밤의 결혼식이라니, 신사가 황급히 하객들 사이에 숨어들었다. 사람들은 둥그런 테이블에 열 명씩 둘러앉아 제 앞에 있는 접시를 내려다봤다. 접시에는 붉게 쪄낸 랍스터—커다란 집게발이 접시 밖으로 뻗어나왔다—가 한 마리씩 놓여 있었다. 누군가 등껍데기에 칼을 찔러넣고는 몸통을 반으로 잘라내려 손에 힘을 줬다. 옆에 있는 사람들도 따라 했다. 어떤 사람은 망치로 집게발을 두들겼다. 깨진 껍데기 조각이 허공으로 튀어오르자 주변 사람들이 탄성을 내질렀다. 의사봉을 두드리듯 여기저기서 탕탕 두들기는 소리가 났고, 붉은 껍데기가 꽃가루처럼 날아오르는 가운데 주례사가 이어졌다. 앞을 보며 열심히 달려가지만 돌아보면 언제나 옆에 있는 사람들이라고, 여기 계신 여러분 앞에 신랑 신부를 소개합니다. 신랑 신부는 고개를 숙인 채 잠깐씩 졸았다. 사람들은 어렵게 깨뜨린 랍스터 안에 머리를 처박고—텅 빈 몸통에서 살점 하나라도 찾아내려고—있었는데 마치 껍데기 안으로 빨려 들어갈 것 같았다. 신사는 자신에게 다가오는 두 사내를 보고 테이블과 테이블을 가로질러 예배당 밖으로 내달렸다. 신사의 등뒤에서 예배당 종소리가 뎅뎅 울렸다. 내달리던 신사가 살려달라고 애원하는 눈빛으로 내가 있는 쪽을 바라봤다.

그때 요란한 소리와 함께 식당 문이 열렸다. 오리와 돼지가 소리나는 쪽을 바라봤다. 나도 고개를 돌렸다. 식당 안으로 뛰어들어온 신사가, 아니 남자가 땀을 뻘뻘 흘리며 실내를 빠르게 훑었다. 식당 문이 또 한번 열렸다. 이번에는 두 사내가 느긋하게 걸어들어왔다. 남자는 도망가기를 포기한 듯 허리를 굽히고 숨을 몰아쉬었다. 그러면서도 종업원을 향해 경찰! 이라고 소리쳤다. 두 사내는 코웃음을 쳤다. 장갑이 남자의 멱살을 움켜잡았다.

진실을 말해, 새끼야!

무슨 진실이요? 남자는 떨고 있었다.

네가 알고 있는 진실! 네가 그런 이유!

도대체 누구세요?

맞아야겠군. 사내들이 남자를 바닥에 팽개치고는 발로 머리를 밟았다.

나는 오늘 아침 집에서 나와 회사로 갔고, 회사에서 나와 집으로 갔어요. 그런 다음 집 앞 식당에 들렀을 뿐이에요. 신발 털이용 발판에 얼굴 한쪽이 처박힌 남자가 간신히 말했다.

그런 건 건너뛰고! 사내들이 남자의 머리를 발로 비벼댔다.

무슨 말인지 모르겠어요.

남자의 머리카락 사이에서 고름 섞인 피가 흘러나왔다. 피고름이 카펫을 적셨다.

진정성이 없군. 알고도 모른다는데. 재킷이 말했다.

전 지금 상당히 진정합니다. 남자가 울먹였다.

개새끼, 아직도 정신을 못 차렸군.

일단 사인 먼저 받아. 장갑이 재킷에게 명령했다.

사인해! 재킷이 안주머니에서 문서를 꺼내 남자의 눈앞에 들이밀었다.

이봐, 펜을 줘야지. 이번에는 장갑이 안주머니에서 펜을 꺼내 남자의 손에 쥐여줬다.

이게 뭔데요? 남자는 얼떨떨한 표정으로 문서를 바라봤다.

계약서의 일종!

무슨 계약인데요?

우리도 몰라. 전달받았을 뿐이야.

누구한테요?

거기까진 몰라, 전달받았을 뿐이라고 했잖아!

그들을 지켜보던 오리가 자리에서 벌떡 일어나 입구 쪽으로 뛰어갔다. 돼지도 오리를 따라 뛰었다. 오리가 발판 위에 넘어져 있는 남자를 일으켜세웠다. 돼지가 재빨리 움직여 남자의 팔을 부축했다. 그들을 보고 있던 두 사내가 고개를 갸웃거렸다.

이것들은 또 뭐지? 재킷이 물었다.

아무려면 어떤가? 오리와 돼지를 지켜보던 장갑이 사태를 파악했다는 듯 대꾸했다.

괴력인데?

일이 쉬워지겠군. 장갑이 킬킬거렸다.

두 사내는 시선을 돌려 내가 있는 쪽을 바라봤다. 나는 자리에서 꼼짝하지 않고 그 광경을 지켜봤다. 멀찌감치 서 있던 종업원이 손뼉을 치며 그들에게 다가갔다.

여기서 이러면 안 됩니다. 피고름이 바닥에 묻습니다. 바닥이야 닦으면 되지만 카펫은 그렇게 할 수가 없습니다. 그럼 손님께서 다음에 여기에 방문했을 때 피고름으로 얼룩진 카펫을 피고름이 묻은 줄도 모르고 밟게 되는데 괜찮으신지요? 게다가 이렇게 입구를 막고 있으면 다른 손님이 들어올 수도 나갈 수도 없습니다. 지금은 다른 손님들이 취해 있거나 다른 생각에 빠져 있는 상태라 크게 상관이 없지만 다음에 이곳을 방문했을 때 당신 같은 손님 때문에 여기에 서서 나가지도 들어오지도 못하면 어떻게 하시겠습니까?

음, 무슨 말인지는 모르겠지만 상당히 설득력이 있군. 사내들은 종업원의 말을 귀기울여 듣더니 고개를 끄덕였다.

일단 철수! 사내들이 동시에 외치고는 식당을 빠져나갔다.

오리와 돼지가 남자를 데리고 자리로 돌아왔다. 나와 눈이 마주친 남자는, 아니 일영은 머쓱하게 미소 짓더니 내 옆에 앉았다.

발판이 저렇게 낡았는데 왜 그냥 놔두는 거죠? 돼지가 코끝을 찡그리며 말했다.

자네, 괜찮은 건가? 오리의 목소리는 한없이 상냥했다.

일영이 괜찮다는 듯 고개를 끄덕였다.

일을 해야 하는 사람은 언제나 몸을 조심해야 한다네. 살짝만 미끄러져도 몸이란 쉽게 탈이 나는 법이야. 내가 그러지 않았나. 기억하지? 그 때문에 내가 부탁한 게 있지 않았나. 오리가 일영의 눈치를 살폈다.

아이, 엄마는 별걱정을 다 하세요. 형부가 알아서 해결해주실 텐데요. 돼지가 콧소리를 냈다.

그렇구나, 내가 별걱정을 다 하는구나. 오리가 입가에 손을 대고는 호호 웃었다.

형부, 우리에게 무엇을 시켜주실 거예요? 돼지는 일영이 잘 볼 수 있도록 메뉴판을 들이밀었다.

자네가 오면 같이 먹으려고 지금까지 기다렸다네. 그래, 무엇을 시킬 건가? 오리가 물었다.

일영은 가면 같은 얼굴에 미소만 떠올릴 뿐 아무런 말도 하지 않았다. 돼지는 양손을 가슴 앞에 그러모으고는 일영을 바라봤다. 오리는 일영에게 보이려고 엄살을 떨면서도 동시에 미소를 머금었는데 정말로 어디가 아픈지 길게 붙인 속눈썹이 파르르 떨렸다. 테이블 건너 옆자리에서 부부가 언성을 높였다. 술에 취한 부부는 각자 말하느라 서로의 말을 듣지 않았다. 그들도 자기가 무슨 말을 하는

지 알지 못하는 것 같았다. 창밖의 아이는 불빛에 일그러진 얼굴을 유리창에 대고 있다가 갑자기 플래시램프 뒤로 숨더니 검은 덩어리처럼 움직여서 어둠 속으로 들어갔다.

참으로 버릇이 없구나. 제멋대로인 자식을 건사하느라 부모는 늘 병원에 신세를 져야 한단다. 오리가 혀를 찼다.

천장에 걸린 조명등 불빛 때문에 액자 안에서 두 개의 공간이 겹쳐졌다. 신사가 앉아 있던 자리에는 아무도 없었다. 등을 보인 채 앉아 있던 남자도 사라지고 없었다. 식당 안에는 붉은 머리 여자가 홀로 앉아 있었다. 나의 모습이 그 위에 겹쳐졌다. 나는 여자가 있던 곳에 앉아 있었다. 그때 명치끝에서 기다란 팔 하나가 쑥 빠져나왔다. 그리고 오므리고 있던 손가락을 펼쳤다. 나는 손가락이 가리키는 곳을 바라봤다. 유리창 너머는 조금 전까지 내가 있던 곳이었다. 일영이 메뉴판 한가운데를 손가락으로 짚었고, 오리와 돼지는 일영의 손이 가리키는 곳을 따라 고개를 움직였다. 조명을 받은 그들의 모습은 윤곽이 흐릿하게 번져 보였다. 그들 너머 유리창 밖에서 겁에 질린 검은 개가 으르렁거리고 있었다. 과한 조명 때문에 개는 흰 갈기가 있는 검은 형상처럼 보였다. 공포에 찬 눈으로 이쪽을 들여다보던 개가 갑자기 맹렬한 기세로 짖기 시작했다. 나는 출구를 찾으려고 주위를 살폈다. 출입구는 그림 밖으로 밀려나서 보이지 않았다.

자, 이제 무엇을 먹을 거죠?

어디서 나는 소리인지 확인하려고 두리번거리다가 나는 아직까지 한 번도 먹어보지 않은 어떤 음식에 관해 설명하려고 노력했다.

하지만 그 음식이 무엇인지 생각이 나지 않았을뿐더러 말이 되어 나오지도 않았다. 어딘가에서 낄낄낄낄, 웃는 소리가 들려왔다. 명치에서 튀어나온 손이 가늘게 떨리고 있었다. 그 끝에서 검은 구멍이 이를 드러냈다. 처음에 그것은 웃는 소리 같았는데 비명 같기도 했다.

| 작가노트 |

우연한 만남

삼 년 전 겨울이었다. 우리 넷은 이 주에 한 번 경복궁역 근처에서 만났고, '오스만 거리 102번지'라는 강독 모임에 참여했고, 그런 다음에는 술을 마셨다. 친구 중 하나가 맛집 탐방을 내세워 가보자고 제안한 조개찜 식당은 경복궁역에서 무려 9.8킬로미터나 떨어진 곳에 있었다. 강을 건너야 했다. 어물쩍거리는 우리 셋을 나머지 하나가 이끌었다. 셋은 어리둥절해져서 나머지 하나의 뒤꽁무니를 좇았고, 나머지 하나는 흥에 겨워 조개찜에 관해 알고 있는 지식을 늘어놓았다. 넷이 버스에 올라탔다. 친구는 맛집 블로그에 나와 있는 지도를 보고 골목을 홱홱 꺾어 들어가더니 '골목길'이라는 상호의 조개찜 식당을 찾아냈다. 그런데 그곳은 내게 낯설지 않았다. 회사에 다니던 때 직원들과 자주 들렀던 곳이었다. 본부장은 그곳에서 늘 닭볶음탕을 시켰기 때문에 나는 그곳이 닭볶음탕집인 줄 알았는데 그날 조개찜 전문점이라는 것을 알게 됐다. 이곳에 몇 번이나 와본 적이 있다고 말하자 셋은 조금 놀라는 체하다 말고는 그런 일은 매일 벌어진다고 했다.

평소 우리가 다니던 곳에서 멀리 떨어져 나왔다는 생각 때문인지, 연말의 분위기 때문인지 우리는 조개찜을 시켜놓고 잔뜩 신이 나서 줄곧 떠들어댔다. 옆자리에 앉은 사람들이 간혹 우리를 힐끔거렸다. 그날따라 우리는 강독 모임의 다른 회원이었던 K의 징징거리는 목소리를 흉내내며 이야기했는데 왜 그랬는지는 모르겠다. 흉내내는 모습이 재미있어진 우리는 그뒤로도 계속 그 목소리를 흉내냈다. 우리가 낄낄거리며 K의 이름을 떠벌리고 있을 때 갑자기 식당 문이 열렸다. 또각또각 발소리가 들렸고, K가 식당 안으로 걸어 들어왔다. 그리고 K는 우리 옆자리에 앉아 있던 일행과 동석했다. 마치 제 얘기를 하고 있었다는 것을 이미 알고 있다는 듯, K는 우리를 향해 고개를 한 번 까딱이고는 시선을 돌려버렸다. 우리는 너무 놀란 탓에 경직된 얼굴로 어버버, 인사하고, 조개찜을 먹는 둥 마는 둥 어버버버거리다가 주섬주섬 짐을 챙겨 식당 밖으로 빠져나왔다. 어떻게 이런 일이, 어떻게, 어떻게 이런 우연이, 라는 말을 반복하는 것 외에는 달리 할말이 없었다. 9.8킬로미터나 떨어져 있는 아무런 연고도 없는 곳에서 K의 이름을 말했을 때, K가 걸어들어온 것이었다.

지금까지 우리, 미행당하고 있었던 것 아니야? 그럴 리가! 우연이라면 이렇게 기막힌 우연이 있을 수 있나? 아무리 우연이라도 이건 좀 말이 안 되잖아! 아무래도 우리, 감시당하는 것 같아! 우리는 식당 밖에서 아무 말이나 막 내뱉었다. 마음이 조금 가라앉을 때쯤 우리 중 하나가 의기양양하게 외쳤다. 너무 놀라서 오히려 자연스러웠어! 둘은 그 말에 동의했다. 아니야, 이런 상황에서 자연스럽게 행동했다면 그건 부자연스러운 거야. 나머지 하나는 동의하지 않았고, 넷은 동시에 시무룩해졌다.

그때 나는 '우리는 K에 관해 이야기했고, 그러자 K가 식당 안으로 걸어들어왔다'라는 문장을 휴대폰 메모장에 입력해놓았다. 이런 우연은 너무 작위적이라 소설에도 못 써! 투덜거리면서도 메모는 계속 이어졌다. 그는 돈벼락을 맞고 싶다고 생각했고, 그러자 복권에 당첨되었다. 노인이 결혼하고 싶어했는데 갑자기 상대가 나타났다. 이런 식의 문장은 묘하게 경쾌하면서도 허무했는데 「한밤의 손님들」은 이 문장에서 시작됐다.

'그들이 일영에 관한 이야기를 하자, 일영이 식당 문을 열고 들어왔다.' 허무해하며 메모했던 문장이 일영(남자)과 두 사내가 식당 문을 열고 들어오는 장면으로 바뀌자 좀 통쾌한 기분이 들었다. 그 외에는 생각해놓은 것이 별로 없었기 때문에 이야기가 어떻게 전개될지 알 수 없었고, 알 수 없었기 때문에 궁금했다. 궁금해서 계속 썼다. 그러면서도 내용이 불연속적으로 끊어지고 불연속적으로 이어지기를 바랐는데 그래서 그런지 초고를 완성했을 때 그것은 나만 알아볼 수 있는 기호처럼 느껴졌다. 지금보다는 좀더 경쾌하고, 좀더 무슨 말인지 모를 소설이었다.

노트북 배경화면도 자주 바뀌었다. 처음에는 에드워드 호퍼의 〈밤을 지새우는 사람들〉을, 다음으로는 프랜시스 베이컨의 〈개와 함께 있는 남자〉를 깔아놓았다. 두 작품은 작가도, 세계도 달랐지만 내게는 다르지 않아 보였다. 〈밤을 지새우는 사람들〉에서 유리에 갇힌 사람들이 도시의 밤거리에 불쑥 들어와 있었다면 〈개와 함께 있는 남자〉에서 개는 지하로 연결되는 검은 구멍을 보고 있었다. 개는 알 수 없는 어떤 세계의 문 앞에서 두려워하는 것 같았고, 그것은 우리의 일상처럼 보였다.

결말 부분을 여러 번 다시 썼지만 모두 마음에 들지 않았다. 삼년의 시간이 쌓이는 동안, 나는 이 소설의 결말 부분을 바꾸고, 그림 부분을 보강했다. 처음보다 조금 덜 매력적이었지만 이번에는 끝이 났다는 생각이 들었다. 그리고 나는 우연이 생성하는 어떤 힘을 믿는다.

| 해설 |

닫힌 그림 앞에서

이재경

여기에 사건이랄 만한 것은 없다. 인물들이 등장하고 대사가 오가지만 진척과 변화의 기미는 느껴지지 않는다. 경멸스러운 가족은 그 경멸스러움을 시종일관 유지한 채 지긋지긋한 잔소리를 늘어놓을 뿐이고, '나'는 늘 그래왔다는 듯한 익숙함으로 무시하며 자기 자신에 침잠할 따름이다. 심지어 '나'의 남편이 뒤늦게 식당에 도착할 때 벌어지는 소동마저도 대수롭지 않게, 마치 없었던 일인 양 취급된다. 이 소설의 시작과 끝 사이에 발생하는 변동이란 미미한 수준에 불과하며, 전체적인 외양은 철저히 정적인 것으로 남는다. 읽기는 사건의 흐름을 따라가는 것이기보다 차라리 장면의 양태를 들여다보는 것에 가까워진다. 시선을 옮겨가며 구도를 조감하고, 세부를 살피며, 전후를 짐작한다. 집중과 분산을 몇 차례 반복하다가는 다시 물러나 바라본다. 하나의 이미지에서 출발하여 다시 그 이미지로 응축되는 소설. 에드워드 호퍼의 작품《Nighthawks》을 모티프 삼은 최정나의 「한밤의 손님들」은 이렇게 회화에 대한 소설인 동시에 회화적인 소설이 된다.

어둠 속에 불 밝힌 식당이 보인다. 그러나 성급하게 안온한 휴식처 혹은 피난처 따위를 떠올리지는 않기로 하자. 당신이 들어서게 될 공간의 빛은 지친 몸을 달래기에는 지나치게 밝고 또 지극히 냉정하다. 마치 해부대 위로 적나라하게 내리쬐는 조명처럼 말이다. 이곳에서 당신은 전시되는 존재다. 윤곽선이 또렷해지고, 부위들은 도드라진다. 과장된 음영이 당신을 조금은 음울해 보이도록, 한편으론 다소간 희극적으로 보이게 한다. 썩 유쾌한 초대는 아니겠으나 좋든 싫든 최정나의 '손님들'에게 안내되는 장소는 바로 이러한 무대다. 인물들은 이와 같은 무대조명에 참으로도 걸맞은 모습으로 그려지는데, '오리'와 '돼지'로 칭해지는 엄마와 동생이 특히나 그러하다. 세상의 잣대에 철저하게 길들여져 속물성을 여과 없이 드러내는 이들의 민낯은 부끄러움과 수치심이라고는 전혀 알지 못하는 (것으로 여겨지는) '동물'과 별다를 바 없을 것이기 때문이다. 좀 더 자세히 들여다본대도 사정은 마찬가지여서, 남들 시선을 잔뜩 의식한 과도한 치장, 기껏해야 과장된 인조 속눈썹과 분홍빛 손톱 같은 것들만을 확인할 수 있을 따름이다. 허울뿐인 가족의 모습을 연기하는 옆 테이블 사람들 또한 크게 다를 것이 없어 보인다. 아이가 사라지건 말건 아랑곳 않고 저 자신을 토로하는 데 여념이 없을 뿐. 참을 수 없이 평면적인 이들 군상 가운데 깊이를 가진 대상은 오로지 '나'뿐인 듯한데, '나'의 응시가 가닿는 곳은 벽면에 걸린 액자—일종의 그림 속 그림—이다. 여기에 투영되는 의식이 이 정적인 소설 구조에 내적 운동성을 부여한다.

'나'는 경멸스럽고 속물적인 눈앞의 대상들을 애써 차단한 채 호퍼의 그림 속으로 빠져들어 상상을 펼친다. 중절모 쓴 익명의 남자들은 남편 혹은 내연남이 되고, 그들은 '나'의 불안과 불만, 환상과 낭만을 반영하며 그림 위로 움직인다. 식당이 뿜어내는 과한 빛의 이면에서는 파트너 몰래 이루어지는 연애들이 교차하고, 짙은 어둠으로부터 정체불명의 사내들—호퍼가 좋아했다던 헤밍웨이의 「킬러들(The Killers)」을 연상시키는—이 튀어나와 한 편의 누아르를 연출하기도 한다. 한데, 그림 위의 무대에서 상연되는 이 환상은 저 천박한 속물들을 멸시하고 부정하는 자의 것이라기에는 너무나도 보잘것없지 않은가. 이 상상은 가장 통속적으로 소비되곤 하는 서사인 불륜과 범죄의 외장을 두르고 있을뿐더러, 그나마도 '소울메이트를 믿어?' 따위의 빤한 말을 주워섬기기 바쁜 남자와의 시시한 외도, 껍데기만 남은 결혼이라는 계약으로부터의 우스꽝스러운 도피 게임 이상이 되지 못한다. 판타지가 되기에는 지나치게 현실적이고, 진정성을 담기에는 지나치게 수동적인 '나'의 환상은 엄마와 동생의 목소리로 상징되는 현실성과 속물성에 부단히 침식당하고, 자기 자신을 주인공으로 삼지 못한 채 상대 남자들만을 주체로 상상한다.

"어둠에 불빛이 껴든 것인지, 불빛에 어둠이 껴든 것인지"(213쪽) 모호해지는 이 조명 속에서 새로운 무언가를 창출하기란 요원해 보인다. 속물적 대상과의 구별 짓기는 무력화되고, 현실과 꿈의 경계 역시 무의미해진다. 소설은 현실과 그로부터의 탈피가 만들어내는 교섭 관계를 매력적으로 연출하지만 종국에는 이를 생산적 운동이 아닌 소모적 반복으로 귀결시킨다. '나'의 그림 속 상상은 결국 실제의 공간과 자연스럽게 맞물리면서 그림과 정확히 같은 모습을 한 현실의 프레임에 완강히 갇히고, 끝내 깊이를 제거당한 한 장의 평면화로 남는다. 그렇게 박제된 모습 그대로 이 모든 것은 같은 식으로 반복되어왔을 것이고, 반복되고 있으며, 앞으로도 반복될 것이다. 극성스러운 가족의 간섭, 상대만 바뀐 '소울메이트'와의 기만적 만남이 그러할 것이고, 매번 머리에 상처를 입고 불려나오는 남편 역시 그러할 것이다. 진짜 욕망이란 존재하지 않는 이 속물들의 식당에서 모두가 눈치를 보며 메뉴판을 서로에게 돌리는 일은 계속 되풀이될 것이다. 누군가 뭐라도 선택해주길 기다리면서. 그리고 출입구가 제거된 이 닫힌 구조의 세계에 고립되어 점차 자신을 잃어갈 것이다. 호퍼의 그림 속 인물들을 두고 한 시인이 말했던 것처럼, 그들은 "배역(配役)을 상실한 등장인물처럼, 이제 기다림의 공간 속에 홀로 갇힌 존재들이다. 그들에겐 특별히 가야 할 곳도, 미래도 없다"(마크 스트랜드, 『빈방의 빛: 시인이 말하는 호퍼』, 박상미 옮김, 한길사, 2016).

> 어딘가에서 낄낄낄낄, 웃는 소리가 들려왔다. 명치에서 튀어나온 손이 가늘게 떨리고 있었다. 그 끝에서 검은 구멍이 이를 드러냈다. 처음에 그것은 웃는 소리 같았는데 비명 같기도 했다.(237쪽)

작품 끝에서 들려오는 이 웃음과 비명은 그림에 갇힌 자의 것이기도, 그림을 그린 자의 것이기도 하다. 전자라면 반복의 굴레에서 헤어나오지 못하는 처지에 대한 자각일 것이고, 후자라면 무한 루프에 빠져 허우적대는 이들을 관조하는 자의 감상일 것이다. 그러나 누구의 것이건, 쓴웃음을 지으며 이에 동조하는 것으로 작품의 감상을 마쳐서는 아니 될 터다. 그것은 저 창백하면서도 매혹적인 식당의 불빛 앞을 서성이는 공모자의 반응 이상이 되지 못할 것이므로. 그러니 한발 더 물러서보자. 줄곧 시선을 사로잡는 저 불빛으로부터도, 고독한 표정의 인물들로부터도 몇 걸음 더 떨어져 그림의 소실점을 프레임 바깥으로 계속 끌고 가보자. 연장된 시선 쪽으로 어쩌면, 참다못해 식당을 뛰쳐나간 유일한 존재, 어둠 속으로 사라졌던 그 아이가 어디론가 걸어가고 있을지도.

이재경
2014년 문학동네신인상에 평론 「불가능한 해방—최근 장편소설에 나타난 '밑'의 아이들에 대하여」가 당선되어 등단.

박상영

알려지지 않은 예술가의 눈물과 자이툰 파스타

작가노트

한없이 평범한 날들

해설 노태훈

깨어 있는 꿈

—예술가의 정체성, 퀴어라는 장르

박상영

2016년 문학동네신인상에 단편소설 「패리스 힐튼을 찾습니다」가 당선되어 등단. 소설집 『알려지지 않은 예술가의 눈물과 자이툰 파스타』, 연작소설 『대도시의 사랑법』 『믿음에 대하여』, 장편소설 『1차원이 되고 싶어』, 산문집 『오늘밤은 굶고 자야지』가 있다. 허균문학작가상, 신동엽문학상, 2019년 젊은작가상 대상을 수상했다.

알려지지 않은 예술가의 눈물과 자이툰 파스타

오늘도 나의 일상은 평소와 다름없이 고요하고 지루하게 흘러가고 있었다. 나는 종로의 다 쓰러져가는 퀴어 영화 전문 제작사 사무실에 앉아 인터넷 파일 공유 사이트를 돌아다니며 검색창에 잠든 근육청년 탐하기, 를 쳐넣었다.

귀사의 701045번 게시글이 저희 제작사의 작품 〈잠든 근육청년 탐하기〉의 저작권을 침해하고 있어 삭제 요청드립니다.

해당 영화는 요즘 내가 담당하고 있는 작품이며 실은 작품이라고 부르기도 힘든 정도의, 제목 그대로 훈훈하게 생긴 청년이 섹스를 하는 것이 전부인 동영상이다. 제작 단계에서부터 사용되었던 '잠든 근육청년 따먹기'라는 주제의식을 명확히 내포한 제목은 영상물등급위원회의 반려로 인해 '잠든 근육청년 탐하기'로 수정되었고, 옆집 남자 같은 주연배우의 수수한 외모 덕분인지 게이들을 타

깃으로 하는 불법 파일 공유 사이트에서 큰 인기를 얻고 있다. 종로의 사무실에 앉아 곰팡내를 맡으며 저작권을 침해한 파일을 적발해내는 일이 내 오후 일과가 되어버린 지 오래였다. 내가 이러려고 죽도록 공부하고 돈 벌어 영화과를 나왔나, 자괴감이 들었던 시절은 옛적에 지나가버렸고, 제때 월급이 나오는 것만으로도 감사한 경지에 이르게 되었을 땐 내 나이 서른을 훌쩍 넘겨버린 뒤였다.

오후 세시, 뜻밖의 전화가 걸려왔다.

박미자 과장.

미자는 목소리가 크고 직설적인 성격 탓에 (비슷한 성정을 가진) 나와 대학생활 내내 싸웠고, 그러다 친해져 내 졸업 작품이자 첫번째 장편영화의 프로듀서를 맡기까지 했다. 그녀는 해당 작품이 완성될 때쯤 "정말 더럽고 치사해. 너랑은 더이상은 못해먹겠다"고 선언하며 기세 좋게 나를 버리고 대기업 멀티플렉스 체인에 입사했다. 불도저 같은 성격 덕분인지 그후로 고속 승진을 거듭해 다양성영화 사업부의 최연소 과장이 되었다. 내게는 몇 남지 않은 영화계 인맥이자 술친구이기도 했다. 핸드폰 너머의 박미자는 특유의 빠르고 부정확한 말투로 자신의 용건을 늘어놓았다.

관객 수가 적어 골칫거리로 전락한 신도시 P의 지점을 살리기 위한 부흥책으로 영화감독 K의 20주기 회고전이 열린다, 생전에 크게 주목받지 못했던 K는 시대를 앞서간 촬영 기법과 모던한 인물 묘사로 최근 영화평론가들 사이에서 재평가받고 있다, 오늘은 K감독의 대표작 〈연인〉을 상영한 후 GV 행사가 예정되어 있다, 메인 게스트는 힙스터 영화감독 다니엘 오. 모더레이터로 섭외해두었던 영화평론가가 행사 다섯 시간 전 급체를 핑계로 펑크를 내버리자 박미자는 자신의 가장 만만한 친구이자 예술계 종사자이기도 한 나를 떠올렸다고 했다.

사람 살리는 셈 치고 제발 와주라.

싫어. 내가 뭐라고 거기에 나가.

너? 영화감독. 영화제 본선에도 진출한.

육 년 전 처음이자 마지막 장편영화를 끝으로 영화계에서 완벽히 묻혀버린 내가 영화감독이라고? 우리 미자가 많이 급했구나.

헛소리하지 마. 안 돼. 나 K감독 영화 한 번도 본 적 없단 말이야.

영화야 와서 보면 되지. 질문지는 내가 대충 만들어놓을게. 너는 그냥 평소처럼 아무 말이나 떠들면 돼.

너 내가 오감독 얼마나 싫어하는지 알잖아. 나 못 가.

알아. 당연히 알지. 그러니까 이렇게 부탁하는 거야. 제발.

내 영화를 찍을 때, 서류를 꾸며 영진위의 지원금을 받을 수 있게 해준 것도, 전국 각지의 온갖 독립영화제에 내 작품을 출품해준 것도 모두 미자였다. 주저하는 기미를 눈치챈 미자가 외쳤다.

공짜 관람권 줄게. 스무 장.

서른 장.

그래. 공짜 표 서른 장에, 뒤풀이까지 책임질게. 부탁이야.

알았어. 언제까지 가면 돼.

일곱시에 상영 시작이니까 조금만 일찍 와. 올 때 친구들 좀 데려오고. 자리 텅텅 비어서 행사 망하게 생겼어.

*

신도시 P는 다른 많은 계획도시들처럼 깨끗하고 사람이 없었다. 반듯반듯한 도로를 지나 멀티플렉스 P지점의 건물 앞에 서자, 왕샤가 손을 흔드는 모습이 보였다. 그는 언제나처럼 딱 붙는 트레이닝복 바지에 민소매 티셔츠 차림이었다. 아마도 필라테스를 하다 온 것 같았다. 내 갑작스런 영화 초대에 응해준 친구는 왕샤뿐이었다. 일 년 전, 갑자기 항공사 승무원이 되겠다고 잘 다니던 농협을 때려치운 뒤로는 쭉 놀고 있는 그였다. 승무원 아카데미와 외국어 학원을 전전하며 외항사 입사를 준비했으나 삼십대 중반의 나이 때문인지 번번이 미끄러졌고, 최근에는 중독에 가까울 정도로 필라테스에 빠져들어 하루종일 필라테스 센터에서 살았다. 왕샤가 다니는 센터가 P시와 멀지 않은 게 다행이었다. 안 보던 사이 왕샤의 얼굴은 많이 수척해져 있었다. 면도를 하지 않았는지 덥수룩하게 수염까지 나 있었다. 언제나 깔끔했던 모습과는 사뭇 달랐다.

와줘서 고마워. 근데 너 왜 이렇게 얼굴이 내렸냐.

응. 요즘 카타르 항공 준비하느라 살 빼고 있어. 거긴 좀 샤프한 걸 선호한대.

왕샤가 시계를 보더니 내 손을 잡았다. 늦었다. 우리는 상영관을 향해 달렸다.

박미자의 우려와는 달리 영화관은 만석이었다. 힙스터 오감독과 염문설이 있었던 남성 아이돌의 팬들이 상영 직전에 단체로 표를 구매한 것 같다고, 미자가 귀띔해주었다. 상영관 앞으로 가자 오늘 GV 행사의 주인공인 오감독이 서 있었다. 육 년 전 인권영화제 때 이후로 처음 보는 것이었다. 당시 최종까지 경합을 벌였던 내 작품을 제치고 오감독의 영화가 작품상을 수상했었다. 그의 수상작은 대형 배급사를 통해 정식 개봉했으며 평단의 소소한 주목을 받았다. 이후로 그는 사회적 약자를 대상화하는 최루성 상업 장편영화를 한 편 더 찍어 보기 좋게 망했다. 그대로 묻혀버리는 것 같았던 그는 최근 다니엘 오라는 정체불명의 이름으로 개명한 후 SNS에 온갖 잡스러운 구절과 감성적인 사진들을 올리며 힙스터 예술가의 이미지를 구축해 재기를 노리고 있었다. 깔끔하고 매끈하던 SNS 속 사진과는 달리 육 년 만에 본 오감독의 실물은 수척하고 나이들어 있었다. 나와 다섯 살 차이가 나는 중년의 나이인 걸 생각해보면 그에 걸맞은 모습이기는 했다. 오감독이 고개를 까딱하며 인사를 건넸다.

오랜만이네요. 박감독.

그러게요. 진짜 오랜만이네. 전 다니엘이라고 해서 아이돌 이름인 줄 알았잖아요. 오감독님이신 줄은 몰랐네. (실은 알고 있었지만.) 가명이신 거죠? 예명이라고 해야 하나.

사주를 봤는데 이름이 대성할 기운을 막는다고 해서요. 기운이 좋은 이름으로 바꿨어.

점쟁이가 지어준 이름이 다니엘이라고? 미국 출신 도사인가. 죽도록 촌스러운 본명을 콤플렉스로 여겨왔다는 것을 영화판 모두가 알고 있는데. 여차하면 아무 말이나 막 가져다 붙이는 성격은 여전한 것 같았다. 미자가 상영시간이 임박했다고 우리의 등을 떠밀었다. 오감독은 사람들의 시선을 의식하며 좌석 맨 앞줄 중앙석에 앉아 다리를 꼬았다. 왕샤와 나는 도망치듯 맨 뒷줄로 뛰어가 구석자리에 앉았다. 내가 왕샤의 귀에 대고 말했다. 저 감독이라는 놈이 저번에 내가 말했던 그 가짜 게이 새끼야.

왕샤의 눈이 커졌다. 영화가 시작됐다.

조도가 낮은 흑백의 화면에 언뜻언뜻 배우의 얼굴이 비쳤다. 영화가 시작된 지 삼십 분이 지났음에도 별다른 사건은 일어나지 않았고, 무의미한 대사가 계속 이어졌다. 이것이 영화평론가들이 말하는 모던한 지점인가. 더럽게도 지루하군. 도대체 이 영화에서 어떤 대단한 질문을 짜내야 할지 전혀 감이 오지 않았다. 차라리 야근을 하는 편이 낫겠어. 후회를 해보았지만 이미 늦은 일이었다. 내 옆에 앉은 왕샤는 고개를 앞으로 쭉 뺀 채 완벽히 영화에 몰입한 모습이었다. 언제나 바른 자세를 유지하던 왕샤가 흐트러진 모습을 보인 것은 오랜만이었다. 나는 병든 닭처럼 꾸벅꾸벅 졸다 깨기를 반복했다. 왕샤가 팔꿈치로 내 옆구리를 쿡쿡 찔렀다.

너 코 골아.

나는 아예 왕샤의 어깨에 머리를 기댔다. 왕샤가 한숨을 쉬더니 어깨를 뒤로 젖혀 내가 편하게 기댈 수 있게 해주었다. 불면증 때문에 자주 잠을 설치곤 했던 나에게 자신의 어깨와 허벅지를 내어주었던 왕샤였다. 왕샤의 목덜미에서 블루 드 샤넬의 향이 풍겼다. 왕샤가 요즘 가장 애용한다던 향수였다. 자이툰 부대의 막사에서 함께 지낼 때도 언제나 샤넬 향수를 뿌려대, 왕샤넬이란 별명을 붙여준 나였다. 그게 벌써 십 년 전의 일이라니. 그때의 우리는 삼십대의 우리가 이런 모습으로 살 것이라고는 상상조차 하지 못했다. 게다가 우리가 이런 관계로 남게 될 것이라고는 더더욱 생각지 못했고. 화면 속 주인공들은 어두운 다락방에서 몸을 포개고 있었다. 조악한 목조 지붕 틈으로 한줄기 빛이 새어들어왔다. 여자 배우가 손으로 한쪽 눈을 가렸다. 그녀의 손톱 끝에 빛이 맺혔다. 나는 화면 쪽으로 손을 뻗어 내 짧은 손톱을 바라보았다. 왕샤가 손을 들어 내 손을 꽉 잡았다.

이 모습, 이 감촉은 내가 너무나도 잘 알고 있는 장면이었다.

*

그날, 우리는 자이툰 부대의 컨테이너 막사에 함께 누웠다.

같은 조가 되어 밤새 경계 근무를 서고, 아침에 막사로 돌아와 몰래 숨겨온 술을 나눠 마신 상태였다. 둘만 남은 막사에서 누가 먼저랄 것도 없이 서로를 안았다. 키스를 했고, 침대에 누웠으며 깍지를 꼈다. 선풍기가 돌아갈 때마다 창문에 붙은 검은 종이가 작게 펄럭였고, 그 틈 사이로 작은 빛이 새어들어왔다. 그 빛을 통해 축축하게 젖은 왕샤의 입술과 가쁜 숨을 내뱉는 곧은 코, 속눈썹에 맺힌 땀, 반쯤 뜬 눈에 비친 내 얼굴이 언뜻 보였다. 그 어느 때보다도 고요했던 사막의 아침, 우리의 숨소리가 컨테이너를 가득 채웠다. 우리는 가늘게 눈을 뜨고 서로의 얼굴을 바라보다 동시에 사정을 했다. 숨을 몰아쉬며 좁다란 침대에 몸을 포개고 누웠다. 창문 틈으로 비치는 작은 빛줄기 때문에 눈이 부셨다. 나는 손을 들어 그 빛을 가렸다. 왕샤가 내 손을 잡았다. 우리는 한동안 그렇게 손을 맞잡은 채 누워 있었다.

먼저 손을 놓은 것은 왕샤였다.

이러려고 했던 건 아니었는데.

그의 말을 듣고 나서야 나는 비로소 내가 이 순간을 아주 바라왔다는 사실을 알게 되었다. 나는 이러고 싶었어. 이러려고 했던 일이었고 이러기를 간절히 바라왔던 일이었어. 처음부터 지금까지, 쭉.

*

자이툰 부대에 간 것은 순전히, 세상에 없는 퀴어 영화를 만들기 위해서였다.

내가 대학을 다니던 때에 한국의 독립영화 신에서 소소하게 퀴어 영화 붐이 일기 시작했다. 나는 퀴어 된 도리를 다하기 위해, 한국에서 개봉하는 거의 모든 퀴어 영화를 챙겨 봤으나 번번이 큰 실망에 사로잡혔다. 퀴어 영화들은 하나같이 과잉된 감정에 사로잡힌 신파이거나 투명할 정도로 정치적인 목적을 드러내고 있었고, 남성 동성애자의(즉, 나의) 현실과는 거리가 멀었다. 영화를 보다 없던 혐오감이 생겨날 지경이었다.

나는 혐오를 창작의 동력으로 삼아 태초의 무언가가 되기로 마음먹었다. 동성애를 훈장처럼 전시하지도, 대상화해 신파로 소모해 버리지도 않는 순도 백 퍼센트의 퀴어 영화를 만들리라. 나의 치기 어린 결심에 불을 지핀 것은 스페인 출신의 신예 감독 EL이었다. EL은 열아홉 살에 난생처음 장편 시나리오를 썼고 스물셋에 장편 영화를 완성했으며, 이듬해 칸영화제의 주역으로 화려하게 데뷔했다. 당시 스물몇 살의 학부생이었던 나는 그 마술 같은 설화에 홀려 세상을 뒤흔들 만한 영화를 찍어 동양의 EL이 될 것이라 마음먹었다. 그러나 아무리 용을 써도 세상을 뒤집을 만한 시나리오는 써지지 않았고, 내 속만 뒤집어졌다. 결국 나는 다른 많은 실패한 영화학도들처럼 군대로 도피하며, 언젠가 칸의 총아로 핫하게 데뷔하게 될 날을 기약했다.

일병 말엽, 생활관 게시판에 자이툰 부대의 파병 인원을 모집한다는 공고가 붙었을 때 두 번 생각하지도 않고 지원했던 것은 순전히 돈 때문이었다. 육 개월 파견시 천이백만원이 넘는 돈을 받게 된다고 했다. 그 정도면 단편영화 두어 편 정도는 너끈히 찍을 수 있을 것 같았고, 무리하게 돈을 끌어모으면 장편까지도 제작할 수 있을지 모른다는 생각이 들었다. 희망에 눈이 멀어버린 나는 행여 누가 재라도 뿌릴까 싶어 아무에게도 알리지 않은 채 이라크의 자이툰 부대에 지원해 선발됐다.

파병 직전에 경기도 광주에서 한 달간의 교육이 이뤄졌다. 자이툰은 아랍어로 올리브를 뜻하며, 평화와 재생을 상징한다. 자이툰 부대원들은 그곳에서 주둔지를 건설하거나 마을 재건 작업에 투입되어 평화와 재생에 앞장서게 된다. 말이 좋아 평화와 재생이지 무한 노가다의 장이 될 것 같다는 불길한 예감이 들었다. 내 예감이 적중하는 데는 오랜 시간이 걸리지 않았다.

자이툰 부대에서 내가 배치된 곳은 벽화 제작 특수 분대였다.

군대 내 다른 모든 일들이 그렇듯, 발단은 간부의 한마디였다. 주둔지를 둘러싸고 있는 커다란 방공호 외벽을 본 연대장이 "어째 방호벽이 좀 썰렁한 것 같은데" 지나가듯 한마디를 던지고 간 후 부대는 비상사태에 돌입했다. 소대장은 미대생들을 모아 벽화를 그리라는 지시를 내렸고, 신규 파병 인원 중 미대생 색출 작전이 시작되었다. 이백 명이 넘는 사병을 모두 뒤져봐도 정식 미술 전공자는 세 명에 불과했고, 커다란 방호벽을 가득 채우기는 역부족이었다. 때문에 미술이 아닌 범예술 전공자들로 범위를 넓혀 총 다섯 명으로 벽화 제작 특수 분대가 급조되었다. 나는 영화를 전공했다는 이유로 그곳에 차출되었다.

분대의 첫번째 프로젝트에는 총 나흘이 소요되었다. 말이 좋아 프로젝트지, 부대 내에 있는 다섯 색깔의 페인트를 던져준 뒤, "일주일 안에 방호벽을 가득 채울 만한 그림을 그려내라" 명령한 것에 불과했다. 미술 전공자 셋이 모여 토의한 결과 연대장의 연령대에 맞춰 꼰대풍의 풍경화를 그리는 게 좋을 것 같다는 결론이 삼십 초 만에 내려졌다. 밑그림을 구상한 것은 서양화 전공의 C였고, 산업디자인 전공의 A가 색 지정을 했으며 애니메이션학과생인 B가 채색 작업을 맡았다. 키가 크고 나이가 많은 분대원과 내가 다섯 개의 페인트를 섞어 새로운 색깔을 만드는 역할을 맡았다. 그때 우리는 다섯 가지의 색깔로 세상의 거의 모든 색을 만들어낼 수 있다는 것을 배웠다. 속전속결로 완성된 우리 분대의 첫번째 작품은 누가 봐도 어설픈 밥 로스풍의 풍경화였다. 그러나 꼰대 감성을 저격하고자 했던 기획 의도가 적중했는지 연대장은 매우 만족한 눈치였다. 지나가는 말을 찰떡같이 알아듣고 연대장의 취향을 저격하는 그림을 얻게 된 참모진은 이내 우리 벽화 제작 분대를 정식 분대로 출범시키기로 결정했다. 자이툰 부대의 주된 목적은 전쟁으로 인해 파괴된 이라크 시내를 재건하는 것이었고, 벽화야말로 그런 재건 사업의 본질을 보여주기에 너무 좋은 수단이었던 것이다. 그렇게 경비대 소속의 벽화 제작 분대가 정식으로 출범되었다.

벽화 제작 분대는 모두가 일병이었고, 단 한 명을 제외하고는 모두 스물셋 동갑이라는 공통점이 있었다. 미대생 분대원들은 다른 거의 모든 스물세 살의 이성애자 남자들처럼 별 대단할 것도 없는 자신의 인생을 잘도 늘어놓았다. 나는 당연히 그들이 떠들어대는 신입생 시절의 무용담이나 여자 얘기 같은 것에 별로 흥미가 없었다. 그러나 어찌됐건 그들과 동고동락해야 하는 처지였고, 그래서 입대 전에 짧고 굵게 겪었던 단발성의 만남들을 상대방의 성별만 바꾼 채 떠들어댔다. 그렇게 우리가 가상의 연대감을 만들어가는 동안에도 단 한 명, 키가 크고 나이가 많은 분대원은 입을 꾹 다물고 있었다. 그는 어깨가 넓고 몸이 탄탄한데다 눈썹 뼈가 튀어나온 매서운 인상이라 예대생이라기보다는 체대생이나 무도인에 가까워 보였다. 게다가 나이까지 많으니 다들 그를 조심스러워했다. 그는 왕, 이라는 꽤 특이한 성(姓)을 가지고 있었다. 궁금한 걸 속에 잘 못 담고 있는 나로서는 이렇게 물을 수밖에 없었다.

거기 왕형은 혹시 중국인이신가요?

응. 화교야.

진짜로?

아니. 중국인이 여기에 어떻게 와.

개그 감각이 독특하다는 것 말고도 왕에게는 몇 가지 특이한 점이 있었는데 가장 이상한 건 향, 이었다. 그에겐 일종의 결벽이랄까 과도한 청결에 대한 집착 같은 게 있어, 일과를 마치고 와서는 단 일 초도 지체하지 않고 샤워를 했으며, 매번 보디 클렌저로 속옷까지 함께 빨았다. 그것도 모자라 맨몸에 데오도란트와 독한 향수까지 꼼꼼히 뿌려대는 그의 모습을 보면서 나는 제를 관장하는 제사장의 경건함이랄까 신성의 경지까지 느낄 수 있었다. 나는 왕이 건조기에 빨래를 돌리러 나간 사이 수통처럼 생긴 금속성의 향수병을 슬쩍 훔쳐보았다. 샤넬 알뤼르 옴므 스포츠. 샤넬에서 남자 물건이 나오는지도 몰랐네. 데오도란트까지 샤넬 것인 걸로 봐서는 대단한 샤넬 마니아인 것 같았다. 나는 그에게 왕샤넬이라는 별명을 붙여 대중에 공표했다.

처음에 나는 왕샤와 가까워질 것이라고는 상상조차 하지 못했다. 표면적으로는 그의 큰 키와 넓은 어깨, 비정상적으로 긴 팔다리 탓에 옆에 서면 위축되는 기분이 들기 때문이었고, 실은 그에게 성적인 끌림을 느꼈기 때문이었다. 성적 긴장이라는 것은 티 내지 않으려 해도 익어가는 밥통처럼 냄새를 풍기기 마련이었다. 나는 안간힘을 다해 바짝 긴장하고 그와 거리를 유지하려 노력했다. 그러나 나도 모르게 그를 빤히 쳐다보고 있는 경우가 많았고, 더러는 눈이 마주쳐 황급히 시선을 피하는 경우도 있었다. 왕샤도 묘하게 쌀쌀맞고 경계하는 듯한 태도로 나를 대했다. 하긴 그 무렵의 왕샤는 나뿐만 아니라 모두에게 거리를 둔 채 극도로 말을 아끼기는 했다.

우리의 주된 업무는 주둔지인 아르빌 근교의 재건된 학교를 돌며 담벼락에 벽화를 그리는 것이었다. 그곳의 주민들에게 자이툰 부대의 이미지는 아주 좋은 편이었다. 우리는 마치 한국전쟁에 파병됐던 미군들처럼 보급 물자를 들고 가 그곳의 아이들에게 나누어 주었다. 아이들은 우리가 차를 세우기도 전에 이미 담장 밖으로 뛰어나왔다. 벽화 제작 병사들을 보호하기 위해 열다섯 명이 넘는 특전사 경호병들이 투입되었다. 현지 아이들과의 접촉은 비교적 느슨하게 금지되었다. 경호병들이 완전무장을 한 채 우리 곁을 둘러싸고 있었기 때문에 우리는 주둔지에서 가지고 온 과자들을 던지듯 나눠줄 수밖에 없었다. 우리 앞에서는 언제나 무표정했던 왕샤는 아이들 앞에서만큼은 날것의 미소를 보여주었다. 나는 치아가 삼십 개쯤 드러나는 그 환한 미소를 먼발치에서 멍하니 바라보곤 했었다. 왕샤는 아이들에게 쓸데없이 영어로 말을 걸고 이름을 물었으며, 경호가 느슨해진 틈을 타서 손을 잡거나 머리를 쓰다듬기까지 했다. 나는 속으로 어디다 애를 떼놓고 왔나, 생각했다. 아이들도 그런 호의적인 기색을 바로 눈치채고는 유독 왕샤를 따르는 모습이었다. 왕샤는 그런 아이들에게 한국 가요를 가르치곤 했다. 그가 가져온 MP3 플레이어에서 듀스와 터보, 소찬휘와 채정안의 노래가 줄줄 흘러나왔다. 건조하고 황량한 사막에 왕샤와 이라크 아이들의 노랫소리가 울려퍼졌다. 그러다 신이 날 때면 왕샤는 노래에 맞춰 춤까지 췄다. 걸어다니는 가요 사전처럼 그는 거의 모든 노래의 가사와 안무를 외우고 있었다. 아이들과 함께 어울려 노래를 부르고 춤을 추는 왕샤는 누구보다도 행복해 보였다. 나는 내 인생에서 왕샤처럼 진심을 다해 음악과 춤을 즐기는 사람을 본 적이 없고, 앞으로도 볼 수 있으리란 자신이 없다. 공자의 말처럼 즐길 줄 아는 자가 진짜 성공을 하는 것이라면, 왕샤는 스타가 됐어야 했다. 즐기는 사람은 그저 즐길 줄 아는 사람일 뿐이고 잘하는 사람은 그저 잘할 뿐이며, 정작 잘되는 사람은 따로 있다는 것을 그때는 알지 못했다. 왕샤가 아이들과 노는 사이 나머지 분대원들은 페인트가 마르길 기다리며 저마다 시답잖은 대화를 나누곤 했다. 주로 전역하고 난 후의 포부에 대한 이야기였다. 서양화 전공의 C는 한국으로 돌아가면 미대를 때려치우고 파스타 가게를 차릴 예정이라고 했다. 가게를 키워 프랜차이즈 브랜드를 론칭해 부자가 될 것이라는 허황된 포부까지 밝혔다. B는 미국으로 유학을 가 픽사의 애니메이터가 될 것이라고 했다. 나는 퀴어 영화를 찍어 칸영화제에 진출할 것이라는 꿈을 고백할 만큼 미치지는 않아서, 파병 수당을 대학등록금으로 쓸 것이라고 둘러댔다.

아르빌 시내에 벽화 제작 분대에 대한 소문이 난 건 순식간이었다. 생각보다 많은 학교에서 벽화 제작을 의뢰해왔고, 기껏해야 일주일에 이틀 정도였던 벽화 제작 빈도가 점점 늘어나기 시작했다. 애초에 우리의 보직인 경비병으로서의 의무를 다해야 했기에 우리는 매일 삼교대로 경계 근무를 섰고, 남는 시간에 시내로 건너가 벽화 작업을 했다. 분대원들 모두가 하루에 네 시간 이상을 자지 못하는 강행군이 계속됐다. 게다가 한 학교당 길어야 나흘 정도의 시간이 주어졌기 때문에 매번 새로운 그림을 그리는 건 거의 불가능했다. 결국 우리는 비슷한 캐릭터 도안을 몇 개 만들어, 누가 어느 곳에 배치돼도 쉽고 빠르게 그림을 그릴 수 있는 방식으로 바꾸기로 합의를 보았다. 그러나 결정적으로 도안을 선택하는 과정에서 분란이 일어났다. 애니메이션 전공의 B가 그려온 포켓몬 도안 때문이었다. 왕샤는 B의 도안이 그저 카피에 불과하며, 차라리 한국적인 캐릭터를 새로 만드는 편이 낫다고 주장했다. 서양화 전공의 C도 왕샤의 의견에 동조했다. 나와 B는 포켓몬은 캐릭터 도안을 찾기도 쉽고, 현지 아이들에게도 친근하게 다가갈 수 있어 문제될 게 없다고 주장했다. 왕샤는 우리만의 오리지널리티를 발휘하지 않을 거면 도대체 이 고생을 하며 벽화를 그리는 게 무슨 의미가 있냐고 했다. 나는 혼잣말처럼 중얼거렸다.

오리지널리티가 왜 나와. 여기까지 와서 예술하게 생겼나.

예술이 뭐 따로 있어? 나는 이것도 이라크 아이들과 교감하는 일종의 예술 작업이라고 생각하는데? 네가 순수예술을 한 게 아니라 그런지 잘 모르는 거 같긴 하다만.

뭐라고? 그러는 당신은 얼마나 순수하고 고매한 예술을 해오셨길래.

현대무용.

현대무용? 그거 바닥 기어다니면서 내가 개다 우기고, 검은 옷 입고 내가 점입니다 우기는 거 아냐? 그런 것만 소통이고 진짜 예술이라 이건가?

왕샤가 내 얼굴에 주먹을 날렸다. 나는 왕샤의 멱살을 잡아 밀쳤고 우리는 하나로 뒤엉켜 넘어졌다. 분대원들이 우리를 뜯어말렸다.

육탄전을 포함한 갈등 끝에 한국적인 요소가 담긴 창작 캐릭터와 포켓몬을 조합해 벽화를 그리는 쪽으로, 그러니까 양쪽 모두가 만족하지 못하는 구질구질한 결론이 났다.

며칠 후 새로운 근무 일정이 나왔고 왕샤와 내가 같은 조의 불침번으로 배정되었다. 밤새 완전무장을 한 채 구 킬로미터가 넘는 거리를 서로 의지해 걸어야 한다는 의미였다. 딱히 앙금이나 불만이 남아 있는 것은 아니었지만 어색한 기운을 어떻게 견딜지 막막한 기분이 들었다.

그날 밤 나와 왕샤는 군장을 한 채 묵묵히 방호벽을 따라 걸었다. 유령과 동행해도 이것보다는 덜 어색했을 것 같다는 생각을 하는데 어디선가 묘한 향이 나기 시작했다. 진한 시트러스의 향이었다. 사막에서는 낮밤을 가리지 않고 모래 폭풍부터 작은 토네이도까지 몰려오는지라 마스크를 눈 밑까지 올려 쓰고 그 위에 보급용 손수건을 복면처럼 두르고 다녔다. 그런 이중의 무장을 뚫는 향이라니. 도대체 얼마나 향수를 들이부어야 복면과 마스크 너머까지 향수 냄새가 전해질까. 거의 생화학 무기급의 파급력이었다. 나는 조용히 아, 향수 냄새, 라고 중얼거렸다. 딱히 왕샤를 향해 한 말은 아니었는데 왕샤가 마스크를 내리고 대답했다.

미안. 몸에서 계속 냄새가 나는 거 같아서.

나는 그에게 세상에서 가장 냄새와 거리가 먼 사람인 것 같다고 말했다. 왕샤는 고맙다고 대답했다. 딱히 칭찬은 아니었는데.

근데 왜 샤넬 향수만 뿌려? 거기서 남자 향수 나오는지도 몰랐네. 샤넬이 뭐 대단한 게 있나?

샤넬이니까. 나는 그런 게 좋아. 그냥 이름만 들어도 알 수 있는 거. 다른 걸로 대체될 수 없는 것들.

샤넬을 뿌린다고 네가 샤넬이 되는 건 아니지 않니, 말하려다 말았다. 뭔가, 촉이 왔다. 왕샤가 우리 쪽 사람 같다는 생각이 퍼뜩 들었다. 향수에 집착하는 헤테로섹슈얼이야 많고 많지만, 그의 포인트가 묘하게 게이스럽게 느껴졌다. 게다가 무용학과라잖아. 내가 편견에 입각한 게이 판타지에 젖어 정신을 못 차리고 있을 때, 거센 모래바람이 불어오기 시작했다. 바람의 반대 방향으로 고개를 돌린 채 눈을 감았다. 이내 바람이 잠잠해졌다. 총을 내려놓고 두르고 있던 손수건을 풀어 두어 번 흔들었더니 모래가 후두두 떨어져내렸다. 왕샤가 바닥에 모래 섞인 침을 뱉었다. 그리고 내게 말했다.

근데 웃긴 거 말해줄까.

안 웃기면 어쩌려고. 뭔데?

나 정말로 점이라는 주제로 공연한 적 있다? 베를린 탄츠 올림픽 나갔을 때.

그래. 그래야 네가 한국인이지.

죽고 싶냐. 근데 너 왜 나한테 반말해? 나이도 어린 게.

당신보다 보름 선임이라서?

미친놈.

원하면 형이라고 불러드릴게.

됐어. 그냥 부르던 대로 불러.

그럼 샤넬 추종자 왕샤넬이라고 계속 부르겠습니다.

왕샤는 실없이 웃었다. 웃을 때면 툭 튀어나온 광대뼈가 곧 터질 것처럼 부풀어올랐고, 그게 꽤 귀여웠다. 왕샤에게 왜 다 늙어 자이툰 부대에 지원했냐고 물었더니 새로운 경험을 해보기 위해 오게 됐다고 했다. 군대에 입대하기 바로 전까지 하루에 열네 시간씩 무용 연습을 하고 전 세계 거의 모든 콩쿠르에 출전하느라 아무것도 해본 게 없다고 했다. 나는 그가 보통의 가난하고 별 볼 일 없는 이십대들보다 열 배는 더 많은 경험을 한 것 같다는 생각을 했지만, 굳이 그 말을 하지는 않았다. 대신 다른 것을 물었다.

근데 왜 하필 현대무용을 한 거야? 흔한 장르는 아니잖아.

왕샤가 예술을 하게 된 것은 아버지의 뜻이었다. 그의 아버지는 가난한 집에서 고급 예술에 대한 동경을 가진 채 자란 전형적인 자수성가형 인간이었다. 그는 결혼한 지 칠 년 만에 얻은 귀한 외아들이 일상의 대부분을 성공에 저당잡혀버린 자신과는 다른 인생을 살기를 바랐다. 그 때문에 왕샤는 학교에 다니기 전부터 음악과 미술, 골프와 승마 등 각종 예체능 영재교육을 받으며 자랐으나, 결과는 모두 신통찮았다. 그런데 중학생 때 우연히 감상하게 된 현대무용 공연에서 신이 내린 듯한 계시를 받았다고 했다. 아버지를 졸라 뒤늦게 시작한 현대무용은 왕샤에게 새로운 길을 열어주었다. 가늘고 길쭉한 사지와 뛰어난 리듬감이 현대무용을 하기에 제격이었던 것이다. 그는 동양의 찰스 와이드먼이 되겠다는 포부로 하루에 열네 시간씩 연습을 했다. 과연 소질이 있기는 했는지 단기간에 입시를 준비한 것치고는 운이 좋게 서울에 있는 예고에 합격할 수 있었다. 불행은 그때부터 시작되었다. 가늘고 길쭉한 사지를 가진 정도로는 범상한 수준을 뛰어넘기 힘들었고, 노력만으로 얻을 수 없는 예술적 재능이 필요하다는 것을 깨닫게 되었을 땐 이미 늦어버린 상태였다. 부족한 것은 재능뿐만이 아니었다. 부친이 대기업의 임원까지 지낸 터라 평생 부족함을 느껴보지 못했던 왕샤는, 천문학적인 레슨비를 통해 자본주의의 무서움을 배웠다. 그는 예고와 예대의 남자 선배들이 그랬던 것처럼 (병역면제 특전이 있는) 대회 입상만을 바라보며 전력을 다했다. 고등학교 때부터 지구상의 거의 모든 국제 무용 콩쿠르에 출전했고 번번이 예선에서 탈락했다. 향수를 모으기 시작한 것은 그 무렵부터라고 했다. 언제부터인가 몸에서 냄새가 나는 것 같다는 강박에 시달리게 됐고, 사람들의 눈을 쳐다보며 말하기가 힘들어졌다. 대회 출전을 위해 출국할 때마다 면세점에서 향수를 사 모으기 시작했고, 향수를 강박적으로 뿌리고 잇몸에서 피가 날 때까지 양치질을 하는 습관이 생겼다. 체중조절을 하다 경미한 거식증을 앓기도 했다. 그런 방식으로 수년 동안 대회를 준비하고 출전해오다보니 어느덧 방에 향수를 두는 진열장이 따로 생겼을 정도라고 했다. 그리고 입대하기 직전, 비로소 그리스와 독일의 저명한 현대무용 콩쿠르의 본선에 진출하는 데 성공했다. 그토록 바랐던 고지를 눈앞에 둔 왕샤는 자신의 특장점인 성실성을 최대한 발휘해보기로 마음먹었다. 잠을 줄여가며 연습을 했고, 더 지독하게 살을 뺐다. 그러나 혼신의 힘을 다해 준비한 작품 〈나는 세상의 아주 작은 점이다〉는 결국 입상에 실패했다. 그렇게 돈은 돈대로 다 쓰고, 다 늦은 나이에 군대에 끌려오게 된 것이었다.

재능이 없는 건 알고 있었어. 여기까지 끌고 온 건 그냥 오기였는지도 모르지.

인생의 온갖 고난과 역경을 헤쳐온 듯한 어조로 말하는 왕샤를 보며 나는 생존과는 무관하게 살아온 부잣집 도련님의 애교 섞인 한탄이 아닐까 하는 생각을 아주 잠깐 했으나, 누구나 자신 몫의 불행이 있다는 사실을 이해하지 못할 만큼 어렸던 것은 아니라서 고개를 끄덕이며 위로 비슷한 말을 늘어놓았다. 왕샤는 내게 영화를 하게 된 이유를 물어보았다.

불면증 때문에.

그게 영화랑 뭔 상관인데.

밤에 잠을 잘 못 자니까 지루한 영화를 엄청 보게 됐고, 지루한 영화를 아무리 봐도 잠이 안 와서 그것보다 더 지루한 시나리오를 쓰게 됐고. 그러다보니 어느새 영화를 안 보고 안 만들면 별달리 할 일이 없는 사람이 돼버린 거지 뭐.

불면증 있는 거치곤 코 골며 잘만 자던데.

여기 와서 싹 나았어. 전생에 이라크 사람이었나봐.

미친놈.

그후 우리는 말없이 계속 사막을 걸었다. 이전보다는 훨씬 가까워진 거리로. 나는 왕의 반 발짝 뒤에서 왕의 뒷모습을 보며 걸었다. 아무리 무거운 군장을 메고 있어도 왕의 등은 언제나 꼿꼿했고, 군복 밖으로 비쭉 튀어나온 목은 길고 곧았다. 전투모 아래로 언뜻 드러나는 뒤통수는 잘 손질된 봉분처럼 정갈하고 예뻤다. 그것을 이정표처럼 바라보며 걸었다.

곧 동이 터오르기 시작했다. 불침번 근무를 마친 우리는 나란히 막사로 돌아왔다. 환해진 밖과는 달리 컨테이너 막사 내부는 밤처럼 어두웠다. 교대 근무를 마치고 들어와 언제든 잘 수 있도록 창문에 검은 종이를 붙여놓았기 때문이다. 우리는 주간조 분대원들을 깨운 뒤, 옆 컨테이너로 건너가 샤워를 했다. 샤워를 마치고 돌아왔을 때 막사에는 아무도 남아 있지 않았다. 우리는 팬티 바람으로 각자의 침대에 앉아 에어컨 바람을 쐬며 무거운 다리를 주물렀다. 나는 자꾸만 왕샤의 사타구니로 향하는 시선을 막기 위해 고개를 돌렸다. 왕이 무덤덤한 목소리로 내게 말했다.

사실 오늘이 우리 아버지가 죽은 날이다.

아버지 돌아가셨구나. 언제?

정말 죽었는지 어떤지는 잘 모르겠고 법적으로는 그래. 오 년 전에 실종됐거든. 법원에서 정한 실종선고일이 오늘이니까 이제 서류상으로 사망선고가 내려진 거지.

어쩌다 그렇게 되셨어.

육 년 전에 플랜트 사업 때문에 사우디아라비아에 파견 나가 있었거든. 육 개월이었던 파견 기간이 점점 늘어난다 싶었는데 어느 날 연락이 왔어. 아버지가 사라졌다고. 쓰던 물건이랑 여권 같은 건 그대로 사택에 둔 채, 홀연히. 다들 아버지가 납치되거나 불의의 사고를 당한 거라고 생각하는데, 나는 아닌 거 같아. 숨어서 어디선가 살아 숨쉬고 있는 거 같아.

왜?

그냥 느낌이 그래. 아버지, 한국에 돌아오면 곧바로 해고될 위기였거든. 그 나이에 파견 근무를 나간 것부터가 일종의 좌천이었지 뭐. 자존심이 센 양반이었으니까 떠밀리듯 관두기보다는 그냥 숨어버리는 쪽을 택한 거 아닐까? 내가 아는 아버지는 그런 사람이거든. 자존심이 강하고, 명예를 중시하고, 모양이 빠질 바엔 차라리 도망쳐버리는 못난 중년. 게다가 자유에 대한 이상한 동경 같은 게 있었어. 그 나이대 아저씨 특유의 나이브한 낭만성 같은 거. 하나밖에 없는 아들을 굳이 예술하라고 떠민 것도 그런 맥락인 거 같고. 나보고 자유롭게 살라고 입버릇처럼 말했으니까. 그런데 누구보다도 부자유스럽게 살 수밖에 없는 예술을 시키고. 그게 웃긴 거지. 본인은 뭘 그리 답답하게 살았는지는 잘 모르겠지만 말이야.

중동 여자랑 바람난 거네. 그것밖엔 답 없어.

그럼 다행이고.

미안. 농담이었어.

아냐. 진짜로 그렇게 생각해. 어디 살아나 있으면 다행이지. 아버지가 없어지고 나서 통장을 열어보니까 남아 있는 게 하나도 없더라고. 내가 무용하느라 다 털어먹기도 했고, 본인이 써 없애기도 했겠지 뭐. 처음부터 끝까지 자기 멋대로인 작자였어.

그렇구나. 그래서 이라크에 온 거야? 아버지가 계시던 데 근처라서?

아니 꼭 그런 건 아니고. 아버지가 이라크에서 없어진 것도 아닌데 뭐.

하긴.

그나저나 그 양반, 진짜 죽었으려나?

왕은 한동안 냄비의 물이 끓기를 기다리는 듯한 표정으로, 가만히 허공을 응시하고 있었다. 나로서도 별달리 해줄 말이 없어 가만히 앉아 있었다. 왕샤의 눈에 뭔가 고인 것 같았다. 나는 무의식적으로 왕샤의 얼굴로 손을 뻗어 젖은 눈가를 문질렀다. 괜찮아? 왕이 의아한 표정으로 나를 바라보았다.

알레르기야.

머쓱해진 나는 헛기침을 했다. 왕이 내 어깨에 손을 얹으며 말했다.

평소엔 패 죽이고 싶은데, 가끔 귀여운 구석이 있네.

심장이 뛰기 시작했다. 내 어깨에 닿은 왕샤의 손에 심장박동이 전해질까봐 슬쩍 몸을 뺐다. 왕샤는 더욱 내게 가까이 다가와 비밀을 지켜줄 수 있냐고 속삭였다. 사실은 지금껏 너를 좋아해왔다, 태어나서 이런 감정은 처음이다, 뭐 이런 식의 BL물 같은 전개가 되는 것인가. 망상에 젖은 나의 얼굴이 점점 뜨겁게 달아올랐다. 나는 애써 평정심을 유지하며 뭔데, 라고 물었다.

우리 술 마실래.

허탈감에 젖어 숨을 몰아쉬는 나를 내버려둔 채 왕샤는 관물대로 갔다. 관물대를 한참 뒤지던 왕샤가 일 리터짜리 페트병 하나를 들고 나왔다. 담금주용 소주였다.

보급 올 때 몰래 삥땅 쳐놓은 거야.

다른 분대원들에게는 비밀로 하고 우리끼리 술을 마시자고 했다. 이게 다섯 명이 먹을 양은 아니지 않냐, 라고 말하며. 나는 다소 맥이 빠졌으나, 삼 개월 동안 참아왔던 술을 마다할 처지는 아니라 왕형 사랑합니다, 라고 지독히 헤테로섹슈얼한 찬사를 보낸 후 그를 껴안았다. 우리는 막사에 널려 있는 프링글스와 고소미를 안주

삼아 술을 마시기 시작했다.

꼬박 백 일 만의 음주는 몹시도 즐거웠다. 너무 즐거워 즐겁다는 것을 잊어버릴 정도로 많은 술을 마셔버렸고, 그것은 왕샤도 마찬가지인 것 같았다. 얼굴이 벌게져 헤벌쭉 웃고 있는 왕샤의 얼굴은 진심으로 행복해 보였고, 그래서 귀여웠다. 가득차 있던 페트병 속 술이 점점 줄어들기 시작했다. 자꾸만 웃음이 나와 실컷 웃다보면 곧 울고 싶은 기분에 사로잡혔다. 지금껏 경험하지 못했던 초 단위의 감정 기복이었다. 나는 그것을 취기라 여겼다. 정신을 차리지 못하는 건 나뿐만이 아니었다. 만취한 왕샤가 문득 나를 안았다. 나도 그를 꽉 껴안았다. 우리는 누가 먼저랄 것도 없이 키스를 하기 시작했다.

그리고 다시 눈을 떴을 때 우리는 일인용 침대에 나란히 누워 있었다. 맞잡은 손을 놓고, 고개를 돌린 건 왕샤였다. 그는 이러려고 했던 것이 아니었다고, 혼란스러운 듯 말했다. 그리고 단호히 덧붙였다.

나는 그런 사람이 아니야.

그런 사람이 뭔데.

남자와 그러는 사람이 아니고, 그럴 생각도 없었으며, 실수였다고 말했다.

왕샤는 혼란스러워 보였다. 그런 것들에 대해 편견을 갖고 있는 것은 아니지만, 자신은 아주 보통의 남자이며 군대에 오기 전까지 사귀던 여자친구도 있었다고 했다. 마치 자기 자신을 설득하는 듯한 말투였고 나 같은 건 눈에 보이지도 않는 듯했다. 왕샤는 샤워를 하겠다며 컨테이너 밖으로 나갔다. 나는 침대에서 몸을 일으켜 방금 전까지 우리가 누워 있던 자리를 바라보았다. 입에서 샤넬 향수의 씁쌀한 맛이 났다.

그후로도 왕샤는 이전과 다름없이 웃으며 나를 대했다. 내 머리를 쓰다듬거나 어깨동무를 하기도 했다. 그러나 내가 먼저 그의 손을 잡거나 바짝 다가서면 어김없이 딱딱하게 몸이 굳은 채 자리를 피하곤 했다. 그의 완강한 등을 바라볼 때마다 나는 그가 내게서 반 발자국씩 멀어지는 것 같은 기분을 느꼈다. 그래도 자꾸만 그를 향하는 시선을 멈출 수는 없었다. 등뒤에서 몰래 그를 관찰하는 것으로 말미암아 그에 대해 더 많은 것들을 알게 되었다. 햇빛이 비칠 때 찡그리는 왼쪽 눈의 형태와 티셔츠 밖으로 까맣게 타버린 목, 소매를 접었을 때 불거져 나오는 혈관의 색깔과 웃을 때 도톰해지는 뺨 같은 것들. 그럴 때마다 아마도 내 표정에서, 태도에서, 온몸에서 그를 향한 감정이 배어나왔을 것이다. 밥을 짓고 있는 밥통처럼 쉴새없이 냄새를 풍겼겠지.

가끔 그런 감정들이 끓어넘치는 날들이 있었다. 둘만 남았을 때가 제일 위험했다.

그날 밤 우리는 함께 막사로 돌아와 각자의 침대에 누웠다. 왕샤는 여느 때처럼 씻고 눕자마자 코를 골며 잠을 자기 시작했다. 왕샤의 몸에서 풍기는 향수 냄새가 계속 내 코를 찔렀다. 잠이 오지 않았다. 베개를 여러 번 고쳐 베며 잠을 청해보았지만 소용없는 일이었다. 왕샤의 숨소리가 묻힐 정도로 심장이 사정없이 뛰었다. 결국 나는 자리에서 일어나 발소리를 죽인 채 왕샤의 침대로 다가갔다. 창문 틈으로 새어든 작은 빛줄기를 통해 왕샤의 얼굴이 희미하게 보였다. 미간에 잔뜩 주름을 잡은 채 몸을 웅크리고 있는 왕샤의 모습이 꼭 내 것처럼 익숙했다. 바짝 다가가 그의 얼굴을 하나하나 뜯어보았다. 밝을 때는 제대로 마주할 수조차 없던 얼굴이었다. 촘촘한 속눈썹과 길쭉하게 뻗은 코, 툭 불거진 광대뼈와 작은 입술. 왕샤의 살짝 벌어진 입에 내 입술을 맞댔다. 그가 호흡할 때마다 내 입술이 조금씩 뜨거워졌다. 그의 반바지 안으로 손을 집어넣었다. 내 손바닥과 왕샤의 성기가 나란히 포개졌다. 자꾸만 숨소리가 거칠어지는 것 같아 숨을 참았다. 손바닥 안의 성기가 점점 묵직하게 뜨거워졌다. 누구의 것인지 모를 심장박동이 손끝을 통해 전해졌다. 왕샤의 코 고는 소리가 멈췄다. 나는 손을 떼고 몸을 일으켰다. 왕샤의 눈꺼풀이 떨리고 있었다. 나는 막사 문을 열고 밖으로 뛰쳐나갔다.

어디로 향하고 있는지 모른 채 그저 힘껏 달렸다. 발을 디딜 때마다 더 낮은 곳으로 푹푹 꺼지는 것 같은 기분이 들었다. 모래 먼지가 일어 시야가 흐려졌다. 그래도 달리는 걸 멈추지 않았다. 어디론가 도망쳐야만 했다. 자이툰 부대 밖으로. 이라크 밖으로. 더이상 그를 바라보지 않아도 될 만큼 먼 곳으로. 끊임없이 그를 생각하는 나 자신으로부터 가장 도망치고 싶었는데 그럴 수는 없었다. 한참을 뛰다 다리에 힘이 풀려버려 그대로 바닥에 고꾸라졌다. 넘어진 채 한동안 모래 바닥에 계속 누워 있었다. 뺨을 타고 눈물이 흘러내렸다. 오로지 나를 위해 흘리는, 혐오스러운 눈물이었다.

무릎에 피를 흘리며 돌아온 나의 바지를 걷어 상처에 약을 발라 준 건 왕샤였다. 무릎을 꿇고 앉아 내 상처를 소독하는 그의 얼굴을 똑바로 바라보기가 힘들었다. 차라리 그냥 못 본 척했으면 마음이라도 편할 것 같은데, 얘는 왜 또 이렇게 다정하고 난리인 걸까. 내가 한 짓을 눈치챈 건 아닐까, 별의별 생각을 다 하는 와중에 왕샤는 내 상처에 밴드를 붙인 후 발목에 염좌용 스프레이까지 뿌려주었다. 그의 손과 내 몸에서 똑같은 파스 향이 났다. 아마도 그날이 우리에게서 같은 향이 풍기던 유일한 날이었을 것이다.

*

한참을 졸다 정신을 차려보니 영화는 막바지를 향해 달려가고 있었다. 나는 다시 자세를 고쳐 앉고, 과장된 어조의 대사에 귀를 기울였다.

늦었다고 생각할 때는 정말 늦은 걸까요. 윤희씨.

깨닫고 나면 언제나 늦기 마련이죠. 모든 것이.

남자가 방을 떠났다. 혼자 남은 여자는 굳게 닫혀 있던 다락방의 창문을 열었다. 창문 틈새로 천천히 해가 떠오르는 게 보였다.

엔딩 크레디트가 다 올라가자 영화관의 불이 켜졌고 민소매 티를 입은 왕샤의 가슴팍에 내 침이 묻은 게 보였다. 왕샤는 한껏 끌려올라가 있는 티셔츠를 고쳐 입고 가방에서 물티슈를 꺼내 가슴을 박박 문질렀다. 나는 미안하다고 말하며 비는 시늉을 했다. 그러나저러나 큰일이었다. 영화를 제대로 보지 못해 질문할 만한 게 하나도 없었다. 나는 급하게 왕샤에게 영화 줄거리와 감상평을 물어보았다. 왕샤는 스크린을 물끄러미 응시한 채 젖은 눈빛으로 말했다.

한 여성의 이뤄지지 못한 사랑에 관한 대서사시야.

가끔씩 자기감정에 취해 저런 말을 할 때마다 한 대 패주고 싶다는 생각이 들곤 했다. 관객들을 재우기 위해 작정한 듯한 이 영화에 대해 나는 도대체 무슨 얘기를 해야 하는 걸까. 그냥 고전영화 자료실에 묻혀버린 채로 남았어도 괜찮지 않았을까. 그때 영화관 스태프들이 무대에 책상과 의자 두 개를 옮기기 시작했다. 그 옆에선 미자가 나에게 내려오라는 눈짓을 했다. 다니엘 오가 무대에 올라서자 관객들 중 일부가 작게 비명을 질렀다. 미자가 내게 A4용지 두 장 분량의 큐시트를 건네주었다. 대충 훑어봐도 미자가 만든 큐시트는 상투적이고 피상적인 질문으로 가득했다. 게다가 영화보다는 SNS 스타 오감독에 관련된 질문이 대부분이었다. 대놓고 들러리를 서라는 것이로군. 다 때려치우고 싶다는 생각이 들었지만 이미 늦은 일이었다. 나는 마이크를 받아들고 영업용 미소를 지으며 무대 위로 올라섰다. 오감독과 내가 나란히 무대에 섰다. 사람들이 우리를 바라보고 있었다.

SNS 스타로 제2의 전성기를 맞고 계신 다니엘 오 감독님을 소개합니다.

관객들이 크게 박수를 치기 시작했다. 오감독이 꾸벅 인사를 하고는 자리에 앉았다. 다리를 꼬고 마이크를 부드럽게 움켜쥔 오감독의 모습은 제법 프로답고 여유롭고, 재수없어 보였다. 나도 허리를 반듯하게 펴고 오감독보다 최대한 얼굴이 작아 보이게 고개를 뒤로 뺐다. 나는 큐시트 상단에 있는 질문을 기계적으로 읽었다.

일전의 한 인터뷰에서 이 영화를 가장 좋아하는 작품으로 꼽으셨는데요, 그 이유가 무엇인가요.

인간에 대해, 감정에 대해 함부로 말하지 않고 섬세하게 다루려 하는 그 조심성? 얼핏 무의미해 보이는 대화를 통해 조금씩 주제를 향해 나아가는 그 지난한 노력에 큰 감동을 느낍니다. 그런 세심한 요소들을 통해 캐릭터들의 인생이 하나로 해석되지 않고 풍부한 삶의 결을 갖게 된다는 생각도 들고요. 제가 작품을 만들 때에도 그런 요소들을 반영하려고 노력하는 편입니다.

그건 오감독님 영화랑 정반대인 것 같은데……

혼잣말이라고 했는데 생각보다 큰 목소리였나보다. 관객들 중 일부가 웃었다. 오감독은 다소 당황한 어조로 덧붙였다.

그런가요? 저도 비슷한 지점을 보여주기 위해 노력했다고 생각했습니다만.

감독님 최근작은 좀 직설적이지 않나요? 영화가 조금 쉽게 만들어졌달까. 아, 오해는 마세요. 아무래도 서사에 집중하다보면 인물이 가려지기 마련이잖아요. 오감독님 영화가 워낙에 전개가 빠르고 재미가 있으니까. 그래서 그렇게 느꼈다는 겁니다.

그것은 육 년 전, 그가 내 영화를 두고 했던 말이었다. 오감독은 그렇게 보실 수도 있겠네요, 대답하며 사람 좋은 표정으로 웃었지만 그의 입꼬리는 미묘하게 뒤틀려 있었다. 나는 연이어 큐시트에 있는 하나마나 한 질문을 이어갔고, 오감독은 특유의 가르치는 듯한 화법으로 답변을 해나갔다. 관객들은 SNS상의 발랄한 어조와는 다른 그의 말투에 다소 지루한 표정이었다. 나 역시도 지루한 건 마찬가지여서 어금니를 깨물고 하품을 참느라 애썼다. 미자도 학교 다닐 땐 이런 애가 아니었는데. 관료제 사회에 길들여져서 그런지 질문조차도 고루하게 잘도 뽑아왔다는 생각이 들었다. 나는 마지막 질문을 읽었다.

당신에게 예술이란, 창작활동이란 무슨 의미인가요?

오감독은 골똘히 생각하더니 특유의 진중한 말투로 답했다.

자위입니다.

오감독의 특기인 촌철살인을 가장한 개소리가 나왔다. 관객들 중 일부가 재채기를 하듯 웃음을 터뜨렸다. 오감독은 그런 관객들의 리액션을 의식하지 않는 척하며 누구보다 연극적인 어조로 말했다.

어떤 자위는 기록해놓을 만한 가치가 있죠.

오감독은 계속해서 자위행위와 창작의 공통점에 대해서, 기록해놓을 만한 가치가 있는 자위행위가 무엇인지에 대해서 설명했다. 그의 예술관은 별로 대단할 것이 없었고, 요약하자면 내가 예술이라고 우기면 똥을 싸는 것도 예술입니다, 뭐 이런 내용이었다. 예술과 인간의 관계, 경험과 작품의 커뮤니케이션…… 오감독의 말이 구구절절해질수록 관객이 하나둘 영화관 밖으로 빠져나가기 시작했다. 영원히 끝나지 않을 것 같았던 길고 지루한 문답이 끝났는데도, 예정된 행사 시간이 이십 분이나 더 남아 있었다. 애써 질문을 짜내야 하는 상황이었다. 나는 큐시트를 보는 척하며 몰래 핸드폰으로 오감독의 이름을 검색했다.

오감독의 최근작은 이 년 전 개봉했던 〈구원〉. 인터넷에 영화가 뜨자마자 불법 다운로드를 해서 봤던 기억이 있다. 전형적인 한국형 신파 문법에 양념처럼 아동 성폭행 소재를 얹어놓은 영화였다. 사회적 약자를 대상화해 선정적으로 소모해버리는 그의 영화를 보며 나는 육 년 전 그의 퀴어 영화를 봤을 때와 같은 종류의 불쾌감을 느꼈었다. 필모그래피에 이어서 오감독이 최근 진보정당 윤리인권위원회의 위원으로 임명되었다는 단신 기사가 하나 있었다. 소수자들을 따뜻한 시선으로 다루는 영화를 주로 찍었기 때문이라고 했다. 따뜻한 시선 같은 소리 하고 앉았네. 최근 기사들 중 영화와 관련된 건 하나도 없고 남자 아이돌 그룹 멤버 P와의 동성애 염문설을 다룬 타블로이드성 기사만 가득했다.

나는 거들먹거리는 표정으로 앉아 있는 오감독에게 P와의 염문설에 대해 슬쩍 질문을 던졌다. P의 이름이 나오자 관객들이 꺅, 비명을 질렀다. 오감독은 능청스럽게 말을 돌리며 해당 아이돌의 신곡에 대해서 간략히 논평했다. 오감독이 게이가 아니며, 유명세를 얻기 위해 P와의 동성애 루머를 은연중에 이용하고 있는 게 뻔하다는 사실은, 다른 누구도 아닌 내가 가장 잘 알고 있었다. 오감독이 원래 그렇지. 세상에서 동성애를 가장 잘 이용하는 이성애자. 나는 질 수 없다는 마음으로, 아이돌 P와 처음 만난 건 언제인지, 얼마나 자주 만나는지, 만났을 땐 주로 무엇을 하며, 어떤 대화를 나누는지 집요하게 질문했다. 비로소 관객들의 얼굴에 활기가 돌기 시작했다. 오감독은 적잖이 당황한 눈치였고, 자신의 사생활에 대해서 밝히는 자리는 아닌 것 같다고 일축했다. 말투는 당당했으나 눈빛은 사정없이 떨리고 있었다. 맨 앞줄에 앉은 박미자의 표정이 점점 굳어갔다. 나는 또 무슨 질문을 해야 하나 고민하다 책상 위에 놓여 있던 오감독의 SNS 명언 모음집을 발견했다(경품으로 마련된 것이었다). 그것을 그에게 건네며 가장 마음에 드는 구절을 낭독해달라고 부탁했다. 오감독은 진지한 표정으로 말했다.

모두 제 자식 같은 작품들이라 하나만 고르기가 조금 힘들 것 같은데요.

그래도 가장 기록할 만한 가치가 있었던 자위를 골라주시죠.

제가 프로 작가나 배우도 아니고. 낭독을 잘하지는 못해서 말입니다.

한참을 고민하던 오감독은 명언 모음집의 말미에 수록된 작품 하나를 펼쳐 들어, 셰익스피어 비극의 주인공처럼 비장하고, 평소보다 두 옥타브는 낮은 듯한 목소리로 구절을 낭독했다. 낭독을 잘하는 편이 아니라고 스스로를 인식하는 사람치고는 너무나도 연극적인 발성이었다.

때때로 어떤 함몰 유두는 나를 미치게 한다……

마이크를 타고 흐른 내 웃음소리 때문에 스피커에서 고음의 노이즈가 흘러나왔다. 나는 마이크를 끄고 고개를 돌렸다. 중학생인가. 중학생 학부형에 가까운 나이인데. 어깨를 들썩이지 않기 위해 노력하며 웃음을 참았다. 온몸에 너무 힘을 줘 혈압이 올라가는 게 느껴졌다.

행사가 끝나고 난 후에도 나는 한참 동안 자리를 뜨지 못했다.

영화관에 얼마 남지 않은 오감독의 팬들이 사인을 받겠답시고 무대에 몰려들었기 때문이다. 나는 힙스터 감독의 들러리라는 본분을 다하기 위해 팬들이 건네는 선물이며 꽃다발 같은 것들을 받아 책상 옆에 차곡차곡 정리했고, 오감독이 사인하기 좋도록 면지를 펼쳐놓았다. 마지막에 남은 여자는 오감독의 책에 사인을 받은 뒤 선심을 쓰듯 구겨진 영수증에 내 사인까지 받아갔다. 나는 여자의 뒤통수에 대고 꾸벅 인사를 했다. 정말 감사합니다.

뒤풀이 장소는 극장 근처의 횟집이었다. 우리는 광어와 오징어회를 안주 삼아 소주를 마셨다. 술기운이 오르자 나는 오감독의 말을 패러디해 어떤 오징어의 죽음은 기록할 만한 가치가 있다, 고 외쳤고 오감독만 웃지 않았다. 대신 얼굴이 벌게진 채 나에게 물었다.

박감독님은 요즘 뭐하고 사시나요? 네이버에 검색해봐도 펜싱선수만 나오던데.

정신 나간 사람들이 술 마시는 얘기를 만들고 있답니다. 지금처럼!

오감독은 조용히 물컵에 물을 따라 마시고는 나를 노려보며 말했다.

근데 저는 왜 박감독 영화를 하나도 못 봤을까요.

시나리오 구상하고 있는 단계라서요.

육 년 동안, 구상만?

누구처럼 후속작 발로 만들어 반짝 스타라는 얘기를 듣고 싶지는 않아서요.

옆에 앉아 있던 박미자가 빈 잔을 채우며 능글맞게 덧붙였다.

에구, 우리 감독님들. 오랜만에 만나서 기분좋으신가보다. 옛날 얘기를 다 하시네.

육 년 차 사회인다운 능숙한 태도였다. 나는 아무 말도 하지 않고 소주를 입에 털어넣었다. 오감독도 지지 않고 소주를 들이켜며 말했다.

박감독 하나도 안 변했네. 술버릇도 여전한 거 같고.

오감독님은 너무 많이 변하셨네요. 이름도 바꾸시고. (머리숱과 주름의 양도.)

인간은 누구나 다 변하지. 변해야 하고.

전생에 훈장이었나. 점잖은 어조로 뻔한 말을 하며 가르치려 드는 성격만큼은 여전했다. 나의 얼굴이 홧홧하게 달아오르는 게 느껴졌다. 나는 오감독의 잔에 술을 가득 따라 넣었다. 육 년 전, 그날의 분노가 슬그머니 고개를 들었다.

*

그날, 강원도 화천의 한 대형 갈빗집에서는 제1회 다양성 인권영화제의 뒤풀이가 열렸다. 그곳이 인권유린의 장이 되는 데는 오랜 시간이 걸리지 않았다.

미자는 촬영장을 떠난 지 육 개월 만에 내게 연락을 해왔다. 멀티플렉스 체인의 전국 지점을 돌며 신입 연수를 마쳤다고, 마치 아무 일도 없었던 것처럼 안부를 전했다. 티를 내지는 않았지만 매몰

차게 촬영장을 떠나버린 게 내심 마음에 걸렸는지, 그후로 지구상에 존재하는 거의 모든 영화제에 내 작품을 출품해주었다. 낙선에 낙선을 거듭하던 나의 영화는 기적적으로 강원도에서 주최하는 한 신생 영화제의 본선에 진출하는 것까지 성공했으나, (당연히) 아무런 소득도 거두지 못했다.

폐막식이 끝난 후 미자와 나는 곧장 서울로 가는 기차를 탈 예정이었다. 그러나 미자의 지인인 프로그래머 Q가 우리에게 영화관 근처에서 조촐하게 뒤풀이가 열릴 예정이니, 공짜 술이나 얻어먹고 가라고 말했다. 태어나서 한 번도 공짜 술을 마다한 적이 없었던 우리로서는 당연히 그의 제안을 수락할 수밖에 없었다.

환풍이 잘 되지 않는 고깃집 내부에는 연기가 자욱하게 껴 있었다. 오감독과 나, 그리고 박미자는 심사위원장이었던 원로 영화평론가 김과 역시 심사위원인 R감독, 프로그래머 Q와 같은 테이블에 앉았다. 나와 박미자를 제외한 모두가 서로 잘 알고 있는 눈치였다. 우리는 정물처럼 조용히 앉아 술을 따르고, 누군가가 주는 술을 받아 마셨다. 평론가 김이 취해 벌게진 얼굴로 나에게 위로를 건넸다.

너무 섭섭하게 생각하지 마, 박감독. 박감독이 이등상 탄 거나 다름없어. 칸이었으면, 은곰상 받은 거야.

아, 네. (그건 베를린입니다만.) 감사합니다.

프로그래머 Q가 곰살맞은 말투로 덧붙였다.

김선생님 말씀이 맞으셔요. 우리 영화제가 돈이 없어서 그렇지, 진짜 여유만 됐으면 박감독님한테도 상 드렸을 거야. 나 박감독 영화 보다가 울었잖아.

예. 잘 봐주셔서 감사합니다.

R감독이 오감독의 어깨에 손을 올리며 말했다.

그래도 우리 오감독이 상 받을 만했어. 이번에 물건 하나 나왔지.

흉물도 물건이긴 하지. 당시 일등상을 받은 오감독의 영화는 정말 대참사나 다름없었다. 순진했던 남자가 우연히 동성애자를 만나 짐승 같은 섹스를 하게 된다. 이후 그는 정체성의 갈등에 시달리며, 상대에게 깊은 정을 주었지만 (당연히) 성적 대상으로 이용당하기만 할 뿐이다. 결국 온전한 사랑을 하는 데 실패한 남자는 완벽히 타락해 술집에서 몸을 팔기 시작한다. 익명의 상대들과 짐승 같은 섹스를 이어가던 남자는, 뜬금없이 헤테로섹슈얼들에게 윤간을 당하고, 결국엔 자살까지 하게 되는 (얼씨구) 감동의 대서사시였다. 영화를 보고 나서 나는 오감독이 이성애자라는 것을 백 퍼센트 확신하게 되었다. 이성애자 감독들이 그리는 동성애 섹스는 하나같이 엉덩이를 너무 과도히 들썩거린다거나, 키스를 하는 건지 얼굴을 침으로 칠하는 건지 모를 정도로 지저분하게 핥아대는 식의 과장된 모습이기 마련이었다. 오감독의 영화가 딱 그랬다. 심지어는 주인공들이 섹스하다 울기까지 하네? 아니 남자랑 섹스하는 게 좋아서 욕먹어가며 동성애 하는 건데 왜 울고불고 난리를 쳐대는 건지. 나는 오감독의 영화를 보고 그가 동성애자가 아님을 확신했을 뿐만 아니라 그의 이성애 섹스 전력조차 의심하게 되었다. 그의 영화는 성소수자를 심하게 대상화하고 있었고, 80년대 퀴어 서사에나 적합한 신파 코드로 점철되어 있었다. 익숙한 게 좋다 이거겠지. 평론가 김은 심사평에서 오감독의 영화를 두고, 성적 소수자의 고통을 잘

형상화해 동성애를 보편적 사랑의 경지로 끌어올린 수작이라고 평했다. 그들은 모두 보통 사람들이 누구이며 그들이 하는 보편적인 사랑이 뭔지 너무 잘 알고 있는 눈치였다. 동성애자들이 뭐 얼마나 특별한 사랑을 하고 산다는 건지, 동성애자인 나조차도 알 수 없는 일이었다. 아무튼 이성애자가 연루되면 뭐 하나 제대로 되는 일이 없었다.

박감독 작품이 별로였다는 건 아냐. 근데 뭐랄까. 좀 현실적이지 못해.

네? 갑자기 무슨 말씀이신지. (일기나 다름없는데.)

아니 생각해봐. 주인공들이 너무 발랄해. 깊이가 없어.

깊이요?

응. 캐릭터들이 자기가 동성애자라고 우기기는 하는데 가슴속에 우물이 없어. 그게 말이 안 돼.

무슨 (좆같은) 말씀이신지.

박감독 세대는 어떨지 모르겠는데, 우리는 동성애자가 그렇게 별 고통 없이 정체성을 받아들이는 게 너무 이상하고 어색하게 느껴진다고. 너무 나이브하지 않나, 사회적으로 고립된 소수자들이 왜 그런 말투를 쓰는 건지.

옆에 조용히 앉아 있던 프로그래머 Q가 친절한 말투로 거들었다.

맞아요. 저도 같은 지점을 느꼈어요. 게다가 박감독님 작품의 모든 게이들이 섹스에 미쳐 사는 사람들처럼 보여요. 과잉 성애화가 돼 있달까?

이성애자들 바람피우는 영화 보고 과잉 성애화되어 있다고 하진 않잖아요?

평론가 김이 참지 못하고 끼어들었다.

박감독, 너무 기분 나쁘게 생각하지 말고 잘 들어봐. 박감독 영화는 사실 특별한 지점이 부족해. 퀴어 영화다운 그런 지점. 동성애자들에 대한 감독의 성찰이 부족하달까? 그냥 일반인들 연애 얘기랑 다른 지점이 없잖아. 젊은이들이 나와서 술 먹고 춤추고 성관계하는 게 전부인데.

그들이 하도 지점, 지점거려서 난 뭐 프랜차이즈 업체를 말하는 건 줄 알았다. 그는 나에게 도대체 무엇을 기대하는 것일까. 끓어오르는 화를 꾹꾹 누르며 대답했다.

잘 보셨네요. 저 그냥 젊은 사람이 술 먹고 섹스하는 영화 만들고 싶었어요.

그럴 거면 동성애자 영화를 찍은 이유가 뭔가? 유행이라서?

전 동성애 영화 찍은 거 아니고 그냥 연애하는 영화 만든 건데요.

이 친구 참. 소박하다고 해야 하나, 당돌하다고 해야 하나. 성적 소수자들을 너무 소모적으로 다루는군. 이런 식이면 당신 그냥 짝퉁 홍상수 그 이상도 이하도 아니게 되는 거야.

그의 논리에 따르면 영화 속에 퀴어를 등장시키기 위해서는 무조건 합당한, 그러니까 보통의 사람들을 설득할 수 있는 치명적인 '지점'이 있어야 하는 거였다. 게다가 주인공들이 술 마시고 섹스만 했다 하면 무조건 홍상수 아류이기까지 한 것이고. 내가 홍상수라고? 여자 한 명 안 나오는 홍상수 영화가 어디 있어. 사지말단을 자르면 김기덕, 장식적이고 예쁜 벽지가 붙은 곳에서 살인하면 박찬욱이라고 하겠지. 그들은 자신이 잘 알고 있다고 믿는 세계 밖으로 한 발자국도 나갈 생각이 없어 보였다. 니들이 홍상수 말고 뭐 본 영화가 있기는 하냐. 성적 소수자가 뭔지나 알기는 하냐. 알 리가 없지. 특별히도 불행하고 이상한 섹스를 하는 애들 같겠지. 평범하고 발랄한 동성애자들은 현실성이 없고 순전히 다 지어낸 것 같겠지. 애초에 보통의 존재로 생각한 적조차 없었겠지. 눈에 핏발이 서는 게 느껴졌다. 나는 연거푸 술을 들이켰다. 박미자가 내 팔을 꽉 붙잡았다. 그만하라는 의미였다. 문득 대학 때 나의 별명이 장작이었던 것이 떠올랐다. 말리면 더 불타오르거든. 나는 남은 소주를 입에 털어넣고 외쳤다.

세상천지에 술 먹고 싸우는 얘기는 다 홍상수 아류인 건가요?

어허. 왜 이러나. 술 먹고 싸우고 바람피우는 얘긴 이미 홍상수가 다 했잖아. 홍 영화보다 당신 영화가 더 뛰어나다는 건가? 박감독은.

오감독이 끼어들어 거들기 시작했다.

이거 보세요, 박감독님. 김선생님은 지금 당신 영화가 너무 단순하고 쉽게 만들어졌다고 말씀하고 계신 겁니다. 아시겠어요?

지금 뭐라고 했어요? 내가 영화 대충 만들었다고 말하는 거야?

대충까지는 모르겠고 쉽게 만든 건 맞지. 동성애자 캐릭터가 그렇게 발랄한 게, 아무렇지도 않게 자신들의 문제를 받아들이는 게 어색한 것조차 모르잖아. 당신, 소재에 대해 제대로 고민한 게 맞긴 맞아?

그러는 오감독님이야말로 동성애가 뭔지 알기는 알고 하는 소리예요? 동성애자 한 번 본 적이라도 있어요?

있다마다요. 저는 이번 영화 만들려고 게이바에서 일도 하고, 자료 조사도 철저히 했어요. 그러다보니 알겠더군요. 그들이 얼마나 공허하고 고통스럽게 살고 있는지. 매일 술을 마시고, 약에 취해 익명의 남자들과 섹스를 하고, 성병에 걸려 고통받고. 당신이 그런 속사정을 안다면 그렇게 쉽게 웃고 떠드는 영화를 만들지는 않았겠죠.

닥치세요. 제발.

지금 뭐라고 했어.

닥치라고 씨발.

어디서 욕질이야. 어린놈의 새끼가.

테이블을 엎은 게 누구였는지 이제는 기억나지 않는다. 술자리는 순식간에 아수라장이 됐고, 오감독과 나는 드잡이를 하다 끌려나왔다. 심사위원장이었던 김은 영화판에서 나를 매장시킬 것이라고 엄포를 놓았다.

그날 밤 나는 박미자의 손에 질질 끌려나오며, 절대로 지지 않겠다고 거듭 외쳤다. 작품을 통해 증명할 것이다, 저 거지같은 인간들이 함부로 떠들어댈 수 없도록 대단한 권위를 갖춘 네임드가 될 것이다, 나 자신에게 다짐하고 또 다짐했다.

다짐이 허무가 되어버린 것은 순식간이었다. 평론가 김이 애써 나를 매장시키는 수고를 기울일 필요도 없이, 나는 스스로 무너져 내렸다. 그후로 퀴어 영화는커녕 그 어떤 시나리오도 쓰지 못했고,

애초에 내가 영화를 했던 사람인지 짐작조차 할 수 없을 정도로 모든 것들로부터 멀어져버렸다. 원래 그러려고 했던 것처럼, 자연스럽게. 페이드아웃.

어쩌면 나는 언제든지 스스로를 망칠 준비가 되어 있었던 것일지도 모른다. 나의 꿈이나 희망, 기세 좋던 에너지 같은 것들은 그저 근거 없는 자신감만을 양분으로 하고 있던 것일지도.

그리고 나는 지금, 그때 내 인생의 가장 최악이라고 생각했던 선택지를 모두 골라놓은 것처럼 살고 있다. 시작도 전에 완벽히 고갈된 창작력, 최저시급을 간신히 넘기는 임금, 불법 파일 공유 사이트를 돌아다니며 '잠든 근육청년 탐하기'를 검색하는 서른몇 살의 인생.

*

오감독이 테이블 위로 쓰러졌다. 빈 회접시에 검은 흑채 가루가 후두두 떨어져내렸다.

주량과 머리숱만큼은 내가 이겼다. 그렇지만 하나도 기쁘지가 않았다. 오감독이 엎드린 채 환경영화제에 가야 한다고 중얼거렸다. 옆에서 조용히 술을 마시던 왕샤가 누가 들어도 취한 목소리로 고함을 질렀다.

니 말대로 이 새끼 진짜 게이 아니네. 게이가 이렇게 술 못 마실 리가 없어.

나는 취한 샤넬의 입을 틀어막았다. 평소에도 술을 못 마시는 사람을 진심으로 증오할 줄 아는 왕샤넬이었다. 횟집 종업원이 영업시간이 다 되었다고 자리를 정리하기 시작했다. 우리는 남아 있는 소주 두 병을 급히 비웠다. 박미자가 지갑에서 삼만원을 꺼내 주며 오감독을 택시에 태워 보내라고 했다. 나는 주머니에 돈을 집어넣고는 핸드폰으로 택시 호출 앱을 켰다. 오감독의 집은 역삼동 쪽이라고 했나. 나는 목적지에 강원도 화천의 한 고깃집을 입력했다. 택시 등급은, 오감독의 품격에 맞는 블랙. 십 초도 지나지 않아 벤츠 S클래스 차량이 배정됐다. 미자가 카운터 앞에 서서 신용카드를 하나하나 꺼내 이름을 확인하는 동안, 벤츠가 도착했다는 알림이 떴다. 왕샤와 나는 오감독을 부축해 잽싸게 횟집 밖으로 나왔다. 중국에서 날아온 미세먼지 때문에 가로등 불빛이 뿌옇게 번졌다. 알레르기성 비염이 있는 왕샤가 재채기를 할 때마다 오감독의 한쪽 몸이 푹푹 꺼졌다. 사거리에 도달한 우리는 짐더미처럼 무거운 그를 차 안으로 밀어넣었다. 기사가 의심스러운 표정으로 물었다.

강원도 가는 손님 맞으시죠?

예에, 그럼요. 화천까지 안전하게 가주십쇼. 계산은 이 선생님 카드로 하시면 됩니다.

차문을 닫았다. 검은 벤츠가 홀연히 길 저편으로 사라졌다.

잘 가라 다니엘 오. 아니, 오충식.

뒤늦게 계산을 마친 미자가 갈지자의 걸음걸이로 우리에게 다가왔다. 그녀는 핸드백에 영수증을 구겨넣으며, 남편이 자꾸 집에 오라고 재촉한다고 했다. 미자는 우리가 말릴 틈도 없이 찻길로 성큼성큼 걸어가 택시를 잡으려 들었다. 나는 잽싸게 미자의 어깨를 잡았다. 남편이 부른다고? 딱 봐도 거짓말 같았고, 순간을 모면하려는 게 분명했다. 결정적인 순간에 은근히 의리가 없는 성격이라는 걸 내가 잘 알고 있다. 취한 김에 괜히 서러운 마음이 들어서, 미자의 어깨를 붙잡고 애원했다.

가지 마. 제발.

죽으러 가니? 다음에 또 마시면 되지.

너 저번에도 그랬잖아. 온다고 해놓고 다신 안 왔잖아. 영원히 함께하기로 해놓고. 나만 남았잖아.

미자가 우두커니 서서 나를 바라보았다. 웬만한 일에는 좀체 당황하지 않는 미자의 눈빛이 좌우로 흔들렸다.

내 졸업 작품이자 첫번째 장편영화의 15회차 촬영 날, 미자는 스태프와 배우들에게 먹이겠다고 햄버거를 한가득 사들고 왔다. 맥도날드 햄버거였다.

우리 돈 없다더니 미제 버거 사올 여유는 되나보네.

농담으로 한 말이었는데 미자는 웃지 않았다. 대신 울음이 섞인 목소리로 외쳤다.

세트 살 돈도 없어서, 단품 중에 제일 싼 걸 샀어. 세트가 아니면 할인이 안 된다는 걸, 깎아달라고 얼마나 빌고 빌었는지 알아? 하긴 뭘 알겠어. 넌 언제나 너 자신밖에 없잖아.

미자는 양손 가득 들고 있던 햄버거 봉지를 바닥에 집어던졌다. 그리고 마침표를 찍듯 단호하게 말했다.

이런 영화는 제대로 만들어질 수도 없고, 만들어져서도 안 돼. 절대로.

그렇게 미자는 영화 현장을 떠났다. 애초에 이천만원의 예산으로 장편영화를 찍으려고 한 것부터가 말이 안 된다는 걸 나도 미자도, 모두가 알고 있었다. 제작비 문제 때문에 스태프와 배우들에게 제대로 임금을 지불하지도 못했고, 일정을 과도하게 타이트하게 잡아, 보름이 넘도록 밤샘 촬영을 하는 날들이 이어졌다. 거기서 오는 모든 불만과 짜증을 조율했던 게 미자였다. 내 욕심이 우리 관계를 망쳤다는 생각이 들었지만, 이미 나는 폭주하는 기관차나 다름없었다. 영화를 완성하기 위해서라면 어떤 대가도 치를 준비가 되어 있었다. 그렇게 촬영이 끝나고 편집을 할 때까지 미자는 돌아오지 않았다.

왕샤가 박미자의 팔짱을 끼며 말했다.

그래, 미자씨. 미자야, 너 술 잘 마신다며. 오빠랑 딱 한 병만 더 먹고 가자.

오빠도 얼른 들어가세요. 내일 출근하셔야죠.

출근? 나 백수 된 지 일 년도 넘었어. 우울하니까 술 더 먹자.

미안해 오빠, 다음에 봐요. 나 진짜 가봐야 해. 완전 취했어.

왕샤가 갑자기 미자를 향해 악다구니를 쓰기 시작했다.

우린 뭐 술 안 취해서 계속 마시는 줄 아니? 다 정신력으로 버티는 거야. 너희 이성애자들은 정신 상태가 글러먹었어. 감독이라는 새끼는 술 두어 잔 먹고 뻗어버리고, 넌 멀쩡한데 집에 가겠다고 난리네. 오늘부터 나 이성애 반대한다. 걸핏하면 집에 가버리고, 못생긴 애나 싸지르는 더러운 이성애를 결사반대합니다.

아차, 하는 기분이 들었지만 이미 늦은 일이었다. 미자가 왕샤의 손을 뿌리치며 말했다.

그래. 이성애자라서 미안하다. 나도 이성애 해서 나 닮은 못생긴 애 낳고 싶다고!

이 년째 난임 클리닉을 다니고 있는 미자였다. 얼마 전에 유산까지 한 터라 감정적인 동요가 꽤 큰 것 같았다. 울먹이는 미자를 왕샤가 껴안았다. 둘은 백 년 만에 상봉한 이산가족처럼 서로 부둥켜안고 서럽게 울기 시작했다. 그것을 보자 순식간에 술이 깨는 것 같은 기분이 들었다. 사태의 심각성을 깨달은 나는 얼른 택시를 잡았다. 자석처럼 붙어 있는 둘을 뜯어내고, 휘청이는 미자를 택시에 태웠다. 홀연히 떠나는 택시에 대고 왕샤가 소리쳤다.

미자야 어디 가. 나 술 사줘야지. 술 사달라고. 씨발.

인격 모독과 욕설, 실언이 왕사의 주된 술버릇이었다. 나는 왕샤의 등짝을 있는 힘껏 때렸다.

미친놈아. 내가 미자 난임이라고 했어 안 했어. 거기서 갑자기 애 낳는 얘기를 왜 해. 이성애가 왜 나와? 돌았어?

그거야, 미자가 이성애자니까. 또 이성애자들이 애를 낳으니까. 우린 못 낳잖아.

그만 말해.

왕샤는 풀죽은 얼굴로 허리를 숙여 땅을 보고 있었다. 나는 왕샤를 본체만체하며 담배를 피우는데 왕샤의 넓디넓은 어깨가 떨리기 시작했다.

또 내가 다 망쳐버렸네. 다 내 잘못이야. 언제나처럼 바보같이 내가.

나는 담뱃불을 끄고 왕샤를 안아 상체를 일으켰다. 그리고 그의 뺨에 고인 것을 닦아냈다.

형, 왜 그래. 내가 미안해. 울지 마.

그래? 그럼 우리 노래방 가자.

왕샤는 금세 싱글벙글해져 앞장서 걷기 시작했다. 눈물이 아니라 땀이었나. 뭔가 당했다는 생각이 들었지만 이미 늦은 일이었다. 예나 지금이나 왕샤는 내 가장 약한 부분을 노릴 줄 알았다. 내일 아침 출근은 나도 몰라. 어떻게든 되겠지.

한 발짝씩 내디딜 때마다 공기중의 모래 입자가 얼굴로 들러붙는 기분이 들었다. 우리는 도시락 칸막이처럼 정갈하게 나누어진 P시를 걸으며 노래방을 찾아 헤맸다. 그러나 노래방은 쉽사리 나타나지 않았고, 불행히도 우리를 웃게 만들어주었던 술기운이 점점 가시고 있었다. 술이 깨는 것을 참을 수 없던 우리는 편의점에 들러 단백질 공급원 노가리(언제나 운동중인 왕샤의 선택이었다)와 소주 다섯 병을 사서 왕샤넬의 거대한 운동 가방에 숨겼다. 그리고 군장처럼 무거운 가방의 손잡이를 하나씩 나눠 쥐고 걸었다.

오 분쯤 더 걷자, 신기루처럼 유흥가의 간판들이 보이기 시작했다. 곧 월드컵 노래방과 샤넬 노래방의 입간판이 나란히 나타났다. 우리는 두 번 고민할 것도 없이 샤넬 노래방을 선택해 안으로 들어갔다. 왕샤가 샤넬 마니아여서가 아니었다. 월드컵과 샤넬이라면 언제나 샤넬이었다. 오충식은 절대 모를 게이란 인간들의 일상이란 그런 것이다. 왕샤와 나는 샤넬 노래방의 불투명한 유리문을 기세 좋게 밀고 들어갔다.

노래방 내부의 분위기는 시대 초월적이었다. 빨갛고 파란 조명이 현란하게 빛나고 있었고 카운터에 서 있는 여성 오너는 속눈썹 연장술과 지방 주입술을 받아 나이를 종잡을 수 없는 얼굴이었다. 목소리로 중년의 나이임을 짐작할 수 있을 따름이었다.

사장님들 술 안 시키세요?

우리는 취한 기색을 숨기기 위해 최대한 또박또박한 말투로 노래만 부르고 갈게요, 라고 말했다. 오너는 우리에게 남자 둘이 왔는데 술은 안 시키신다? 더 필요한 건 없으시고? 거듭 물었다. 우리는 고개를 저었다. 오너는 떨떠름한 표정으로 내가 건네는 삼만원을 받아들었다. 미자가 오감독의 택시비로 준 돈이었다. 작은 노래방임에도 분주하게 움직이는 종업원들이 참 많았다. 우리는 종업원들을 요리조리 피하며 7번 방으로 들어갔다.

나는 편의점에서 사온 일회용 종이컵에 소주를 따르고, 노가리를 찢었다. 그리고 종이컵에 가득찬 소주를 한 번에 들이켰다. 왕샤는 다소 붉어진 얼굴로 백 명이 넘는 소녀들이 자신을 뽑아달라고 아우성치는 노래를 선곡해 구슬프게 불렀다. 전자음이 격렬해지자 왕샤와 나는 나란히 서서 군무를 췄다. 파워풀하게 춤을 추면서도 화사한 미소를 흩뜨리지 않는 왕샤의 모습은 그 누구보다도 절실하고 프로 같아 보였다. 승무원 아카데미에서 하루 두 시간 미소 트레이닝을 한 결과일까. 나는 경이감에 젖어 왕샤를 바라보았다. 그의 춤사위는 불꽃에 뛰어드는 나방처럼, 죽음을 앞둔 무용수처럼 처연하고 슬픈 아름다움이 깃들어 있었다. 할 수만 있다면 내가 왕샤를 뽑아주고 싶을 지경이었다. 노래가 끝났을 때 왕샤의 몸은 땀에 흠뻑 젖어 있었다. 그러면서 지치지도 않는지 연이어 노래를 예약했다. 언타이틀과 채정안, 핑클과 터보의 노래가 차례대로 화면에 떠올랐다. 성별과 음역의 한계를 초월한 가요 사전 왕샤다운 선곡이었다.

스무 곡 남짓 불렀을 때 예상보다 빨리 노래방 시간이 끝나버렸다. 서비스는커녕 한 시간도 채 채우지 못한 시간이었다. 왕샤가 손목시계를 가리키며 말했다.

확실해. 삼 분 빠졌어. 오십칠 분이야. 내가 체크했어.

언젠가 가게 오너가 임의로 노래방 반주기의 시간을 뺄 수 있게 설정되어 있다는 루머를 들었던 게 생각났다. 그게 사실일 줄이야. 나는 손에 들고 있던 탬버린을 집어던졌다.

지금 우리 도우미 안 불렀다고 이러는 거 맞지.

성매매 안 했다고 이리 푸대접을 한단 말이야? 이성애자들 진짜 안 되겠네. 다 죽여버려.

한참을 분노에 몸서리치던 왕샤가 뭔가를 결심한 듯 반주기 앞에 섰다. 그리고 무선마이크 하나를 자신의 운동 가방에 집어넣었다. 나는 웃음을 터뜨렸다. 이제 우리가 동성애자의 품격을 보여줄 차례였다. 왕샤와 나는 누가 먼저랄 것도 없이 나머지 무선마이크 하나와 철제 재떨이, 전자 탬버린과 빈 소주병 일체를 가방에 집어넣었다. 그리고 지퍼를 닫은 왕샤가 허리를 숙여 가방을 들쳐멨다. 우리는 심호흡을 하며, 숫자 셋을 센 후 문을 열었다. 그리고 시선을 바닥에 내리깐 채 카운터를 지났다. 종업원들은 우리를 못

본 척했다. 유리문을 밀자 차임벨이 요란하게 울렸고, 우리는 계단으로 재빨리 내려갔다. 왕샤가 샤넬 노래방의 닫힌 유리문을 향해 등신 새끼들아, 소리를 질렀다. 우리는 까르르르 웃으며 밖으로 달려나갔다.

우리는 도도한 걸음으로 가로등이 켜진 P시를 거닐었다. 신이 난 왕샤넬이 가방에서 무선마이크 하나를 꺼냈다. 마이크에 붙은 견출지에 샤넬 노래방이라고 삐뚤삐뚤하게 적혀 있는 게 보였다. 우리처럼 마이크를 훔쳐가는 인간들이 꽤 많은 것 같았다.

초딩인가. 이름표를 붙여놓고 지랄이야.

왕샤가 손톱으로 견출지를 긁어냈다. 뭔가 괜히 신이 났다. 나는 왕샤의 손에서 무선마이크를 빼앗아 들고는 핸드폰으로 노래를 틀어 카라와 듀스, 서지원의 노래를 차례대로 따라 불렀다. 왕샤는 어떤 음악이 나오든 그에 맞는 춤을 출 줄 아는 프로였다. 다음 노래는 유채영의 〈이모션〉. 우리가 제일 좋아하는 댄스곡이었다. 왕샤가 내게 소리쳤다. 왜 이렇게 신나? 유채영은 정말 최고의 아티스트야. 그리고 무선마이크를 빼앗아 노래를 부르기 시작했다. 그때는 몰랐었어 누굴 사랑하는 법. 미세먼지 때문에 한 소절을 다 부르기도 전에 금세 목이 아파왔다. 왕샤는 고음을 올리다 조금 울었다.

씨발 왜 다 죽고 난리야.

나도 슬쩍 눈물이 나서, 이참에 신나게 울어나 보자 싶은 마음에 함께 울었다. 울다 곧 지겨워진 왕샤가 내게 무선마이크를 건넸다. 나는 가로등 옆에 세워진 자전거 바구니에 무선마이크를 던져

넣었다. 파렴치한 샤넬 노래방의 오너에게 한 방을 먹였다는 희열은 잠시뿐이었다. 우리를 행복하게 해주었던 감정들이 어느 순간 다 사라져버렸고, 그 빈자리에 피로가 차올랐다. 발걸음이 점점 무거워졌다. 시간은 새벽 세시 사십육분, 서울로 향하는 대중교통은 아직 없었다. 왕샤는 가방이 무겁다고 했다. 나는 가방에서 소주병을 꺼내 화단에 모조리 집어던졌다. 병이 깨지는 소리가 났지만 더이상 신나지 않았다.

야, 출출하지 않냐.

응. 배고파. 우리 해장하러 가자.

미세먼지 낀 거리를 순례자처럼 걷던 우리는 멀리 신기루처럼 떠 있는 한 개의 간판을 발견했다. 비욘세 순대국밥. 우리는 누가 먼저랄 것도 없이 국밥집을 향해 달렸다.

전통 한옥에 사이버틱한 내장재를 결합해놓은 국밥집의 인테리어는 독특했다. 새벽 시간이라 식당은 한산했다. 구석의 한 테이블에서 머리가 크고 팔에 문신을 한 남자가 혼자 술을 마시고 있을 따름이었다. 우리는 가게 중앙에 앉아 특순댓국과 사이버 순대를 시켰다. 역시 뭔가 허전한 기분이 들어서 소주 두 병을 추가로 주문했다. 순댓국에 밥을 말아 소주랑 함께 먹자 다시 취기가 올랐다. 기분이 슬그머니 좋아졌다. 마침 가게에서 비욘세의 노래가 흘러나오기 시작했다. 왕샤넬이 가방에서 무선마이크를 꺼내 견출지를 떼어냈다. 나는 씨익 웃으며 마이크를 넘겨받아 비욘세 메들리를 립싱크로 따라 부르기 시작했다. 한창 노래에 취해 있는데 누군가 내

마이크를 낚아챘다. 고개를 돌려보니 문신을 많이 하고 머리가 엄청 큰 남자가 험악한 표정으로 나를 바라보고 있었다.

이거 샤넬 거 맞죠.

음식점에 정적이 어렸다. 나는 재빨리 천장을 살폈다. 감시 카메라 두 대가 입구부터 우리의 테이블까지 사각지대 없이 샅샅이 비추고 있었다. 빼도 박도 못하게 생겼군. 나는 무슨 말씀이신지 모르겠다고 태연한 표정으로 말했고, 왕샤도 누구보다도 결백한 표정으로 남자를 쳐다보았다.

맞네. 샤넬 마이크. 견출지 떼는 거 다 봤어요. 이거 절도인 거 알죠?

남자는 한쪽 입꼬리를 올리며 전화를 걸었다.

사장 엄마. 우리 마이크 찾았다. 여기 비욘세야. 얼른 와.

낙타처럼 인위적인 속눈썹을 붙인 샤넬의 오너가 비욘세 순대국밥에 당도했다. 그녀는 우리가 허락한 적도 없는데 멋대로 테이블에 앉더니 물컵에 소주를 따랐다. 그리고 우리가 뭐라 말할 틈도 없이 넋두리를 늘어놓기 시작했다.

아니, 내가 오늘 우리 애들한테 하루 매상 다 날렸다고 했어. 마이크 두 개 값. 그래서 일찍 문 닫았잖아. 오늘 장사 공쳤구나. 접자. 근데 이게 웬일이야. 내 아들이 마이크를 찾았대잖아. 이 새벽에, 그것도, 비욘세에서.

이분이 아드님이세요? 사장님 너무 동안이시다. 나는 마음에도 없는 소리를 하며 오너의 심기를 달래려 노력했다. 소용없는 일이었다.

동안은 됐고, 아무튼 쟤가 팔팔년생인데 내 아들이야. 내가 아까 아들한테 말했어. 아들아 오늘 우리 장사 공쳤다. 없는 날로 치고 소주나 마시자 했는데 여기서 당신들을 잡았다고 하네? 그래서 내가 그랬다. 세상에 죽으라는 법은 없네.

아 네, 그러셨구나. 상심이 크셨겠어요.

근데 당신들 왜 그랬어. 왜 그랬는지 이유나 듣자.

왕샤넬이 자리에서 벌떡 일어나 외쳤다.

지금 우리를 마이크나 훔치는 그지새끼 취급하는 거 맞죠? 이것 보세요. 저희 대학도 나왔고 멀쩡한 직업도 있고 서울에 집도 있어요. 이딴 거 훔칠 필요도 이유도 없어.

왕샤는 지갑에서 명함을 꺼내 오너의 얼굴 앞에 대고 흔들었다. 샤넬의 오너가 소주잔으로 명함을 쳐 명함이 내 앞에 떨어졌다. 원진성형외과 전임 코디네이터 진아름. 나는 명함을 구겨서 슬쩍 쓰레기통에 버렸다. 그녀는 콧방귀도 뀌지 않은 채 이딴 식으로 나오면 당신들 다 경찰서에 처넣을 거야, 라고 말했다. 왕샤는 방금 전까지의 호전적인 태도를 거두고 회유하는 듯한 어조로 말했다. 지금 누구를 도둑으로 모는 것이냐, 그냥 술에 취해 실수로 마이크를 들고 온 건데 이런 취급은 곤란하다, 국밥을 먹은 후 다시 갖다놓으려 했다.

그러는 새끼들이 왜 이름표를 떼냐.

문신남이 소리를 지르며 밥공기에 가래침을 뱉었다. 샤넬의 오너는 나머지 마이크 하나를 찾아내거나 마이크값을 변상하라고 으름장을 놓았다. 비욘세 순대국밥에 팽팽한 침묵이 감돌았다. 결국 내가 중재안을 제시했다. 오해가 있는 것 같다, 우리는 단지 술에 취해 실수를 한 것뿐이고, 밥만 먹고 마이크를 돌려주려 했다, 나머지 마이크 하나를 찾아서 돌려주겠다. 오너는 웃는지 우는지 알 수 없는 부자연스러운 표정으로 말했다.

그럼 총각들이 어디로 내뺄지 알 수 없으니 일단 잃어버린 마이크 하나 값을 먼저 내. 당신들이 마이크 찾아오면 환불해줄게.

나는 자전거 바구니에 던져두었던 무선마이크를 떠올리고는, 순순히 내 명의의 신용카드를 내밀었다. 오너는 마이크 말고도 줄 게 있지 않냐고 물었고, 나는 가방에서 전자 탬버린과 재떨이를 꺼내 테이블에 얌전히 올려놓았다. 샤넬의 오너와 그의 아들이라고 주장하는 남자가 내 카드와 물건을 들고 나갔다. 왕샤가 잃어버린 마이크를 찾아 돌려주고 오겠다며 그들의 뒤를 따랐다. 나는 사태가 진정됐다는 생각에 한숨을 쉬며 국밥을 퍼먹었다. 얼마 뒤 내 핸드폰으로 삼십만원이 결제됐다는 문자가 전송되었다. 미친 새끼들. 마이크 하나가 삼십만원? 신나서 막 지르네. 나는 왕샤에게 마이크값을 꼭 환불받으라고 문자를 남겨놓고, 다시 국밥에 소주를 마시기 시작했다.

십여 분 후 왕샤가 울상을 지으며 돌아왔다. 그러더니 공손히 결제 영수증과 내 카드를 내밀었다. 나는 불안한 느낌을 안고 그에게 물었다.

환불 안 받았어?

왕샤가 무너지듯 주저앉으며 외쳤다.

우리 속았어.

뭔 소리야.

그 개같은 년들이 마이크 먼저 찾아놓고 우리 앞에서 쇼한 거야.

무슨 소리야. 마이크 자전거 바구니에 있어.

없어. 바구니에도, 길에도. 어디에도. 우리 완전히 당했어. 당했다고!

나는 비명을 질렀다.

한참 동안 정신을 못 차리고 있는 나에게 왕샤가 위로하듯 말했다.

걔네 아까 술 먹고 차 몰고 가더라고. 그거 신고하면 음주운전으로 잡을 수 있지 않을까?

늦었어. 지금 어딘지 알고.

그럼 우리 프랑스 샤넬 본사에 연락해서 상표권 침해로 고소하라고 하자. 옛날에 버버리인가 어디서도 한국 노래방 고소했었대.

너 프랑스어 할 줄 알아?

아니. 그럼 어떡해.

우리 감시 카메라에 너무 많이 찍혔어. 다 틀렸어. 다 틀렸다고.

우리는 순대국밥집의 나무 테이블에 엎드려 분노에 찬 뜨거운 한숨을 내쉬었다. 또다시 완벽한 실패였다. 실패는 아무리 여러 번 반복해도 도통 익숙해질 생각을 하지 않았다.

*

벽화 제작 분대의 마지막 임무가 있던 날, 우리는 아르빌에서 가장 큰 공립학교의 담장을 칠하고 있었다. 파병 기간이 막바지로 치달을 때였고, 우리 모두 공동작업에 익숙해져 손발이 척척 맞았다. 그날따라 유달리 일조가 강했다. 평소 같았으면 한 번에 끝낼 수 있을 만한 작업량이었음에도 금방 지쳐버린 우리는 그늘에 앉아 휴식하기로 했다. 담장에는 내가 그려놓은 꿈돌이와 왕샤가 칠하다 만 코발트블루색 하늘이 천천히 말라가고 있었다.

왕샤는 쉬지도 않고 커다란 올리브나무 곁에서 이라크 아이들에게 과자를 나눠주었다. 나무에 다가서자 왕샤의 MP3 플레이어에서 흘러나오는 이정현의 테크노 넘버가 들렸다. 왕샤는 아이들에게 한국말로 별명을 지어 부르며, 계속 말을 걸고 있었다. 아이들은 왕샤가 하는 말에는 별 관심이 없고 신난 표정으로 과자를 받아먹기 바빴다. 왕샤가 지은 아이들의 별명이란 아이들이 선호하는 과자의 이름을 붙인 것에 불과했다.

재는 뽀또고 얘들은 고소미랑 몽쉘, 저기 쪼끄마한 애는 소찬휘야.

왜 재만 과자 이름 아니야?

고음이 천장까지 올라가거든.

어이가 없어서 웃음이 나왔다. 뽀또라 불린 아이가 정체를 알 수 없는 언어로 노래를 흥얼대고 있었다.

귀엽지.

그러게. 아무데서나 춤추고 노래하는 게 꼭 너 같네.

왕샤가 뽀또를 안았다. 경호병들은 바닥에 방탄모와 총을 내려놓은 채 그늘에 앉아 꾸벅꾸벅 졸고 있었다. 평소와 다름없는 아르빌의 오후였다.

그날 평소보다 빨리 작업을 접은 건 순전히 모래바람 때문이었다. 티끌 없이 맑다가도 갑자기 돌변해 돌풍이나 토네이도가 이는 것이 사막의 기후였다. 방금 전까지의 맑은 날씨는 온데간데없고 순식간에 시야가 흐려졌다. 눈을 뜨기도 힘들 정도로 거센 모래 돌풍이 불어왔다. 한눈에 보기에도 심상치 않은 규모였다. 경험상 꽤 오랜 시간 지속될 게 뻔했다. 우리는 군용 선글라스와 마스크를 쓰고, 작업 물품을 정리했다. 남은 작업은 다음날로 미루고 철수하기로 결정했다.

급하게 지프에 타고 오 분 남짓 달렸을 때, 지축을 흔들 정도로 커다란 폭발음이 울렸다. 고개를 돌려보니, 방금 전까지 우리가 작업하던 학교 근처에서 커다란 불꽃이 피어오르고 있었다. 사람들의 비명소리가 허공을 울렸다. 시꺼먼 연기가 바람을 타고 순식간에 우리 쪽으로 몰려왔다. 나는 잽싸게 군장을 메고 빠른 속도로 방독면을 착용했다. 경호병들도 모두 무장을 하고 있었다. 그럴 리가 없다는 것을 알면서도 머릿속에는 생화학 무기와 독극물 같은 단어들이 떠다녔다. 왕샤는 몸을 축 늘어뜨린 채 검게 덮여버린 허공을 응시하고 있었다. 야, 뭐하는 거야. 내가 소리를 질러도 왕샤는 아무런 반응이 없었다. 나는 왕샤의 군장에서 방독면을 꺼내 얼른 왕샤의 얼굴에 씌웠다.

모든 게 순식간에 벌어진 일이었다.

난 그때 그 순간으로 말미암아 한 시절이, 인생의 아주 많은 것들이 순식간에 끝나버릴 수 있다는 것을 배웠다. 원한다면 뭐든 될 수 있다고 믿었던 시절, 세상의 꽤 많은 것들이 이미 다 정해져 있다는 사실을 몰랐던 시절, 다섯 개의 색만으로 무슨 그림이든 그릴 수 있다고 믿었던 시절이 그렇게 끝나가고 있었다.

그날 밤, 막사에 남은 것은 왕샤와 나뿐이었다. 후발대로 달려오던 분대원들 중 일부가 연기를 많이 마셨고 주둔지 내 구호센터로 후송되어 치료를 받게 되었다. 공립학교 근처의 시장에서 폭탄 테러가 일어났고 민간인 사상자가 발생했으며, 생각보다 피해의 규모가 크다고 했다. 안전지대라고 여겼던 아르빌에서 일어난 테러에 부대에는 비상이 떨어졌다. 왕샤와 나에게는 막사에서 안정을 취하라는 명령이 내려졌다. 우리는 페인트가 묻은 작업복을 벗지도 않은 채 침대에 멍하니 앉아 있었다. 왕샤가 말했다.

아이들은 괜찮을까. 몽쉘이랑 소찬휘랑 뽀또는 지금 어떨까.

괜찮겠지. 아직 어린애들이 죽었다는 말은 못 들었으니, 괜찮아야지.

그건 그냥 연기였잖아. 그거 뭐 생화학 무기나, 그런 거 아니겠지? 그런 거 없는 거잖아, 그렇지?

나도 몰라.

다시, 볼 수 있을까. 그 아이들.

나도 잘 모르겠어.

이렇게 다들 죽거나 사라지는 거면 결국 내 인생에 남는 건 뭘까.

왕샤는 계속해서 내가 대답할 수 없는 질문만 했다.

어쩌면 그게 내가 될 수 있지 않을까, 하는 생각을 했지만 그것에 대해서 말하지는 않았다. 그것이야말로 왕샤가 가장 바라지 않는 일인 것만 같았다. 나는 대신 내가 할 수 있는 것들을 하기로 마음먹었다. 나는 쓸쓸해 보이는 왕샤의 뒤에 서서 왕샤를 안았다. 왕샤의 목덜미에서 진한 향수 냄새가 났다. 나는 눈을 감았다. 왕샤는 잠시 가만히 있다가 뭔가를 결심한 듯한 투로 조심스럽게 말했다.

전부터 묻고 싶었는데.

응, 뭔데.

너 나한테 하고 싶은 말이 있지 않아?

당연히 할말이 있었다. 할말이 너무 많았고, 최선을 다해 내가 할 수 있는 모든 얘기를 하고 싶었다. 너를 볼 때마다 자꾸만 어색해지는 내 모습을 숨기기 위해 안간힘을 다해왔다고, 넌 그저 더 철저히 자기를 속이기 위해 나를 밀어내고 있는 거잖아, 그건 너무 싸구려 퀴어 영화의 내러티브 같지 않니, 말하고 싶었다. 가장 묻고 싶은 것은 나의 존재였다. 도대체 너에게 있어서 나는 뭔데. 하지만 아무것도 말할 수도 물을 수도 없었다. 그는 이미 자기 자신을 향한 질문으로 가득차 보였으니까. 딱딱하게 경직된 그의 어깨와 절대로 뒤를 돌아보지 않는 뻣뻣한 목이 이미 나에게 너무 많은 것들을 알려주고 있었다. 게다가 그곳은 자이툰 부대였다. 폭탄이 터지고 사람이 죽어나가는 전쟁터에서 내 감정 따위, 모래 알갱이만도 못한 하찮은 것에 불과했다. 그것을 다 알고서도 한 발짝을 내딛기에는 난 아무런 용기가 없었다. 그래서 나는 왕샤의 어깨를 감고 있던 손을 거두었다. 그리고 말했다.

나는 전역하고 칸영화제에 갈 거야.

왕샤가 그게 뭐야, 말하며 피식 웃었다.

세상에 없는 근사한 영화를 찍을 거거든.

그날 밤 왕샤의 규칙적인 숨소리를 들으며 나는 한숨도 자지 못했다. 살짝 눈을 뜨면 옆 침대의 왕샤가 등을 돌리고 누워 있는 게 보였다. 그 등을 보고 있으면 생각이 많아졌다. 크고 완강한 벽 같은 그 등에 얼굴 같은 것을 그려보는 건 어떨까. 고개 돌린 왕샤의 미간에는 평소처럼 짙은 주름이 져 있겠지. 나의 얼굴은 어떠려나. 어떤 표정으로 잠든 그를 바라보고 있을까. 내가 아는 모습일까, 모르는 모습일까.

얼마 지나지 않아 우리는 주둔지를 떠났다. 우리의 마지막 벽화는 미완의 작품으로 남게 되었다.

벽화 제작 분대원들이 마지막으로 모두 모인 것은 C의 가게 개업식 날이었다. C는 파병 때 받은 돈을 모아 한 아파트 단지의 상가에 이탈리안 파스타 가게를 여는 데 성공했다. 우리 중에서 유일하게 꿈을 이룬 그였다. 서울 외곽의 한 아파트 단지 상가에 도착한 우리는 모두 웃음을 터뜨릴 수밖에 없었다. 가게의 이름이 자이툰 파스타, 였다. C가 쑥스러운 듯 변명하는 어조로 말했다.

여기가 자이 부동산 자리였거든.

원래 간판 위에 페인트를 덧발라 자이툰 파스타, 가 됐다고 했다. 과연 간판을 자세히 보니 벽화를 그리던 때의 솜씨가 발휘돼 있었다. 자이툰 부대에서 번 돈으로 차린, 올리브 파스타 전문점이니 얼추 의미가 잘 맞아떨어지는 것 같기도 했다.

그날 C가 한 시간이나 걸려 만들어준 파스타는 기름에 젖어 축축하고 느끼했다. 우리가 억지로 파스타를 다 먹었을 때쯤 왕샤가 가게에 나타났다. 한 손에 델몬트 주스 세트를 든 채였다. 나는 반가운 기색을 감추기 위해 노력하며 왕샤에게 인사를 했다. 얼굴에 부쩍 살이 내려 있었다.

자이툰 파스타의 영업시간이 끝난 후 우리는 근처 모텔에 큰방을 잡고 밤새 술을 먹었다. 지급받은 파병비를 어떻게 탕진했는지가 술자리의 주제였다. 옆 소대의 누군가는 강원랜드에서 하룻밤 만에 모든 돈을 날려버렸으며, A는 주식을 시작했고, B는 학자금 대출금을 모두 상환했다고 했다. 나는 졸업 작품을 만드느라 돈을 다 써버렸다고 고백했다. 왕샤가 말할 차례가 되었다. 왕샤는 세상 누구보다 평온한 표정으로 대학교 때 친구들과 술을 마시느라 보름 만에 천만원 돈을 다 써버렸다고 말했다. 강남의 클럽에 가서 테이블을 잡고 노느라 반 정도를 썼고, 나머지 반은 룸살롱에 가서 써버렸어. 나를 쳐다보고 있지는 않았지만, 그가 계속해서 나를 향해 말하고 있는 것처럼 느껴졌다. 나머지 분대원들은 형님 후기 좀 말씀해주십쇼, 난리를 쳐댔다. 나 여자친구도 생겼어. 왕샤는 분대원들에게 핸드폰을 돌리며 클럽에서 만났다는 여자친구의 사진을 보여주었다. 사진을 본 분대원들이 호들갑을 떨어댔다. 와, 예쁘네. 형님 대단하십니다. 왕샤와 분대원들의 입을 틀어막고 싶었다. 나는 대화에 동참하지 않고 연거푸 술을 마셨다. 그날 가장 먼저 뻗어 잠든 건 나였다.

새벽녘 나는 누군가의 손길에 잠에서 깨어났다. 방 한구석에 누워 있는 내 사타구니에 손을 얹은 것은 왕샤였다. 분대원들은 모두 코를 골며 자고 있었다. 왕샤는 익숙한 손길로 내 바지를 내렸다. 나는 눈을 뜨고 왕샤의 얼굴을 바라보았다. 왕샤의 표정은 담담하고 평온해 보였고 눈은 푹 파인 채 텅 비어 있었다. 나는 왕샤의 팔을 붙잡고 속삭였다. 왜 이래. 왕샤는 아랑곳하지 않고 계속 내 옷을 벗겼다. 그리고 말했다. 네가 원하던 게 이런 거 아니었어? 나는 눈을 질끈 감았다. 괜히 울고 싶은 기분이었지만 당연히 눈물은 나지 않았다. 대신 숨소리가 새어나가지 않게 입술을 깨물었다. 숨을 참는 동안 내가 너무나도 좋아했던 그가 더이상 이 세상에 없다는 사실을 깨달았다. 그를 좋아했던 시절의 나, 그의 뒷모습을 바라보고 있던 나조차도 이미 이 세상에는 없는 존재라는 것도 알 수 있었다. 그때의 우리가 느꼈던 감정은 모래바람처럼 한순간에 우리를 휩쓸고 지나가버린 것이었다. 생각이 거기에 미치자 정말 눈물이 날 것 같았지만 울지는 않았다. 신파는 영화로 족했다.

사정을 하고 난 후 나는 왕샤의 몸을 안았다. 그의 몸이 부피감 없이 내 양팔 안에 들어왔다. 살이 많이 빠진 것 같았다. 다시 거식증을 앓는 것일까. 그는 아무 말도 하지 않았고 움직이지도 않았고 숨을 쉬고 있지도 않은 것처럼 그저 가만히 내게 안겨만 있었다. 나는 그를 안았던 손을 거두고 바지를 올렸다. 그리고 발소리를 죽이며 밖으로 나갔다. 절대 뒤를 돌아보지는 않았다.

그뒤로도 간헐적으로 벽화 제작 분대원들의 모임이 지속되었지만, 왕샤가 나온 적은 한 번도 없었다. 몇 번이고 그에게 연락하고 싶은 충동을 느꼈지만 참았다. 그것이 나 자신을 위한 최선이라고 믿었다. 몇몇이 그에게 연락을 시도해보았지만 소식이 완전히 끊어졌다고 했다. 얼마 지나지 않아 왕샤가 자살을 했다는 소문이 돌았다. 설마, 그럴 리가 없잖아. 나는 난생처음 왕샤의 번호로 전화를 걸었다. 착신이 금지된 번호라는 안내음이 흘러나왔다.

그다음 해, 나는 뜻밖의 연락을 받았다. 한 성소수자 인권 단체에서 주목받지 못했던 퀴어 영화들을 모아 작은 상영회를 열 것이라고 했다. 인권 단체의 간사는 영화제에서 내 첫번째 장편영화 〈알려지지 않은 보편의 사랑〉을 봤으며, 가능하다면 이번 상영회에 그 작품을 포함시키고 싶다고 했다. 당시 한국에 존재하는 거의 모든 배급사에서 개봉을 거절당했던 터였다. 나는 자리에서 일어나 고개를 숙이며 말했다. 정말, 정말로 감사합니다.

서울 외곽에 위치한 대안 문화 공간에서 내 마지막 상영회가 열렸다. 목요일 오후, 나는 총 일곱 명의 부지런한 관객과 함께 나의 영화를 감상했다. 오래된 공업사를 개조해 만들었다는 문화 공간은 소리가 많이 울렸다. 그래서인지 그간 숱하게 봐왔던 내 영화가 마치 처음 보는 것처럼 낯설게 느껴졌다. 그날 칠십팔 분짜리 내 첫번째 장편영화를 보고 깨달은 진실은 단 하나였다.

나는 정말 아무것도 아니다.

내 영화는 별로 특별할 게 없는 사람들이 별로 특별할 것도 없는 사랑을 하다 맥빠지게 끝나버렸다. 주인공이 게이라는 것 말고는 아무런 특색도 가치도 없는 그런 영화. 굳이 장편 분량의 서사일 필요도 이유도 없었다. 고작 이것을 위해, 그 모든 것들을 견디고 버티고, 또 버리며 여기까지 온 것이라니. 미자의 말이 옳았다. 내 영화는 만들어지지 말았어야 했다. 나는 그저 나 자신에 취해 있었을 뿐, 실은 아무것도 제대로 보지 못했던 것이다. 엔딩 크레디트가 다 올라가고 난 후 관객들이 밖으로 나갔다. 그들에게 미안하다는 생각을 하며 조금 울었다. 혐오스런 자기연민에 젖어, 신나게 울어볼까 각을 잡는 와중에 키가 큰 남자가 나에게 다가왔다.

오랜만이다.

전보다 조금 더 나이들고 조금 더 까매지고, 그래서 가뜩이나 푹 파인 눈이 더 깊어져버린 왕샤가 내 눈앞에 서 있었다. 나도 모르게, 너 죽은 거 아니었어? 해버렸다. 왕샤는 내게 목소리가 왜 그러냐고 물었다. 나는 콧물을 삼키며 말했다.

알레르기.

우리는 함께 웃었다.

일 년 만에 향한 자이툰 파스타의 불은 꺼져 있었다. 닫힌 유리문을 통해 안을 들여다보니 전단지며 고지서 같은 게 잔뜩 쌓여 있었다.

오픈한 지 얼마 되지도 않았는데……

다른 곳에 가기에는 너무 출출했던 터라 우리는 그냥 상가 일층에 있는 편의점에서 도시락과 소주를 샀다. 편의점 앞 플라스틱 테이블에 판을 깔아놓고 술을 마셨다. 왕샤가 종이컵에 소주를 따라 넣으며 말했다.

나는 맥주가 싫어.

나도 싫어해. 배만 부르고 맛도 없잖아. 술은 소주지.

니가 뭘 좀 안다. 우리 몰랐던 공통점이 많네.

그러게.

왕샤는 중견 여배우의 이름이 적힌 도시락을 흡입하듯 먹으며, 내게 자신의 근황을 말해주었다. 대학원에 진학했다 돈이 없어 한 학기 만에 때려치워버렸으며, 취직자리를 알아보다 농협의 계약직 텔러가 됐다고 했다. 왜 하필 은행에 들어갔냐고 물으니, 별다른 이유는 없고 붙은 데가 거기뿐이라고 답했다. 남자답고 듬직하게 생겨서 뽑았다고 하더라고. 웃기지. 실은 정반대인데. 그리고 왕샤는 내게 너는 정말 영화감독이 됐구나, 멋지다, 라고 말했고 나는 아무 대답도 할 수가 없어서, 그냥 종이컵을 만지작거렸다. 왕샤가 조심스럽게 내게 말했다.

근데 오늘 영화 말이야.

나도 알아. 쓰레기인 거.

뭔 소리야 난 재밌게 봤어.

그래, 빈말이라도 고마워.

그런 얘기를 하려고 했던 건 아니고, 영화가 꼭 너 같다고, 그 말을 하려고 했어.

도대체 어디가 나 같은데?

캐릭터들이 맨날 술이나 처먹고, 섹스나 하고 그런 거.

맞네.

영화 보는 내내 꼭 네가 나한테 말을 걸고 있는 것처럼 느껴졌다면 너무 자기중심적인 생각인가.

몰라. 다른 얘기 해.

근데 너는 하나도 안 변했다. 얼굴도 그대로고.

너는 좀 늙었네.

절대 형이라고 부르지 않는 그 버르장머리도 여전하고 말이야.

우리는 낄낄대며 건배를 했다. 왕샤는 술을 연거푸 들이켰다. 그리고 자못 진지한 표정으로 말했다.

오늘 여기 온 건, 사실 꼭 하고 싶은 말이 있어서야.

무슨 말을?

예전부터 쭉, 미안하다고, 하고 싶었어.

뭐가 미안한데.

그냥 모든 게, 다.

이제 와서, 뭘.

그래도 언젠가는 꼭, 얘기하고 싶었어. 그때 내가 안 좋은 상태였어. 나 자신을 받아들이기가 힘들었고, 그래서 본의 아니게 너를 많이 힘들게 한 것 같아.

나는 대답하지 않고 소주를 들이켰다. 묻지도 않았는데, 왕샤는 연락이 끊겼던 동안 일어났던 일에 대해 말하기 시작했다.

왕샤가 자살했다는 소문의 절반은 진실이었다. 실제로 수차례 자살 시도를 했으나 미수에 그쳤고, 폐쇄 병동에 몇 달 동안 입원해 치료를 받았다고 했다. 살이 많이 빠졌으며 머리숱이 줄었고, 그 무렵의 기억이 별로 없다고도 했다. 그때 빠진 근육이 아직도 제대로 복구가 안 됐다고, 여전히 굵은 자신의 팔뚝을 쓰다듬으며 말했다.

이제는 안 그래. 다 변했어. 다 변한 거까지는 아니겠지만 훨씬 나아졌어. 네가 꿈을 이뤄 성공한 감독이 된 것처럼.

성공은 개뿔. 이천만원으로 관객수 일곱 명짜리 영화를 찍었답니다.

관객의 규모가 아주 순수예술인데? 진짜 예술가는 내가 아니라 너다, 너.

함께 배를 잡고 웃었다. 입꼬리가 활짝 올라가는 그의 미소는 내가 잘 아는 모습이었다. 내일 모든 걸 다 잃어버릴지라도 일단은 웃고 보자는, 대책 없이 해맑은 그 얼굴. 그 빛나는 모습으로 말미암아, 그 시절의 내가 그를 얼마나 좋아했는지 떠올릴 수 있었다. 나는 웃는 왕샤를 껴안았다. 왕샤도 나를 꽉 안았다. 우리는 어느 아파트 단지의 상가에서 서로를 안은 채 한동안 가만히 있었다.

그날 밤 우리는 1차만으로는 술이 부족하다는 판단에 이태원의 바에서 2차를 가졌다. 그러다 사람이 없는 목요일의 게이클럽에 진출해 새벽 다섯시까지 춤을 추다 근처의 모텔에 갔다. 섹스를 할까 했지만 발기가 잘 되지 않고 간지럽기만 해 그냥 손만 잡고 잤다. 자고 일어나서는 옷을 다 벗은 채 나란히 서서 양치질을 했다. 서로의 부은 얼굴을 보며.

그렇게 우리는 술에 취하면 더욱 빠른 속도로 취해야 한다는 주사를 가지고 있다는 공통점으로 다시금 가까워졌다. 이번에는 인간 대 인간으로. 성적 욕망이 걷힌, 맑고 투명한 관계로 남아 인생의 가장 고단한 시절을 함께하는 중이다. 그리고 요즘도 누구보다도 넓고 단단한 그의 등을 보며 나는 그 시절의 그와, 나아가 그를 좋아하는 마음조차 제대로 받아들일 수 없었던 그 시절의 나 자신과 화해하기로 결심했다.

불가능한 것을 꿈꾸는 건 예나 지금이나 똑같았다.

*

순대국밥집에서 온갖 소동을 일으키고 나니 도통 술이 넘어가지를 않았다. 결국 우리는 소주를 반 넘게 남기고 자리에서 일어섰다. 술을 남긴다는 건, 우리에게 단 한 번도 없었던 일이었다. 왕샤와 함께 힘없이 거리를 걸었다. 한 걸음 내디딜 때마다 왕샤가 재채기하는 소리가 들렸다. 사거리에 접어들었을 때 굉음을 내며 차 한 대가 도로를 달려왔다. 은색 아우디였다. 왕샤가 소리쳤다.

저 차 잡아.

어?

샤넬 새끼들 차야 저거.

도대체 저 차를 잡아서 뭘 어쩌려는 건지는 모르겠지만, 일단 우리는 아우디를 따라 달리기 시작했다. 달리다보니 어느덧 나는 나 자신을 아우디를 따라잡기 위해 태어난 사람처럼 느끼게 되어버렸다. 최선을 다해 뛰어보았지만 인간이 아무리 빠르다 한들 차를 따라잡을 수는 없는 일이었다. 은색 아우디는 신호를 무시한 채 길 저편으로 사라져갔다. 왕샤는 바닥에 주저앉아 차가 사라진 방향을 향해 소리쳤다.

전범국의 차를 모는 매국노 새끼들아! 더러운 이성애자들아!

거리에는 우리 두 사람만이 남았다. 미세먼지를 뚫고 동이 터오르고 있었다. 이마에서 흐른 땀 때문인지 미세먼지 때문인지 눈이 따가웠다. 나는 자리에 주저앉은 왕샤를 일으켜세웠다. 왕샤는 울고 있었다.

왜 이래 왕샤. 너 취했어.

우리 완벽히 졌어. 마이크 하나 제대로 훔치지 못했어.

울지 마. 마이크값 그거 얼마 하지도 않아.

망했어. 다 뺏겼어. 마이크도, 무용도, 아빠까지도. 내가 사랑하는 건 모조리 다 없어져버렸다고.

왕샤는 바닥에 주저앉아 아빠, 아빠, 소리를 지르며 본격적으로 울기 시작했다.

야, 뚝 그쳐. 너 서른다섯이야. 그런다고 아빠가 돌아오겠니.

아빤 죽었겠지. 다들 죽어 없어진 거겠지. 망해버린 거겠지.

아니. 그런 건 망했다고 하는 게 아냐. 완성된 거야. 너희 아버지는 성공한 인생을 완성한 거고, 왕샤 너는 현대무용이라는 꿈을 완성해버린 거고, 우리는, 그러니까 우리의……

우리의 꿈도, 감정도 그 자리에서 그렇게 다 완성돼버린 거였어, 말을 해야 하는데 눈물이 날 것 같아서 말을 이을 수가 없었다. 왕샤는 내 말을 들은 척도 하지 않고 신나게 울어댔다. 자기 연민이나 광기가 예술의 조건이었다면 우리는 이미 세계적인 예술가가 됐어야 했다. 우는 왕샤를 달래고, 회유하고, 때리기까지 해봤지만 별 소용이 없었다. 특유의 뚝심 있고 성실한 성격이 이런 데까지도 반영되는 것 같았다. 어떻게 해야 하나 고민하다 문득 깨달았다. 왕샤를 위로하는 방법은 언제나 하나였다.

예술.

나는 핸드폰을 들어 노래를 틀었다. 유채영의 테크노 넘버가 거리를 울렸다. 그때는 몰랐었어 누굴 사랑하는 법. 나는 노래에 맞춰 춤을 추기 시작했다. 내가 길바닥에서 춤을 추고 있다는 것을 깨달았을 때는 정말 취했구나 싶었는데, 스스로 취한 것을 아는 걸 보니 아주 망한 건 아니라 다행이라는 생각을 하며 계속 춤을 추었다. 왕샤의 말처럼 유채영은 최고의 아티스트인 게 분명했다. 구성진 그녀의 목소리를 듣다보니 절로 춤이 나왔다. 왕샤를 위로하기 위한 애초의 목적은 잊은 채, 오히려 내가 더 신이 나서 춤을 추게 되었다. 어느덧 눈물을 멈춘 왕샤가 가방에서 소주병을 꺼냈다. 그 와중에 순대국밥집에서 챙겨온 거라고 했다. 왕샤는 술을 병째로 들이켠 후 취기가 가득한 목소리로 내게 소리질렀다.

넌 도대체 잘하는 게 뭐냐.

관객의 수준에 맞는 새로운 장르의 춤을 춰야 할 것 같았다. 나는 심호흡을 한 뒤 바닥에 앉아 동그랗게 몸을 말았다. 그리고 순식간에 몸을 펴, 하늘을 향해 힘차게 뛰어올랐다. 즉흥으로 만들어낸 것이라고는 믿을 수 없을 만큼 절도 있는 안무였고, 내가 다 눈물이 날 것 같았다. 왕샤는 그런 나를 보고 낄낄대며 웃었다.

그건 도대체 뭔 춤인데.

현대무용입니다. 작품의 제목은, '나는 세상의 아주 작은 점이다'.

왕샤가 고개를 저으며 말했다. 제목이 좀 잘못됐어. 자리에서 벌떡 일어난 그는 마치 샴페인 잔으로 건배를 하는 것처럼 소주병을 치켜들었다. 그리고 외쳤다.

우리는 세상의 작은 점조차 되지 못했다!

그의 말이 맞았다. 우리는 세상의 아주 작은 점조차 되지 못했다. 점은커녕 그 어떤 것도 되지 못했다. 인생을 걸고 했던 일들은 모두 아무것도 아닌 것들이 되어버렸다. 칸영화제를 가기는커녕 제대로 된 퀴어 영화를 찍지도 못했고, 현대무용가가 되지도 못했다. 보란듯이 사랑을 하지도 못했고, 내가 누구인지 어떤 감정을 느끼는지조차 제대로 알지 못한 채 어영부영 나이만 처먹었다. 동성애자이면서 제대로 동성애를 하지도 못했고 그것도 모자라 이성애자들로부터 마이크 하나조차 제대로 훔치지 못했다. 이토록 철저한 실패는 영화에서도 찾아보기 힘들 정도다. 우리는 망했다. 망해먹은 채 아무것도 되지 못했다. 우리는 웃고 떠들고 술 먹고 섹스하다 죽을 줄이나 아는 동성애자들일 뿐, 그 이상의 아무것도 되지 못했고, 되지 못할 것이다. 우리는 애초에 아무것도 아니었고, 아무것도 아니며, 그러므로 영원히 아무것도 아니다.

정말, 아무것도 아니다.

| 작가노트 |

한없이 평범한 날들

이 소설을 썼던 지난여름, 나의 일상은 평범하고 특별했다.

강수량은 적었고, 일조량이 늘었으며, 가뜩이나 검은 얼굴이 더 까맣게 타버렸다. 런던에서 테러가 일어났으며, 시리아에서는 내전이 한창이었고, 누벨바그의 뮤즈라 불렸던 프랑스의 배우 잔 모로가 유명을 달리했다. 한국의 한 육군 대위는 성소수자 색출 작전을 통해, 일과 외 시간에 사병과 합의하에 '동성애'를 한 것이 적발되어 군검찰에 기소되었다.

나는 매일 새벽 네시에 일어나 노트북을 들고 밖으로 나가 불이 켜진 아무 카페에나 들어갔다. 샷이 추가된 진한 아메리카노를 마신 뒤 정신없이 소설을 썼다. 어깨가 떡처럼 굳어버리면 거짓말처럼 아슬아슬하게 지각하지 않을 시간이었고, 눈곱을 뗄 틈도 없이 통근 버스를 타러 갔다. 짜증이 가득한 얼굴로 사무실에 앉아 음향장치가 고장난 기계처럼 아무 소리도 내지 않고 일을 했다. 퇴근을 한 뒤에는 척추 전문 병원에 가 코어 근육을 강화하고 튀어나온 디스크를 넣어준다는 (그러나 실효성은 알 수 없는) 치료를 받았다. 역류성 식도염에 좋다는 양배추즙을 마시기 시작했다. 돈이 많이 들었다.

일주일에 한 번씩은 술을 마셨는데, 술 마시고 택시를 탈 때마다 꼭 울었다. 기사들 중 누구도 눈물보다 콧물을 더 많이 흘리며 우는 내게 말을 걸지 않았다. 확실히 우는 손님이 처음은 아닌 것 같았고, 그후로 노래방에서 〈이별택시〉를 부르는 사람을 볼 때마다 자꾸 웃음이 나서 참느라 혼났다.

소설을 다 쓰고 송고할 때, 이런 것을 소설이라고 부를 수 있을까, 잠깐 고민했다.

*

이 글을 쓰는 지금, 나는 한 영화관의 로비에 앉아 있다. 쥐며느리처럼 허리를 구부리고 앉아 허벅지에 올려놓은 노트북을 두드리는 중이다. 영화가 시작하기를 기다리기라도 하는 것처럼, 그러나 실은 아무것도 기다리지 않는 채로.

사실 이 영화관은 내게 꽤나 각별한 공간이다. 십 년이 넘는 시간 동안, 아끼고 사랑했던 거의 모든 사람들과 이곳에서 함께 영화를 보았다. 가장 친한 친구가 이곳에 취직을 한 뒤부터는 학교보다 더 자주 드나들었으니, 한없이 일상에 가까운 공간이라고도 볼 수 있겠다.

처음 이곳에 온 것은 꼬박 십일 년 전, 대학 신입생 때였다. 학교에서 역을 향해 내려오다 영화관 건물 옆에 커다란 간달프 동상이 서 있는 것을 발견했다. 그걸 보며 한참을 낄낄대다 건물 안으로 들어갔다. 그때의 영화관은 지금보다 더 자주 예술영화를 틀었고, 티켓박스도 매점도 일층에 위치해 있었다. 길을 걷다 방향을 꺾으면 언제든지 영화를 볼 수 있었기 때문에 한 달 삼십만원도 되지 않던 생활비를 쪼개 충동적으로 영화를 보곤 했다(그리고 굶었다). 어느 가수가 노래하길 세상은 어제와 같고 시간은 흐르고 있고 나만 혼자 달라져 있다지만, 실은 세상도 어제와 같지만은 않아서 당시에는 티브이만 틀면 (최고의 엔터테이너이자 아티스트인) 유채영이 나와 익살을 부렸고, 지금은 세상에 없는 내 친구들 몇몇도 모두 건강히 잘만 살아 있어서 전화만 걸면 언제든지 만날 수 있었다. 나의 몸도 군살 없이 건강한 편이었고, 밤새 술을 마시고도 벌떡 일어나 수업을 들으러 가곤 했다. 술도 잘 마시고 살도 안 찌고 주변에 별달리 죽은 사람도 없는데도 불구하고 이상하게 그 시절 나는 일상을 견딜 수가 없었다. 실수로 과산화수소를 쏟아버린 것처럼 부글대는 감정을 주체하지 못했고, 때문에 매일 나 자신으로부터 도피하기 위해 난리를 쳐댔다. 책을 읽거나 영화를 봤고, 정신을 놓을 때까지 술을 마셨다. 그렇게까지 해도 시간이 남으면 별수없이 글을 쓰곤 했다.

그 시절의 나에게 글쓰기는 술 먹고 구토하는 것과 진배없는, 배설의 과정이었다.

하루종일 하는 짓이라고는 책 읽고 영화 보고 글쓰는 일밖에 없으니 자연히 작가라는 것을 꿈꾸게 되었고, 그럴듯한 문학상을 타고 수상소감까지 적는 내 모습을 몇 번인가 상상하기도 했다. 많이 술 취한 어느 밤에는 함께 누운 사람의 손을 잡고 그런 말을 했던 적도 있었던 것 같다. 있잖아, 나 꼭 작가가 될 거야. 그러나 그것은 그저 로또 당첨이나 성숙하고 아름다운 연애처럼 허황된 꿈에 불과했고, 진짜 그런 삶을 살게 될 것이라고 생각하지는 않았다.

그리고 지금 나는 그때의 그 영화관에 앉아 있다. 이곳도 거리의 다른 모든 공간들처럼 예전의 흔적을 찾아버릴 수 없을 만큼 변해버렸다. 건물 옆 커다란 간달프 동상은 철거되었고 매표소는 오층으로 옮겨졌으며 그 자리에는 의류 편집숍이 들어와 도통 사이즈가 맞지 않는 옷과 모자, 선글라스 같은 것을 팔고 있다. 나는 (여전히 퍽이나 가난하지만) 보고 싶은 영화 한두 편 정도는 고민하지 않고 볼 수 있을 정도의 돈을 버는, 고도비만인이 되었다. 십 년 전의 나로서는 감히 상상조차 하지 못했던 모습이다. 무엇보다도 가장 예상할 수 없었던 변화는 이렇게, 문학상 수상작품집에 작가노트를 쓰는 작가가 되어버린 것이다.

물론 변하지 않은 것들도 있다. (스무 살에 꿨던 허황된 꿈을 이룬 사람이 되어버렸음에도 불구하고) 실수로 과산화수소를 쏟아버린 것처럼 부글거리고 따끔거리는 통증만큼은 여전하다. 함께 영화를 보던 사람들, 내게 사랑한다고 말해주던 사람들은 모두 내 곁을 떠나버리거나 좀더 패기 있게 아예 세상을 떠나버리기까지 했는데, 나만 혼자 이곳에 남아 나 혼자만의 감정에 취해 살고 있다. 심지어 정신을 차리고 보니 어느새 이런 청승맞은 감정의 똥을 모르는 사람들에게 노출하고 전시하는 직업까지 가져버린 것이다.

겁도 없이!

정말 이래도 되는 걸까, 하는 불안감에 사로잡힐 때마다 나의 은사님이 해주신 말을 떠올리곤 했다.

너에게로 향하는 절경은 너만이 펼칠 수 있단다.

그런데 선생님 어쩌죠. 일단 길을 내놓고 보니 그곳은

정말 참상이군요.

*

이 작품을 발표한 뒤 난생처음, 독자들로부터 피드백을 받게 되었다. 그것은 실로 새롭고 기이한 경험이었다. 칭찬은 칭찬대로, 비판은 비판대로 부끄러웠다. 내가 쓴 소설에 대한 평가나 질문보다는 주로 소재에 대한 피드백이 많았다. (공부를 많이 한 고급) 독자들이 지구상에 존재하는 거의 모든 퀴어 작품을 들고 와서는 그것이 옳은지 그른지 물었고(알 게 뭐람), 몇 년째 연애도 못하고 있는 내게 보편적인 사랑과 특수한 사랑이 뭔지 추궁하곤 했다(몰라요, 몰라). 어째 의도치 않게 유난한 소재의 이야기를 써버렸다는 생각이 들어 괜히 복잡한 마음이 들다, 이 유난스러운 반응이 내가 사는 한국사회에서 퀴어가 처한 '특별한' 현실이라는 것을 깨닫고 괜히 숙연한 마음이 되어버렸다. 그렇게 숙연한 마음을 안고, 내 딴에는 최선을 다해 알고 있는 거의 모든 것들을 대답해주거나 대답하지 않거나 했는데, 말문이 턱 막혀 아예 답하지 못한 질문이 하나 있었다. 공교롭게도 처음으로 소설 속 캐릭터에 대해 묻는 질문이었다.

소설 속 화자와 왕샤는 어떤 관계이며, 이후에 둘은 어떻게 되었나요?

이 지면을 빌려 그때 제대로 대답하지 못했던 것에 답하고 싶다.

사랑하는 사이이며, 사랑하는 사이로 남아 있습니다.

*

지금도 지구 어딘가에서는 전쟁이 벌어지고, 아름다웠던 배우가 죽어 없어지고, '동성애'를 했다는 이유로 군에서 쫓겨나고 심지어는 사형까지도 당하는데, 나는 이곳에 앉아 개똥같은 감정 타령이나 하고 있다. 나 자신과 타인의 불행을 연료 삼아 글을 쓰는 내가 혐오스럽다가도, 그런 감정에 사로잡혀 더 심한 청승을 떠는 나날들이 이어지고 있다. 새해 목표를 징징거리지 않기로 정했는데 이런 곳에서조차 징징거리고 있는 내가 한심하고 웃기지만,

뭐 어쩌겠어.

그게 나이고, 내가 할 수 있는 전부인데. 술 먹고 택시를 타면 눈물이나 짜고, 과잉된 자의식에 사로잡힌 채 글을 쓰는, 한없이 평범한 나날들을 계속 이어나갈 수밖에.

| 해설 |

깨어 있는 꿈
—예술가의 정체성, 퀴어라는 장르

노태훈

그동안 우리는 너무 조심스러웠던 게 아닐까. 소수자에 대해 말할 때 그들의 다름을 존중하면서 최대한 상처받지 않도록 언어를 고르고 골랐던 일은 당연히 그래야 하는 것이고 옳은 행위이지만, 어쩌면 그것이 짐짓 그들을 이해해주겠다는 시혜이고, 연민이고, 동정일 수 있다는 것을 몰랐던 게 아닐까. 아니, 사실은 분명히 알고 있었고 우리는 계속해서 그 우월한 위치를 차지하면서 그들의 고통만을 들여다보려 했던 게 아닐까. 오로지 그들이 소수자라는 사실에만 골몰해 모든 것을 그 마이너리티와 연결시키고 다름을 강조하면서 그들의 여러 '다른 모습'은 보지 못했던 것이 아닐까.

박상영의 「알려지지 않은 예술가의 눈물과 자이툰 파스타」를 읽으면 예술에서 소수자를 재현하는 방식에 대해, 또 그 윤리적 감각에 대해 고민하지 않을 수 없게 된다. 지금 세계를 완전히 변혁하는 일에는 젠더 문제가 핵심이고 그 최전선에 페미니즘과 퀴어 담론이 있음은 자명하다. 특히 최근 몇 년간 예술의 영역에서 그것들은 마치 운동처럼 퍼져나갔고, 훌륭한 성취의 대부분은 성소수자의 재현에서 이루어졌다. 그러나 여전히 예술의 주류는 견고하고 관습적인 젠더성에 기대고 있고, 여기에서 퀴어는 "인간에 대해, 감정에 대해 함부로 말하지 않고 섬세하게 다루려 하는 그 조심성"(277쪽)을 드러내는 효과적인 '소재'로만 기능하는 경우가 적지 않다. 그런데 이 소비적 재현을 넘어 퀴어가 하나의 '장르'가 되도록 거침없이 밀고 나가는 일군의 소설가들이 최근 한국 문단에도 전면에 등장하기 시작했고, 말할 것도 없이 박상영은 그 선두에 서 있다.

이 소설은 '나'가 "종로의 다 쓰러져가는 퀴어 영화 전문 제작사 사무실에 앉아"(249쪽) 영화 〈잠든 근육청년 탐하기〉를 검색하는 장면으로 시작한다. 지금부터 이어질 이야기가 게이들의 퀴어 서사임을 보여주는, 마치 선전포고와도 같은 이 도입부는 이 이야기가 그간 우리가 알아왔던 성소수자들의 서사와 꽤나 다른 분위기일 것임을 예고한다. 이 소설에서 그들은 더이상 정체성의 문제로만 괴로워하지 않는다. 보다 정확히 말하면 그들의 고통은 동성애자라는 사실에서 비롯되는 것이 아니라 그들이 동성애자이기 때문에 그렇게 할 수밖에 없는, 혹은 동성애자임에도 성취할 수 없는 '예술'과 '삶'의 여러 문제에 기인한다. 따라서 그들의 이야기는 소수자의 절망으로 떨어지지 않고 나름의 재미와 활력을 획득한 채로 박상영 특유의 리듬을 통해 전달된다.

어설픈 유머와 자극적인 에피소드, 멋을 잔뜩 부린 묘사와 문장,

쿨하고 냉소적이기만 한 태도, 정치적·윤리적 올바름에 대한 강박 등 최근 한국소설은 여러 난점들에 봉착해 있었는데, 박상영은 이 소설을 통해 정체성의 문제와 예술(가)적 자의식에 관해 모처럼의 통쾌함을 선사한다. 물론 좋은 소설이 늘 그렇듯, 이 통쾌하고 거침없는 이야기가 가볍게만 읽히지는 않는다.

게이들의 사랑이란 어떤 것일까. "우리 쪽 사람"(265쪽)인지를 확인하고서야 시도 가능한 그들의 사랑은 "퀴어 영화를 찍어 칸영화제에 진출"(262쪽)하겠다는 '나'의 포부만큼이나 쉽지 않은 일이다. 자이툰에서의 왕샤와 '나'의 로맨스는 마치 졸다 정신을 차려보니 끝나 있는 영화처럼, 이미 지나가버린 한때의 일이다. 당연한 말이지만 시작이 어렵다고 해서 그 사랑이 오래 지속되는 것도 아니고 동성애라고 해서 아주 특별한 관계가 형성되는 것도 아니다. 이들의 만남과 헤어짐은 그 무수한 사랑의 양태 중 하나일 뿐이다.

하지만 그 사랑을 흔히 성적 취향이라는 말로 갈음해버리는 사람들은 바로 그 취향이야말로 모든 것이라는 사실을 아직 깨닫지 못하고 있는 것 같다. "월드컵과 샤넬이라면 언제나 샤넬"인 "게이란 인간들의 일상"(294쪽)은 고민의 여지 없이 확고한 영역이고 그것이 곧 정체성이다. 그러므로 정체성은 '가짜'일 수가 없다. 이 소설에서 여러 번 강조하듯 '진짜' 퀴어들의 삶은 이성애자들을 이해시키기 위해 존재하는 것이 아니고, 그들이 가진 삶의 모습이 한 가지인 것도 아니다. 게이들이 "얼마나 공허하고 고통스럽게 살고 있는지" 그 "속사정"(288쪽)을 확인했다는 오감독의 말은 그래서 '헛소리'라고밖에 볼 수 없다. 퀴어의 이야기는 무언가 특별할 거라 생각하는 것은 철저히 대상화에 입각한, 이성애자의 관점일 것이다. 퀴어들의 입장에서 보자면 퀴어 영화나 소설은 전혀 특별할 것 없는 그들의 일상적인 이야기일 뿐이다. 아니, 퀴어 서사는 퀴어의 일상이어야만 한다고 말하는 편이 더 정확할 것 같다. 그러나 그런 퀴어적 시선과 별개로 예술은 언제나 새롭고 특별한 이야기를 원하고, '나'의 괴로움이 바로 거기에 있다.

'나'가 "자이툰 부대에 간 것은 순전히, 세상에 없는 퀴어 영화를 만들기 위해서였다"(256쪽). 그가 게이라는 사실만큼이나 중요한 것은 그가 예술가라는 점이다. 그리고 이 두 가지 정체성은 쉽게 분리되지 않는다. 오감독 같은 인물이 성적 정체성을 이용해 예술가가 되어보려는 것과 달리, '나'는 게이라서 예술가인 것도 아니고, 예술가여서 게이인 것도 아니다. 다시 말해 한 사람을 구성하는 정체성은 무척 다양하고 어떤 하나가 먼저일 수 없다는 것이다. 이를테면 '나'는 언젠가 영화를 만드는 일을 더이상 하지 않게 될지 모른다. 그러나 게이로서의 삶은 끝까지 포기하지 않을 것이다. 따라서 '나'에게 가장 중요한 것은 성적 정체성이라고 말할 수 있을까. 그렇게 말할 수는 없을 것이다. 요컨대 '나'가 꿈꾸는 삶이 있고 '나'가 꿈꾸는 예술이 있을 때, 그것은 절대로 분리될 수 없다. 우리는 작가와 작품을 구분하고, 다시 그 작가를 자연인으로서의 개인과 분리하여 예술가적 정체성을 부여하는 일에 익숙하다. 그리고 이렇게 여러 층위를 나누어 예술을 분석하는 태도를 객관적이며 또 진보적인 것이라 믿어왔다. 하지만 최근 문단 내 성폭력 문제를 비롯한 '미투 운동'의 폭발적인 전개 양상을 감안한다면 예술을 작품 그 자체로서만 평가하는 관점에는 회의가 들 수밖에 없다. 바로 이럴 때 퀴어적이라는 것은 삶과 예술이 구별될 수 없다는 감각에서 특별해진다. '가짜' 정체성으로는 '진짜' 예술의 영역에 결코 도달할 수 없음을 가장 첨예하게 인식하는 집단이 퀴어이고, 그들은 그 진정성(authenticity)을 무기로 기존의 예술에 균열을 가한다.

현대무용을 했던 왕샤와 퀴어 영화를 찍던 '나'는 예술에 대한 관점이 서로 다르지만 이 세계에서 "노력만으로 얻을 수 없는 예술적 재능이 필요하다는 것을 깨닫게 되었"(266~267쪽)다는 면에서는 같다. 예술적으로 무언가를 성취하는 일은 스스로의 노력과 열정만으로는 불가능하다. "재능이 없는 건 알고 있었어. 여기까지 끌고 온 건 그냥 오기였는지도 모르지"(267쪽)라는 왕샤의 말은 이룰 수 없는 꿈을 마지막까지 붙들고 있었던 사람이라면, 또 '나'처럼 여전히 놓지 못하고 있는 사람이라면 고개를 끄덕일 수밖에 없다. '나'는 한국의 퀴어 영화가 "하나같이 과잉된 감정에 사로잡힌 신파이거나 투명할 정도로 정치적인 목적을 드러내고 있었고, 남성 동성애자의(즉, 나의) 현실과는 거리가 멀었다"고 하면서 "순도 백 퍼센트의 퀴어 영화"(256쪽)를 만들겠다고 다짐하는데, 이것은 곧 '나'와 소설가 박상영의 '각오'이자 "사회적 약자를 대상화해 선정적으로 소모해버리는"(279쪽) '오감독'류에 대한 '혐오'이기도 하다. 이럴 때 소설에서 왕샤라는 인물을 어떻게 그려낼 것인가는 매우 중요한 문제가 된다. 대상화나 신파에 빠지지 않으면서 정치적 강박 없이 게이의 삶을 리얼하게 그려내는 것이 이 소설의 목표이기 때문이다. 사실 왕샤는 꽤 뒤늦게 정체성을 깨닫고 흔들리는 인물이며, 현대무용에 투신하였지만 이룬 것도 거의 없고, 무엇보다 아버지의 '실종'이 마음속 깊이 상처로 남아 있는데다가 결국 여러 차례 자살 시도까지 하는, 어떻게 보면 신파 속 캐릭터에 가깝다고도 볼 수 있다. 하지만 이 소설에서 왕샤는 대상화의 나락으로 떨어지지 않는다. 결국 소설에서 중요한 것은 어떤 인물이 소수자라는 사실이 아니라 그 인물이 얼마나 생생하게 그려졌느냐 하는 문제이기 때문이다.

오감독과의 행사와 새벽까지 이어진 술자리로 점철된 하루, 오감독과의 전사(前史), 그리고 왕샤와의 자이툰 로맨스를 교차하는 이 이야기는 결국 "정말, 아무것도 아니다"(318쪽)라는 문장으로 끝난다. 이들은 정말 아무것도 아닌 것일까. 아무것도 이루지 못하고 예술가적 자의식만 남은 채로 술을 마시고, 마이크를 훔치고, 신세를 한탄하고, 길거리에서 춤을 추고 소리를 질러대는 게 "철저한 실패"(같은 쪽)이기만 한 것일까. 곰곰이 생각해보면 아무것도 아니라는 말은 결국 '보편적'이라는 의미와 같아 보인다. 사랑 앞에 보편적이라는 수식이 적절한지는 늘 고민이지만 적어도 예술에서는 그럴 수 있다고 주장했던 미국의 미술비평가 아서 단토를 떠올려보자. 그는 오늘날 예술은 다원주의적이고 그것을 정의할 수 없다는 생각이 기본적이지만 우리는 어떤 것이 예술인지 끊임없이 그 보편성을 탐색해야 한다고 말한 바 있다. '무엇이든 예술이 될 수 있지만 모든 것이 예술인 것은 아니다' 정도로 정리하고 넘어갈 것이 아니라 '닫힌 개념'으로 예술을 끝없이 정의해가야 한다고 믿었던 그가 미술사를 경유하여 도달한 예술의 최종 정의는 '깨어 있는 꿈'이었다.[1)]
'깨어 있다'는 것과 '꿈'이라는 것은 우리가 늘 경험하는 아주 일반적인 현상이지만 '깨어 있는 꿈'은 예술의 영역에서만 발견되는 특별한 것이다. 동시에 그것은 잠들어 있는 상태에서 꾸는 꿈이 아니기 때문에 서로 '공유'가 가능하다는 점에서 보편적이다. 박상영이 결국 이 소설에서 말하고자 하는 바가 "그 시절의 그와, 나아가 그를 좋아하는 마음조차 제대로 받아들일 수 없었던 그 시절의 나 자신과 화해"(314~315쪽)하겠다는 "불가능한 것을 꿈꾸는"(315쪽) 일이라면, 지나간 마음을 다시 들여다보고 또 화해에 실패하고야 마는 이 이야기는 그 자체로 보편적인 예술이 된다.

이렇게 말하면서 글을 맺어보자. 이제야 우리는 비로소 게이 소설이라는 명명을 아무런 부담 없이, 조금의 망설임도 없이 분명하게 할 수 있게 되었다고. 그리고 어떤 꿈들은 서서히 현실이 되기도 하니,[2] 퀴어의 미래는 '발랄'할 것이라고.

---

1) 아서 단토, 『무엇이 예술인가』, 김한영 옮김, 은행나무, 2015 참조.

2) "서울북부지법 형사9단독 양상윤 판사는 22일 다른 부대 소속 장교 B씨와 동성 간 성행위를 한 예비역 중위 A(27)씨에게 무죄를 선고했다(2017고단3010)." (「[판결] 동성(同性) 군인 간 합의된 성관계, 첫 '무죄' 판결」, 법률신문, 2018. 2. 23.)

노태훈

2013년 중앙신인문학상 평론 부문에 「우리가 만날 수 있는 단 하나의 가능성, 소설—김연수의 근작들에 관한 몇 가지 독법」이 당선되어 등단. 평론집 『현장비평』이 있다.

2018 제9회 젊은작가상

심사 경위
심사평

심사위원

성석제 신수정 신형철 이장욱 정이현

선고위원

노태훈 이은지 이재경 김녕 안지영 이지은 한설

| 심사 경위 |

2010년에 제정된 젊은작가상이 9회를 맞았다. 해마다 고조되는 문단 안팎의 관심을 보건대 이제 이 상의 제정 취지와 심사 및 시상 방식은 폭넓은 이해와 동의를 얻고 있는 듯싶다. 등단 십 년 이하의 젊은 작가들이 한 해 동안 발표한 중단편소설 중에서 가장 뛰어난 일곱 편을 선정하는데, 그중 한 작품을 '대상'으로 선정하기는 하되 그것은 축제의 흥겨움을 배가하기 위한 것일 뿐, 일곱 작가에게 돌아가는 상금의 액수는 동일하며 이들 모두는 '젊은작가상 수상 작가'로 공평하게 호명된다. 한국소설의 내일을 담당할 신예 작가들에 대한 응분의 주목과 격려가 주어지고 그를 통해 한국소설의 현장이 더욱 열렬하고 튼튼해질 수 있다면, 이 선순환은 작가와 독자 모두에게 바람직한 결과를 가져오리라는 것이 2010년 이래로 변함없는 우리의 믿음이고 소망이다.

작년에 이어 이번에도 노태훈, 이은지, 이재경 평론가가 2017년 한 해 동안 발표된 수백 편의 중단편소설을 빠짐없이 읽고 토론하여 좋은 작품을 선별해주었고, 여기에 김녕, 안지영, 이지은, 한설 평론가가 가세해 최종 선고 작업을 도왔다. 이를 통해 열아홉 분의 작가가 쓴 스물두 편의 작품이 본심 심사위원(성석제, 신수정, 신형철, 이장욱, 정이현)들에게 전달됐다. 그 명단에는 지난 몇 년 동안 이 상을 한 차례 이상 수상한 낯익은 이름들과 아직 독자들에게는 낯설 이름들이 절반씩 섞여 있었다. 지난 1월 19일에 열린 본심에서 심사위원들은 전반적인 심사 소감이 서로 일치한다는 사실에 적잖이 놀랐다. 낯익은 작가들도 기대에 부응하는 수준작들을 써냈지만, 상대적으로 그들보다 더 신예인 작가들의 작품에서 발산되는 빛이 더 강렬하다는 것이 중론이었다.

일곱 편을 뽑아놓고 보니 기수상자는 작년의 대상 수상 작가 임현뿐이고 나머지는 모두 첫 수상자들이었다. 그만큼 작가들의 생산적 경쟁이 활발하다는 것이고 신예들의 성숙이 가파르다는 뜻이겠다. 박민정, 박상영, 정영수의 작품을 놓고는 셋 모두 대상일 수 있다는 데 누구도 이견이 없어 심사가 잠시 정체됐다. 박민정은 근래 발표작마다 평단의 관심을 모으고 있는데 그중 「세실, 주희」는 문제의식의 열도와 형식적 규제미가 특히 조화롭게 결합된 사례라는 평이었고, 2017년의 화제작 「알려지지 않은 예술가의 눈물과 자이툰 파스타」의 박상영은 등단 일 년 만에 자신이 독보적인 이야기와 화법의 소유자임을 입증했다는 평이었으며, 정영수의 「더 인간적인 말」은 이 작가의 시선과 언어가 첫 소설집 출간 이후 한층 깊어졌음을 실감하게 해준다는 평이었다.

대상은 결국 박민정 작가에게 돌아갔고 심사는 흔쾌하게 끝났다. 이 작가의 성실함과 치열함에 대한 지지와 격려는 그 어느 때보다도 바로 지금 주어져야 한다는 데 다수가 뜻을 같이했기 때문이다. 짐작건대 한국문학의 현장에 참여하고 있거나 그 현장을 애정으로 지켜보고 있는 많은 분들이 이 결정에 동의해주실 것으로 믿는다. 좋은 작품을 발표해준 일곱 명의 작가들에게, 심사의 노고를 감당해준 여러 심사위원들에게, 이번 시상을 계기로 이 나라의 젊은 작가들에게 더 큰 관심과 애정을 베풀어줄 독자 여러분들에게 두루 감사드린다.

성석제 _소설가

김세희의 「가만한 나날」의 외관은 식물적이고 가만하며 수동적이다. 반면 내장된 것은 육식동물 같은 이 시대의 공격성과 인간과 사회 사이의 불화로 파괴되어가는 개인의 나날을 보여준다. 그래서 이 작품은 강력하고 단단하다.

박상영의 「알려지지 않은 예술가의 눈물과 자이툰 파스타」는 처음 보았을 때 어디선가 보았던 것 같은, 이미 나왔을 법한 작품이라고 생각했는데 착각이었다. 그만큼 소설이 잘 만들어지고 충분히 숙성되었으면서도 젊음과 다양성의 미덕이 잘 드러난 작품이라 생각한다.

임성순의 「회랑을 배회하는 양떼와 그 포식자들」은 순식간에 읽게 하는 흡인력을 가지고 있다. 그림을 좋아하는 작가라면 누구나 써보고 싶어할 만한 작품인데 그렇다고 쉽게 써질 수 있는 것도 아니다. 예상치 못한 반전과 전형성에 빠지지 않은 점도 높이 살 만했다.

성석제

임현의 「그들의 이해관계」는 아주 낯설지도 않고 크지도 않은 세계를 알맞은 도구와 적절한 기술로 조리하여 식탁에 차려 내놓은 것 같은 느낌을 주었다. 작품을 읽어갈수록 작품에 나오는 문장처럼 '안심이 되었다'.

정영수의 「더 인간적인 말」은 이 작가의 소설에서 이제까지 쉽게 볼 수 없던 '안정성'이 느껴진다. 벽돌을 한 장 한 장 쌓아가듯이 이야기를 구축하여 이미 벌어진 일, 벌어지고 있는 일이라는 느낌을 주면서도 구석구석 개성적으로 세세한 변주가 이루어지고 있다는 게 좋았다. 여기까지 왔다면 다시 어디로 갈 것인지? 다음 행보에 관심을 가지지 않을 수 없는 작가이다.

최정나의 「한밤의 손님들」은 문제작이다. 서술 방식은 실험적이고 기존에 없던 방식이며 자신만의 스타일로 끝까지 밀어붙이되 결국 소설의 본령(우주의 크기처럼 거의 무한대로 늘어나는 자루라는)에서 벗어나지 않고 돌아와 '소설이 뭔데?' 하고 묻는 것 같다. 가족, 세계, 관계가 무엇이냐고 질문을 계속 바꿔가는 것도 가능할 것이다.

대상은 예상했던 대로 박민정의 「세실, 주희」에 돌아갔다. 작고 구석진 곳에서 여행을 시작해서 크나큰 허울을 쓰고 있는 세계를 뒤흔들 폭발력을 내장한 채(혹은 배낭에 멘 채) 독자들과 함께 익숙한 거리를 걸어가는 것. 필연과 이미 알고 있는 것, 우연과 미지의 것이 자연스럽게 용해되어 미묘한 서스펜스를 만들어내는 지점에 순조롭게 도달한 빼어난 작품이다.

수상하신 모든 분들께, 작가들 모두에게 내재하고 있는 젊음에 축하와 찬미를 보낸다.

신수정 _문학평론가

오랜만에 젊은작가상 심사에 참여했다. 지난 일 년 동안 발표된 작품 가운데 가장 '젊은' 작품들로 간주된 소설들을 한꺼번에 읽는 일은 언제나 행복하다. 젊다는 것은 낯선 기운, 어떤 놀라움의 세계에 속하는 일이라는 것을 다시 한번 실감했다.

개인적으로는 임현의 「그들의 이해관계」를 흥미롭게 읽었다. 아내를 버스 사고로 잃은 남자의 자책과 우연히 사고를 피한 버스 운전기사의 생존을 겹쳐놓으며 아내의 죽음이 누구의 잘못인지 묻고 있는 이 소설은 기묘하게 뒤섞인 우리들의 이해관계의 이면을 응시한다. 이 소설의 장점은 이 응시로부터 시시비비의 정의 대신 인간 존재의 아이러니를 확인한다는 데 있는지도 모르겠다. 임현은 사회파적 관심을 바탕에 내장한 채 결점투성이, 모순덩어리, 그리하여 필경 '지금에 와서 생각해보면, ~했었어야 했다'고 후회할 수밖에 없는 인간의 존재론적 한계를 극한까지 밀어붙이고 있다. 그것은 가치판단의 윤리로부터 소설의 윤리로 선회하는 장면이라고 할 만하다.

최정나의 「한밤의 손님들」은 지긋지긋한 가족 이야기다. 물론 한밤의 식당에 엄마와 자매가 둘러앉아 식사를 하고 있는 풍경은 얼마든지 아름답고 정겹다고 할 수 있을 것이다. 특히 어두운 거리에서 환한 불빛을 밝히고 있는 식당 안을 바라보게 된다면 더욱더. 물론 여기에는 예외가 하나 있다. 내 가족의 일만 아니라면. 최정나는 가족에 대한 이 이율배반의 감정을 에드워드 호퍼의 그림에 대한 묘사와 식사를 하고 있는 가족들 간의 어긋나는 대화의 병치를 통해 적나라하고 혐오스럽게 재현한다. 거의 희곡적이라고 할 만한 이 엽기 잔혹 실내극은 그간 이 작가가 시도해온 중산층 가족 이데올로기 비판의 연장선상이라고 할 만하지만 그 밀도의 농후함은 타의 추종을 불허하는 측면이 있다. 이제 이 작가는 이 분야의 베테랑이 되고 있는 것 같기도 하다.

김세희의 「가만한 나날」은 이십대 사회 초년생의 사회생활 환멸기다. 가짜 블로거 활동을 통해 상품을 광고하는 홍보업체의 일원이 된 화자의 이십대는 '프로'라는 허명으로 젊음의 열정을 착취하는 과정과 구별되지 않는다. 이런 이야기가 새롭다고 하기는 어려울 것이다. 어쩌면 김애란이나 황정은의 소설을 통해, 또 최근에는 김금희의 어떤 소설들을 통해 이런 이야기의 절편들을 접할 수 있었던 것도 사실이다. 그럼에도 불구하고 김세희의 「가만한 나날」은 묘

신수정

한 감동을 주는데, 그것은 아마도 '채털리 부인'이라는 가상 블로그의 주인공의 일상이 구체적 현실의 외압에 나가떨어져 폭발하는 장면의 강렬함과 아쉬움에 있는 것 같기도 하다. 작은 화분을 키우는 심정으로 애정을 쏟던 채털리 부인의 계정을 삭제하고 "어디에서도 『채털리 부인의 연인』을 좋아한다고 말하지 않는" 사람이 되어버린 화자의 시간을 '가만한 나날'이라는 단어로 묶어내는 것도 예사롭지 않아 보였다.

정영수의 「더 인간적인 말」의 매력은 많은 사람들이 지적하고 있는 것처럼 문체의 힘이라고 할 만하다. 치렁치렁한 만연체 문장이야 말할 것도 없고 최근 소설들에 잘 등장하지 않는 괄호를 사용하여 이전 진술을 지우고 그것과 상반되는 다른 진술을 덧입히기를 반복하는 이 작가의 의뭉스럽고 자의식적인 문장은 소설이란 결국 스타일이 아닌가라는 오래된 명제를 환기하는 힘이 있었다. 그런데 이 소설은 여기서 그치지 않고 최근 논란이 되고 있는 죽음을 결정할 권리, 이른바 안락사를 소설의 소재로 차용함으로써 "우리와 직접적인 연관이 있는 것" 대신 "관념적인 것, 우리와 먼 것"에 대해서 이야기하기를 좋아했던 문학의 관습을 슬쩍 비틀고 조롱한다. 이 순간 '더 인간적인 말'이라는 이 소설의 제목은 일종의 메타픽션, 이 작가의 소설론의 지위를 획득하는데, 이 절묘한 반전은 분명 놀라운 것이 사실이다. 그러나 나로선 이런 식의 비판이야말로 이 소설이 거리를 두고자 하는 "관념적인 것, 우리와 먼" 방식이 아닌가 의아한 측면 역시 없지 않았다. 어쩌면 이것은 이 작품의 잘못이 아닐 수도 있다. 정작 탓해야 할 것은 안락사라는 주제를 대학 교양과정부의 커리큘럼 안에서만 소화하고 있는 우리 사회의 지적 풍토일지도 모르겠다. 사정이 그러하다면, 정영수의 「더 인간적인 말」은 이 풍토에 대한 비판적 환기력을 지닐 수 있을 것도 같다.

임성순의 「회랑을 배회하는 양떼와 그 포식자들」은 일단 그 압도적인 입담 앞에 할말을 잃게 만든다. 큰손이 시장을 좌지우지하는 미술계의 내부 사정에 대한 폭로도 그렇고 뉴욕 미술계에 대한 날렵한 스케치 역시 그러했다. 막힘이 없었으며 그런 만큼 잘 읽혔고 심지어 잘 모르는 분야에 대한 이러저러한 정보를 제공함으로써 공부가 되기도 했다. 그러나 나는 어쩔 수 없이 이 소설의 스타일이 익숙해 보였는데 예술과 사기 사이의 아슬아슬한 접점을 전면화한다든가 감각적 퍼포먼스에 대한 묘사 자체가 지나치게 기시감이 강해서 그런 듯도 하다. 무엇보다도 단편과 장편의 차이를 생각하게 되는데, 블록버스터 단편은 어쩐지 어울리지 않는 조합이라는 생각을 쉽게 버리지 못하고 있다.

박상영의 「알려지지 않은 예술가의 눈물과 자이툰 파스타」는 자신의 에세이를 개작한 데서도 알 수 있는 것처럼 필생의 이야기를 풀어내는 작가의 열정이 고스란히 전달되는 작품이었다. 퀴어 영화, 자이툰 부대, 현대무용을 전공한 파병 군인, 사막, 벽화, 고립된 남자들 간의 연대, 오인된 퀴어 영화에 대한 신랄한 비판, 예술이란 무엇인가…… 열거한 리스트는 이 소설의 일부에 불과한지도 모르겠다. 오늘날 젊은 소설이 무엇을 의미하는 개념인지 모르겠지만 적어도 이 정도는 되어야 새롭다고 말할 수 있으려나. 나는 박상영의 내레이션에 푹 빠져 그가 풀어내는 기나긴 이야기를 단숨에 읽어버렸지만 이 소설의 과잉에 질려버린 것도 사실이다. 이토록 많은 디테일들이 뒤섞여 부글부글 끓어오르는 소설도 오랜만이라면 오랜만이다. 여담이지만 비슷한 이야기를 일기나 페이스북 낙서처럼 휘갈기는 김봉곤의 스타일과 정반대에 위치하고 있다는 점도 흥미로웠다.

2018년 젊은작가상 대상은 박민정의 「세실, 주희」에 돌아갔다. 『아내들의 학교』 이래 이 작가가 지속하고 있는 문제의식을 생각하면 이 소설의 무게에 공감하지 않을 사람은 그리 많지 않을 듯하다. 명확한 주제의식과 안정된 플롯, 일관된 스타일 등 이 소설은 한 작가가 마침내 자신의 재능을 제대로 피워내고 있는 장면을 엿보는 감회를 선사하기에 부족함이 없었다. 무엇보다도 최근 화두가 되고 있는 내셔널리즘과 젠더 사이의 미묘하고 껄끄러운 결합축을 문제삼았다는 점에서 이 작가의 정치적 감도와 미학적 태도를 가늠해볼 수 있는 여지 역시 충분했다. 젊은 작가의 젊음이 문학에 대한 관점의 변화를 요구하는 내적 폭발력을 의미하는 것이라면, 박민정이야말로 이 상의 주인공으로서 가장 적합하다는 느낌도 없지 않다. 다만 이 모든 것이 너무 '확실'해서 오히려 '불안'한 것도 사실이다. 박민정의 소설은 지나치게 '비평적 트루기'에 적합한 것은 아닐까. 나는 그것을 농담삼아 '리포트'라고 부르기도 했는데, 세상이 진리에 눈감고 있을 때 사회과학적 개념의 직접성은 그 맹목의 눈가리개를 벗겨내는 가장 절실한 수단이 될 수 있지만, 바로 그 이유로 그것은 언제나 소설을 초과하거나 소설에 미달되기도 한다는 게 내 생각이다. 수상을 축하한다. 아울러 비록 젊은작가상에 들지는 못했으나 김엄지와 이주란의 여백이 많은 소설들에 많은 자극을 받았다는 사실을 말해두고 싶다.

신형철 _문학평론가

1. 지적이라는 평가의 의미—박민정

동시대 작가들 중에서 박민정을 특별히 돋보이게 하는 것은 그의 지적 면모다. 소설에 써먹을 수 있는 한낱 지식이나 정보 따위에 기민하다는 뜻이 아니라, 당대적이면서도 비판적인 문제의식과 그것을 전략적으로 부상(浮上)시키는 플롯 구조를 효율적으로 운용한다는 점에서 그렇다. 그 때문에 혹자의 눈에는 지적 담론에 연역적으로 이끌려 나오는 소설처럼 보일 수도 있겠는데, 설사 그렇다 한들 그게 그 자체로 문제일 리는 없을뿐더러, 그 결과물 역시 지금까지는 대체로 성공적인 것으로 보인다. 그것의 사회학적인 요소를 좋은 취지로 강조한다면 '필드워크 소설'이라는 말도 혹 가능할지 모르겠다. 「세실, 주희」 역시 얼마간은 그렇다. 주인공 주희에게는 두 개의 과제가 주어져 있다. J만을 믿고 따라간 뉴올리언스

신형철

여행 도중 현지 남성들에게 집단적으로 당한 봉변을 누군가가 찍어 여성혐오 포르노 사이트에 게시했다는 사실을 발견했기 때문에 이에 대한 조치를 취해야 한다는 과제가 하나이고, 현재 같은 매장에서 일하는 일본 여성 세실의 요청으로 주말에 그에게 한국어를 가르치는 쉽지 않은 일을 해야 한다는 과제가 다른 하나다.

이 두 가지 과제-현실은 정확히 대칭 구도를 이루면서 주희를 둘러싸고 있다. 층위1에서 주희의 상대자는 J이고 더 크게는 미국 백인 남자들이다. 영어를 못하는 아시아 여성 주희는 백인 남성들 사이에서 권력관계의 하위자였으며 그 때문에 그들의 성별주의(sexism)와 인종주의(racism)에 무력하게 노출돼 있었다. 그 일 이후에도 J에게 항의는커녕 하소연도 못하고 있으니 주희와 J 사이에도 위계가 있다. 한편 층위2에서 주희의 상대자는 세실인데, 주희는 세실이 배우기를 원하는 한국어를 잘한다는 이유만으로 자신이 권력관계에서 우위를 점하게 된다는 사실을 조금은 불편하게 인지하는 중이다. 게다가 세실이 주희에 비해 여성혐오에 대한 민감성이나 한일관계에 대한 역사 인식 등이 모두 부족하다는 것 역시 둘 사이에 또다른 위계관계를 구조화하는 요인이 되고 있다. 이 두 층위 사이에 끼여 있는 주희는, 바로 그렇기 때문에, 섬세한 성찰이 요구되는 상황 속으로 본의 아니게 끌려 들어간다. 그리고 그 설정 덕분에 이 소설은 오늘을 살아가는 평범한 개인들이 국가(언어) 간 역사·권력 관계의 자력(磁力)으로부터 어떠한 영향을 받는가에 대한 지극히 섬세한 관찰기로 완성될 수 있었다.

지극히 섬세하다, 라는 평가에는 충분한 근거가 있다. 민족국가의 경계를 넘어 세계시민주의에 도달해야 한다는 당위는 옳지만 과거가 현재에 남기는 유무형의 채무관계는 그것대로 중요하다는 점을 분명히 인식한 채로, 그 속에서 발생하는 성별·민족적 혐오의 정동을 문제화하고, 더 나아가 그 속을 살아가는 세 여성(J-주희-세실) 사이에 여성으로서의 동일성 못지않게 차이 역시 분명히 존재한다는 난감한 문제까지를 사유하고 있는 이 소설의 깊이와 넓이는 놀랍다. 하나같이 쉽지 않은 것들이기 때문에 이 문제들은 주희의 내면을 통과해도 깔끔하게 해결되지 않으며 작가는 이 의미 있는 혼란을 그냥 펼쳐놓는다. 그러나 이 혼란은 '형식에서의' 혼란이 아니라 '주제로서의' 혼란일 뿐이다. 앞에서 말한 주희의 두 층위가 소설 말미에서 정확히 포개지는—즉 뉴올리언스의 거리를 무지의 고통 속에서 헤매던 주희와 그런 그를 거울상처럼 비추듯 명동 거리를 그와 유사한 무지의 상태에서 거닐고 있는 세실, 혹은 달리 말하면 'J를 몰랐던 주희'와 '주희를 모르는 세실' 사이의 대칭 구도가 완성되는—순간에, 이 소설의 구성적 정밀함은 빛난다. 여기에는 사태를 단순화하는 어떠한 도식성도 없으며 오히려 지적 정확성이 드물게 도달하는 구조적 완결성이 있을 뿐이다.

2. 언어가 실패하는 깊은 곳—정영수, 임현

평론가로서 글을 쓸 때는 '취향'보다는 '입장'을 말하는 것이 좋고, 또 '입장' 표명보다 더 좋은 것은 '인식'의 생산이라고 믿는 편이지만, 그렇다고 취향이 없을 수야 없다. 어떤 소설과 독자 사이에는 입장이나 인식 말고 취향만이 또렷이 남을 때가 있는데 그런 독서는 특별한 경험이 된다. 몇 번이고 말할 수 있지만 정영수의 「더 인간적인 말」은 내가 편애하는 유형의 소설이다. 근자의 사례로 김연수의 「벚꽃 새해」(『사월의 미, 칠월의 솔』)와 권여선의 「이모」(『안녕 주정뱅이』) 등을 떠올리면 될 것이다. 이들은 모두 내가 '제3자 효과'라고 부르고 싶은 소설적 구성 원리를 공유한다. 인간은 불완전하고 관계 역시 그러해서 인간관계란 언젠가 내부적 한계에 부딪혀 앞으로 나아갈 수도 뒤로 돌아갈 수도 없게 될 때가 있다. 그런 인물들이 제3자를 만나면 그 앞에서 비로소 그들 자신의 한계를 인식하고 문득 성숙해지는 일이 일어날 수 있다. 개별 인간 혹은 인생에는 깊이라는 것이 있고 그 깊이에는 차이가 있는데, 그 깊이의 미묘한 차이를 알아보고 또 그것을 미묘한 그대로 보여주는 것이 뛰어난 소설가들의 능력이다. 그런 소설은 '가르친 사람은 없지만 배운 사람은 있는' 이상한 상황을 만든다. 「더 인간적인 말」에는 끝없는 논쟁에 지쳐 아예 대화를 중단해버린 커플이 있고 그들 앞에 나타나는 제3자는 곧 안락사를 결행할 예정인 이모다.

당연히 이런 유형의 소설에서는 문제의 제3자가 다른 두 사람에게 자신의 가장 긴 이야기를 들려주는 대목이 구조적 절정을 이룬

다. 이 소설에서는 이모의 스페인 시절 회상담이 그것에 해당되고, 이 밑도 끝도 없는 이야기는 언제나 그렇듯 일종의 인생론 우화다. 이모에게 인생은 스페인 시절의 그 기이했던 게임만큼이나 뜻대로 되지 않는 것이었으므로 인생의 마지막만큼은 온전히 자기 뜻대로 마무리를 짓겠다는 것. 자신의 의지를 관철시켜나가는 이모 앞에서 이 말 많은 부부는 그들의 한계가 무엇인지를 배우고 만다. "우리는 우주의 존재 이유에 대해서는 며칠이고 떠들 수 있었지만 이모의 죽음에 대해서는 그렇지 않았다." 그러니까 이 소설은 정말 중요한 것은 언어로 논쟁될 수 없다는 말을 하는 것인가? 그럴 수도 있고, 거꾸로, 논쟁될 수 있는 따위의 문제로 부부의 행로를 결정해서는 안 된다는 뜻일 수도 있다. 아니, 더 나아가자면, 말의 한계에 대한 새삼스러운 인식보다 더 중요한 것은 그 한계를 넘어선 곳에는 그럼 무엇이 있는가(있어야 하는가)의 문제다. 이 소설은 그것이 '용기'라고 말한다. 그래서 이모는 이렇게 말한다. "이건 용기가 필요한 일이야." 소설의 첫 페이지를 읽기 시작할 때의 설렘이란 깊이에 대한 기대여서, 소설로 '들어가는' 일은 결국 '내려가는' 일이다. 이 소설의 마지막 페이지를 읽었을 때 나는 예상보다 훨씬 깊이 내려와 있었기 때문에 그곳에 좀 머물러 있고 싶어서 내 생각과 동작을 잠시 멈추어야 했다.

다른 좋은 소설들이 그렇듯 임현의 성공적인 소설들은 답할 수 없는 질문을 던진다. '쉽게 답할 수 없는' 질문 말고 '끝까지 답할 수 없는' 질문 말이다. 임현의 「그들의 이해관계」는 그런 질문의 또 한

가지 판본을 제공한다. 고속도로 교통사고로 '나'의 연인이 죽었는데, 어떤 우연 덕분에 그 사고를 피한 버스는 그로 인해 화제가 된다. 언론이 그 버스에 '기적'이라는 이름을 붙이자 '나'는 아연한 마음으로 질문한다. "사고를 피한 게 기적이라면 그러지 못한 쪽은 무엇인가." 그러니까 '나'의 연인이 죽은 것은 '기적'이 아니라 자연스럽고 당연한 일이라도 된다는 말인가. 억울한 심정으로 그 버스 기사를 찾아가서 전해 듣게 된 소위 '기적'의 전말은 '나'를 더욱 혼란스럽게 한다. 그 버스는 죽은 '나'의 연인 덕분에 사고를 피했다고 말할 수밖에 없는 그런 경우였으므로. 이 경우 살아남은 사람들이 자책과 원망에 사로잡히는 것은 다음처럼 뒤집어 생각하게 되는 마음을 어쩔 수 없어서다. '버스 기사가 살았기 때문에 그녀가 죽었다.' 그래서 기사는 '나'에게 사과를 하지만 기사에게 잘못이 있을 리가 없다. 그렇다면 잘못은 누구에게 있는가? 아무도 잘못한 사람이 없는데 왜 누군가는 죽는가? 이렇게 이 소설은 우리가 답할 수 없는 질문으로 하나의 소설적 공간을 열어놓는다. 다만 이 경우 명백히 피해자에게 불공정한 뉘앙스를 갖는 '기적'이라는 말보다는, '운명'이라는 말을 사용하는 것이 나을 수는 있으리라.

그렇다면 운명의 부조리함을 말하는 유형의 소설이라고 하면 될까? 그것도 맞겠지만 후회에 대한 소설이라고 할 수도 있으리라. (정영수의 소설을 말의 한계에 대한 소설이라고 할 수도 있지만, 그 한계 너머의 용기에 대한 소설이라고 할 수 있는 것과 마찬가지로.) 기적 혹은 운명이 논리적·합리적 이해의 대상일 수 없다면, 결국 우리가 따질 수 있는 것은 그 불가해한 사건을 둘러싸고 드러나게 되는 개인 각자의 윤리적 충실성뿐이다. 운명 자체는 어쩔 수 없는 것이지만, 내가 할 수도 있었을 일을 하지 않은 것은 어쩔 수 있는 일이니까. 말하자면, 버스 기사에게 환청이 들리고 또 '나'의 연인에게 환각이 보이고 그리하여 누군가는 죽고 누군가는 살게 된 이 모든 일을 우리가 어쩔 수는 없었다 하더라도, '나'는 사고 전에 그녀의 침묵 앞에서 왜 최선을 다하지 않았고 또 왜 그녀에게 그토록 모진 말을 했나 하는 고통스러운 물음은 온전히 '나'가 감당할 수밖에 없는 것이니까 말이다. 이 소설의 앞과 뒤를 '나'의 회한과 자책이 둘러싸고 있는 것은 그래서 당연해 보인다. 어쩌면 우리가 '어쩔 수 있는' 일과 관련하여 이생에서 어떠한 회한과 자책도 남기지 않고 살아갈 수 있다면 바로 그것이야말로 기적이라고 해야 할지도 모르지만.

3. 실패에 성공하는 인물들—박상영, 김세희

박상영의 「알려지지 않은 예술가의 눈물과 자이툰 파스타」는 수상작 중 가장 길지만 가장 빨리 읽혔는데 그 이유를 설명하기는 쉽다. 인물은 생생하고 전개는 유려하며 감정은 진실했기 때문이다. 이 소설은 "불가능한 것을 꿈꾸는 건 예나 지금이나 똑같았다"로부터 시작해서, "실패는 아무리 여러 번 반복해도 도통 익숙해질 생각을 하지 않았다"를 거쳐, "우리는 애초에 아무것도 아니었고, 아무것도 아니며, 그러므로 영원히 아무것도 아니다"에 도착한다. 그러니까 실패에 대한 소설이다. 자기 자신으로서 정확하게 살아가는 것도, 안팎의 억압 없이 타인을 사랑하는 것도, 정말이지 전장의 폭탄 테러처럼 찾아오는 운명의 폭력에 맞서는 것도, 그것이 무용이건 영화건 여하튼 자신이 하고 싶었던 일을 보란듯이 잘해내는 것도, 그 어떤 것도 소설 속 인물들에게는 쉽지가 않다. 그런데 기이하게도 이 소설은 가장 비참한 상황을 말할 때조차 완전히 사라지지는 않는 어떤 활력을 갖고 있다. 이 탄성(彈性)은 어디에서 오는가. 이 소설의 두 주인공이 대체로 모든 일에 실패하지만 정확히 하나에는 성공하고 있기 때문이다. 누군가의 실패를 감히 선언할 수 있는 자격이 있는 사람은 자기 자신뿐인데, 이 소설은 실패를 선언할 자격이 있는 바로 그 사람들의 실패 선언이기 때문에 유례없이 당당할 수 있었다. 그들은 실패를 최종적으로 선언하는 일이 역설적이게도 실패의 프로세스를 거기서 끝내는 일, 즉 실패를 '완성'하는 일이 된다고 말한다. "아니. 그런 건 망했다고 하는 게 아냐. 완성된 거야." '나'의 이 말을 그 자신이 생각한 것보다 더 진지하게 받아들일 필요가 있는 것은 이 소설 자체가 바로 '실패의 완성으로서의 실패 선언'이 가능하다는 것을 입증하고 있기 때문이다. 이런 소설이 있어 어떤 실패는 구원된다. 그러므로 이렇게 요약하면 될까. 이 소설은 '반복되는 실패'에 대한 진실한 비가이면서, 동시에(이 '동시에'가 중요하다), '실패를 반복하는' 패기 넘치는 찬가다.

김세희의 「가만한 날들」에서 '블로그 후기 마케팅' 광고 대행사의 직원인 '나'는 가짜 블로그를 개설해 특정 상품을 광고가 아닌 척 광고하는 게시물을 올리는 일을 하는데, 어느 날 자신이 홍보한

'뿌리는 살균제'가 치명적인 인명 피해를 유발했다는 사실을 알게 된다. 여기서 다음과 같은 질문이 던져지는 순간 이 소설은 작동하기 시작한다. '나에게 잘못이 있는가?' 이윤에 눈먼 대기업과 사이비 지식인들이 저지른 범죄일 뿐이며, 힘겹게 입사한 첫 직장에서 그저 시키는 일을 최선을 다해서 했을 뿐인 '나'에게는 죄가 없다, 죄도 없이 죄책감을 느끼게 됐으니 '나' 역시 일종의 피해자다, 라고 답해버리면 이 소설은 거기서 끝나버릴 것이다. 소설이 계속 진행되려면 바로 이 대목에서 집요한 윤리적 추궁이 시작되어야 하고 이 소설은 바로 그 일을 한다. 그래서 후반부의 두 에피소드가 '나'의 자기 추궁을 위해 마련돼 있다. 첫째, '나'의 기대와는 달리 살균제 사건과 일정한 거리를 유지하면서 이와 관련된 사유 자체를 거부하는 직장 상사가 있다. 그를 보며 '나'가 불편해진 것은 죄가 없는 사람이 자신에게 죄가 없다고 말하는 어떤 방식은 그 자체로 죄를 발생시킨다는 것을 느낄 수 있었기 때문일 것이고 그에게서 바로 자기 자신을 보았기 때문일 것이다. 둘째, 무능하다는 평판을 듣다 회사를 그만둔 입사 동기와 우연히 마주치는 마지막 장면이 있다. 거짓으로 점철된 그 업무를 견딜 수 없었기 때문에 그만두었다는 동기의 지난 고백을 그날의 우연한 만남 덕에 새삼 떠올리는 일은 '나'에게 더 치명적인데, 그와의 대조 속에서 '나'의 자리가 분명해지는 탓이다. '나'는 누군가가 견디지 못한 그 '거짓'을, 그것도 훌륭하게 해낸 사람인 것이니까, 그래서 애초 이 비극으로부터 자유로울 수 없는 사람이었던 것이니까. 섬세하게 세공된 이 두 장면을 보면 이런 생각이 든다. '이 사람에게는 죄가 없다. 단, 그 스스로 자신에게 죄가 있다고 느끼는 한에서만 그렇다.' 나는 이 소설이 여기에서도 한 걸음은 더 들어가야 하지 않는가 생각했지만, 여기까지 오는 일도 결코 쉬운 일은 아니라는 것 역시 인정하지 않을 수 없다.

4. 발견과 이변의 기쁨—최정나, 임성순

선고심 심사위원들의 혜안 덕분에 읽게 된 낯선 작가 최정나의 「한밤의 손님들」은 나를 놀라게 했고 그의 등단작까지 찾아 읽게 만들었다. 「전에도 봐놓고 그래」에서부터 인상적인 것은 동물처럼 꿈틀거리는 문장이다. 내면 서술은 생략하고 거의 대화의 힘으로 끌고 가는 유형인데도 연극적 양식미를 빚어내고 있었다. 이번 소설에서도 일단 그 장점이 여전하고, 거기에 더해, 사실적 현실과 상상적 현실의 경계를 무너뜨리는 기교가 추가됐다. 주인공 '나'가 그림을 볼 때, 그림이 상상하게 하는 가상적 현실에 '나'의 현재적 상념이 더해지면서, 그림 속 가상적 현실이 살아 움직여 또하나의 대등한 재현 층위로 부상하는데, 이윽고 그 가상적 현실이 그림 밖의 실제 현실로 흘러넘쳐, 결국은 사실과 상상의 경계를 무너뜨리고 마는 데까지 이르는 식이다. 그림뿐만이 아니라 '나'와 직접적 관련이 전혀 없는 우연적 타인의 상황을 특별한 집중력으로 묘사하면서(이럴 때 이 소설은 마치 연극에서 무대를 절반씩 나눠 쓰며 전개되는 별개의 두 장면에 번갈아 조명을 비추는 것처럼도 보이는데) 그들을 통해 주인공의 심리를 외화(外化)하는 방식도 이채롭기는 마찬가지다. 요컨대 현실과 상상, 나와 타인 사이의 경계를 가지고 노는 유체적인(fluid) 상상력이라고 하면 좋을까. 전례가 없는 것은 아닐지라도 이렇게 과감하고 능숙하게 밀고 나가는 모습은 인상적인데다가, 그 기교가 기교로만 그치지 않고 친밀성의 관계 내부의 괴물성을 실감나게 드러내기까지 하고 있어서, 나는 얼떨떨한 기분으로 이 작가의 이름을 기억하게 됐다. 이름이 거의 알려져 있지 않은, 그러나 소수의 독자들에게 특별한 지지를 얻을 것 같은 이 작가의 소설이 일곱 편의 수상작에 포함된 것이야말로 이번 심사의 작은 이변일 수 있겠는데, 나는 심사가 끝난 이후에 시간이 지날수록 이 이변이 점점 더 반갑게 느껴졌다.

이미 여러 권의 장편소설을 쓴 임성순이 단편소설로 수상자가 된 것도 이변이라면 이변일 수 있을까. 「회랑을 배회하는 양떼와 그 포식자들」은 잘나가던 (브로커에 가까운) 미술평론가가 미술계를 뒤흔든 재벌 비자금 사건의 여파로 추락하는 이야기다. 미술계의 흥미진진한 복마전을 바탕에 깔고 있어 그 현실성을 가늠해보는 재미가 있고 속도가 빠른 문장들이 독자를 놓아주지 않는다. 그런데 여기에 더해 우리가 또한 기대하게 되는 것은 이런 추락의 서사에서 특히 잘 드러날 삶의 진실과 이를 포착하는 작가의 인식적 깊이다. 이것이 궁금할 때 우리는 주인공이 언제/어떻게 저 자신의 가장 중요한 눈물을 흘리는가를 눈여겨볼 필요가 있다. 이 소설의 경우는 영락한 주인공이 뉴욕 현대미술관에서 잭슨 폴록의 작품 〈one: number 31〉 앞에 앉아 눈물을 흘리는 대목이 거기에 해당할 것이다. 그러나 이 작가는 그 장면에 오래 머물면서 어떤 진실이

고여들기를 기다리기보다는, 그다음으로, 그러니까 이 소설의 절정이 될 바로 그 결말로 서둘러 이동하고 싶어하는 타입에 속한다. 작가의 뛰어난 상상력으로 설계된 마지막 스너프 퍼포먼스 시퀀스가 생산해내는 장르적 쾌감은 과연 대단하다. 관람중에 뒤처지는 관객이 살육 퍼포먼스의 제물이 된다는 설정은 이 공연이 잔혹한 적자생존 자본주의의 알레고리라는 점을 흥미롭게 암시한다. 그런데 여기에서도 이 작가는 자신이 쓴 것들이 제 손을 벗어나 어딘가로 흘러가는 것을 허락하기보다는 독자에게 좀더 친절해지기를 원한다. "이것이 쇼든 현실이든 답은 늘 같았다. 모든 건 결국 돈의 문제였으니까." 말하자면 이런 식의 배려는 소설이 깊어질 기회를 스스로 막는 것처럼 보이기도 하는 것이다. 장단(長短)이 확실해서 호오(好惡)가 엇갈리기도 했지만, 그랬기 때문에 이번 심사 현장의 화제작이 될 수도 있었다. 스토리텔러로서 특별한 재능을 갖고 있으니, 그가 자신이 운용해나가는 시퀀스의 연쇄들 사이에 '이야기라는 형식으로는 이야기될 수 없는' 어떤 것들이 머물 수 있는 공간을 마련해주는 여유마저 갖게 된다면, 우리는 앞으로 더 놀라운 것들을 읽을 수 있게 되리라.

이장욱 _소설가, 시인

스물두 편의 작품들이 모두 마음에 들지 않기를 바랐다. 진심이다. 다른 작가들의 작품이 너무 좋으면 정작 내 소설을 쓰기가 어려워진다. 후져 보이니까. 그러면 마감에 맞출 수가 없다. 스물두 편의 작품들을 우편으로 받았을 때 나는 마감이 얼마 남지 않은 상태였고, 그나마도 악전고투중이었다. 한 편 한 편 읽어나갔다. 결과는? 내 소설이 후져 보였다. 나는 의욕을 잃었지만, 한편으로는 동료로서 고마움을 느꼈다. 우리에게 이런 작가들이 있다는 사실 때문에.

젊은작가상의 장점 중 하나는 일곱 편의 작품들을 동등하게 대한다는 점이다. '대상'이라는 제도가 있긴 하지만 그건 그 작품만이 유별하다는 뜻이 아니다. 문학은 다양한 세계 감각과 사유 속에서 각개 전진한다. 일정 수준 이상이라면, 소설의 우열을 결정하는 것은 거의 불가능에 가깝다. 독자로서의 호오, 말 그대로 읽는 이의 관점과 감각과 취향에 따라 결과가 달라진다. 그걸 인정하지 않으면 안 된다. 독자로서 반응의 '민감도'가 자신도 모르게 그 소설에 대한 '평가'를 대체하는 것이다. 실은 그것이야말로 독서 과정 자체이기도 하며, 나아가 시대정신이 스스로를 반영하는 불규칙한 방식이기도 하다.

나는 내가 읽은 소설들에 대해 '변죽'에 해당하는 몇 개의 문장을 적어두는 것으로 임무를 마치려고 한다. 이 문장들은 대체로 주관적이며 소설의 핵심을 번번이 비껴갈 테지만, 어쨌거나 나에게는 즐거운 기록이자 독후감이기도 하다.

김세희의 「가만한 나날」에서 채털리 부인의 사랑은 이미 실패의 운명을 내장하고 있다. 그 실패는 어쩌면 우리가 사회에서 '프로'가 되는 순간 예정된 것이었는지도 모른다. 직접적 접촉이 아니더라도 우리는 일종의 공동정범으로서 수많은 사회적 비극들에 연루되는

이장욱

데, 「가만한 나날」은 풍부한 리얼리티와 절제된 감정 속에서 그 풍경의 한 대목을 소묘하고 있다. 엉뚱한 궁금증이 하나 있다. 이 단편에서 '살균제 사건'이라는 비극적 소재가 더 큰 비중을 차지하거나, 반대로 그 사건이 아예 빠져 있었더라면, 이 소설은 어떻게 달라지고 또 어떻게 받아들여졌을까? 이 소설이 사건에 대해 취하고 있는 적절한 '거리'는 그 자체로 많은 것을 생각하게 만든다.

박민정의 「세실, 주희」를 읽으며 다시 확인했다. 오늘날 소설이라는 장르는 정치적으로 올바르다고 공인된 사실을 재확인하고 알리는 일보다는, 그 올바름의 위태로움 속으로 들어가 더 예각화된 고통과 갈등을 마주하는 쪽에 어울린다는 사실을. 나는 이 단편이 그런 소설적 사유의 사례라고 느꼈다. 문화적 정치적 배경이 다른 타인을 조우하고 친구가 된다는 것은 무엇인가? 그것은 얼마나 어려운 일인가? 가능하기는 한 일인가? 또는 지구 반대편에서 우리가 동일한 부당함에 노출될 때, 타인을 대면한다는 것은 과연 무엇을 의미하는가? 명동을 매개로 뉴올리언스와 오키나와를 횡단하는 이 단편의 공간적 규모는 필연적인 것으로 느껴진다. 「세실, 주희」는 확실히 '대상'에 값하는 소설이다.

박상영의 「알려지지 않은 예술가의 눈물과 자이툰 파스타」를 예민하고 흥미로운 '소수문학'이라고 부를 수 있을까. 소위 '소수문학'은 '탈영토화' 같은 것을 의식적으로 수행하는 '구린' 문학이 아니다. 소수문학은 '소수적 존재가 단지 자기 자신이 되는 것'이 곧 '이 세계의 가장 위태로운 지점을 겨냥하는 것'과 동일해지는 모든 문학에 바치는 이름이다. '나'의 깊은 곳에 '세계'의 우울과 갈등이 이미 첨예하게 내장되어 있다는 것. 가장 '개인적인 것'이 곧바로 가장 '정치적인 것'이 된다는 것, 정확하게 그러한 맥락에서, 소수자를 예술의 대상으로 소비하는 일에 대한 이 소설의 본능적 거부감은 깊은 호소력을 지닌다. 아르빌에서 서울 외곽에 이르는 왕샤와의 희비극적 모험담은 경쾌하면서도 쓸쓸한 청춘소설의 면모까지 보여준다. 매력적인 리듬을 가진 소설이라고 생각한다.

임성순의 「회랑을 배회하는 양떼와 그 포식자들」이 보여주는 냉소적이면서도 해박한 예술사회학에 흥미를 느꼈다. 특정 작가와 작품이 호명되고 유통되는 것은 어느 분야에서나 나타나는 일이지만, 그것이 실제의 경제적 가치로 환산되고 소비되는 알고리즘은 특히 미술 분야에서 두드러진다. 뉴욕에서 서울로 향하는 현대미술의 수입 경로는 그래서 상징적이기까지 하다. 물론 이 단편에 나타난 현대예술의 딜레마는 미술뿐 아니라 문학을 포함한 거의 모든 분야에 일반화되어 있다고 해야 한다. 이 소설의 거침없는 메타적 사유는 그래서 자기 자신을 소환하는 현대예술의 흥미진진한 알레고리이기도 하다. 활달한 전개, 가독성 높은 문장, 아이러니와 시니시즘이 인상적이었던 것은 물론이다.

임현의 리드미컬한 문장 감각이 점점 깊어지고 있다. 아내를 잃고 혼자 지하철을 탄 사내에게 옆자리의 중년 여성이 말한다. “그런 거 하지 마요.” “사람 많은 데서 왜 자꾸 혼잣말해요. 무섭게 왜 그래요. 그러지 마요. 그런데 아까부터 뭐라는 거예요?” 「그들의 이해관계」에서 에피소드들은 상실감에 빠진 인물의 내면을 소묘하면서도 문득 예각화된 질문을 도드라지게 만든다. 나는 이 점이 중요하다고 생각한다. 작가는 공감과 위로와 정당한 메시지의 가치를 폄하하지 않으면서도, 쉽게 던지기 어려운 질문에 더 오래 침잠한다. 그것을 위해 그는 때로 주인공을 위기와 곤경에 몰아넣은 후 빠져나오지 못하게 만든다. 가장 정확한 감옥이라고 표현할 수 있을까. 그의 소설에 신뢰가 가는 이유이다.

정영수의 「더 인간적인 말」을 읽고 감탄했지만 한편으로는 좀 서운했다. 「레바논의 밤」에서 「북방계 호랑이의 행동반경」에 이르는 작품들이 보여온 특유의 분방함을 기대했던 탓이다. 하지만 다시 곱씹어보면서 생각이 바뀌었다. 유산을 물려받았는데, 물려준 사람은 죽지 않았다. 그런데도 그것은 ‘증여’가 아니라 기어코 ‘유산’이다. 삶과 죽음이 어긋나 있는 이 미묘한 착상에서 시작하여, 홀로 죽음을 수긍하고 받아들이고 스스로 ‘선택’하는 이모의 뒷모습에 도착했을 때, 우리는 이미 많은 것을 생각한 뒤이다. 당연하게도 이 소설은 안락사를 지지하거나 비판하기 위해 쓰이지 않았다. 멀지 않은 장래에 나는 아마도 정영수가 소묘한 이모의 뒷모습을 오래 떠올리고 있을 것이다. 또 한 가지. 이 소설의 핵심에는 이모만 있는 것이 아니다. ‘나’와 아내의 추상화된 논쟁, 또는 말들의 부딪침이란 무엇일까? 옳고 그름을 따지는 우리의 말들은 이 선연한 죽음 앞에서 과연 어떤 의미를 지니는 것일까?

최정나의 발견은 개인적으로 이번 독서의 하이라이트였다. 사실 「한밤의 손님들」의 출발점이라고 할 수 있는 가족주의에 대한 냉소는 나이브하고 익숙해서 심심하기까지 하다. 그런데 가만히 들여다보면 이 소설에는 가족주의에 대한 비판이라든가 냉소 같은 단어를 적용할 수조차 없다. 「한밤의 손님들」에는 아무런 고뇌가 없기 때문이다. 그리고 적어도 이 작품에서 그것은 단점이 아니다. 거꾸로 그 점이야말로 이 소설에 놀라운 활력을 선사한다고 말해야 한다. 부조리 가족극의 세트장처럼 기능하는 프랜차이즈 모던 다이닝바는 그냥 식당이 아니다. 그곳은 에드워드 호퍼의 그림을 걸어둔 현대적 코메디아 델라르테의 무대로 변모하고, 호퍼의 그림에 등장하는 정적이며 고독한 현대인들은 어느새 그로테스크하고 익살스러운 소동극의 주인공이 된다. 매력적인 문장의 리듬과 과감한 이미지의 비약은 이 작가의 다음 작품을 기대하게 만든다.

위의 일곱 편 외에 다른 열다섯 편에 대해서도 길게 말하고 싶지만, 나는 이미 주어진 분량을 한참 초과했다. 다만, 실례가 되지 않는다면, 개인적으로 애정을 표하고 싶은 서너 편의 소설에 대해 적어두고 싶다. 여기에는 스물두 편에 포함되어 있는 작품도 있고 그렇지 않은 작품도 있다.

최은영과 백수린은 나를 포함한 많은 독자들에게 이미 두터운 신뢰를 확보한 작가들이다. 「지나가는 밤」(최은영)과 「폭설」(백수린)에서 두 작가는 각각 자매와 모녀 사이의 깊은 수렁 속으로 걸어들어간다. 그 수렁으로 밤이 지나가고 폭설이 내린다. 거칠게 요약하자면 최은영에게는 계급과 생활과 노동이, 백수린에게는 자유와 책임 사이의 딜레마가 중요한 지점인 것 같다. 그들은 그 수렁에서 손쉽게 갈등을 해결하거나 연대를 끌고 나오지 않는다. 대신 그곳에 가만히 머물고 견디기를 택한다. 그것은 거기에 정지하기 위한 것이 아니라, 더 치열한 도약과 깊은 극복을 위한 것이다.

오한기와 최민우는 정반대의 방향에서 나를 매료시키는 작가들이다. 오한기의 「바게트 소년병」은 그의 작품들이 대개 그러하듯 음악적이라고 느꼈다. 오한기는 언어로 건축을 하지 않고, 직물을 짜지 않고, 그냥 연주를 하는 것처럼 보인다. 무질서를 횡단하는 그 리듬 감각의 핵심에는 화자와 인물의 독특한 '기질'이 놓여 있다. 최민우가 보여주는 내면적 사유는, 이렇게 표현할 수 있다면, 빈틈으로 가득한 침잠의 상태에 가까운 것 같다. 특히 「우주의 먼지」와 「보호색」이 재구성한 마음의 빈틈들은 깊고 탄탄하여 헤어나오기 어렵다. 나는 앞으로도 이 작가가 만들어갈 우울한 건축물들 속으로 걸어들어가 길을 잃을 용의가 있다. 가능하다면 거기서 빠져나올 방법을 찾지 못하게 되기를.

언젠가 벤야민은 좋은 글을 쓰기 위한 세 개의 단계를 언급한 적이 있다. 첫번째는 발상과 감각에 해당하는 '음악적 단계', 두번째는 조립하는 '건축적 단계', 세번째는 문장 단위로 직조하는 '직물적 단계'이다. 하지만 이것은 사실 '단계'이면서 동시에 '요소'들이기도 하다. 작가마다 이 세 요소의 비율과 배치를 본능적으로 선택하고 그에 따라 다양한 개성들이 탄생하기 때문이다. 위에 적은 작가들이 이미 우리 소설의 태피스트리를 멋지게 만들어가고 있다고 나는 믿는다.

정이현 _소설가

지금 말하라. 나중에 말하면 달라진다. 예전에 말하던 것도 달라진다. 지금 말하라. 지금 무엇을 말하는지. 어떻게 말하고 왜 말하는지. 이유도 경위도 없는 지금을 말하라. 지금은 기준이다. 지금이 변하고 있다. 변하기 전에 말하라. 변하면서 말하고 변한 다음에도 말하라. 지금을 말하라. 지금이 아니면 지금이라도 말하라. 지나가기 전에 말하라. 한순간이라도 말하라. 지금은 변한다. 지금이 절대적이다. 그것을 말하라. 지금이 되어버린 지금이. 지금이 될 수 없는 지금을 말하라. 지금이 그 순간이다. 지금은 이 순간이다. 그것을 말하라. 지금 말하라.(김언, 「지금」 전문, 『한 문장』, 문학과지성사, 9쪽)

'지금'이 아니면 안 될 소설의 손을 잡아주고 싶었다. 2018년 한국, 지금, 함께 읽고 싶은 소설, 미래에 지금을 떠올릴 때에 어떤 지표가 될 소설.

김세희의 「가만한 나날」은 그 막막한 물음에 하나의 방향을 제시해준 작품이다. '나는 프로다'라는 주문을 외우며 사회생활을 시작한 젊은 화자가 어느 날 문득 자신의 손을 내려다보는 이야기, 자신이 이 촘촘하고 거대한 먹이사슬 끄트머리에 엮인 작은 고리임을 알게 되는 이야기를 작가는 담담하게 써내려간다. 그 손에 묻어 있는 것이 피인지 눈물인지는 독자의 몫으로 남긴다. 더 극적인 사건을 섞거나 화자의 각성을 암시했더라면 한결 선명한 작품이라는 평가를 받았을지도 모른다. 그러나 작가는 그러지 않았다. 내부의 혼란, 그 가운데를 가만히 응시하는 시선이 정직하고 아프다. 정직해서 아프다. 김세희의 소설을 등단작부터 눈여겨보아왔다. 앞으로도 오래 따라 읽을 것이다.

정영수의 「더 인간적인 말」을 재미있게 읽었다. 이 소설은 주춧돌부터 차근차근 쌓아올려 단단하게 지은 집 같다. 그러다 마지막에 다다르면 갑자기 플롯이 툭 끊기는 느낌을 받게 된다. 지금까지 단단한 줄 알았던 그 집이 실은 허공의 안개 속에 떠 있는 것처럼 느껴진다. 내가 선 땅을 내려다보게 된다. 머나먼 취리히에 당도한 인물들은 이모 혹은 의사, 생환 혹은 죽음의 전갈을 기다리며 그저 땅바닥에 주저앉아 있을 뿐이다. "우리는 바닥에 앉아 말없이 무언가를 기다렸다." 작가는 혹시 이 하나의 문장을 위해 소설을 쓴 것은 아닐까.

덧붙이자면, 이 소설을 두고 심사장에서는 작가의 전작들과 다르다는 얘기, '정영수답지 않은 소설'이라는 얘기가 오갔다. 나도 동조했으나, 뒤돌아서자마자 급체한 것처럼 '~다움'이라는 말이 명치에 콱 박혔다. 막 소설집 한 권을 세상에 내놓았을 뿐인 젊은 작가의 '~다움'이란 무엇인가? 그것을 누가 정의할 수 있나? 이 작가가 부디 더 '답지 않은' 방식으로 멀리 가기를 바란다.

임현의 「그들의 이해관계」는 잘 쓴 단편의 정석 같은 작품이다. 등줄기가 차가운 물에 서서히 젖어가는 느낌이다. 누구도 알지 못하고 설명할 수 없는 운명, '누구에게나 일어날 수 있는 재앙' 앞에서 인간은 한낱 무력한 존재인 것인가. 임현의 관심은 그 힘의 관계를 새삼 밝히는 데에 있는 것 같지 않다. 내가 말할 수 있는 것은,

이것이 상실의 고통 속에 그대로 남겨진 한 인간의 안간힘에 관한 소설이며 깊은 애도의 한 방식이라는 것이다.

정이현

박상영의 「알려지지 않은 예술가의 눈물과 자이툰 파스타」는 뛰어난 가독성으로 읽는 이를 빨아들이고 독자로 하여금 감정의 롤러코스터를 타게 만든다. 이 소설을 읽는 동안 나는 무척 여러 번 표정을 바꾸었다. 피식거리다가 파안대소하다가 갑자기 진지해졌다가 콧날을 찡그렸다가 손등으로 눈가를 훔치기도 했다. 하나의 소설을 읽으면서 작중인물이 토해내는 무력감에 속수무책으로 공감하기란 쉬운 일이 아니다. 박상영의 소설은 그 일을 아무렇지 않게 해낸다. 이 작가가 한국소설의 경계를 한층 넓히고 한계를 지워갈 수 있으리라 믿는다.

후보작에 오른 거의 모든 작품이 '지금'이라는 단어에 어울리는 소설이었지만 그중에 단 한 편을 골라야 하는 시간이 왔다. 망설임 없이 나는 박민정의 「세실, 주희」를 선택했다. 「세실, 주희」는 고통스럽고 혼란스러운 질문으로 가득차 있다. 외부로부터 온 그 질문들을 박민정은 피하지 않고 부정하지 않는다. 고통과 혼란을 적극적으로 안으로 받아들이고, 답을 찾아 먼 여정을 떠난다. 직진밖에 모른다는 듯이. 답을 쉽게 찾을 수 없다는 것을 잘 알면서도, 아니 하나의 정답이 없다는 것을 누구보다 잘 알면서도 치열한 걸음을 멈추지 않는다. 이 서사의 들끓는 문제의식들을 다 담아내기에 단편이라는 형식이 좁아 보이기도 한다. 박민정의 장편을 어서 만나고 싶은 이유이다. 대상 수상자를 비롯한 모든 젊은작가상 수상자들에게 다시 한번 뜨거운 축하 인사를 전한다.

문학동네 젊은작가상 수상작품집
2018 제9회 젊은작가상 수상작품집

1판 1쇄 2018년 4월 4일
1판 6쇄 2023년 4월 21일

지은이 박민정 임성순 임현 정영수 김세희 최정나 박상영
책임편집 김내리 | 편집 정은진 이성근 이상술
디자인 김마리 유현아 | 저작권 박지영 형소진 최은진 오서영
마케팅 정민호 김도윤 한민아 이민경 안남영 김수현 왕지경 황승현 김혜원
브랜딩 함유지 함근아 박민재 김희숙 고보미 정승민
제작 강신은 김동욱 임현식 | 제작처 영신사

펴낸곳 (주)문학동네 | 펴낸이 김소영
출판등록 1993년 10월 22일 제2003-000045호
주소 10881 경기도 파주시 회동길 210
전자우편 editor@munhak.com | 대표전화 031) 955-8888 | 팩스 031) 955-8855
문의전화 031) 955-2696(마케팅) 031) 955-8864(편집)
문학동네카페 http://cafe.naver.com/mhdn
인스타그램 @munhakdongne | 트위터 @munhakdongne
북클럽문학동네 http://bookclubmunhak.com

ISBN 978-89-546-5069-4 03810

www.munhak.com